文集四

蘇東坡全集

六

曾枣庄
舒大刚 主编

中华书局

第六册目录

文集四

文集四 目录

文集卷一百一十九

仁宗皇帝御飞白记

问世之治乱，必观其人。问人之贤不肖，必以世考之。《孟子》曰：“诵其诗，读其书，不知其人，可乎？是以论其世也。”合抱之木，不生于步仞之丘；千金之子，不出于三家之市。臣尝逮事仁宗皇帝，其愚不足以测知圣德之所至，独私窃览观四十余年之间，左右前后之人，其大者固已光明俊伟，深厚雄杰，不可窥较。而其小者，犹能敦朴恺悌，靖恭持重，号称长者。当是之时，天人和同，上下欢心。才智不用而道德有余，功业难名而福禄无穷。升遐以来十有二年，若臣若子，罔有内外，下至深山穷谷老妇稚子，外薄四海裔夷君长，见当时之人，闻当时之事，未有不流涕稽首者也。此岂独上之泽欤？凡在廷者，与有力焉。太子少傅安简王公，讳举正，臣不及见其人矣，而识其为人。其流风遗俗可得而称者，以世考之也。熙宁六年冬，以事至姑苏，其子诲出庆历中所赐公端敏字二飞白笔一以示臣，且请臣记之，将刻石而传诸世。臣官在太常，职在太史，于法得书。且以为抱乌号之弓，不若藏此笔；宝曲阜之履，不若传此书；考追蠡以论音声，不若推点画以究观其所用之意；存昌歜以追嗜好，不若因褒贬以想见其所与之人。或藏于名山，或流于四方，凡见此者，皆当耸然而作，如望旄头之尘，而听属车之音，相与勉为忠厚而耻为浮薄，或由此也夫！卷一一

醉白堂记

故魏国忠献韩公作堂于私第之池上，名之曰“醉白”。取乐天《池上》之诗，以为醉白堂之歌，意若有羡于乐天而不及者。天下之士，闻而疑之，以为公既已无愧于伊、周矣，而犹有羡于乐天，何哉？轼闻而笑曰：公岂独有羡于乐天而已乎？方且愿为寻常无闻之人而不可得者。

天之生是人也，将使任天下之重，则寒者求衣，饥者求食，凡不获者求得。苟有以与之，将不胜其求。是以终身处乎忧患之域，而行乎利害之途，岂其所欲哉！夫忠献公既已相三帝安天下矣，浩然将归老于家，而天下共挽而留之，莫释也。当是时，其有羡于乐天，无足怪者。然以乐天之平生而求之于公，较其所得之厚薄浅深，孰有孰无，则后世之论，有不可欺者矣。文致太平，武定乱略，谋安宗庙，而不自以为功。急贤才，轻爵禄，而士不知其恩。杀伐果敢，而六军安之。四夷八蛮想闻其风采，而天下以其身为安危。此公之所有，而乐天之所无也。乞身于强健之时，退居十有五年，日与其朋友赋诗饮酒，尽山水园池之乐。府有余帛，廪有余粟，而家有声伎之奉。此乐天之所以有，而公之所无也。忠言嘉谋，效于当时，而文采表于后世。死生穷达，不易其操，而道德高于古人。此公与乐天之所同也。公既不以其所有自多，亦不以其所无自少，将推其同者而自托焉。方其寓形于一醉也，齐得丧，忘祸福，混贵贱，等贤愚，同乎万物，而与造物者游，非独自比于乐天而已。古之君子，其处己也厚，其取名也廉。是以实浮于名，而世诵其美不厌。以孔子之圣，而自比于老彭，自同于丘明，自以为不如颜渊。后之君子，实则不至，而皆有侈心焉。臧武仲自以为圣，白圭自以为禹，司马长卿自以为相如，扬雄自以为孟轲，崔浩自以为子房，然世终莫之许也。由此观之，忠献公之贤于人也远矣！

昔公尝告其子忠彦，将求文于轼以为记而未果。公薨，既葬，忠彦以告，轼以为义不得辞也，乃泣而书之。卷一一

盖公堂记

始吾居乡，有病寒而咳者，问诸医，医以为蛊，不治且杀人。取其百金而治之，饮以蛊药，攻伐其肾肠，烧灼其体肤，禁切其饮食之美者。期月而百疾作，内热恶寒，而咳不已，累然真蛊者也。又求于医，医以为热，授之以寒药，旦朝吐之，暮夜下之，于是始不能食。惧而反之，则钟乳、乌喙，杂然并进，而瘭疽痈疥眩瞀之状，无所不至。三易医而疾愈甚。里老父教之曰："是医之罪，药之过也。子何疾之有！人之生也，以气为主，食为辅。今子终日药不释口，臭味乱于外，而百毒战于内，劳其主，融其辅，是以病也。子退而休之，谢医却药而进所嗜，气完而食美矣，则夫药之良者，可以一饮而效。"从之。期月而病良已。

昔之为国者亦然。吾观夫秦自孝公以来，至于始皇，立法更制，以镌磨锻炼其民，可谓极矣。萧何、曹参亲见其斫丧之祸，而收其民于百战之余，知其厌苦憔悴无聊，而不可与有为也，是以一切与之休息，而天下安。始参为齐相，召长老诸先生问所以安集百姓，而齐故诸儒以百数，言人人殊，参未知所定。闻胶西有盖公，善治黄老言，使人请之。盖公为言治道贵清净而民自定，推此类具言之。参于是避正堂以舍盖公，用其言而齐大治。其后以其所以治齐者治天下，天下至今称贤焉。吾为胶西守，知公之为邦人也，求

其坟墓、子孙，而不可得，慨然怀之。师其言，想见其为人，庶几复见如公者。治新寝于黄堂之北，易其弊陋，达其壅蔽，重门洞开，尽城之南北，相望如引绳，名之曰盖公堂。时从宾客僚吏游息其间，而不敢居，以待如公者焉。

夫曹参为汉宗臣，而盖公为之师，可谓盛矣。而史不记其所终。岂非古之至人得道而不死者欤？胶西东并海，南放于九仙，北属之牢山，其中多隐君子，可闻而不可见，可见而不可致，安知盖公不往来其间乎？吾何足以见之！卷一一

庄子祠堂记

庄子，蒙人也。尝为蒙漆园吏。没千余岁，而蒙未有祀之者。县令秘书丞王兢始作祠堂，求文以为记。

谨按《史记》，庄子与梁惠王、齐宣王同时，其学无所不窥，然要本归于老子之言。故其著书十余万言，大抵率寓言也。作《渔父》《盗跖》《胠箧》，以诋訾孔子之徒，以明老子之术。此知庄子之粗者。余以为庄子盖助孔子者，要不可以为法耳。楚公子微服出亡，而门者难之。其仆操棰而骂曰："隶也不力。"门者出之。事固有倒行而逆施者。以仆为不爱公子，则不可；以为事公子之法，亦不可。故庄子之言，皆实予，而文不予，阳挤而阴助之，其正言盖无几。至于诋訾孔子，未尝不微见其意。其论天下道术，自墨翟、禽滑釐、彭蒙、慎到、田骈、关尹、老聃之徒，以至于其身，皆以为一家，而孔子不与，其尊之也至矣！

然余尝疑《盗跖》《渔父》，则若真诋孔子者，至于《让王》《说剑》，皆浅陋不入于道。反复观之，得其《寓言》之终曰："阳子居西

游于秦，遇老子。老子曰：‘而睢睢，而盱盱，而谁与居？太白若辱，盛德若不足。’阳子居蹴然变容。其往也，舍者将迎其家，公执席，妻执巾栉，舍者避席，炀者避灶。其反也，舍者与之争席矣。”去其《让王》《说剑》《渔父》《盗蹠》四篇，以合于《列御寇》之篇，曰：“列御寇之齐，中道而反，曰：‘吾惊焉，吾食于十浆，而五浆先馈。’”然后悟而笑曰：“是固一章也。”庄子之言未终，而昧者剿之以入其言。余不可以不辨。凡分章名篇，皆出于世俗，非庄子本意。元丰元年十一月十九日记。卷一一

李太白碑阴记

李太白，狂士也，又尝失节于永王璘，此岂济世之人哉！而毕文简公以王佐期之，不亦过乎！曰：士固有大言而无实，虚名不适于用者，然不可以此料天下士，士以气为主。方高力士用事，公卿大夫争事之，而太白使脱靴殿上，固已气盖天下矣！使之得志，必不肯附权倖以取容，其肯从君于昏乎！夏侯湛《赞东方生》云：“开济明豁，包含宏大。陵轹卿相，嘲哂豪杰。笼罩靡前，跆籍贵势。出不休显，贱不忧戚。戏万乘若僚友，视俦列如草芥。雄节迈伦，高气盖世。可谓拔乎其萃，游方之外者也。”吾于太白亦云。太白之从永王璘，当由迫胁。不然，璘之狂肆寝陋，虽庸人知其必败也。太白识郭子仪之为人杰，而不能知璘之无成，此理之必不然者也。吾不可以不辩。卷一一

喜雨亭记

亭以雨名，志喜也。古者有喜，则以名物，示不忘也。周公得禾，以名其书；汉武得鼎，以名其年；叔孙胜狄，以名其子。其喜之大小不齐，其示不忘一也。余至扶风之明年，始治官舍，为亭于堂之北，而凿池其南，引流种树，以为休息之所。是岁之春，雨麦于岐山之阳，其占为有年。既而弥月不雨，民方以为忧。越三月乙卯，乃雨，甲子又雨，民以为未足。丁卯，大雨，三日乃止。官吏相与庆于庭，商贾相与歌于市，农夫相与抃于野，忧者以乐，病者以愈，而吾亭适成。于是举酒于亭上以属客，而告之曰："五日不雨，可乎？"曰："五日不雨，则无麦。""十日不雨，可乎？"曰："十日不雨，则无禾。"无麦无禾，岁且荐饥，狱讼繁兴，而盗贼滋炽，则吾与二三子，虽欲优游以乐于此亭，其可得耶？今天不遗斯民，始旱而赐之以雨，使吾与二三子得相与优游而乐于此亭者，皆雨之赐也。其又可忘耶？既以名亭，又从而歌之曰：

使天而雨珠，寒者不得以为襦；使天而雨玉，饥者不得以为粟。一雨三日，繄谁之力。民曰太守，太守不有。归之天子，天子曰不然。归之造物，造物不自以为功。归之太空，太空冥冥。不可得而名，吾以名吾亭。卷一一

凌虚台记

国于南山之下，宜若起居饮食与山接也。四方之山，莫高于终南。而都邑之丽山者，莫近于扶风。以至近求最高，其势必得。而太守之居，未尝知有山焉。虽非事之所以损益，而物理有不当然

者，此凌虚之所为筑也。方其未筑也，太守陈公杖履逍遥于其下，见山之出于林木之上者，累累如人之旅行于墙外而见其髻也。曰，是必有异。使工凿其前为方池，以其土筑台，高出于屋之危而止。然后人之至于其上者，恍然不知台之高，而以为山之踊跃奋迅而出也。公曰："是宜名凌虚。"以告其从事苏轼，而求文以为记。

轼复于公曰："物之废兴成毁，不可得而知也。昔者荒草野田，霜露之所蒙翳，狐虺之所窜伏，方是时，岂知有凌虚台耶？废兴成毁相寻于无穷，则台之复为荒草野田，皆不可知也。尝试与公登台而望，其东则秦穆之祈年、橐泉也，其南则汉武之长杨、五柞，而其北则隋之仁寿、唐之九成也。计其一时之盛，宏杰诡丽，坚固而不可动者，岂特百倍于台而已哉！然而数世之后，欲求其仿佛，而破瓦颓垣无复存者，既已化为禾黍荆棘丘墟陇亩矣，而况于此台欤？夫台犹不足恃以长久，而况于人事之得丧，忽往而忽来者欤？而或者欲以夸世而自足，则过矣。盖世有足恃者，而不在乎台之存亡也。"既已言于公，退而为之记。卷一一

超然台记

凡物皆有可观。苟有可观，皆有可乐，非必怪奇玮丽者也。餔糟啜漓皆可以醉，果蔬草木皆可以饱。推此类也，吾安往而不乐。夫所为求福而辞祸者，以福可喜而祸可悲也。人之所欲无穷，而物之可以足吾欲者有尽。美恶之辨战乎中，而去取之择交乎前，则可乐者常少，而可悲者常多。是谓求祸而辞福。夫求祸而辞福，岂人之情也哉！物有以盖之矣。彼游于物之内，而不游于物之外。物非有大小也，自其内而观之，未有不高且大者也。彼挟其高大以

临我，则我常眩乱反覆，如隙中之观斗，又乌知胜负之所在。是以美恶横生，而忧乐出焉。可不大哀乎！

余自钱塘移守胶西，释舟楫之安，而服车马之劳；去雕墙之美，而庇采椽之居；背湖山之观，而行桑麻之野。始至之日，岁比不登，盗贼满野，狱讼充斥，而斋厨索然，日食杞菊。人固疑余之不乐也。处之期年，而貌加丰，发之白者，日以反黑。余既乐其风俗之淳，而其吏民亦安予之拙也。于是治其园圃，洁其庭宇，伐安丘、高密之木以修补破败，为苟完之计。而园之北，因城以为台者，旧矣，稍葺而新之。时相与登览，放意肆志焉。南望马耳、常山，出没隐见，若近若远，庶几有隐君子乎？而其东则卢山，秦人卢敖之所从遁也。西望穆陵，隐然如城郭，师尚父、齐桓公之遗烈，犹有存者。北俯潍水，慨然太息，思淮阴之功，而吊其不终。台高而安，深而明，夏凉而冬温。雨雪之朝，风月之夕，余未尝不在，客未尝不从。撷园蔬，取池鱼，酿秫酒，瀹脱粟而食之，曰：乐哉游乎！方是时，余弟子由适在济南，闻而赋之，且名其台曰“超然”。以见余之无所往而不乐者，盖游于物之外也。卷一一

眉州远景楼记

吾州之俗，有近古者三。其士大夫贵经术而重氏族，其民尊吏而畏法，其农夫合耦以相助。盖有三代、汉、唐之遗风，而他郡之所莫及也。始朝廷以声律取士，而天圣以前，学者犹袭五代之弊，独吾州之士，通经学古，以西汉文词为宗师。方是时，四方指以为迂阔。至于郡县胥史，皆挟经载笔，应对进退，有足观者。而大家显人，以门族相上，推次甲乙，皆有定品，谓之江乡。非此族也，虽

贵且富,不通婚姻。其民事太守县令,如古君臣,既去,辄画像事之,而其贤者,则记录其行事以为口实,至四五十年不忘。商贾小民,常储善物而别异之,以待官吏之求。家藏律令,往往通念而不以为非,虽薄刑小罪,终身有不敢犯者。岁二月,农事始作。四月初吉,谷稚而草壮,耘者毕出。数十百人为曹,立表,下漏,鸣鼓以致众。择其徒为众所畏信者二人,一人掌鼓,一人掌漏,进退作止,惟二人之听。鼓之而不至,至而不力,皆有罚。量田计功,终事而会之,田多而丁少,则出钱以偿众。七月既望,谷艾而草衰,则仆鼓决漏,取罚金与偿众之钱,买羊豕酒醴,以祀田祖。作乐饮食,醉饱而去,岁以为常。其风俗盖如此。故其民皆聪明才智,务本而力作,易治而难服。守令始至,视其言事动作,辄了其为人。其明且能者,不复以事试,终日寂然。苟不以其道,则陈义秉法以讥切之,故不知者以为难治。

今太守黎侯希声,轼先君子之友人也。简而文,刚而仁,明而不苟,众以为易事。既满将代,不忍其去,相率而留之,上不夺其请。既留三年,民益信,遂以无事。因守居之北墉而增筑之,作远景楼,日与宾客僚吏游处其上。轼方为徐州,吾州之人以书相往来,未尝不道黎侯之善,而求文以为记。嗟夫!轼之去乡久矣。所谓远景楼者,虽想见其处,而不能道其详矣。然州人之所以乐斯楼之成而欲记焉者,岂非上有易事之长,而下有易治之俗也哉!孔子曰:“吾犹及史之阙文也。有马者,借人乘之。今亡矣夫。”是二者,于道未有大损益也,然且录之。今吾州近古之俗,独能累世而不迁,盖耆老昔人岂弟之泽,而贤守令抚循教诲不倦之力也,可不录乎!若夫登临览观之乐,山川风物之美,轼将归老于故丘,布衣幅巾,从邦君于其上,酒酣乐作,援笔而赋之,以颂黎侯之遗爱,尚

未晚也。元丰元年七月十五日记。卷一一

墨妙亭记

熙宁四年十一月，高邮孙莘老自广德移守吴兴。其明年二月，作墨妙亭于府第之北，逍遥堂之东，取凡境内自汉以来古文遗刻以实之。吴兴自东晋为善地，号为山水清远。其民足于鱼稻蒲莲之利，寡求而不争。宾客非特有事于其地者不至焉。故凡守郡者，率以风流啸咏投壶饮酒为事。自莘老之至，而岁适大水，上田皆不登，湖人大饥，将相率亡去。莘老大振廪劝分，躬自抚循劳来，出于至诚。富有余者，皆争出谷以佐官，所活至不可胜计。当是时，朝廷方更化立法，使者旁午，以为莘老当日夜治文书，赴期会，不能复雍容自得如故事。而莘老益喜宾客，赋诗饮酒为乐。又以其余暇，网罗遗逸，得前人赋咏数百篇，以为《吴兴新集》，其刻画尚存，而僵仆断缺于荒陂野草之间者，又皆集于此亭。是岁十二月，余以事至湖，周览叹息，而莘老求文为记。

或以谓余，凡有物必归于尽，而恃形以为固者，尤不可长，虽金石之坚，俄而变坏。至于功名文章，其传世垂后，乃为差久。今乃以此托于彼，是久存者反求助于速坏。此既昔人之惑，而莘老又将深檐大屋以锢留之，推是意也，其无乃几于不知命也夫！余以为知命者，必尽人事，然后理足而无憾。物之有成必有坏，譬如人之有生必有死，而国之有兴必有亡也。虽知其然，而君子之养身也，凡可以久生而缓死者无不用；其治国也，凡可以存存而救亡者无不为，至于不可奈何而后已。此之谓知命。是亭之作否，无足争者，而其理则不可以不辨。故具载其说，而列其名物于左云。卷一一

墨君堂记

凡人相与号呼者，贵之则曰公，贤之则曰君，自其下则尔、汝之。虽公卿之贵，天下貌畏而心不服，则进而君、公，退而尔、汝者多矣。独王子猷谓竹君，天下从而君之无异辞。今与可又能以墨象君之形容，作堂以居君，而属余为文，以颂君德，则与可之于君，信厚矣。与可之为人也，端静而文，明哲而忠。士之修洁博习，朝夕磨治洗濯，以求交于与可者，非一人也，而独厚君如此。君又疏简抗劲，无声色臭味，可以娱悦人之耳目鼻口，则与可之厚君也，其必有以贤君矣。世之能寒燠人者，其气焰亦未至若雪霜风雨之切于肌肤也，而士鲜不以为欣戚丧其所守。自植物而言之，四时之变亦大矣，而君独不顾。虽微与可，天下其孰不贤之！然与可独能得君之深，而知君之所以贤。雍容谈笑，挥洒奋迅而尽君之德，稚壮枯老之容，披折偃仰之势，风雪凌厉以观其操，崖石荦确以致其节。得志遂茂而不骄，不得志瘁瘠而不辱。群居不倚，独立不惧。与可之于君，可谓得其情而尽其性矣。余虽不足以知君，愿从与可求君之昆弟子孙族属朋友之象，而藏于吾室，以为君之别馆云。卷一一

宝绘堂记

君子可以寓意于物，而不可以留意于物。寓意于物，虽微物足以为乐，虽尤物不足以为病。留意于物，虽微物足以为病，虽尤物足以为乐。《老子》曰："五色令人目盲，五音令人耳聋，五味令人口爽，驰骋田猎令人心发狂。"然圣人未尝废此四者，亦聊以寓意焉耳。刘备之雄才也，而好结髦；嵇康之达也，而好锻炼；阮孚之放

也,而好蜡屐。此岂有声色臭味也哉,而乐之终身不厌。

凡物之可喜,足以悦人而不足以移人者,莫若书与画。然至其留意而不释,则其祸有不可胜言者。锺繇至以此呕血发冢,宋孝武、王僧虔至以此相忌,桓玄之走舸,王涯之复壁,皆以儿戏害其国、凶其身。此留意之祸也。始吾少时,尝好此二者。家之所有,惟恐其失之;人之所有,惟恐其不吾予也。既而自笑,曰:吾薄富贵而厚于书,轻死生而重于画,岂不颠倒错缪,失其本心也哉!自是不复好。见可喜者,虽时复蓄之,然为人取去,亦不复惜也。譬之烟云之过眼,百鸟之感耳,岂不欣然接之?然去而不复念也。于是乎二物者常为吾乐,而不能为吾病。驸马都尉王君晋卿虽在戚里,而其被服礼义,学问诗书,常与寒士角。平居攘去膏粱,屏远声色,而从事于书画,作宝绘堂于私第之东,以蓄其所有,而求文以为记。恐其不幸而类吾少时之所好,故以是告之,庶几全其乐而远其病也。熙宁十年七月二十二日记。卷一一

墨宝堂记

世人之所共嗜者,美饮食,华衣服,好声色而已。有人焉,自以为高而笑之,弹琴弈棋,蓄古法书图画,客至,出而夸观之,自以为至矣。则又有笑之者曰:古之人所以自表见于后世者,以有言语文章也,是恶足好?而豪杰之士,又相与笑之,以为士当以功名闻于世,若乃施之空言而不见于行事,此不得已者之所为也。而其所谓功名者,自知效一官,等而上之,至于伊、吕、稷、契之所营,刘、项、汤、武之所争,极矣。而或者犹未免乎笑,曰:是区区者曾何足言,而许由辞之以为难,孔丘知之以为博。由此言之,世之相笑,岂

有既乎？士方志于其所欲得，虽小物，有弃躯忘亲而驰之者。故有好书而不得其法，则椎心呕血，几死而仅存，至于剖冢斫棺而求之，是岂有声色臭味足以移人哉！方其乐之也，虽其口不能自言，而况他人乎！人特以己之不好，笑人之好，则过矣。

毗陵人张君希元，家世好书，所蓄古今人遗迹至多，尽刻诸石，筑室而藏之，属余为记。余，蜀人也。蜀之谚曰："学书者纸费，学医者人费。"此言虽小，可以喻大。世有好功名者，以其未试之学，而骤出之于政，其费人岂特医者之比乎？今张君以兼人之能，而位不称其才，优游终岁，无所役其心智，则以书自误。然以余观之，君岂久闲者，蓄极而通，必将大发之于政。君知政之费人也甚于医，则愿以余之所言者为鉴。卷一一

文集卷一百二十

李氏山房藏书记

象犀珠玉怪珍之物，有悦于人之耳目，而不适于用；金石草木丝麻五谷六材，有适于用，而用之则弊，取之则竭。悦于人之耳目而适于用，用之而不弊，取之而不竭，贤不肖之所得，各因其才，仁智之所见，各随其分，才分不同，而求无不获者，惟书乎！自孔子圣人，其学必始于观书。当是时，惟周之柱下史聃为多书。韩宣子适鲁，然后见《易象》与《鲁春秋》。季札聘于上国，然后得闻《诗》之风、雅、颂。而楚独有左史倚相，能读“三坟”“五典”“八索”“九丘”。士之生于是时，得见“六经”者盖无几，其学可谓难矣，而皆习于礼乐，深于道德，非后世君子所及。自秦、汉以来，作者益众，纸与字画日趋于简便，而书益多，士莫不有，然学者益以苟简，何哉？余犹及见老儒先生，自言其少时，欲求《史记》《汉书》而不可得，幸而得之，皆手自书，日夜诵读，惟恐不及。近岁市人转相摹刻诸子百家之书，日传万纸。学者之于书，多且易致如此，其文词学术，当倍蓰于昔人，而后生科举之士，皆束书不观，游谈无根，此又何也？

余友李公择，少时读书于庐山五老峰下白石庵之僧舍。公择既去，而山中之人思之，指其所居为李氏山房。藏书凡九千余卷。公择既已涉其流，探其源，采剥其华实，而咀嚼其膏味，以为己有，发于文词，见于行事，以闻名于当世矣。而书固自如也，未尝少损。将以遗来者，供其无穷之求，而各足其才分之所当得。是以不藏于家，而藏于其故所居之僧舍，此仁者之心也。余既衰且病，无所用于世，惟得数年之闲，尽读其所未见之书，而庐山固所愿游而不得者，盖将老焉。尽发公择之藏，拾其余弃以自补，庶有益乎！而公择求余文以为记，乃为一言。使来者知昔之君子见书之难，而今之学者有书而不读为可惜也。卷一一

放鹤亭记

熙宁十年秋，彭城大水，云龙山人张君天骥之草堂①，水及其半扉。明年春，水落，迁于故居之东，东山之麓。升高而望，得异境焉，作亭于其上。彭城之山，冈岭四合，隐然如大环，独缺其西十二，而山人之亭适当其缺。春夏之交，草木际天；秋冬雪月，千里一色。风雨晦明之间，俯仰百变。山人有二鹤，甚驯而善飞。旦则望西山之缺而放焉，纵其所如，或立于陂田，或翔于云表，暮则傃东山而归。故名之曰“放鹤亭”。

郡守苏轼，时从宾客僚吏往见山人，饮酒于斯亭而乐之，揖山人而告之，曰：“子知隐居之乐乎？虽南面之君，未可与易也。《易》曰：‘鸣鹤在阴，其子和之。’《诗》曰：‘鹤鸣于九皋，声闻于天。’盖其为物，清远闲放，超然于尘垢之外。故《易》《诗》人以比贤人君子隐德之士，狎而玩之，宜若有益而无损者。然卫懿公好鹤，则亡其国。周公作《酒诰》，卫武公作《抑戒》，以为荒惑败乱无若酒者，

---

①天骥：通行本无，此据《宋文鉴》补。

而刘伶、阮籍之徒，以此全其真而名后世。嗟夫！南面之君，虽清远闲放如鹤者犹不得好，好之则亡其国，而山林遁世之士，虽荒惑败乱如酒者犹不能为害，而况于鹤乎？由此观之，其为乐未可以同日而语也。”山人听然而笑曰：“有是哉。”乃作放鹤招鹤之歌曰：鹤飞去兮，西山之缺。高翔而下览兮，择所适。翻然敛翼，婉将集兮，忽何所见，矫然而复击。独终日于涧谷之间兮，啄苍苔而履白石。鹤归来兮，东山之阴。其下有人兮，黄冠草屦，葛衣而鼓琴。躬耕而食兮，其余以汝饱。归来归来兮，西山不可以久留。元丰元年十一月初八日记。卷一一

众妙堂记

眉山道士张易简教小学，常百人，予幼时亦与焉。居天庆观北极院，予盖从之三年。谪居海南，一日梦至其处，见张道士如平昔，汛治庭宇，若有所待者，曰：“老先生且至。”其徒有诵《老子》者曰：“玄之又玄，众妙之门。”予曰：“妙一而已，容有众乎？”道士笑曰：“一已陋矣，何妙之有？若审妙也，虽众可也。”因指洒水、薙草者曰：“是各一妙也。”予复视之，则二人者手若风雨，而步中规矩，盖涣然雾除，霍然云散。予惊叹曰：“妙盖至此乎！庖丁之理解，郢人之鼻斫，信矣。”二人者释技而上，曰：“子未睹真妙，庖、郢非其人也，是技与道相半，习与空相会，非无挟而径造者也。子亦见夫蜩与鸡乎？夫蜩登木而号，不知止也；夫鸡俯首而啄，不知仰也。其固也如此。然至蜕与伏也，则无视无听，无饥无渴，默化于荒忽之中，候伺于毫发之间，虽圣智不及也。是岂技与习之助乎？”二人者出。道士曰：“子少安，须老先生至而问焉。”二人者顾曰：

“老先生未必知也。子往见蜩与鸡而问之,可以养生,可以长年。”

广州道士崇道大师何德顺,学道而至于妙者也,作堂,榜曰“众妙”。以书来海南,求文以记之。予不暇作也,独书梦中语以示之。戊寅三月十五日,蜀人苏轼书。卷一一

思堂记

建安章质夫,筑室于公堂之西,名之曰“思”。曰:“吾将朝夕于是,凡吾之所为,必思而后行。子为我记之。”嗟夫!余天下之无思虑者也。遇事则发,不暇思也。未发而思之,则未至;已发而思之,则无及。以此终身,不知所思。言发于心而冲于口,吐之则逆人,茹之则逆余。以为宁逆人也,故卒吐之。君子之于善也,如好好色;其于不善也,如恶恶臭。岂复临事而后思,计议其美恶而避就之哉!是故临义而思利,则义必不果;临战而思生,则战必不力。若夫穷达得丧,死生祸福,则吾有命矣。少时遇隐者曰:“孺子近道,少思寡欲。”曰:“思与欲,若是均乎?”曰:“甚于欲。”庭有二盎以畜水,隐者指之曰:“是有蚁漏。”“是日取一升而弃之,孰先竭?”曰:“必蚁漏者。”思虑之贼人也,微而无间。隐者之言,有会于余心,余行之。且夫不思之乐,不可名也。虚而明,一而通,安而不懈,不处而静,不饮酒而醉,不闭目而睡。将以是记思堂,不亦缪乎?虽然,言各有当也。万物并育而不相害,道并行而不相悖。以质夫之贤,其所谓思者,岂世俗之营营于思虑者乎?《易》曰:“无思也,无为也。”我愿学焉。《诗》曰:“思无邪。”质夫以之。元丰元年正月二十四日记。卷一一

静常斋记

虚而一，直而正，万物之生芸芸，此独漠然而自定，吾其命之曰“静”；泛而出，渺而藏，万物之逝滔滔，此独且然而不忘，吾其命之曰“常”。无古无今，无生无死，无终无始，无后无先，无我无人，无能无否，无离无著，无证无修。即是以观，非愚则痴。舍是以求，非病则狂。昏昏默默，了不可得。混混沌沌，茫不可论。虽有至人，亦不可闻，闻为真闻，亦不可知，知为真知。是犹在闻知之域，而不足以仿佛。况缘迹逐响，以希其至，不亦难哉！既以是为吾号，又以是为吾室，则有名之累，吾何所逃。然亦趋寂之指南，而求道之鞭影乎！卷一一

石氏画苑记

石康伯，字幼安，蜀之眉山人，故紫微舍人昌言之幼子也。举进士不第，即弃去，当以荫得官，亦不就，读书作诗以自娱而已，不求人知。独好法书、名画、古器、异物，遇有所见，脱衣辍食求之，不问有无。居京师四十年，出入闾巷，未尝骑马。在稠人中，耳目谡谡然，专求其所好。长七尺，黑而髯，如世所画道人剑客，而徒步尘埃中，若有所营，不知者以为异人也。又善滑稽，巧发微中，旁人抵掌绝倒，而幼安淡然不变色。与人游，知其急难，甚于为己。有客于京师而病者，辄舁置其家，亲饮食之，死则棺敛之，无难色。凡识幼安者，皆知其如此。而余独深知之，幼安识虑甚远，独口不言耳。今年六十二，状貌如四十许人，须三尺，郁然无一茎白者，此岂徒然者哉！为亳州职官与富郑公俱得罪者，其子夷庚也。其家书画数

百轴，取其毫末杂碎者，以册编之，谓之“石氏画苑”。幼安与文与可游，如兄弟，故得其画为多。而余亦善画古木丛竹，因以遗之，使置之苑中。子由尝言：“所贵于画者，为其似也。似犹可贵，况其真者！吾行都邑田野，所见人物，皆吾画笥也。所不见者，独鬼神耳，当赖画而识。然人亦何用见鬼。”此言真有理。今幼安好画，乃其一病，无足录者，独著其为人之大略云尔。元丰三年十二月二十日赵郡苏轼书。卷一二

文与可画筼筜谷偃竹记

竹之始生，一寸之萌耳，而节叶具焉。自蜩腹蛇蚹以至于剑拔十寻者，生而有之也。今画者乃节节而为之，叶叶而累之，岂复有竹乎！故画竹必先得成竹于胸中，执笔熟视，乃见其所欲画者，急起从之，振笔直遂，以追其所见，如兔起鹘落，少纵则逝矣。与可之教予如此，予不能然也，而心识其所以然。夫既心识其所以然而不能然者，内外不一，心手不相应，不学之过也。故凡有见于中而操之不熟者，平居自视了然，而临事忽焉丧之，岂独竹乎！子由为《墨竹赋》以遗与可曰：“庖丁，解牛者也，而养生者取之。轮扁，斫轮者也，而读书者与之。今夫夫子之托于斯竹也，而予以为有道者，则非耶？”子由未尝画也，故得其意而已。若予者，岂独得其意，并得其法。

与可画竹，初不自贵重，四方之人持缣素而请者，足相蹑于其门，与可厌之，投诸地而骂曰：“吾将以为袜材！”士大夫传之，以为口实。及与可自洋州还，而余为徐州。与可以书遗余曰：“近语士大夫，吾墨竹一派，近在彭城，可往求之。袜材当萃于子矣！”书尾

复写一诗，其略曰："拟将一段鹅溪绢，扫取寒梢万尺长。"予谓与可，竹长万尺，当用绢二百五十匹，知公倦于笔砚，愿得此绢而已。与可无以答，则曰："吾言妄矣，世岂有万尺竹也哉。"余因而实之，答其诗曰："世间亦有千寻竹，月落庭空影许长。"与可笑曰："苏子辩则辩矣。然二百五十匹，吾将买田而归老焉。"因以所画筼筜谷偃竹遗予，曰："此竹数尺耳，而有万尺之势。"筼筜谷在洋州，与可尝令予作《洋州三十咏》，筼筜谷其一也。予诗云："汉川修竹贱如蓬，斤斧何曾赦箨龙。料得清贫馋太守，渭滨千亩在胸中。"与可是日与其妻游谷中，烧笋晚食，发函得诗，失笑喷饭满案。

元丰二年正月二十日，与可没于陈州。是岁七月七日，予在湖州曝书画，见此竹，废卷而哭失声。昔曹孟德《祭桥公文》有"车过""腹痛"之语，而予亦载与可畴昔戏笑之言者，以见与可于予亲厚无间如此也。卷一一

净因院画记

余尝论画，以为人禽宫室器用皆有常形。至于山石竹木，水波烟云，虽无常形，而有常理。常形之失，人皆知之；常理之不当，虽晓画者有不知。故凡可以欺世而取名者，必托于无常形者也。虽然，常形之失，止于所失，而不能病其全，若常理之不当，则举废之矣。以其形之无常，是以其理不可不谨也。世之工人，或能曲尽其形，而至于其理，非高人逸才不能办。与可之于竹石枯木，真可谓得其理者矣。如是而生，如是而死，如是而挛拳瘠蹙，如是而条达畅茂。根茎节叶，牙角脉缕，千变万化，未始相袭，而各当其处。合于天造，厌于人意。盖达士之所寓也欤？昔岁尝画两丛竹于净

因之方丈，其后出守陵阳而西也，余与之偕别长老臻师，又画两竹梢一枯木于其东斋。臻师方治四壁于法堂，而请于与可。与可既许之矣，故余并为记之。必有明于理而深观之者，然后知余言之不妄。熙宁三年端阳月八日眉山苏轼于净因方丈书。卷一一

灵壁张氏园亭记

道京师而东，水浮浊流，陆走黄尘，陂田苍莽，行者倦厌。凡八百里，始得灵壁张氏之园于汴之阳。其外修竹森然以高，乔木蓊然以深；其中因汴之余浸，以为陂池，取山之怪石，以为岩阜。蒲苇莲芡，有江湖之思；椅桐桧柏，有山林之气；奇花美草，有京洛之态；华堂厦屋，有吴蜀之巧。其深可以隐，其富可以养。果蔬可以饱邻里，鱼鳖笋茹可以馈四方之宾客。余自彭城移守吴兴，由宋登舟，三宿而至其下。肩舆叩门，见张氏之子硕。硕求余文以记之。

维张氏世有显人，自其伯父殿中君，与其先人通判府君，始家灵壁，而为此园，作兰皋之亭以养其亲。其后出仕于朝，名闻一时，推其余力，日增治之，于今五十余年矣。其木皆十围，岸谷隐然，凡园之百物，无一不可人意者，信其用力之多且久也。

古之君子，不必仕，不必不仕。必仕则忘其身，必不仕则忘其君。譬之饮食，适于饥饱而已。然士罕能蹈其义、赴其节。处者安于故而难出，出者狃于利而忘返。于是有违亲绝俗之讥，怀禄苟安之弊。今张氏之先君，所以为其子孙之计虑者远且周，是故筑室艺园于汴、泗之间，舟车冠盖之冲，凡朝夕之奉，燕游之乐，不求而足。使其子孙开门而出仕，则跬步市朝之上；闭门而归隐，则俯仰山林之下。于以养生治性，行义求志，无适而不可。故其子孙仕者皆有

循吏良能之称，处者皆有节士廉退之行。盖其先君子之泽也。

余为彭城二年，乐其土风，将去不忍，而彭城之父老亦莫余厌也，将买田于泗水之上而老焉。南望灵壁，鸡犬之声相闻，幅巾杖屦，岁时往来于张氏之园，以与其子孙游，将必有日矣。元丰二年三月二十七日记。卷一一

游桓山记

元丰二年正月己亥晦，春服既成，从二三子游于泗之上。登桓山，入石室，使道士戴日祥鼓雷氏之琴，操《履霜》之遗音，曰："噫嘻！悲夫！此宋司马桓魋之墓也。"或曰："鼓琴于墓，礼欤？"曰："礼也。季武子之丧，曾点倚其门而歌。仲尼，日月也，而魋以为可得而害也。且死为石椁，三年不成，古之愚人也。余将吊其藏，而其骨毛爪齿，既已化为飞尘，荡为冷风矣，而况于椁乎？况于从死之臣妾、饭含之贝玉乎？使魋而无知也，余虽鼓琴而歌可也。使魋而有知也，闻余鼓琴而歌，知哀乐之不可常、物化之无日也，其愚岂不少瘳乎？"二三子喟然而叹，乃歌曰："桓山之上，维石嵯峨兮。司马之恶，与石不磨兮。桓山之下，维水弥弥兮。司马之藏，与水皆逝兮。"歌阕而去。从游者八人：毕仲孙、舒焕、寇昌朝、王适、王遹、王肄、轼之子迈、焕之子彦举。卷一一

石钟山记

《水经》云：彭蠡之口，有石钟山焉。郦元以为下临深潭，微风鼓浪，水石相搏，声如洪钟。是说也，人常疑之。今以钟磬置水中，

虽大风浪不能鸣也，而况石乎！至唐李渤始访其遗踪，得双石于潭上，扣而聆之，南声函胡，北音清越，枹止响腾，余韵徐歇，自以为得之矣。然是说也，余尤疑之。石之铿然有声者，所在皆是也，而此独以钟鸣，何哉？

元丰七年六月丁丑，余自齐安舟行适临汝，而长子迈将赴饶之德兴尉，送之至湖口，因得观所谓石钟者。寺僧命名小童持斧，于乱石间择其一二扣之，硿硿焉，余固笑而不信也。至暮夜月明，独与迈乘小舟至绝壁下。大石侧立千仞，如猛兽奇鬼，森然欲搏人。而山上栖鹘，闻人声亦惊起，磔磔云霄间。又有若老人咳且笑于山谷中者，或曰此鹳鹤也。余方心动欲还，而大声发于水上，噌吰如钟鼓不绝。舟人大恐。徐而察之，则山下皆石穴罅，不知其浅深，微波入焉，涵澹澎湃而为此也。舟回至两山间，将入港口，有大石当中流，可坐百人，空中而多窍，与风水相吞吐，有窾坎镗鞳之声，与向之噌吰者相应，如乐作焉。因笑谓迈曰："汝识之乎？噌吰者，周景王之无射也，窾坎镗鞳者，魏庄子之歌钟也。古之人不余欺也！事不目见耳闻，而臆断其有无，可乎？"郦元之所见闻，殆与余同，而言之不详。士大夫终不肯以小舟夜泊绝壁之下，故莫能知。而渔工水师，虽知而不能言。此世所以不传也。而陋者乃以斧斤考击而求之，自以为得其实。余是以记之，盖叹郦元之简，而笑李渤之陋也。卷一一

南安军学记

古之为国者四：井田也，肉刑也，封建也，学校也。今亡矣，独

学校仅存耳。古之为学者四，其大者则取士论政，而其小者则弦诵也。今亡矣，直诵而已。

舜之言曰：“庶顽谗说，若不在时。侯以明之，挞以记之。书用识哉，欲并生哉。工以纳言，时而扬之。格则承之庸之，否则威之。”格之言改也。《论语》曰：“有耻且格。”承之言荐也。《春秋传》曰：“奉承齐牺。”庶顽谗说不率是教者，舜皆有以待之。夫化恶莫若进善，故择其可进者，以射侯之礼举之。其不率教甚者，则挞之，小则书其罪以记之，非疾之也，欲与之并生而同忧乐也。此士之有罪而未可终弃者，故使乐工采其讴谣讽议之言而扬之，以观其心。其改过者，则荐之，且用之。其不悛者，则威之、屏之、僰之、寄之之类是也。此舜之学政也。射之中否，何与于善恶，而曰“侯以明之”，何也？曰：射所以致众而论士也。众一而后论定。孔子射于矍相之圃，盖观者如堵，使弟子扬觯而叙点者三，则仅有存者。由此观之，以射致众，众集而后论士，盖所从来远矣。《诗》曰：“在泮献囚。”又曰：“在泮献馘。”《礼》曰：“受成于学。”郑人游乡校，以议执政，或谓子产：“毁乡校，何如？”子产曰：“不可。善者吾行之，不善者吾改之，是吾师也。”孔子闻之，谓子产仁。古之取士论政者，必于学。有学而不取士、不论政，犹无学也。学莫盛于东汉，士数万人，嘘枯吹生，自三公九卿，皆折节下之，三府辟召，常出其口。其取士论政，可谓近古，然卒为党锢之祸，何也？曰：此王政也。王者不作，而士自以私意行之于下，其祸败固宜。

朝廷自庆历、熙宁、绍圣以来，三致意于学矣。虽荒服郡县必有学，况南安江西之南境，儒术之富，与闽、蜀等，而太守朝奉郎曹侯登，以治郡显闻，所至必建学。故南安之学，甲于江西。侯，仁人也，而勇于义。其建是学也，以身任其责，不择剧易，期于必成。士以此感奋，不劝而力。费于官者，为钱九万三千，而助者不赀。为屋百二十间，礼殿讲堂，视大邦君之居。凡学之用，莫不严具。又以其余增置廪给食数百人。始于绍圣二年之冬，而成于四年之春。学成而侯去，今为湖州。

轼自海南还，过南安，见闻其事为详。士既德侯不已，乃具列本末、赢粮而从轼者三百余里，愿纪其实。夫学，王者事也。故首以舜之学政告之。然舜远矣，不可以庶几。有贤太守，犹可以为郑子产也。学者勉之，无愧于古人而已。建中靖国元年三月四日，朝奉郎提举成都府玉局观眉山苏轼书。卷一一

文集卷一百二十一

凤鸣驿记

始余丙申岁举进士，过扶风，求舍于馆人；既入，不可居而出，次于逆旅。其后六年，为府从事。至数日，谒客于馆，视客之所居，与其凡所资用，如官府，如庙观，如数世富人之宅。四方之至者，如归其家，皆乐而忘去。将去，既驾，虽马亦顾其皁而嘶。余召馆吏而问焉。吏曰："今太守宋公之所新也。自辛丑八月而公始至，既至逾月而兴功，五十有五日而成。用夫三万六千，木以根计，竹以竿计，瓦、甓、坯、钉各以枚计，稍以石计者二十一万四千七百二十有八，而民未始有知者。"余闻而心善之。其明年，县令胡允文具石，请书其事，余以为有足书者。乃书曰：

古之君子不择居而安，安则乐，乐则喜从事。使人而皆喜从事，则天下何足治欤！后之君子，常有所不屑，使之居其所不屑则躁，否则惰。躁则妄，惰则废，既妄且废，则天下之所以不治者，常出于此，而不足怪。今夫宋公计其所历而累其勤，使无龃龉于世，则今且何为矣，而犹为此官哉！然而未尝有不屑之心。其治扶风也，视其甗錡者而安植之，求其蒙茸者而疏理之，非特传舍而已。事复有小于传舍者，公未尝不尽心也。尝食刍豢者难于食菜，尝衣锦者难于衣布，尝为其大者不屑为其小，此天下之通患也。《诗》曰："岂弟君子，民之父母。"所贵乎岂弟者，岂非以其不择居而安，

安而乐，乐而喜从事欤？夫修传舍，诚无足书者。以传舍之修，而见公之不择居而安，安而乐，乐而喜从事者，则是真足书也。卷一一

密州通判厅题名记

始，尚书郎赵君成伯为眉之丹棱令，邑人至今称之。余其邻邑人也，故知之为详。君既罢丹棱，而余适还眉，于是始识君。其后余出官于杭，而君亦通守临淮，同日上谒辞。相见于殿门外，握手相与语。已而见君于临淮，剧饮，大醉于先春亭上而别。及移守胶西，未一年，而君来倅是邦。余性不慎语言，与人无亲疏，辄输写腑脏，有所不尽，如茹物不下，必吐出乃已。而人或记疏以为怨咎，以此尤不可与深中而多数者处。君既故人，而简易疏达，表里洞然。余固甚乐之。而君又勤于吏职，视官事如家事，余得少休焉。君曰："吾厅事未有壁记。"乃集前人之姓名，以属于余。余未暇作也。及为彭城，君每书来，辄以为言，且曰："吾将托子以不朽。"昔羊叔子登岘山，谓从事邹湛曰："自有宇宙，而有此山。登此远望，如我与卿者多矣，皆堙灭无闻，使人悲伤。"湛曰："公之名当与此山俱传。若湛辈，乃当如公言耳。"夫使天下至今有邹湛者，羊叔子之贤也。今余顽鄙自放，而且老矣，然无以自表见于后世。自计且不足，而况能及于子乎！虽然，不可以不一言，使数百年之后，得此文于颓垣废井之间者，茫然长思而一叹也。卷一一

滕县公堂记

君子之仕也，以其才易天下之养也。才有大小，故养有厚薄。

苟有益于人，虽厉民以自养不为泰。是故饮食必丰，车服必安，宫室必壮，使令之人必给，则人轻去其家而重去其国。如使衣食菲恶不如吾私，宫室弊陋不如吾庐，使令之人朴野不足不如吾僮奴，虽君子安之无不可者，然人之情所以去父母捐坟墓而远游者，岂厌安逸而思劳苦也哉！至于宫室，盖有所从受，而传之无穷，非独以自养也。今日不治，后日之费必倍。而比年以来，所在务为俭陋，尤讳土木营造之功，欹仄腐坏，转以相付，不敢擅易一椽，此何义也？滕，古邑也。在宋、鲁之间，号为难治。庭宇陋甚，莫有葺者。非惟不敢，亦不暇。自天圣元年，县令太常博士张君太素实始改作。凡五十有二年，而赞善大夫范君纯粹，自公府掾谪为令，复一新之。公堂吏舍凡百一十有六间，高明硕大，称子男邦君之居。而寝室未治，范君非嫌于奉己也，曰："吾力有所未暇而已。"昔毛孝先、崔季珪用事，士皆变易车服以求名，而徐公不改其常，故天下以为泰。其后世俗日以奢靡，而徐公固自若也，故天下以为啬。君子之度一也，时自二耳。元丰元年七月二十二日，尚书祠部员外郎、直史馆、权知徐州军事苏轼记。卷一一

雩泉记

常山在东武郡治之南二十里，不甚高大。而下临城中，如在山下，雉堞楼观，仿佛可数。自城中望之，如在城上，起居寝食，无往而不见山者。其神食于斯民，固宜也。东武滨海多风，而沟渎不留，故率常苦旱。祷于兹山，未尝不应。民以其可信而恃，盖有常德者，故谓之常山。熙宁八年春夏旱，轼再祷焉，皆应如响，乃新其庙。庙门之西南十五步，有泉汪洋，折旋如车轮，清凉滑甘，冬夏若

一，余流溢去，达于山下。兹山之所以能常其德，出云为雨，以信于斯民者，意其在此。而号称不立，除治不严，农民易之。乃琢石为井，其深七尺，广三之二。作亭于其上，而名之曰“雩泉”。古者谓吁嗟而求雨曰“雩”。今民吁嗟其所不获，而呻吟其所疾痛，亦多矣。吏有能闻而哀之，答其所求，如常山雩泉之可信而恃者乎！轼以是愧于神，乃作《吁嗟》之诗，以遗东武之民，使歌以祀神而勉吏云：

吁嗟常山，东武之望；匪石岩岩，惟德之常。吁嗟雩泉，维山之滋；维水作聪，我民所噫。我歌云汉，于泉之侧；谁其尸之？涌溢赴节。堂堂在位，有号不闻；我愧于中，何以吁神。神尸其昧，我职其著；各率尔职，神不汝弃。酌山之泉，言采其蔬；跪以荐神，神其吐之。卷一

钱塘六井记

潮水避钱塘而东击西陵，所从来远矣。沮洳斥卤，化为桑麻之区，而久乃为城邑聚落。凡今州之平陆，皆江之故地，其水苦恶，惟负山凿井，乃得甘泉，而所及不广。唐宰相李公长源始作六井，引西湖水以足民用。其后刺史白公乐天治湖浚并，刻石湖上，至于今赖之。始长源六井，其最大者在清湖中，为相国井，其西为西井，少西而北为金牛池，又北而西附城为方井，为白龟池，又北而东至钱塘县治之南为小方井。而金牛之废久矣。嘉祐中，太守沈公文通又于六井之南，绝河而东至美俗坊为南井。出涌金门，并湖而北，有水闸三，注以石沟，贯城而东者，南井、相国、方井之所从出也。若西井，则相国之派别者也。而白龟池、小方井，皆为匿沟湖

底，无所用闸。此六井之大略也。

熙宁五年秋，太守陈公述古始至，问民之所病。皆曰：“六井不治，民不给于水。南井沟庳而井高，水行地中，率常不应。”公曰：“嘻，甚矣！吾在此，可使民求水而不得乎？”乃命僧仲文、子珪办其事。仲文、子珪又引其徒如正、思坦以自助，凡出力以佐官者二十余人。于是发沟易甃，完缉罅漏，而相国之水大至，坎满溢流，南注于河，千艘更载，瞬息百斛。以方井为近于浊恶而迁之少西，不能五步，而得其故基。父老惊曰：“此古方井也！民李甲迁之于此，六十年矣。”疏涌金池为上中下，使浣衣浴马不及于上池。而列二闸于门外，其一赴三池而决之河，其一纳之石槛，比竹为五管以出之，并河而东，绝三桥以入于石沟，注于南井。水之所从来高，则南井常厌水矣。凡为水闸四，皆垣墙扃鐍以护之。明年春，六井毕修，而岁适大旱，自江淮至浙右井皆竭，民至以罂缶贮水，相饷如酒醴。而钱塘之民肩足所任，舟楫所及，南出龙山，北至长河盐官海上，皆以饮牛马、给沐浴。方是时，汲者皆诵佛以祝公。余以为水者，人之所甚急，而旱至于井竭，非岁之所常有也。以其不常有，而忽其所甚急，此天下之通患也，岂独水哉？故详其语以告后之人，使虽至于久远废坏而犹有考也。卷一一

奖谕敕记

熙宁十年七月十七日，河决澶州曹村埽。八月二十一日，水及徐州城下。至九月二十一日，凡二丈八尺九寸，东西北触山而止，皆清水，无复浊流。水高于城中平地，有至一丈九寸者，而外小城东南隅不沉者三版。父老云：“天禧中，尝筑二堤。一自小市门

外，绝壕而南，少西以属于戏马台之麓；一自新墙门外，绝壕而西，折以属于城下南京门之北。”遂起急夫五千人，与武卫奉化牢城之士，昼夜杂作堤。堤成之明日，水自东南隅入，遇堤而止。水窗六，先水未至，以薪刍土囊自城外塞之。水至而后，自城中塞者皆不足恃。城中有故取土大坑十五，皆与外水相应，井有溢者。三方皆积水，无所取土，取于州之南亚父冢之东。自城中附城为长堤，壮其址，长九百八十四丈，高一丈，阔倍之。公私船数百，以风浪不敢行，分缆城下，以杀河之怒。至十月五日，水渐退，城遂以全。明年二月，有旨赐钱二千四百一十万，起夫四千二十三人，又以发常平钱六百三十四万，米一千八百余斛，募夫三千二十人，改筑外小城。创木岸四，一在天王堂之西，一在彭城楼之下，一在上洪门之西北，一在大城之东南隅。大坑十五皆塞之。已而澶州灵平埽成，水不复至。臣轼以谓黄河率常五六十年一决，而徐州最处汴泗下流，上下二百余里皆阻山，水尤深悍难落，不与他郡等，恐久远仓卒，吏民不复究知，故因上之所赐诏书而记其大略，并刻诸石。若其详，则藏于有司，谓之《熙宁防河录》云。卷一一

清风阁记

文慧大师应符，居成都玉溪上，为阁曰“清风”。以书来求文为记，五返而益勤，余不能已，戏为浮屠语以问之。曰：“符，而所谓身者，汝之所寄也。而所谓阁者，汝之所以寄所寄也。身与阁，汝不得有，而名乌乎施？名将无所施，而安用记乎？虽然，吾为汝放心遗形而强言之，汝亦放心遗形而强听之。木生于山，水流于渊，山与渊且不得有，而人以为己有，不亦惑欤？天地之相磨，虚空与有物

之相推，而风于是焉生。执之而不可得也，逐之而不可及也，汝为居室而以名之，吾又为汝记之，不亦大惑欤？虽然，世之所谓已有而不惑者，其与是奚辨？若是而可以为有邪？则虽汝之有是风可也，虽为居室而以名之，吾又为汝记之可也，非惑也。风起于苍茫之间，彷徨乎山泽，激越乎城郭道路，虚徐演漾，以泛汝之轩窗栏楯幔帷而不去也。汝隐几而观之，其亦有得乎？力生于所激，而不自为力，故不劳；形生于所遇，而不自为形，故不穷。尝试以是观之。”卷一二

中和胜相院记

佛之道难成，言之使人悲酸愁苦。其始学之，皆入山林，践荆棘蛇虺，袒裸雪霜。或刲割屠脍，燔烧烹煮，以肉饲虎豹鸟乌蚊蚋，无所不至。茹苦含辛，更百千万亿年而后成。其不能此者，犹弃绝骨肉，衣麻布，食草木之实，昼日力作，以给薪水粪除，暮夜持膏火薰香，事其师如生。务苦瘠其身，自身口意莫不有禁，其略十，其详无数。终身念之，寝食见之。如是，仅可以称沙门比丘。虽名为不耕而食，然其劳苦卑辱，则过于农工远矣。计其利害，非侥幸小民之所乐，今何其弃家毁服坏毛发者之多也。意亦有所便欤？寒耕暑耘，官又召而役作之，凡民之所患苦者，我皆免焉。吾师之所谓戒者，为愚夫未达者设也，若我何用是为？剟其患，专取其利，不如是而已。又爱其名，治其荒唐之说。摄衣升坐，问答自若，谓之长老。吾尝究其语矣，大抵务为不可知。设械以应敌，匿形以备败，窘则推堕滉漾中，不可捕捉，如是而已矣。吾游四方，见辄反覆折困之，度其所从遁，而逆闭其涂。往往面颈发赤，然业已为是道，势不得以恶声相反，则笑曰：“是外道魔人也。”吾之于僧，慢侮不信

如此。今宝月大师惟简，乃以其所居院之本末，求吾文为记，岂不谬哉？然吾昔者始游成都，见文雅大师惟度，器宇落落可爱，浑厚人也。能言唐末、五代事，传记所不载者，因是与之游，甚熟。惟简，则其同门友也。其为人，精敏过人，事佛齐众，谨严如官府。二僧皆吾之所爱，而此院又有唐僖宗皇帝像，及其从官文武七十五人。其奔走失国与其所以将亡而不遂灭者，既足以感概太息，而画又皆精妙冠世，有足称者，故强为记之。始居此者，京兆人广寂大师希让，传六世至度与简。简姓苏氏，眉山人，吾远宗子也，今主是院，而度亡矣。卷一二

四菩萨阁记

始吾先君于物无所好，燕居如斋，言笑有时。顾尝嗜画，弟子门人无以悦之，则争致其所嗜，庶几一解其颜。故虽为布衣，而致画与公卿等。长安有故藏经龛，唐明皇帝所建。其门四达，八板皆吴道子画，阳为菩萨，阴为天王，凡十有六躯。广明之乱，为贼所焚。有僧忘其名，于兵火中拔其四板以逃；既重不可负，又迫于贼，恐不能全，遂窍其两板以受荷，西奔于岐，而寄死于乌牙之僧舍。板留于是百八十年矣。客有以钱十万得之以示轼者，轼归其直，而取之以献诸先君。先君之所嗜，百有余品，一旦以是四板为甲。治平四年，先君没于京师。轼自汴入淮，溯于江，载是四板以归。既免丧，所尝与往来浮屠人惟简，诵其师之言，教轼为先君舍施必所甚爱与所不忍舍者。轼用其说，思先君之所甚爱、轼之所不忍舍者，莫若是板，故遂以与之。且告之曰："此明皇帝之所不能守，而焚于贼者也，而况于余乎？余视天下之蓄此者多矣，有能及三世者

乎？其始求之若不及，既得，惟恐失之，而其子孙不以易衣食者，鲜矣。余惟自度不能长守此也，是以与子。子将何以守之？”简曰：“吾以身守之。吾眼可霍，吾足可斫，吾画不可夺。若是，足以守之欤？”轼曰：“未也。足以终子之世而已。”简曰：“吾又盟于佛，而以鬼守之。凡取是者与凡以是予人者，其罪如律。若是，足以守之欤？”轼曰：“未也。世有无佛而蔑鬼者。”“然则何以守之？”曰：“轼之以是予子者，凡以为先君舍也。天下岂有无父之人欤，其谁忍取之！若其闻是而不悛，不惟一观而已，将必取之然后为快，则其人之贤愚，与广明之焚此者一也。全其子孙难矣，而况能久有此乎！且夫不可取者存乎子，取不取者存乎人。子勉之矣，为子之不可取者而已，又何知焉。”既以予简，简以钱百万度为大阁以藏之，且画先君像其上。轼助钱二十之一，期以明年冬阁成。熙宁元年十月二十六日记。卷一二

盐官大悲阁记

羊豕以为羞，五味以为和，秫稻以为酒，曲蘖以作之，天下之所同也。其材同，其水火之齐均，其寒暖燥湿之候一也，而二人为之，则美恶不齐。岂其所以美者，不可以数取欤？然古之为方者，未尝遗数也。能者即数以得妙，不能者循数以得其略。其出一也，有能有不能，而精粗见焉。人见其二也，则求精于数外，而弃迹以逐妙，曰：我知酒食之所以美也。而略其分齐，舍其度数，以为不在是也，而一以意造，则其不为人之所呕弃者寡矣。今吾学者之病亦然。天文、地理、音乐、律历、宫庙、服器、冠昏、丧祭之法，《春秋》之所去取，礼之所可，刑之所禁，历代之所以废兴，与其人之贤

不肖，此学者之所宜尽力也。曰：是皆不足学，学其不可载于书而传于口者。子夏曰："日知其所亡，月无忘其所能，可谓好学也已。"古之学者，其所亡与其所能，皆可以一二数而日月见也。如今世之学，其所亡者果何物，而所能者果何事欤？孔子曰："吾尝终日不食、终夜不寝，以思，无益，不如学也。"由是观之，废学而徒思者，孔子之所禁，而今世之所尚也。岂惟吾学者，至于为佛者亦然。斋戒持律，讲诵其书，而崇饰塔庙，此佛之所以日夜教人者也。而其徒或者以为斋戒持律不如无心，讲诵其书不如无言，崇饰塔庙不如无为。其中无心，其口无言，其身无为，则饱食而嬉而已，是为大以欺佛者也。杭州盐官安国寺僧居则，自九岁出家，十年而得恶疾。且死，自誓于佛，愿持律终身，且造千手眼观世音像，而诵其名千万遍。病已而力不给，则缩衣节口三十余年，铢积寸累，以迄于成。其高九仞，为大屋四重以居之，而求文以为记。余尝以斯言告东南之士矣，盖仅有从者。独喜则之勤苦从事于有为，笃志守节，老而不衰，异夫为大以欺佛者，故为记之，且以风吾党之士云。卷一二

胜相院经藏记

元丰三年，岁在庚申，有大比丘惟简，号曰"宝月"，修行如幻，三摩钵提，在蜀成都大圣慈寺，故中和院，赐名"胜相"，以无量宝、黄金丹砂、琉璃真珠、旃檀众香，庄严佛语，及菩萨语，作大宝藏。涌起于海，有大天龙，背负而出，及诸小龙，纠结环绕。诸化菩萨，及护法神，镇守其门。天魔鬼神，各执其物，以御不祥。是诸众宝，及诸佛子，光色声香，自相磨激，璀璨芳郁，玲珑宛转，生出诸相，变化无穷。不假言语，自然显见，苦空无我，无量妙义。凡见闻者，随

其根性，各有所得。如众饥人，入于太仓，虽未得食，已有饱意。又如病人，游于药市，闻众药香，病自衰减。更能取米，作无碍饭，恣食取饱，自然不饥。又能取药，以疗众病。众病有尽，而药无穷，须臾之间，无病可疗。以是因缘，度无量众。时见闻者，皆争舍施。富者出财，壮者出力，巧者出技，皆舍所爱，及诸结习，而作佛事，求脱烦恼，浊恶苦海。有一居士，其先蜀人，与是比丘，有大因缘。去国流浪，在江淮间，闻是比丘，作是佛事，即欲随众，舍所爱习。周视其身，及其室庐，求可舍者，了无一物。如焦谷芽，如石女儿，乃至无有，毫发可舍。私自念言，我今惟有，无始已来，结习口业，妄言绮语，论说古今，是非成败。以是业故，所出言语，犹如钟磬，黼黻文章，悦可耳目。如人善博，日胜日贫，自云是巧，不知是业。今舍此业，作宝藏偈。愿我今世，作是偈已，尽未来世，永断诸业，客尘妄想，及事理障。一世切间，无取无舍，无憎无爱，无可无不可。时此居士，稽首西望，而说偈言：

　　我游多宝山，见山不见宝。岩谷及草木，虎豹诸龙蛇，虽知宝所在，欲取不可得。复有求宝者，自言已得宝，见宝不见山，亦未得宝故。譬如梦中人，未尝知是梦，既知是梦已，所梦即变灭。见我不见梦，因以我为觉，不知真觉者，觉梦两无有。我观大宝藏，如以蜜说甜。众生未谕故，复以甜说蜜。甜蜜更相说，千劫无穷尽。自蜜及甘蔗，查梨与橘柚，说甜而得酸，以及咸辛苦。忽然反自味，舌根有甜相，我尔默自知，不烦更相说。我今说此偈，于道亦云远，如眼根自见，是眼非我有。当有无耳人，听此非舌言，于一弹指顷，洗我千劫罪。卷一二

虔州崇庆禅院新经藏记

如来得阿耨多罗三藐三菩提，曰“以无所得故而得”。舍利弗得阿罗汉道，亦曰“以无所得故而得”。如来与舍利弗若是同乎？曰：“何独舍利弗，至于百工贱技，承蜩意钩，履狶画墁，未有不同者也。夫道之大小，虽至于大菩萨，其视如来，犹若天渊然，及其以无所得故而得，则承蜩意钩，履狶画墁，未有不与如来同者也。以吾之所知，推至其所不知，婴儿生而导之言，稍长而教之书，口必至于忘声而后能言，手必至于忘笔而后能书，此吾之所知也。口不能忘声，则语言难于属文，手不能忘笔，则字画难于刻雕。及其相忘之至也，则形容心术，酬酢万物之变，忽然而不自知也。自不能者而观之，其神智妙达，不既超然与如来同乎？故《金刚经》曰：“一切贤圣，皆以无为法，而有差别。”以是为技，则技疑神，以是为道，则道疑圣。古之人与人皆学，而独至于是，其必有道矣。

吾非学佛者，不知其所自入，独闻之孔子曰：“《诗》三百，一言以蔽之，曰：思无邪。”夫有思皆邪也，善恶同而无思，则土木也，云何能使有思而无邪，无思而非土木乎？呜呼！吾老矣，安得数年之暇，托于佛僧之宇，尽发其书，以无所思心会如来意，庶几于无所得故而得者。谪居惠州，终岁无事，宜若得行其志。而州之僧舍无所谓经藏者，独榜其所居室，曰“思无邪斋”而铭之，致其志焉。始吾南迁，过虔州，与通守承议郎俞君括游。一日，访廉泉，入崇庆院，观宝轮藏。君曰：“是于江南壮丽为第一。其费二千余万，前长老昙秀始作之，几于成而寂。今长老惟湜嗣成之。奔走二老之间，劝导经营，铢积寸累，十有六年而成者，僧知锡也。子能愍此三士之劳，为一言记之乎？”吾盖心许之。俞君博学能文，敏于从政，而恬于进取。数与吾书，欲弃官相从学道。自虔罢归，道病卒于庐陵。虔之士民，有巷哭者，吾亦为出涕。故作此文以遗湜、锡，并论孔子"思无邪"之意，与吾有志无书之叹，使刻于石，且与俞君结未来之因乎！绍圣二年五月二十七日记。卷一二

文集卷一百二十二

黄州安国寺记

元丰二年十二月，余自吴兴守得罪，上不忍诛，以为黄州团练副使，使思过而自新焉。其明年二月，至黄。舍馆粗定，衣食稍给，闭门却扫，收召魂魄，退伏思念，求所以自新之方，反观从来举意动作，皆不中道，非独今之所以得罪者也。欲新其一，恐失其二。触类而求之，有不可胜悔者。于是喟然叹曰："道不足以御气，性不足以胜习。不锄其本，而耘其末，今虽改之，后必复作。盍归诚佛僧，求一洗之？"得城南精舍曰安国寺，有茂林修竹，陂池亭榭。间一二日辄往，焚香默坐，深自省察，则物我相忘，身心皆空，求罪垢所从生而不可得。一念清净，染污自落，表里翛然，无所附丽。私窃乐之。旦往而暮还者，五年于此矣。寺僧曰继连，为僧首七年，得赐衣。又七年，当赐号，欲谢去，其徒与父老相率留之。连笑曰："知足不辱，知止不殆。"卒谢去。余是以愧其人。七年，余将有临汝之行。连曰："寺未有记。"具石请记之，余不得辞。寺立于伪唐保大二年，始名护国，嘉祐八年赐今名。堂宇斋阁，连皆易新之，严丽深稳，悦可人意，至者忘归。岁正月，男女万人会庭中，饮食作乐，且祠瘟神，江淮旧俗也。四月六日，汝州团练副使眉山苏轼记。卷一二

荐诚禅院五百罗汉记

熙宁十年，余方守徐州，闻河决澶渊，入钜野，首灌东平。吏民恟惧，不知所为。有僧应言，建策凿清泠口，道积水北入于古废河，又北东入于海。吏方持其议，言强力辩口，慨然论河决状甚明。吏不能夺，卒以其言决之。水所入如其言，东平以安，言有力焉。众欲为请赏，言笑谢去。余固异其人。后二年，移守湖州，而言自郓来，见余于宋，曰："吾郓人也，少为僧，以讲为事。始钱公子飞使吾创精舍于郓之东阿北新桥镇，且造铁浮屠十有三级，高百二十尺。既成，而赵公叔平请诸朝，名吾院曰'荐诚'，岁度僧以守之。今将造五百罗汉像于钱塘，而载以归，度用钱五百万，自丞相潞公以降，皆吾檀越也。"余于是益知言真有过人者。又六年，余自黄州迁于汝，过宋，而言适在焉。曰："像已成，请为我记之。"呜呼！士以功名为贵，然论事易，作事难；作事易，成事难。使天下士皆如言，论必作，作必成者，其功名岂少哉！其可不为一言？卷一二

南华长老题名记

学者以成佛为难乎？累土画沙，童子戏也，皆足以成佛。以为易乎？受记得道，如菩萨大弟子，皆不任问疾，是义安在？方其迷乱颠倒、流浪苦海之中，一念正真，万法皆具。及其勤苦功用，为山九仞之后，毫厘差失，千劫不复。呜呼！道固如是也，岂独佛乎？子思子曰："夫妇之不肖，可以能行焉，及其至也，虽圣人亦有所不能焉。"孟子则以为圣人之道，始于不为穿窬，而穿窬之恶，成于言不言。人未有欲为穿窬者，虽穿窬亦不欲也。自其不欲为之

心而求之，则穿窬足以为圣人。可以言而不言，不可以言而言，虽贤人君子有不能免也。因其不能免之过而遂之，则贤人君子有时而为盗。是二法者，相反而相为用，儒与释皆然。南华长老明公，其始盖学于子思、孟子者，其后弃家为浮屠氏。不知者以为逃儒归佛，不知其犹儒也。南华自六祖大鉴示灭，其传法得眼者，散而之四方。故南华为律寺。至吾宋天禧三年，始有诏以智度禅师普遂住持，至今明公，盖十一世矣。明公告东坡居士曰："宰官行世间法，沙门行出世间法，世间即出世间，等无有二。今宰官传授，皆有题名壁记，而沙门独无有。矧吾道场，实补佛祖处，其可不严其传？子为我记之。"居士曰："诺。"乃为论儒释不谋而同者以为记。建中靖国元年正月一日记。卷一二

应梦罗汉记

元丰四年正月二十一日，予将往岐亭，宿于团封。梦一僧破面流血，若有所诉。明日至岐亭，过一庙，中有阿罗汉像，左龙右虎，仪制甚古，而面为人所坏，顾之惘然，庶几畴昔所见乎？遂载以归，完新而龛之，设于安国寺。四月八日，先妣武阳君忌日，饭僧于寺，乃记之。责授黄州团练副使眉山苏轼记。卷一二

广州东莞县资福禅寺罗汉阁记

众生以爱，故入生死。由于爱境，有逆有顺，而生喜怒，造种种业，展转六趣，至千万劫。本所从来，唯有一爱，更无余病。佛大医王，对病为药。唯有一舍，更无余药，常以此药，而治此病。如水

救火，应手当灭。云何众生，不灭此病。是导师过，非众生咎。何以故？众生所爱，无过身体。父母有疾，割肉刺血，初无难色。若复邻人，从其求乞，一爪一发，终不可得。有二导师，其一清净，不入诸相。能知众生，生死之本。能使众生，了然见知；不生不灭，出轮回处。是处安乐，堪永依怙，无异父母。支体可舍，而况财物。其一导师，以有为心，行有为法。纵不求利，即自求名。譬如邻人，求乞爪发，终不可得，而况肌肉。以此观之，爱吝不舍，是导师过。设如有人，无故取米，投坑阱中，见者皆恨。若以此米，施诸鸟雀，见者皆喜。鸟雀无知，受我此施，何异坑阱？而人自然，有喜有愠。如使导师，有心有为，则此施者，与弃无异。以此观之，爱吝不舍，非众生咎。四方之民，皆以勤苦，而得衣食，所得毫末，其苦无量。独此南越、岭海之民，贸迁重宝，坐获富乐。得之也易，享之也愧。是故其人，以愧故舍。海道幽险，死生之间，曾不容发。而况飘堕，罗刹鬼国。呼号神天，佛菩萨僧，以脱须臾。当此之时，身非己有，而况财物，实同粪土。是故其人，以惧故舍。愧惧二法，助发善心，是故越人，轻施乐舍，甲于四方。东莞古邑，资福禅寺，有老比丘，祖堂其名，未尝戒也，而律自严，未尝求也，而人自施。人之施堂，如物在衡，损益铢黍，了然觉知。堂之受施，如水涵影，虽千万过，无一留者。堂以是故，创作五百，大阿罗汉，严净宝阁。涌地千柱，浮空三成，壮丽之极，实冠南越。东坡居士，见闻随喜，而说偈言。

五百大士栖此城，南珠大贝皆东倾。众心回春柏再荣，铁林东来阁乃成。宝骨未到先通灵，赤蛇白璧珠夜明。三十袭吉谁敢争，层檐飞空俯日星。海波不摇飓无声，天风徐来韵流铃。一洗瘴雾冰雪清，人无南北寿且宁。卷一二

方丈记

年月日，住持传法沙门惟谨，重建方丈。上祝天子万寿，永作神主。敛时五福，敷锡庶民。地狱天宫，同为净土，有性无性，齐成佛道。卷一二

野吏亭记

故相陈文惠公建立此亭，榜曰“野吏”，盖孔子所谓先进于礼乐者。公在政府，独眷眷此邦，然庭宇日就圮缺。凡九十七年，太守朝奉郎方侯子容南圭，复完新之。绍圣三年十一月二十一日记。卷一二

遗爱亭记 代巢元修

何武所至，无赫赫名，去而人思之，此之谓遗爱。夫君子循理而动，理穷而止，应物而作，物去而复，夫何赫赫名之有哉！东海徐公君猷，以朝散郎为黄州。未尝怒也，而民不犯；未尝察也，而吏不欺。终日无事，啸咏而已。每岁之春，与眉阳子瞻游于安国寺，饮酒于竹间亭，撷亭下之茶，烹而饮之。公既去郡，寺僧继连请名。子瞻名之曰“遗爱”。时縠自蜀来，客于子瞻，因子瞻以见公。公命縠记之。縠愚朴，羁旅人也，何足以知公？采道路之言，质之于子瞻，以为之记。卷一二

琼州惠通泉记

《禹贡》:“济水入于河,溢为荥河。”南曰荥阳河,北曰荥泽。沱、潜本梁州二水,亦见于荆州。水行地中,出没数千里外,虽河海不能绝也。唐相李文饶好饮惠山泉,置驿以取水。有僧言长安昊天观井水与惠山泉通,杂以他水十余缶试之,僧独指其一曰:“此惠山泉也。”文饶为罢水驿。琼州之东五十里曰三山庵,庵下有泉,味类惠山。东坡居士过琼,庵僧惟德以水饷焉,而求为之名,名之曰“惠通”。元符三年六月十七日记。卷一二

顺济王庙新获石砮记

建中靖国元年四月甲午,轼自儋耳北归,舣舟吴城山顺济龙王祠下。既进谒而还,逍遥江上,得古箭镞,槊锋而剑脊,其廉可刿,而其质则石也。曰:“异哉!此孔子所谓楛矢、石砮,肃慎氏之物也。何为而至此哉?”传观左右,失手坠于江中。乃祷于神,愿复得之,当藏之庙中,为往来者骇心动目诡异之观。既祷,则使没人求之,一探而获。谨按《禹贡》:荆州贡砺、砥、砮、丹及菌、簵、楛,梁州贡璆、铁、银、镂、砮、磬。则楛矢、石砮,自禹以来贡之矣。然至春秋时,隼集于陈廷,楛矢贯之,石砮长尺有咫,时人莫能知,而问于孔子。孔子不近取之荆梁,而远取之肃慎,则荆梁之不贡此久矣。颜师古曰:“楛木堪为笴,今豳以北皆用之。”以此考之,用楛为矢,至唐犹然。而用石为砮,则自春秋以来莫识矣。可不谓异物乎!兑之戈,和之弓,垂之竹矢,陈于路寝,孔子履藏于武库。皆以古见宝。此矢独非宝乎?顺济王之威灵,南放于洞庭,北被于淮

泗，乃特为出此宝。轼不敢私有，而留之庙中，与好古博雅君子共之，以昭示王之神圣英烈不可不敬者如此。卷一二

熙宁手诏记

熙宁元年三月，故翰林学士杨绘以知制诰知谏院上疏论故相曾公亮事。先帝直其言，然未欲遽行也，故除公兼侍读。公力辞不已，乃以手诏赐今龙图阁学士滕公元发，使以手诏赐公。公卒不受命，而诏遂藏于家。是岁四月，复除公知谏院，会公以母忧去官。其后二十年，公没于杭州。丧过京师，其子久中以手诏相示，且请记之。谨按先帝临御之初，公与滕公，皆蒙国士非常之知。凡所以开心见诚，相期于度外者，类皆如此。未究其用，为小人所诬，故困于外十有余年。先帝谨于用法，故未即起公，然知之未少衰也。使先帝尚在，公岂流落而不用终身者哉？悲夫！元祐三年十一月十四日，翰林学士、朝奉郎、知制诰兼侍读臣某谨记。卷一二

观妙堂记

不忧道人谓欢喜子曰："来，我所居室，汝知之乎？沉寂湛然，无有喧争，嗒然其中，死灰槁木，以异而同，我既名为观妙矣，汝其为我记之。"欢喜子曰："是室云何而求我？况乎妙事了无可观。既无可观，亦无可说。欲求少分可以观者，如石女儿，世终无有。欲求多分可以说者，如虚空花，究竟非实。不说不观，了达无碍，超出三界，入智慧门。虽然如是置之，不可执偏，强生分别，以一味语，断之无疑。譬用筌蹄，以得鱼兔，及施灯烛，以照丘坑。获鱼兔矣，筌蹄了忘，知

丘坑处，灯烛何施？今此居室，孰为妙与！萧然是非，行住坐卧，饮食语默，具足众妙，无不现前。览之不有，却之不无，倏知觉知，要妙如此。当持是言，普示来者。入此室时，作如是观。”卷一二

法云寺礼拜石记

夫供养之具，最为佛事先，其法不一。他山之石，平不容垢，横展如席，愿为一座具之用。晨夕礼佛，以此皈依。当敬礼无所观时，运心广博，无所不在，天上人间，以至地下，悉触智光。闻我佛修道时，刍泥巢顶，沾佛气分，后皆受报。则礼佛也，其心实重。有德者至，是礼也，愿一拜一起，无过父母。乘此愿力，不堕三涂。佛力不可尽，石不可尽，愿力不可尽。三者既不可尽，二亲获福，生生世世，亦不可尽。今对佛宣白，惟佛实临之。元祐八年七月中旬，内殿崇班马惟宽舍。卷一二

赵先生舍利记

赵先生棠，本蜀人，孟氏节度使廷隐之后，今为南海人。仕至幕职，官南海。有潘冕者，阳狂不测，人谓之潘盎。南海俚人谓心风为“盎”。盎尝与京师言法华偈颂往来。言云：“盎，日光佛化也。”先生弃官从盎游，盎以谓尽得我道。盎既隐去，不知其所终，而先生亦坐化。焚其身，得舍利数升。轼与先生之子昶游，故得此舍利四十八粒。盎与先生异迹极多，张安道作先生墓志，具载其事。昶今为大理寺丞，知藤州。元丰三年十一月十五日，以舍利授宝月大师之孙悟清，使持归本院供养。赵郡苏轼记。卷一二

北海十二石记

登州下临大海，目力所及，沙门、鼍矶、车牛、大竹、小竹凡五岛。惟沙门最近，兀然焦枯，其余皆紫翠巉绝，出没涛中，真神仙所宅也。上生石芝，草木皆奇玮，多不识名者。又多美石，五采斑斓，或作金文。熙宁己酉岁，李天章为登守，吴子野往从之游。时解贰卿致政，退居于登，使人入诸岛取石，得十二株，皆秀色粲然。适有舶在岸下，将转海至潮。子野请于解公，尽得十二石以归，置所居岁寒堂下。近世好事能致石者多矣，未有取北海而置南海者也。元祐八年八月十五日，东坡居士苏轼记。卷一二

子姑神记

元丰三年正月朔日，予始去京师来广州。二月朔至郡。至之明年，进士潘丙谓予曰："异哉！公之始受命，黄人未知也。有神降于州之侨人郭氏之第，与人言如响，且善赋诗，曰：'苏公将至，而吾不及见也。'已而公以是日至，而神以是日去。"其明年正月，丙又曰："神复降于郭氏。"予往观之，则衣草木，为妇人，而置箸手中，二小童子扶焉。以箸画字，曰："妾，寿阳人也，姓何氏，名媚，字丽卿。自幼知读书属文，为伶人妇。唐垂拱中，寿阳刺史害妾夫，纳妾为侍书，而其妻妒悍甚，见杀于厕。妾虽死不敢诉也，而天使见之，为直其冤，且使有所职于人间。盖世所谓子姑神者，其类甚众，然未有如妾之卓然者也。公少留而为赋诗，且舞以娱公。"诗数十篇，敏捷立成，皆有妙思，杂以嘲笑。问神仙鬼佛变化之理，其答皆出于人意外。坐客抚掌，作《道调梁州》，神起舞中节。曲终，再拜

以请曰："公文名于天下，何惜方寸之纸，不使世人知有妾乎？"余观何氏之生，见掠于酷吏，而遇害于悍妻，其怨深矣。而终不指言刺史之姓名，似有礼者。客至逆知其平生，而终不言人之阴私与休咎，可谓知矣。又知好文字而耻无闻于世，皆可贤者。粗为录之，答其意焉。卷一二

天篆记

江淮间俗尚鬼。岁正月，必衣服箕帚，为子姑神，或能数数画字。惟黄州郭氏神最异，予去岁作《何氏录》以记之。今年黄人汪若谷家，神尤奇。以箸为口，置笔口中，与人问答如响。曰："吾天人也。名全，字德通，姓李氏。以若谷再世为人，吾是以降焉。"著篆字，笔势奇妙，而字不可识。曰："此天篆也。"与予篆三十字，云是天蓬咒。使以隶字释之，不可。见黄之进士张炳，曰："久阔无恙。"炳问安所识。答曰："子独不记刘苞乎？吾即苞也。"因道炳昔与苞起居语言状甚详。炳大惊，告予曰："昔尝识苞京师，青巾布裘，文身而嗜酒，自言齐州人。今不知其所在。岂真天人乎？"或曰："天人岂肯附箕帚为子姑神，从汪若谷游哉？"予亦以为不然。全为鬼为仙，固不可知，然未可以其所托之陋疑之也。彼诚有道，视王宫豕牢一也。其字虽不可识，而意趣简古，非墟落间窃食愚鬼所能为者。昔长陵女子以乳死，见神于先后宛若，民多往祠。其后汉武帝亦祠之，谓之神君，震动天下。若疑其所托，又陋于全矣。世人所见常多，所不见常多，奚必于区区耳目之所及，度量世外事乎？姑藏其书，以待知者。卷一二

文集卷一百二十三

画水记

古今画水，多作平远细皱，其善者不过能为波头起伏。使人至以手扪之，谓有洼隆，以为至妙矣。然其品格，特与印板水纸争工拙于毫厘间耳。唐广明中，处士孙位始出新意，画奔湍巨浪，与山石曲折，随物赋形，画水之变，号称神逸。其后蜀人黄筌、孙知微，皆得其笔法。始，知微欲于大慈寺寿宁院壁作湖滩水石四堵，营度经岁，终不肯下笔。一日，仓皇入寺，索笔墨甚急，奋袂如风，须臾而成。作输泻跳蹙之势，汹汹欲崩屋也。知微既死，笔法中绝五十余年。近岁成都人蒲永昇，嗜酒放浪，性与画会，始作活水，得二孙本意。自黄居寀兄弟、李怀衮之流，皆不及也。王公富人或以势力使之，永昇辄嘻笑舍去；遇其欲画，不择贵贱，顷刻而成。尝与余临寿宁院水，作二十四幅。每夏日挂之高堂素壁，即阴风袭人，毛发为立。永昇今老矣，画益难得，而世之识真者亦少。如往时董羽、近日常州戚氏画水，世或传宝之。如董、戚之流，可谓死水，未可与永昇同年而语也。元丰三年十二月十八日夜，黄州临皋亭西斋戏书。卷一二

刻秦篆记

秦始皇帝二十六年，初并天下。二十八年，亲巡东方海上，登

琅琊台，观出日，乐之忘归。徙黔首三万家台下，刻石颂秦德焉。二世元年，复刻诏书其旁。今颂诗亡矣，其从臣姓名仅有存者，而二世诏书具在。自始皇帝二十八年，岁在壬午，至今熙宁九年丙辰，凡千二百九十五年。而蜀人苏轼来守高密，得旧纸本于民间。比今所见，犹为完好，知其存者，磨灭无日矣。而庐江文勋适以事至密。勋好古善篆，得李斯用笔意，乃摹诸石，置之超然台上。夫秦虽无道，然所立有绝人者。其文字之工，世亦莫及，皆不可废。后有君子，得以览观焉。正月七日甲子记。卷一二

雪堂记

苏子得废圃于东坡之胁，筑而垣之，作堂焉，号其正曰“雪堂”。堂以大雪中为之，因绘雪于四壁之间，无容隙也。起居偃仰，环顾睥睨，无非雪者。苏子居之，真得其所居者也。

苏子隐几而昼瞑，栩栩然若有所适而方兴也。未觉，为物触而寤，其适未厌也，若有失焉。以掌抵目，以足就履，曳于堂下。客有至而问者曰：“子世之散人耶？拘人耶？散人也而天机浅，拘人也而嗜欲深。今似系马而止也，有得乎而有失乎？”苏子心若省而口未尝言，徐思其应，揖而进之堂上。

客曰：“嘻！是矣，子之欲为散人而未得者也。予今告子以散人之道。夫禹之行水，庖丁之投刀，避众碍而散其智者也。是故以至柔驰至刚，故石有时以泐。以至刚遇至柔，故未尝见全牛也。予能散也，物固不能缚；不能散也，物固不能释。子有惠矣，用之于内可也。今也如猬之在囊，而时动其脊胁，见于外者，不特一毛二毛而已。风不可抟，影不可捕，童子知之。名之于人，犹风之与影也，

子独留之。故愚者视而惊，智者起而轧，吾固怪子为今日之晚也。子之遇我，幸矣！吾今邀子为藩外之游，可乎？”

苏子曰：“予之于此，自以为藩外久矣，子又将安之乎？”

客曰：“甚矣，子之难晓也！夫势利不足以为藩也，名誉不足以为藩也，阴阳不足以为藩也，人道不足以为藩也。所以藩予者，特智也尔。智存诸内，发而为言，则言有谓也；形而为行，则行有谓也。使子欲嘿不欲嘿，欲息不欲息，如醉者之恚言，如狂者之妄行，虽掩其口执其臂，犹且喑呜踽躄之不已，则藩之于子，抑又固矣。人之为患以有身，身之为患以有心。是圃之构堂，将以佚子之身也？是堂之绘雪，将以佚子之心也？身待堂而安，则形固不能释；心以雪而警，则神固不能凝。子之知既焚而烬矣，烬又复然，则是堂之作也，非徒无益，而又重子蔽蒙也。子见雪之白乎？则恍然而目眩；子见雪之寒乎？则竦然而毛起。五官之为害，惟目为甚，故圣人不为。雪乎，雪乎，吾见子之为目也。子其殆矣！”

客又举杖而指诸壁，曰：“此凹也，此凸也。方雪之杂下也，均矣。厉风过焉，则凹者留而凸者散，天岂私于凹而厌于凸哉，势使然也。势之所在，天且不能违，而况于人乎？子之居此，虽远人也，而圃有是堂，堂有是名，实碍人耳。不犹雪之在凹者乎？”苏子曰：“予之所为，适然而已，岂有心哉！殆也，奈何？”客曰：“子之适然也。适有雨，则将绘以雨乎？适有风，则将绘以风乎？雨不可绘也，观云气之汹涌，则使子有怒心。风不可绘也，见草木之披靡，则使子有惧意。睹是雪也，子之内亦不能无动矣。苟有动焉，丹青之有靡丽，水雪之有水石，一也。德有心，心有眼，物之所袭，岂有异哉！”

苏子曰：“子之所言是也，敢不闻命。然未尽也，予不能默。

此正如与人讼者，其理虽已屈，犹未能绝辞者也。子以为登春台、入雪堂，有以异乎？以雪观春，则雪为静；以台观堂，则堂为静。静则得，动则失。黄帝，古之神人也。游乎赤水之北，登乎昆仑之丘，南望而还，遗其玄珠焉。游以适意也，望以寓情也。意适于游，情寓于望，则意畅情出，而忘其本矣。虽有良贵，岂得而宝哉！是以不免有遗珠之失也。虽然，意不久留，情不再至，必复其初而已矣，是又惊其遗而索之也。余之此堂，追其远者近之，收其近者内之；求之眉睫之间，是有八荒之趣。人而有知也，升是堂者，将见其不溯而僾，不寒而栗；凄凛其肌肤，洗涤其烦郁，既无炙手之讥，又免饮冰之疾。彼其趑趄利害之途、猖狂忧患之域者，何异探汤执热之俟濯乎？子之所言者，上也。余之所言者，下也。我将能为子之所为，而子不能为我之为矣。譬之厌膏粱者，与之糟糠，则必有忿词。衣文绣者，被之以皮弁，则必有愧色。子之于道，膏粱文绣之谓也，得其上者耳。我以子为师，子以我为资，犹人之于衣食，缺一不可。将其与子游，今日之事姑置之，以待后论。予且为子作歌以道之。”歌曰：

　　雪堂之前后兮，春草齐。雪堂之左右兮，斜径微。雪堂之上兮，有硕人之颀颀。考槃于此兮，芒鞋而葛衣。挹清泉兮，抱瓮而忘其机。负顷筐兮，行歌而采薇。吾不知五十九年之非而今日之是，又不知五十九年之是而今日之非。吾不知天地之大也，寒暑之变，悟昔日之癯，而今日之肥。感子之言兮，始也抑吾之纵而鞭吾之口，终也释吾之缚而脱吾之鞿。是堂之作也，吾非取雪之势，而取雪之意；吾非逃世之事，而逃世之机。吾不知雪之为可观赏，吾不知世之为可依违。性之便，意之适，不在于他，在于群息已动，大明既升，吾方辗转，一观晓隙之尘飞。子不弃兮，我其子归。

客忻然而笑，唯然而出，苏子随之。客顾而颔之曰：“有若人哉！”卷一二

书狄武襄事

狄武襄公者，本农家子。年十六时，其兄素，与里人失其姓名号铁罗汉者，斗于水滨，至溺杀之。保伍方缚素，公适饷田，见之，曰：“杀罗汉者，我也。”人皆释素而缚公。公曰：“我不逃死。然待我救罗汉，庶几复活。若决死者，缚我未晚也。”众从之。公默祝曰：“我若贵，罗汉当苏。”乃举其尸，出水数斗而活。其后人无知者。公薨，其子谘、咏护丧归葬西河，父老为言此。元祐元年十二月五日，与咏同馆北客，夜话及之。眉山苏轼记。卷六六

书刘庭式事

予昔为密州，殿中丞刘庭式为通判。庭式，齐人也。而子由为齐州掌书记，得其乡闾之言以告予，曰：“庭式通礼学究。未及第时，议娶其乡人之女，既约而未纳币也。庭式及第，其女以疾，两目皆盲。女家躬耕，贫甚，不敢复言，或劝纳其幼女。庭式笑曰：‘吾心已许之矣。虽盲，岂负吾初心哉！’卒娶盲女，与之偕老。”盲女死于密，庭式丧之，逾年而哀不衰，不肯复娶。予偶问之：“哀生于爱，爱生于色。子娶盲女，与之偕老，义也。爱从何生，哀从何出乎？”庭式曰：“吾知丧吾妻而已，有目亦吾妻也，无目亦吾妻也。吾若缘色而生爱，缘爱而生哀，色衰爱弛，吾哀亦忘。则凡扬

袂倚市，目挑而心招者，皆可以为妻也耶？”予深感其言，曰：“子功名富贵人也。”或笑予言之过，予曰：“不然，昔羊叔子娶夏侯霸女，霸叛入蜀，亲友皆告绝，而叔子独安其室，恩礼有加焉。君子是以知叔子之贵也，其后卒为晋元臣。今庭式亦庶几焉，若不贵，必且得道。”时坐客皆怃然不信也。昨日有人自庐山来，云：“庭式今在山中监太平观，面目奕奕有紫光，步上下峻坂，往复六十里如飞，绝粒不食，已数年矣。此岂无得而然哉！”闻之喜甚，自以吾言之不妄也，乃书以寄密人赵杲卿。杲卿与庭式善，且皆尝闻余言者。庭式，字得之，今为朝请郎。杲卿，字明叔，乡贡进士，亦有行义。元丰六年七月十五日，东坡居士书。卷六六

书外曾祖程公逸事

公讳仁霸，眉山人。以仁厚信于乡里。蜀平，中朝士大夫惮远宦，官阙，选土人有行义者摄。公摄录参军。眉山尉有得盗芦菔根者，实窃，而所持刃误中主人。尉幸赏，以劫闻。狱掾受赇，掠成之。太守将虑囚，囚坐庑下泣涕，衣尽湿。公适过之，知其冤，咋谓盗曰：“汝冤，盍自言，吾为汝直之。”盗果称冤，移狱。公既直其事，而尉掾争不已，复移狱。竟杀盗。公坐诎囚罢归。不及月，尉、掾皆暴卒。后三十余年，公昼日见盗拜庭下，曰：“尉、掾未伏，待公而决。前此地府欲召公暂对，我扣头争之，曰：‘不可以我故惊公。’是以至今。公寿尽今日，我为公荷担而往。暂对，即生人天，子孙寿禄，朱紫满门矣。”公具以语家人，沐浴衣冠，就寝而卒。轼幼时闻此语。已而外祖父寿九十。舅氏始贵显，寿八十五。曾孙皆仕有声，同时为监司者三人。玄孙宦学益盛。而尉、掾之子孙微矣。

或谓：盗德公之深，不忍烦公，暂对可也；而狱久不决，岂主者亦因以苦尉、掾也欤？绍圣二年三月九日，轼在惠州，读陶潜所作外祖《孟嘉传》，云："《凯风》寒泉之思，实钟厥心。"意凄然悲之。乃记公之逸事以遗程氏，庶几渊明之心也。是岁九月二十七日，惠州星华馆思无邪斋书。卷六六

书南华长老重辩师逸事

契嵩禅师常瞋，人未尝见其笑；海月慧辩师常喜，人未尝见其怒。予在钱塘，亲见二人皆趺坐而化。嵩既荼毗，火不能坏，益薪炽火，有终不坏者五。海月比葬，面如生，且微笑。乃知二人以瞋喜作佛事也。世人视身如金玉，不旋踵为粪土，至人反是。予以是知一切法，以爱故坏，以舍故常在，岂不然哉？予迁岭南，始识南华重辩长老，语终日，知其有道也。予自海南还，则辩已寂久矣。过南华，吊其众，问塔墓所在。众曰："我师昔作寿塔南华之东数里。有不悦师者，葬之别墓，既七百余日矣。今长老明公，独奋不顾，发而归之寿塔。改棺易衣，举体如生，衣皆鲜芳。众乃大愧服。"东坡居士曰：辩视身为何物，弃之尸陀林，以饲鸟乌何有，安以寿塔为！明公知辩者，特欲以化服同异而已。乃以茗果奠其塔，而书其事，以遗其上足南华塔主可兴师。时元符三年十二月十九日。卷六六

记孙卿韵语

孙卿子有韵语者，其言鄙近，多云"成相"，莫晓其义。《前汉·艺文志·诗赋类》中有《成相杂词》十一篇，则成相者，盖古

讴谣之名乎？疑所谓“邻有丧，舂不相”者。又《乐记》云：“治乱以相。”亦恐由此得名，当更细考之。卷六六

记徐陵语

徐陵多忘，每不识人，人以此咎之。陵曰：“公自难记。若曹、刘、沈、谢辈，暗中摸索，亦合认得。”诚哉是言。卷六六

记欧阳公论文

顷岁孙莘老，识欧阳文忠公，尝乘间以文字问之。云：“无它术，唯勤读书而多为之，自工。世人患作文字少，又懒读书，每一篇出，即求过人。如此，少有至者。疵病不必待人指擿，多作自能见之。”此公以其尝试者告人，故尤有味。卷六六

记欧阳论退之文

韩退之喜大颠，如喜澄观、文畅之意，了非信佛法也。世乃妄撰退之《与大颠书》，其词凡陋，退之家奴仆亦无此语。有一士人于其末妄题云：“欧阳永叔谓此文非退之莫能。”此又诬永叔也。永叔作《醉翁亭记》，其辞玩易，盖戏云耳，又不以为奇特也。而妄庸者亦作永叔语，云：“平生为此最得意。”又云：“吾不能为退之《画记》，退之又不能为《醉翁记》。”此又大妄也。仆尝谓退之《画记》近似甲名帐耳，了无可观。世人识真者少，可叹亦可愍也。卷六六

文集卷一百二十四

记黄州故吴国

昨日读《隋书·地理志》，黄州乃永安郡。今黄州东十五里许有永安城，而俗谓之“女王城”，其说鄙野。而《图经》以为春申君故城，亦非是。春申君所都，乃故吴国，今无锡惠山上有春申君庙，庶几是乎？卷六六

记铁墓厄台

旧游陈州，留七十余日，近城可游观者无不至。柳湖旁有丘，俗谓之“铁墓”，云：“陈胡公墓也。”城濠水注啮其趾，见有铁锢之。又有寺曰“厄台”，云：“孔子厄于陈、蔡所居者。”其说荒唐不可信。或曰：“东汉陈愍王宠教弩台，以控扼黄巾者。”斯说为近之。卷六六

书汴河斗门

数年前，朝廷作汴河斗门以淤田。议者以为不可，竟为之，然卒亦无功。方樊山水盛时，放斗门，则河田坟墓闾舍皆被害。及秋深水退而放，则淤不能厚，谓之“煎饼淤”。朝廷亦厌之而罢。偶

读白居易《甲乙判》,有云:“得转运使以汴河水浅不通运,请筑塞两河斗门。节度使以当管营田悉在河次,若斗门筑塞,无以供军。”乃知唐时汴河两岸,皆有营田斗门。若运水不乏,即可沃灌。古有之而今不能,何也?当更问知者。卷六六

书杜牧集僧制

杜牧集有《敦煌郡僧正兼州学博士僧慧苑除临坛大德制词》,盖宣宗复河、湟时也。蕃僧最贵中国紫衣师号。种谔知青涧城,无以使此等,辄出牒补授。君子予其权,不责其专也。卷六六

记梦中论《左传》

元祐六年十一月十九日,五更,梦数人论《左传》云:“《祈招》之诗固善语,然未见所以感切穆王之心、已其车辙马迹之意者。”有答者曰:“以民力从王事,当如饮酒,适于饥饱之度而已。若过于醉饱,则民不堪命,王不获没矣。”觉而念其言,似有理,故录之。卷六六

书《左传》医和语

男子之生也覆,女子之生也仰。其死于水也亦然。男外阳而内阴,女子反之。故《易》曰:“坤至柔而动也刚。”《书》曰:“沉潜刚克。”古之达者,盖如此也。秦医和曰:“天有六气,淫为六疾。阳淫热疾,阴淫寒疾,风淫末疾,雨淫腹疾,晦淫惑疾,明淫心疾。

夫女，阳物也而晦时，故淫则生内热蛊惑之疾。”女为蛊惑，世知之者众矣。其为阳物而内热，虽良医未之言也。五劳七伤，皆热中而烝，晦淫者不为蛊则中风，皆热之所生。医和之语，吾当表而出之。读《左氏春秋》，书此。卷六六

记王彭论曹刘之泽

王彭尝云：“涂巷小儿薄劣，为其家所厌苦，辄与数钱，令聚听说古话。至说三国事，闻玄德败，则嚬蹙有涕者；闻曹操败，则喜唱快。以是知君子小人之泽，百世不斩。”彭，恺之子，为武吏，颇知文章，余尝为作《哀词》，字大年。卷六六

记李邦直言周瑜

李邦直言：周瑜二十四经略中原，今吾四十，但多睡善饭，贤愚相远如此。安上言吾子似快活，未知孰贤与否？卷六六

偶书 一

刘聪闻当为须遮国王，则不复惧死。人之爱富贵，有甚于生者。月犯少微，吴中高士求死不得。人之好名，有甚于生者。卷六六

偶书 二

张睢阳生犹骂贼，嚼齿穿龈；颜平原死不忘君，握拳透掌。卷六六

书郭文语

温峤尝问郭文曰："人皆有六亲相娱，先生弃之，何乐？"文曰："本行学道，不谓遭世乱，欲归无路尔。"又问曰："饥思食，壮思室，自然之理。先生独无情乎？"曰："情由忆生，不忆故无情。"又曰："先生独居穷山，死则为乌鸢所食，奈何？"曰："埋藏者食于蝼蚁，复何异？"又问曰："猛兽害人，先生独不畏耶？"曰："人无害兽心，则兽亦不害人。"又曰："世不宁则身不安，先生何不出以济世乎？"曰："此非野人之所知也。"予尝监钱唐郡，游余杭九鏁山，访大涤洞天，即郭先生之旧隐也。洞天有巨壑，深不可测，盖尝有敕使投龙简云。戊寅九月七日，东坡居士夜坐，录此。卷六六

书徐则事

东海徐则，隐居天台，绝粒养性。太极真人徐君降之，曰："汝年出八十，当为王者师，然后得道。"晋王广闻其名，往召之。则谓门人曰："吾年八十来召我，徐君之言信矣。"遂诣扬州。王请受道法，辞以时日不利。后数日而死，支体如生。道路皆见其徒步归，云："得放还山。"至旧居，取经书分遗弟子，乃去。即而丧至。予以谓徐生高世之人，义不为炀帝所污，故辞不肯传其道而死。徐君之言，盖聊以避祸，岂所谓危行言逊者耶？不然，炀帝之行，鬼所唾也，而太极真人肯置之齿牙哉！卷六六

书四适赠张鹗

张君持此纸求仆书，且欲发药。不知药，君当以何品？吾闻《战国策》中有一方，吾尝服之，有效，故以奉传。其药四味而已，一曰“无事以当贵”，二曰“早寝以当富”，三曰“安步以当车”，四曰“晚食以当肉”。夫已饥而食，蔬食有过于八珍。而既饱之余，虽刍豢满前，惟恐其不持去也。若此，可谓善处穷者矣，然而于道则未也。安步自佚，晚食自美，安以当车与肉为哉？车与肉犹存于胸中，是以有此言也。卷六六

记导引家语

导引家云：“心不离田，手不离宅。”此语极有理。又云：“真人之心，如珠在渊；众人之心，如瓢在水。”此善喻者。卷六六

书梦中靴铭

轼倅武林日，梦神宗召入禁中，宫女围侍，一红衣女童，捧红靴一只，命轼铭之。觉而忘之，记其一联云：“寒女之丝，铢积寸累。天步所临，云蒸雾起。”既毕，进御，上极叹其敏。使宫女送出，睇视裙带间，有六言诗一首，云：“百叠漪漪水皱，六铢縰縰云轻，直立含风广殿，微闻环佩摇声。”卷六六

跋李氏述先记

东坡居士曰：贼以百倍之众临我，我无甲兵城池，虽慈父孝子，有不能相保者。李君独能锄耰棘矜，相率而拒之，非其才有所足恃、德有所不忍违，恶能然哉？余恨不得其平生行事本末，当有绝人者，非特此耳。士居平世，侥幸以成功名者，何可胜数？而危乱之世，豪杰之士湮没而无传者，亦多矣。悲夫！元祐七年八月二十六日书。卷六六

记朱炎禅颂

芝上人言：近有节度判官朱炎者，学禅久之，忽于《楞严经》若有所得者。问讲僧义江云："此身死后，此心何在？"江云："此身未死，此心何在？"炎良久以偈答曰："四大不须先后觉，六根还向用时空。难将语默呈师也，只在寻常语默中。"师可之。其后竟坐化。真庙时人也。卷六六

改《观音经》

《观音经》云："咒咀诸毒药，所欲害身者。念彼观音力，还着于本人。"东坡居士曰："观音，慈悲者也。今人遭咒咀，念观音之力，而使还着于本人，则岂观音之心哉？"今改之曰："咒咀诸毒药，所欲害身者。念彼观音力，两家总没事。"卷六六

书墨

余蓄墨数百挺，暇日辄出品试之，终无黑者，其间不过一二可人意。以此知世间佳物，自是难得。茶欲其白，墨欲其黑。方求黑时嫌漆白，方求白时嫌雪黑，自是人不会事也。卷七〇

试墨

世人言竹纸可试墨，误矣。当于不宜墨纸上，竹纸盖宜墨。若池、歙精白玉板，乃真可试墨，若于此纸上黑，无所不黑矣。褪墨石砚上研，精白玉板上书，凡墨皆败矣。卷七〇

书徂徕煤墨

徂徕珠子煤，自然有龙麝气，以水调匀，以刀圭服，能已鬲气，除痰饮。专用此一味，阿胶和之，捣数万杵，即为妙墨，不俟余法也。陈公弼在汶上作此墨，谓之“黑龙髓”，后人盗用其名，非也。卷七〇

记李公择惠墨

李公择惠此墨半丸。其印文云“张力刚”，岂墨匠姓名耶？云得之高丽使者。其墨鲜光而净，岂减李廷珪父子乎？试复观之。劝君不好书，而自论墨拳拳如此，乃知此病吾辈同之，可以一笑。卷七〇

记李方叔惠墨

李方叔遗墨二十八丸，皆麝香气袭人，云是元存道曾倅阴平，得麝数十脐，皆尽之于墨。虽近岁贵人造墨，亦未有用尔许麝也。卷七〇

书清悟墨

川僧清悟，遇异人传墨法。新有名，江淮间人未甚贵之。予与王文甫各得十丸，用海东罗文麦光纸，作此大字数纸，坚韧异常，可传五六百年，意使清悟托此以不朽也。卷七〇

书张遇潘谷墨　寄王禹锡

麝香张遇墨两丸，或自内廷得之以见遗，藏之久矣。今以奉寄。制作精至，非常墨所能仿佛，请珍之！请珍之！又大小八丸，此潘谷与一贵人造者。谷既死，不可复得，宜宝秘也。卷七〇

书庞安时见遗廷珪墨

吾蓄墨多矣，其间数丸，云是廷珪造。虽形色异众，然岁久，墨之乱真者多，皆疑而未决也。有人蓄此墨再世矣，不幸遇重病，医者庞安时愈之，不敢取一钱，独求此墨。已而传遗余，求书数幅而已。安时，蕲水人，术学造妙而有贤行，大类蜀人单骧。善疗奇疾。字安常。知古今，删录张仲景已后《伤寒论》，极精审。其疗

伤寒，盖万全者也。卷七〇

书吕行甫墨颠

吕希彦行甫，相门子，行义有过人者，不幸短命死矣。平生藏墨，士大夫戏之为“墨颠”。功甫亦与之善，出其所遗墨，作此数字。卷七〇

书李公择墨蔽

李公择见墨辄夺，相知间抄取殆遍。近有人从梁、许来，云：“悬墨满室。”此亦通人之一蔽也。余尝有诗云：“非人磨墨墨磨人。”此语殆可凄然云。卷七〇

书李宪臣藏墨

余为皃绎颜先生作集引，其子复长道以李廷珪墨见遗。形制绝类此墨，以金涂龙及铭，云：“李宪臣所蓄赐墨也。”此墨最久而黑如此，殆是真耶？卷七〇

书石昌言爱墨

石昌言蓄廷珪墨，不许人磨。或戏之云：“子不磨墨，墨当磨子。”今昌言墓木拱矣，而墨故无恙，可以为好事者之戒。卷七〇

书沈存中石墨

陆士衡与士龙书云："登铜雀台，得曹公所藏石墨数瓮，今分寄一螺。"《大业拾遗记》："宫人以蛾绿画眉。"亦石墨之类也。近世无复此物。沈存中帅鄜延，以石烛烟作墨，坚重而黑，在松烟之上。曹公所藏，岂此物也耶？卷七〇

书所造油烟墨

凡烟皆黑，何独油烟为墨则白？盖松烟取远，油烟取近，故为焰所灼而白耳。予近取油烟，才积便扫，以为墨，皆黑，殆过于松煤。但调不得法，不为佳墨。然则非烟之罪也。卷七〇

书别造高丽墨

余得高丽墨，碎之，杂以潘谷墨，以清悟和墨法剂之为握子，殊可用。故知天下无弃物也，在处之如何尔。和墨惟胶当乃佳，胶当而不失清和，乃为难耳。清悟墨胶水，寒之可切作水精脍也。卷七〇

书冯当世墨

冯当世在西府，使潘谷作墨，铭云"枢庭东阁"，此墨是也。阮孚云："一生当着几緉屐。"仆云："不知当用几丸墨。"人常惜墨不磨，终当为墨所磨。卷七〇

书怀民所遗墨

世人论墨，多贵其黑，而不取其光。光而不黑，固为弃物；若黑而不光，索然无神采，亦复无用。要使其光清而不浮，湛湛如小儿目睛，乃为佳也。怀民遗仆二枚，其阳云“清烟煤法墨”，其阴云“道卿”，既黑而光，殆如前所云者。书以报之。卷七〇

书求墨

阮生云：“未知一生当着几緉屐。”吾有佳墨七十丸，而犹求取不已，不近愚耶？卷七〇

书雪堂义墨

元祐二年十二月二十一日，驸马都尉王晋卿致墨二十六丸，凡十余品。杂研之，作数十字，以观其色之深浅。若果佳，当捣和为一品，亦当为佳墨。予昔在黄州，邻近四五郡皆送酒，予合置一器中，谓之“雪堂义樽”。今又当为雪堂义墨耶？卷七〇

文集卷一百二十五

书北虏墨

云庵有墨，铭云“阳岩镇造”，云是北虏墨，陆子履奉使得之者。卷七〇

书廷珪墨

昨日有人出墨数寸，仆望见，知其为廷珪也。凡物莫不然，不知者如乌之雌雄，其知之者如乌、鹄也。卷七〇

记夺鲁直墨

黄鲁直学吾书，辄以书名于时，好事者争以精纸妙墨求之。常携古锦囊，满中皆是物也。一日见过，探之，得承晏墨半挺。鲁直甚惜之，曰：“群儿贱家鸡，嗜野鹜。”遂夺之，此墨是也。元祐四年三月四日。卷七〇

书茶墨相反

茶欲其白，常患其黑。墨则反是。然墨磨隔宿则色暗，茶碾

过日则香减，颇相似也。茶以新为贵，墨以古为佳，又相反矣。茶可于口，墨可于目。蔡君谟老病不能饮，则烹而玩之。吕行甫好藏墨而不能书，则时磨而小啜之。此又可以发来者之一笑也。卷七〇

记温公论茶墨

司马温公尝曰："茶与墨政相反。茶欲白，墨欲黑；茶欲重，墨欲轻；茶欲新，墨欲陈。"予曰："二物之质诚然，然亦有同者。"公曰："谓何？"予曰："奇茶妙墨皆香，是其德同也；皆坚，是其操同也。譬如贤人君子，妍丑黔皙之不同，其德操韫藏，实无以异。"公笑以为是。元祐五年十月二十六日，醇老、全翁、元之、敦夫、子瞻同游南屏寺，寺僧谦出奇茗如玉雪。适会三衢蔡熙之子瑫出所造墨，黑如漆。墨欲其黑，茶欲其白，物转颠倒，未知孰是？大众一笑而去。卷七〇

书柳氏试墨

昨日有人点第一纲龙团，香味十倍常茶。如使诸葛鼠须笔、金阑子入手，不似有锋刃，惟有此物似之。元祐八年三月十八日，过柳仲远试墨，书此。此墨云"文公桧鼊臈"，不知其所谓也。卷七〇

书李承晏墨

近时士大夫多造墨，墨工亦尽其技，然皆不逮张李古剂，独二谷乱真，盖亦窃取其形制而已。吴子野出此墨，云是孙准所遗，李承晏真物也。当以色考之，仍以数品比较，乃定真伪耳。绍圣丙子

十二月二十一日书。卷七〇

书潘谷墨

卖墨者潘谷，余不识其人，然闻其所为，非市井人也。墨既精妙而价不二，士或不持钱求墨，不计多少与之。此岂徒然者哉！余尝与诗云："一朝入海寻李白，空看人间画墨仙。"一日，忽取欠墨钱券焚之，饮酒三日，发狂浪走，遂赴井死。人下视之，盖趺坐井中，手尚持数珠也。见张元明，言如此。卷七〇

试东野晖墨

世言蜀中冷金笺最宜为墨，非也，惟此纸难为墨。尝以此纸试墨，惟李廷珪乃黑。此墨，兖人东野晖所制，每枚必十千，信亦非凡墨之比也。卷七〇

书裴言墨

潘谷、郭玉、裴言皆墨工，其精粗次第如此。此裴言墨也，比常墨差胜，云是与曹王制者，当由物料精好故耶？卷七〇

书王君佐所蓄墨

君佐所蓄新罗墨，甚黑而不光，当以潘谷墨和之，乃为佳绝。今时士大夫多贵苏浩然墨。浩然本用高丽煤杂远烟作之，高丽墨

若独使，如研土炭耳。卷七〇

书潘衡墨

金华潘衡初来儋耳，起灶作墨，得烟甚丰，而墨不甚精。予教其作远突宽灶，得烟几减半，而墨乃尔。其印文曰“海南松煤东坡法墨”，皆精者也。常当防墨工盗用印，使得墨者疑耳。此墨出灰池中，未五日而色已如此，日久胶定，当不减李廷珪、张遇也。元符二年四月十七日。卷七〇

书海南墨

此墨吾在海南亲作，其墨与廷珪不相下。海南多松，松多故煤富，煤富故有择也。卷七〇

记海南作墨

己卯腊月二十三日，墨灶火大发，几焚屋，救灭，遂罢作墨。得佳墨大小五百丸，入漆者几百丸，足以了一世著书用。仍以遗人，所不知者何人也。余松明一车，仍以照夜。二十八日二鼓，作此纸。卷七〇

书孙叔静常和墨

孙叔静用剑脊墨，极精妙。其文曰“太室常和”。常和，盖少

室间道人也，卖墨收其赢，以起三清殿。墨甚坚而黑，近岁善墨，唯朱觐及此耳。觐，九华人。卷七〇

记王晋卿墨

王晋卿造墨，用黄金、丹砂，墨成，价与金等。三衢蔡瑫自烟、煤、胶外，一物不用，特以和剂有法，甚黑而光，殆不减晋卿。胡人谓犀黑暗，象白暗；可以名墨，亦可以名茶。卷七〇

书郑君乘绢纸

仆谪居黄州，郑元舆君乘亦官于黄。一日，以此纸一轴求仆书，云："有故人孟阳，酷好君书，属予多为求之。"仍出孟君书数纸。其人亦善用笔，落笔洒然，虽仆何以加之！郑君言其意勤甚，殆不可不许。后数日，适会中秋，仆与客饮江亭，醉甚，乃作此数纸。时元丰四年也。明日视之，乃绢也。然古者本谓绢纸，近世失之云。卷七〇

书六合麻纸

成都浣花溪，水清滑胜常，以沤麻楮作笺纸，紧白可爱，数十里外便不堪造，信水之力也。扬州有蜀冈，冈上有大明寺井，知味者以谓与蜀水相似。西至六合，冈尽而水发，合为大溪；溪左右居人亦造纸，与蜀产不甚相远。自十年以来，所产益多，工亦益精。更数十年，当与蜀纸相乱也。卷七〇

书布头笺

川笺取布机余经不受纬者治作之，故名布头笺。此纸冠天下。六合人亦作，终不佳。卷七〇

书海苔纸

昔人以海苔为纸，今无复有；今人以竹为纸，亦古所无有也。付子过。

予自谓此字不恶，然后世观之，必疑其为模本也。卷七〇

书石晋笔仙

石晋之末，汝州有一士，不知姓名，每夜作笔十管付其家。至晓，阖户而出，面街凿壁，贯以竹筒，如引水者。有人置三十钱，则一笔跃出。以势力取之，莫得也。笔尽，则取钱携一壶买酒，吟啸自若，率尝如此。凡三十载，忽去，不知所在。又数十年，复有见之者，颜貌如故，人谓之笔仙。卷七〇

书诸葛笔

宣州诸葛氏笔，擅天下久矣。纵其间不甚佳者，终有家法。如北苑茶、内库酒、教坊乐，虽弊精疲神，欲强学之，而草野气终不可脱。卷七〇

书钱塘程奕笔

近年笔工，不经师匠，妄出新意，择毫虽精，形制诡异，不与人手相谋。独钱塘程奕所制，有三十年先辈意味，使人作字，不知有笔，亦是一快。吾不久行当致数百枝而去，北方无此笔也。卷七〇

记南兔毫

余在北方食獐兔，极美。及来两浙江淮，此物稀少，宜其益珍。每得食，率少味，及微腥，有鱼虾气。聚其皮数十，以易笔于都下。皆云此南兔，不经霜雪，毫漫不可用。乃知此物本不产陂泽间也。卷七〇

记都下熟毫

近日都下笔皆圆熟少锋，虽软美易使，然百字外力辄衰，盖制毫太熟使然也。鬻笔者既利于易败而多售，买笔者亦利其易使。惟诸葛氏独守旧法，此又可喜也。卷七〇

记古人系笔

系笔当用生毫，笔成，饭甑中蒸之，熟一斗饭乃取出，悬水瓮上数月乃可用。此古法也。卷七〇

记欧公论把笔

把笔无定法，要使虚而宽。欧阳文忠公谓余，当使指运而腕不知，此语最妙。方其运也，左右前后却不免欹侧，及其定也，上下如引绳，此之谓笔正。柳诚悬之语良是。卷七〇

书诸葛散卓笔

散卓笔，惟诸葛能之。他人学者，皆得其形似而无其法，反不如常笔。如人学杜甫诗，得其粗俗而已。卷七〇

书杜君懿藏诸葛笔

杜叔元君懿善书，学李建中法。为宣州通判，善待诸葛氏，如遇士人，以故为尽力，常得其善笔。余应举时，君懿以二笔遗余，终试笔不败。其后二十五年，余来黄州，君懿死久矣，而见其子沂，犹蓄其父在宣州所得笔也，良健可用。君懿胶笔法，每一百枝，用水银粉一钱上，皆以沸汤调研如稀糊。乃以研墨胶笔，永不蠹，且润软不燥也。非君懿善藏，亦不能如此持久也。卷七〇

书唐林夫惠诸葛笔

唐林夫以诸葛笔两束寄仆，每束十色，奇妙之极。非林夫善书，莫能得此笔。林夫又求仆行草，故为作此数纸。元丰六年十月十五日，醉中题。卷七〇

书黄鲁直惠郎奇笔

仆应举时，常用郎奇笔。近岁不复有，不知奇之存亡。今日忽于鲁直处得之，鲁直云："奇中风十许年，近忽无恙。此笔不当供答义人，当与作赋人用也。"卷七〇

书鲁直所藏徐偃笔

鲁直出众工笔，使仆历试之。笔锋如着盐曲蟮，诘曲纸上。鲁直云："此徐偃笔也。有筋无骨，真可谓名不虚得。"卷七〇

书吴说笔

笔若适士大夫意，则工书人不能用。若便于工书者，则虽士大夫亦罕售矣。屠龙不如履狶，岂独笔哉！君谟所谓艺益工而人益困，非虚语也。吴政已亡，其子说，颇得家法。卷七〇

试吴说笔

前史谓徐浩书锋藏画中，力出字外。杜子美云："书贵瘦硬方通神。"若用今时笔工虚锋涨墨，则人人皆作肥皮馒头矣。用吴说笔，作此数字，颇适人意。卷七〇

书岭南笔

绍圣三年五月二十七日，过水西，见卖笔者，形制粗似笔，以二十钱易两枝。墨水相浮，纷然欲散，信岭南无笔也。卷七〇

书孙叔静诸葛笔

久在海外，旧所赍笔皆腐败，至用鸡毛笔。拒手狞劣，如魏元忠所谓“骑穷相驴脚摇蹬”者。今日忽于孙叔静处用诸葛笔，惊叹此笔乃尔蕴藉耶！卷七〇

书赠孙叔静

今日于叔静家饮官法酒，烹团茶，烧衙香，用诸葛笔，皆北归喜事。卷七〇

书王定国赠吴说帖　定国帖附

去国八年，归见中原士大夫，皆用散毫作无骨字。买笔于市，皆散软一律，惟广陵吴说独守旧法。王定国谓往还中无耐久者。吴说笔工而独耐久，吾甚嘉之。建中靖国元年五月二十日，东坡居士书。卷七〇

书凤咮砚

建州北菀凤凰山，山如飞凤下舞之状。山下有石，声如铜铁，作砚至美，如有肤筠然，此殆玉德也。疑其太滑，然至益墨。熙宁五年，国子博士王颐始知以为砚，而求名于余。余名之曰“凤咮”，且又戏铭其底云：“坐令龙尾羞牛后。”歙人甚病此言。余尝使人求砚于歙，歙人云：“何不只使凤咮石？”卒不得善砚。乃知名者物之累，争媢之所从出也。或曰：“石不知，恶争媢也？”余曰：“既不知恶争媢，则亦不知好美名矣。”卷七〇

书砚　一

砚之发墨者必费笔，不费笔则退墨。二德难兼，非独砚也。大字难结密，小字常局促；真书患不放，草书苦无法；茶苦患不美，酒美患不辣。万事无不然，可一大笑也。卷七〇

书砚　二　赠段玙

砚之美，止于滑而发墨，其他皆余事也。然此两者常相害，滑者辄褪墨。余作孔毅夫砚铭云：“涩不留笔，滑不拒墨。”毅夫甚以为名言。卷七〇

书吕道人砚

泽州吕道人沉泥砚，多作投壶样。其首有吕字，非刻非画，坚

致可以试金。道人已死，砚渐难得。元丰五年三月七日，偶至沙湖黄氏家，见一枚，黄氏初不知贵，乃取而有之。卷七〇

书名僧令休砚

黄冈主簿段君玙，尝于京师佣书人处，得一风字砚。下有刻云：“祥符己酉，得之于信州铅山观音院，故名僧令休之手琢也。明年夏于鹅湖山刻记。”钱易希白题其侧，又刻“荒灵”二字。砚盖歙石之美者。己酉至今七十四年，令休不知为何僧也？禅月、贯休信州人，令休岂其兄弟欤？当以问铅山人。而“荒灵”二字，莫晓其意。段君以砚遗余，故书此数纸以报之。元丰六年冬至日书。

富阳令冯君，尝为黄冈，故获此书于段。元祐五年四月十八日复见之，时为钱塘守。卷七〇

书许敬宗砚 一

都官郎中杜叔元君懿，有古风字砚，工与石皆出妙美。相传是许敬宗砚，初不甚信。其后杭人有网得一铜匣于浙江中者，有“铸成许敬宗”字，与砚适相宜，有容两足处，无毫发差，乃知真敬宗物也。君懿尝语余：“吾家无一物，死，当以此砚作润笔，求君志吾墓也。”君懿死，其子沂归砚请志，而余不作墓志久矣，辞之。沂乃以砚求之于余友人孙莘老，莘老笑曰：“敬宗在，正堪斫以饲狗耳，何以其砚为？”余哀此砚之不幸，一为敬宗所辱，四百余年矣，而垢秽不磨。方敬宗为奸时，砚岂知之也哉，以为非其罪，故乞之于孙莘老，为一洗之。匣今在唐氏，唐氏甚惜之，求之不可得。砚

之美既不在匣，而上有敬宗姓名，盖不必蓄也。卷七〇

书许敬宗砚[1] 二

杜叔元字君懿，为人文雅，学李建中书，作诗亦有可观。蓄一砚，云："家世相传，是许敬宗砚。"始亦不甚信之。其后官于杭州，渔人于浙江中网得一铜匣，其中有"铸成许敬宗"字。砚有两足，正方，而匣亦有容足处，不差毫毛，始知真敬宗物。君懿与吾先君善，先君欲求其砚而不可。君懿既死，其子沂以砚遗余，求作墓铭。余平生不作此文，乃归其砚，不为作。沂乃以遗孙觉莘老，而得志文。余过高邮，莘老出砚示余曰："敬宗在，正好棒杀，何以其砚为？"余以谓憎而知其善，虽其人且不可废，况其砚。乃问莘老求而得。砚，端溪紫石也，而滑润如玉，杀墨如风，其磨墨处微注，真四百余年物也。匣今在唐谭处，终当合之。卷七〇

---

①题下原注："两本小异，并出之。"

文集卷一百二十六

书汪少微砚

予家有歙砚，底有款识，云："吴顺义元年，处士汪少微铭云：'松操凝烟，楮英铺雪。毫颖如飞，人间五绝。'"所颂者三物尔，盖所谓砚与少微为五耶？卷七〇

书唐林夫惠砚

行至泗州，见蔡景繁附唐林夫书信与余端砚一枚，张遇墨半螺。砚极佳，但小而凸，磨墨不甚便。作砚者意待数百年后，砚平乃便墨耳。一砚犹须作数百年计，而作事乃不为明日计，可不谓大惑耶？卷七〇

书凤咮砚

仆好用凤咮石砚，然论者多异同。盖自少得真者，为黯黮滩石所乱耳。卷七〇

书瓦砚

以瓦为砚，如以铁为镜而已，必求其用，岂如铜与石哉！而世常贵之。岂所谓苟异者耶？卷七〇

评淄端砚

淄石号韫玉砚，发墨而损笔；端石非下岩者，宜笔而褪墨。二者当安所去取？用褪墨砚如骑钝马，数步一鞭，数字一磨，不如骑骡用瓦砚也。卷七〇

书青州石末砚

柳公权论砚，甚贵青州石末，云“墨易冷”，世莫晓其语。此砚青州甚易得，凡物耳，无足珍者。盖出陶灶中，无泽润理。唐人以此作羯鼓腔，与定州花瓷作对，岂砚材乎？砚当用石，如镜用铜，此真材本性也。以瓦为砚，如以铁为镜。人之待瓦、铁也微，而责之也轻，粗能磨墨照影，便称奇物，其实岂可与真材本性者同日而论哉？卷七〇

书天台玉板纸

李献父遗余天台玉板纸，殆过澄心堂，顷所未见。卷七〇

书月石砚屏

月石屏，扪之，月微凸，乃伪也；真者必平，然多不圆。圆而平，桂满而不出，此至难得，可宝。卷七〇

书昙秀龙尾砚

昙秀畜龙尾石砚，仆所谓“涩不留笔、滑不拒墨”者也。制以拱璧，而以铁月为池，云是蒋希鲁旧物。予顷在广陵，尝从昙秀识此砚，今复见之岭海间，依然如故人也。卷七〇

书陆道士镜砚

陆道士蓄一镜一砚，皆可宝。砚圆首斧形，色正青，背有却月金文，甚能克墨而宜笔，盖唐以前物也。镜则古矣，其背文不可识。家有镜，正类是，其铭曰：“汉有善铜出白阳，取为镜，清如明，左龙右虎俌之。”以铭文考之，则此镜乃汉物也耶？吾尝以示苏子容。子容以博学名世，曰：“此镜以前皆作此，盖禹鼎象物之遗法也。白阳，今无此地名。楚有白公，取南阳白水为邑，白阳岂白水乎？汉人‘而’‘如’通用。”皆子容云。镜心微凸，镜面小而直，学道者谓是聚神镜也。丙子十二月初一日书。卷七〇

书云庵红丝砚

唐彦猷以青州红丝石为甲，或云惟堪作骰盆。盖亦不见佳

者。今观云庵所藏，乃知前人不妄许可。卷七〇

杂书琴事十首 赠陈季常

家藏雷琴

余家有琴，其面皆作蛇蚹纹，其上池铭云："开元十年造，雅州灵关村。"其下池铭云："雷家记八日合。"不晓其"八日合"为何等语也？其岳不容指，而弦不敓，此最琴之妙，而雷琴独然。求其法不可得，乃破其所藏雷琴求之。琴声出于两池间，其背微隆，若薤叶然，声欲出而隘，徘回不去，乃有余韵。此最不传之妙。卷七一

欧阳公论琴诗

"昵昵儿女语，恩怨相尔汝。划然变轩昂，勇士赴敌场。"此退之《听颖师琴》诗也。欧阳文忠公尝问仆："琴诗何者最佳？"余以此答之。公言此诗固奇丽，然自是听琵琶诗，非琴诗。余退而作《听杭僧惟贤琴》诗，云："大弦春温和且平，小弦廉折亮以清。平生未识宫与角，但闻牛鸣盎中雉登木。门前剥啄谁扣门，山僧未闲君勿嗔。归家且觅千斛水，净洗从前筝笛耳。"诗成欲寄公，而公薨，至今以为恨。卷七一

张子野戏琴妓

尚书郎张先子野，杭州人。善戏谑，有风味。见杭妓有弹琴者，忽抚掌曰："异哉！此筝不见许时，乃尔黑瘦耶？"卷七一

琴非雅声

世以琴为雅声，过矣。琴正古之郑、卫耳。今世所谓郑、卫者，乃皆胡部，非复中华之声。自天宝中坐立部与胡部合，自尔莫能辨者。或云：今琵琶中有独弹，往往有中华郑、卫之声。然亦莫能辨也。卷七一

琴贵桐孙

凡木，本实而末虚，惟桐反之。试取小枝削，皆坚实如蜡，而其本皆中虚空。故世所以贵孙枝者，贵其实也；实，故丝中有木声。卷七一

戴安道不及阮千里

阮千里善弹琴，人闻其能，多往求听。不问贵贱长幼，皆为弹之，神气冲和，不知何人所在。内兄潘岳每命鼓琴，终日达夜无忤色，识者叹其恬澹，不可荣辱。戴安道亦善鼓琴，武陵王晞使人召之。安道对使者破琴，曰："戴安道不为王门伶人！"余以谓安道之介，不如千里之达。卷七一

琴鹤之祸

卫懿公好鹤，以亡其国；房次律好琴，得罪至死。乃知烧煮之士，亦自有理。卷七一

天阴弦慢

或对一贵人弹琴者，天阴声不发。贵人怪之，曰："岂弦慢故？"或对曰："弦也不慢。"卷七一

桑叶揩弦

琴弦旧则声暗，以桑叶揩之，辄复如新。但无如其青何耳。卷七一

文与可琴铭

文与可家有古琴，予为之铭曰："攫之幽然，如水赴谷。醳之萧然，如叶脱木。按之噫然，应指而长言者似君；置之枵然，遗形而不言者似仆。"与可好作楚词，故有"长言似君"之句。"醳""释"同。邹忌论琴云："攫之深，醳之愉。"此言为指法之妙尔。

元丰四年六月二十三日，陈季常处士自岐亭来访予，携精笔佳纸妙墨，求予书。会客有善琴者，求予所蓄宝琴弹之，故所书皆琴事。轼。卷七一

杂书琴曲十二首 赠陈季常

子夜歌

《子夜歌》者，女子名子夜，造此声。晋孝武帝太元中，瑯琊王轲之家有鬼歌《子夜》，则子夜是此时人也。卷七一

凤将雏

《凤将雏》者，旧曲也。应璩《百一》诗云是《凤将雏》，则其来久矣。卷七一

前汉歌

《前汉歌》者，车骑将军沈充。卷七一

阿子歌

《阿子》及《欢闻歌》者，穆帝升平初，歌毕，辄呼："阿子，汝闻否？"后人衍其声为此曲。卷七一

团扇歌

《团扇歌》者，中书令王珉，与嫂婢有情爱，棰挞过苦。婢素善歌，而珉好执白团扇，故作此声。卷七一

懊侬歌

《懊憹歌》者，隆安初，俗间讹谣之曲。卷七一

长史变

《长史变》者，司徒左长史王廞临败所作。凡此诸曲，皆徒歌，既而被之管弦者。有因金石丝竹造歌以被之，如魏世《三调歌》之类是也。卷七一

杯柈舞

《杯柈舞》，手接杯柈反覆之。汉世惟有柈舞，而晋加之以杯。卷七一

公莫舞

《公莫舞》，今之巾舞也。相传项庄舞剑，项伯以袖隔之，使不及高祖，且语庄云："公莫舞。"卷七一

公莫渡河

琴操有《公莫渡河》，其声所从来已久。俗云项伯，非也。卷七一

白纻歌

白纻本吴地所出，宜是吴舞也。晋《俳歌》云："皎皎白绪，节节为丛。"吴音谓绪为纻，白纻即白绪也。卷七一

瑶池燕

琴曲有《瑶池燕》，其词既不甚佳，而声亦怨咽。或改其词作《闺怨》，云："飞花成阵春心困。寸寸别肠，多少愁闷。无人问。偷啼自揾残妆粉。抱瑶琴、寻出新韵。玉纤趁。南风未解幽愠。低云鬓。眉峰敛，晕娇和恨。"此曲奇妙，季常勿妄以与人。卷七一

书士琴二首

赠吴主簿

武昌主簿吴亮君采携其故人士琴之说，与高斋先生之铭、空同子之文、太平之颂以示余。余不识沈君，而读其书，反覆其义趣，如见其人，如闻士琴之声。余昔从高斋先生游，尝见其宝一琴，无铭无识，不知其何代物也。请以告二子，使从先生求观之，此士琴者待其琴而后和。元丰六年闰六月二十四日书。卷七一

书《醉翁操》后

二水同器，有不相入；二琴同手，有不相应。今沈君信手弹琴

而与泉合；居士纵笔作诗而与琴会。此必有真同者矣。本觉法真禅师，沈君之子也，故书以寄之。愿师宴坐静室，自以为琴，而以学者为琴工，有能不谋而同、三令无际者，愿师取之。元祐七年四月二十四日。卷七一

书文忠赠李师琴诗

与次公听贤师琴，贤求诗，仓卒无以应之。次公曰："古人赋诗皆歌所学，何必己云。"次公因诵欧阳公赠李师诗，嘱余书之以赠焉。元祐四年九月二十一日。卷七一

书林道人论琴棋

元祐五年十二月一日，游小灵隐，听林道人论琴、棋，极通妙理。余虽不通此二技，然以理度之，知其言之信也。杜子美论画云："更觉良工心独苦。"用意之妙，有举世莫之知者。此其所以为独苦欤？卷七一

书仲殊琴梦

元祐六年三月十八日五鼓，船泊吴江，梦长老仲殊弹一琴，十三弦颇坏损而有异声。余问云："琴何为十三弦？"殊不答，但诵诗曰："度数形名岂偶然，破琴今有十三弦。此生若遇邢和璞，方信秦筝是响泉。"梦中了然谕其意，觉而识之。今晚到苏州，殊或见过，即以示之。写至此，笔未绝，而殊老叩舷来见。惊叹不已，遂以赠

之。时去州五里。卷七一

书王进叔所蓄琴

知琴者以谓前一指后一纸为妙,以蛇蚹纹为古。进叔所蓄琴,前几不容指,而后劣容纸,然终无杂声,可谓妙矣。蛇蚹纹已渐出,后日当益增,但吾辈及见其斑斑焉,则亦可谓难老者也。元符二年十月二十三日,与孙叔静皆云。卷七一

书黄州古编钟

黄州西北百余里,有欧阳院。院僧畜一古编钟,云得之耕者。发其地,获四钟,斸破其二,一为铸铜者取去,独一在此耳。其声空笼,然颇有古意,虽不见《韶》《濩》之音,犹可想见其仿佛也。卷七一

书古铜鼎

旧说明皇羯鼓,卷以油,注中不漏。或疑其诞。吾尝蓄古铜鼎,盖之煮汤而气不出,乃知旧说不妄。卷七一

书金錞形制

《周礼》有金錞,《国语》有錞于、丁宁,萧齐始兴王鉴尝得之。高三尺六寸六分,围二尺四寸,圆如筒,铜色黑如漆,上有铜马。以

绳悬马，令去地尺余，灌之以水，又以器盛水于下，以芒茎当心，跪注錞于，清响如雷，良久乃已。记者既能道其尺寸之详如此，而拙于遣词，使古器形制不可复得其仿佛，甚可恨也。卷七一

书李岩老棋

南岳李岩老好睡。众人饱食下棋，岩老辄就枕，数局一展转。云："我始一局，君几局矣？"东坡曰："李岩老常用四脚棋盘，只着一色黑子。昔与边韶敌手，今被陈抟争先。着时似有输赢，着了并无一物。"欧阳公梦中作诗云："夜凉吹笛千山月，路暗迷人百种花。棋罢不知人换世，酒阑无奈客思家。"殆是谓也。卷七一

书贾祐论真玉

步军指挥使贾逵之子祐为将官徐州，为予言：今世真玉至少。虽金铁不可近，须沙碾而后成者，世以为真玉矣，然犹未也，特珉之精者。真玉须定州磁芒所不能伤者，乃是云。问后苑老玉工，亦莫知其信否。卷七一

论漆

漆畏蟹。予尝使工作漆器，工以蒸饼洁手而食之，宛转如中毒状，亟以蟹食之，乃苏。墨入漆最善，然以少蟹黄败之乃可。不尔，即坚顽不可用也。卷七一

题云安下岩

子瞻、子由与侃师至此，院僧以路恶见止，不知仆之所历有百倍于此者矣。丁未正月二十日书。卷七一

书游灵化洞

予始与曾元恕入灵化洞，迫于日暮，而元恕又畏其险，故不果尽而还。及此与吕穆仲游，穆仲勇发过我，遂相与至昔人之所未至，而惊世诡异之观，有不可胜谈者。余欲疏其一二，以告来者，又恐为造物者所愠。后有勇往如吾二人至吾之所至，当自知之。卷七一

记公择天柱分桃

李公择与客游天柱寺还，过司命祠下。道傍见一桃，烂熟可爱，当往来之冲，而不为人之所得。疑其为真灵之瑞，分食之则不足，众以与公择，公择不可。时苏、徐二客皆有老母七十余，公择使二客分之，归遗其母。人人满意，过于食桃。此事不可不识也。卷七一

书游垂虹亭

吾昔自杭移高密，与杨元素同舟，而陈令举、张子野皆从吾过李公择于湖，遂与刘孝叔俱至松江。夜半月出，置酒垂虹亭上。子

野年八十五，以歌词闻于天下，作《定风波令》，其略云："见说贤人聚吴分。试问，也应傍有老人星。"坐客欢甚，有醉倒者。此乐未尝忘也，今七年尔。子野、孝叔、令举皆为异物，而松江桥亭，今岁七月九日，海风驾潮，平地丈余，荡尽无复孑遗矣。追思曩时，真一梦也。元丰四年十月二十日，黄州临皋亭夜坐书。卷七一

文集卷一百二十七

记樊山

自余所居临皋亭下，乱流而西，泊于樊山，为樊口。或曰“燔山”，岁旱燔之，起龙致雨。或曰樊氏居之。不知孰是？其上为卢洲，孙仲谋汎江，遇大风，柂师请所之。仲谋欲往卢洲，其仆谷利以刀拟柂师，使泊樊口。遂自樊口凿山通路归武昌，今犹谓之“吴王岘”。有洞穴，土紫色，可以磨镜。循山而南，至寒溪寺。上有曲山，山顶即位坛、九曲亭，皆孙氏遗迹。西山寺，泉水白而甘，名“菩萨泉”。泉所出石，如人垂手也。山下有陶母庙。陶公治武昌，既病登舟，而死于樊口。寻绎故迹，使人凄然。仲谋猎于樊口，得一豹，见老母，曰：“何不逮其尾？”忽然不见。今山中有圣母庙。予十五年前过之，见彼板仿佛有“得一豹”三字，今亡矣。卷七一

记赤壁

黄州守居之数百步为赤壁，或言即周瑜破曹公处，不知果是否？断崖壁立，江水深碧，二鹘巢其上。上有二蛇，或见之。遇风浪静，辄乘小舟至其下。舍舟登岸，入徐公洞。非有洞穴也，但山崦深邃耳。《图经》云是徐邈，不知何时人，非魏之徐邈也。岸多细石，往往有温莹如玉者，深浅红黄之色，或细纹如人手指螺纹也。

既数游，得二百七十枚，大者如枣栗，小者如芡实。又得一古铜盆盛之，注水粲然。有一枚如虎豹首，有口鼻眼处，以为群石之长。卷七一

记汉讲堂

汉时讲堂今犹在，画固俨然。丹青之古，无复前此。卷七一

书刘梦得诗记罗浮半夜见日事

山不甚高，而夜见日，此可异也。山有二楼，今延祥寺在南楼下，朱明洞在冲虚观后，云是蓬莱第七洞天。唐永乐道士侯道华以食邓天师枣，仙去。永乐有无核枣，人不可得，道华得之。余在岐下，亦得食一枚云。唐僧契虚，遇人导游稚川仙府。真人问曰："汝绝三彭之仇乎?"虚不能答。冲虚观后有米真人朝斗坛。近于坛上获铜龙六，铜鱼一。唐有《梦铭》，云紫阳真人山玄卿撰。又有蔡少霞者，梦遣书牌，题云五云阁吏蔡少霞书。卷七一

记罗浮异境

有官吏自罗浮都虚观游长寿，中路睹见道室数十间，有道士据槛坐，见吏不起。吏大怒，使人诘之，至，则人室皆亡矣。乃知罗浮凡圣杂处，似此等异境，平生修行人有不得见者。吏何人，乃独见之？正使一凡道士见己不起，何足怒！吏无状如此，得见此者，必前缘也。卷七一

记与安节饮

元丰辛酉冬至，仆在黄州，侄安节不远千里来省，饮酒乐甚。使作黄钟《梁州》，仍令小童快舞一曲。醉后书此，以识一时之事。卷七一

记游定惠院

黄州定惠院东小山上，有海棠一株，特繁茂。每岁盛开，必携客置酒，已五醉其下矣。今年复与参寥师及二三子访焉，则园已易主。主虽市井人，然以予故，稍加培治。山上多老枳木，性瘦韧，筋脉呈露，如老人项颈。花白而圆，如大珠累累，香色皆不凡。此木不为人所喜，稍稍伐去，以予故，亦得不伐。既饮，往憩于尚氏之第。尚氏亦市井人也，而居处修洁，如吴越间人，竹林花圃皆可喜。醉卧小板阁上，稍醒，闻坐客崔成老弹雷氏琴，作悲风晓月，铮铮然，意非人间也。晚乃步出城东，鬻大木盆，意者谓可以注清泉，瀹瓜李。遂夤缘小沟，入何氏、韩氏竹园。时何氏方作堂竹间，既辟地矣，遂置酒竹阴下。有刘唐年主簿者，馈油煎饵，其名为甚酥，味极美。客尚欲饮，而予忽兴尽，乃径归。道过何氏小圃，乞其藂橘，移种雪堂之西。坐客徐君得之将适闽中，以后会未可期，请予记之，为异日拊掌。时参寥独不饮，以枣汤代之。卷七一

题连公壁

俗语云“强将下无弱兵”，真可信。吾观安国连公之子孙，无

一不好事者，此寺当日盛矣。卷七一

书赠何圣可

岁云暮矣，风雨凄然。纸窗竹室，灯火青荧，辄于此间得少佳趣。今分一半，寄与黄冈何圣可。若欲同享，须择佳客，若非其人，当立遣人去追索也。卷七一

书雪

黄州今年大雪盈尺，吾方种麦东坡，得此，固我所喜。但舍外无薪米者，亦为之耿耿不寐。悲夫！卷七一

书田

吾无求于世矣。所须二顷稻田，以充饘粥耳。而所至访问，终不可得。岂吾道方艰难时无适而可耶？抑人生自有定分，虽一饱，亦如功名富贵不可轻得也耶？卷七一

书蜀公约邻

范蜀公呼我卜邻许下。许下多公卿，而我蓑衣箬笠放浪于东坡之上，岂复能事公卿哉！若人久放浪，不觉有病，忽然持养，百病皆作。如州县久不治，因循苟简，亦曰无事，忽遇能吏，百弊纷然，非数月不能清净也。要且坚忍不退，所谓一劳永逸也。卷七一

书浮玉买田

浮玉老师元公，欲为吾买田京口，要与浮玉之田相近者，此意殆不可忘。吾昔有诗云："江山如此不归山，江神见怪惊我顽。我谢江神岂得已，有田不归如江水。"今有田矣而不归，无乃食言于神也耶？卷七一

记承天夜游[①]

元丰六年十月十二日夜，解衣欲睡，月色入户，欣然起行。念无与为乐者，遂至承天寺，寻张怀民。怀民亦未寝，相与步于中庭。庭下如积水空明，水中藻荇交横，盖竹柏影也。何夜无月，何处无竹柏，但少闲人如吾两人者耳。黄州团练副使苏某书[②]。卷七一

赠别王文甫

仆以元丰三年二月一日至黄州，时家在南都，独与儿子迈来郡中，无一人旧识者。时时策杖至江上，望云涛渺然，亦不知有文甫兄弟在江南也。居十余日，有长而髯者，惠然见过，乃文甫之弟子辩。留语半日，云："迫寒食，且归东湖。"仆送之江上，微风细雨，叶舟横江而去。仆登夏隩尾高丘以望之，仿佛见舟及武昌，乃还。尔后遂相往来。及今四周岁，相过殆百数，遂欲买田而老焉，然竟不遂。近忽量移临汝，念将复去此而后期不可必，感物凄然，

① 一本题作《记承天寺夜游》。
② 自"黄州"以下：此九字原缺，据《永乐大典》补。

有不胜怀者。浮屠不三宿桑下，有以也哉！七年三月九日。卷七一

再书赠王文甫

昨日大风，欲去而不可。今日无风，可去而我意欲留。文甫欲我去者，当使风水与我意会。如此，便当作留客过岁准备也。卷七一

跋太虚辩才庐山题名

某与大觉禅师别十九年矣。禅师脱屣当世，云栖海上，谓不复见记，乃尔拳拳耶，抚卷太息。欲一见之，恐不可复得。会与参寥师自庐山之阳并出，而东所至，皆禅师旧迹，山中人多能言之者，乃复书太虚与辩才题名之后，以遗参寥。太虚今年三十六，参寥四十二，某四十九，辩才七十四，禅师七十六矣。此吾五人者，当复相从乎？生者可以一笑，死者可以一叹也。元丰七年五月十九日慧日院大雨中书。卷七一

泗岸喜题

谪居黄州五年，今日离泗州北行。岸上，闻骡驮铎声空笼，意亦欣然，盖不闻此声久矣。韩退之诗云："照壁喜见蝎。"此语真不虚也。然吾方上书求居常州，岂鱼鸟之性，终安于江湖耶？元丰八年正月四日书。卷七一

书遗蔡允元

仆闲居六年，复出从仕。自六月被命，今始至淮上，大风三日不得渡。故人蔡允元来船中相别。允元眷眷不忍归，而仆迟回不发，意甚愿来日复风。坐客皆云东坡赴官之意，殆似小儿迁延避学。爱其语切类，故书之，以遗允元，为他日归休一笑。卷七一

蓬莱阁记所见

登州蓬莱阁上，望海如镜面，与天相际。忽有如黑豆数点者，郡人云："海舶至矣。"不一炊久，已至阁下。元丰八年十月晦日，眉山苏轼书。卷七一

书鲁直浴室题名后

后五百岁浴室丘墟，六祖变灭，苏、范、黄、陈尽为鬼录，而此书独存，当有来者会予此心，拊掌一笑。是月十五日戊子，子瞻书。卷七一

书请郡

今年，吾当请广陵，暂与子由相别，至广陵逾月，遂往南郡，自南郡诣梓州，溯流归乡，尽载家书而行，迤逦致仕，筑室种果于眉，以须子由之归而老焉。不知此愿遂否？言之怅然也。卷七一

书赠柳仲矩

柳十九仲矩，自共城来，持太官米作饭食我。且言百泉之奇胜，劝我卜邻。此心飘然，已在太行之麓矣。元祐三年九月十七日，东坡居士书。卷七一

杭州题名 一

元祐四年十月十七日，与曹晦之、晁子庄、徐得之、王元直、秦少章同来。时主僧皆出，庭户寂然，徙倚久之。东坡书。卷七一

杭州题名 二

余十五年前，杖藜芒屦，往来南北山，此间鱼鸟皆相识，况诸道人乎？再至，惘然皆晚生相对，但有怆恨。子瞻书。卷七一

题损之故居

元祐四年十月七日，始来损之故居，周览遗迹。陶元亮云："嗟岁月之遂往，悼吾年之不留。"若人犹尔，况吾侪乎？轼书。卷七一

书赠王元直 一

王箴字元直，小名三老翁，小字惇叔。元祐四年十月十八日

夜，与王元直饮酒，掇荠菜食之，甚美。颇忆蜀中巢菜，怅然久之。卷七一

书赠王元直 二

王十六见惠拍板两联，意谓仆有歌人，不知初无有也。然亦有用，当陪傅大士唱《金刚经颂》耳。元祐四年十一月四日二鼓。卷七一

书赠王元直 三

元祐四年十一月二十八日，既雨，微雪。予以寒疾在告，危坐至夜。与王元直饮姜蜜酒一杯，醺然径醉。亲执枪匕作荠青虾羹，食之甚美。他日归乡，勿忘此味也。卷七一

题万松岭惠明院壁

予去此十七年，复与彭城张圣途、丹阳陈辅之同来。院僧梵英，葺治堂宇，比旧加严洁。茗饮芳烈，问："此新茶耶？"英曰："茶性新旧交，则香味复。"予尝见知琴者，言琴不百年，则桐之生意不尽，缓急清浊，常与雨旸寒暑相应。此理与茶相近，故并记之。卷七一

书赠张临溪

吾友张希元有异材，使其登时遇合，当以功名闻，不幸早世，

其命矣夫！元祐七年九月二日，行临溪道中，见其子堂来令兹邑。问以民事，家风凛然，希元为不亡矣。勉之勉之！岂常栖枳棘间乎？东坡居士书。卷七一

书赠杨子微

故人杨济甫之子明字子微，不远数千里，来见仆与子由。会子由有汝海之行，仆亦迁岭表，子微追及仆于陈留，留连不忍去。欲作济甫书，行役倦甚，不果。可持是示济甫，此即书也，何必更作。子微笃学有文，自言知数术，云仆必不死岭表。若斯言有征，当为写《道德经》相偿，此纸所以志也。绍圣元年闰四月十八日，新英州守苏轼书。卷七一

题虔州祥符宫乞签

冲妙先生李君思聪所制观妙法像。轼以忧患之余，稽首洗心，皈命真寂。自惟尘缘深重，恐此志不遂，敢以签卜。得真君第二签，云："平生常无患，见善其何乐。执心既坚固，自励勤修学。"敬再拜受教，书《庄子·养生主》一篇，致自励之意，敢有废坠，真圣殛之！绍圣元年八月二十三日，东坡居士南迁至虔，与王岩翁同谒祥符宫，拜九天采访使者堂下，观观妙法像，实闻此言。卷七一

文集卷一百二十八

题广州清远峡山寺

轼与幼子过同游峡山寺，徘徊登览，想见长老寿公之高致，但恨溪水太峻，当少留之。若于淙碧轩之北，作一小闸，潴为澄潭，使人遇闸上，雷吼雪溅，为往来之奇观。若夏秋水暴，自可为启闭之节。用阴阳家说，寺当少富云。绍圣元年九月十三日。卷七一

题寿圣寺

蜀人苏轼子瞻，南迁惠州，舣舟岩下。与幼子过同游寿圣寺，遇隐者石君汝砺器之，话罗浮之胜，至暮乃去。绍圣元年九月十二日书。卷七一

书卓锡泉

予顷自汴入淮，泛江溯峡归蜀。饮江淮水盖弥年，既至，觉井水腥涩，百余日然后安之，以此知江水之甘于井也审矣。今来岭外，自扬子始饮江水，及至南康，江益清驶，水益甘，则又知南江贤于北江也。近度岭入清远峡，水色如碧玉，味益胜。今游罗浮，酌泰禅师锡杖泉，则清远峡水又在其下矣。岭外唯惠人喜斗茶，此水

不虚出也。绍圣元年九月二十六日书。卷七一

书天庆观壁

东坡饮酒此室，进士许毅甫自五羊来，邂逅一杯而别。卷七一

题罗浮

绍圣元年九月二十六日，东坡翁迁于惠州，舣舟泊头镇。明晨肩舆十五里，至罗浮山，入延祥宝积寺，礼天竺瑞像，饮梁僧景泰禅师卓锡泉，品其味，出江水上远甚。东三里，至长寿观。又东北三里，至冲虚观。观有葛稚川丹灶，次之诸仙者朝斗坛。观坛上所获铜龙六、鱼一。坛北有洞，曰朱明，榛莽不可入。水出洞中，锵鸣如琴筑。水中皆菖蒲，生石上。道士邓守安字道玄，有道者也。访之，适出。坐遗履轩，望麻姑峰。方饮酒，进士许毅来游，呼与饮。既醉，还宿宝积中阁。夜大风，山烧壮甚，有声。晨粥已，还舟，憩花光寺。从游者，幼子过，巡检史珏，宝积长老齐德，延祥长老绍冲，冲虚道士陈熙明。山中可游而未暇者，明福宫、石楼、黄龙洞，期以明年三月复来。卷七一

记游白水岩

绍圣元年十二月十二日，与幼子过游白水山佛迹院。浴于汤池，热甚，其源殆可以熟物。循山而东，少北，有悬水百仞，山八九折，折处辄为潭。深者缒石五丈，不得其所止，雪溅雷怒，可喜可

畏。水涯有巨人迹数十，所谓佛迹也。暮归，倒行，观山烧壮甚。俯仰度数谷。至江山月出，击汰中流，掬弄珠璧。到家，二鼓矣。复与过饮酒，食余甘，煮菜，顾影颓然，不复能寐。书以付过。东坡翁。卷七一

记与舟师夜坐

绍圣二年正月初五日，与成都舟阇黎夜坐，饥甚。家人煮鸡肠菜羹甚美。缘是，与舟谈不二法。舟请记之。其语则不可记，非不可记，盖不暇记也。卷七一

题白水山

绍圣二年三月四日，詹使君邀予游白水山佛迹寺，浴于汤泉，风于悬瀑之下，登中岭，望瀑所从出。出山，肩舆节行观山，且与客语。晚休于荔浦之上，曳杖竹阴之下。时荔子累累如芡实矣。父老指以告予曰："是可食，公能携酒复来？"意欣然许之。同游者柯常、林抃、王原、赖仙芝。詹使君名范，予盖苏轼也。卷七一

题嘉祐寺壁

绍圣元年十月二日，轼始至惠州，寓居嘉祐寺松风亭。杖屦所及，鸡犬皆相识。明年三月，迁于合江之行馆。得江楼廓彻之观，而失幽深窈窕之趣，未见所欣戚也。峤南岭北，亦何以异此。虔州鹤田处士王原子直，不远千里，访予于此，留七十日而去。东

坡居士书。卷七一

记游松风亭

余尝寓居惠州嘉祐寺，纵步松风亭下，足力疲乏，思欲就床止息。仰望亭宇，尚在木末，意谓如何得到。良久忽曰："此间有甚么歇不得处？"由是心若挂钩之鱼，忽得解脱。若人悟此，虽两阵相接，鼓声如雷霆，进则死敌，退则死法，当恁么时，也不妨熟歇。卷七一

记朝斗

绍圣二年五月望日，敬造真一法酒成。请罗浮道士邓守安拜奠北斗真君。将奠，雨作。已而清风肃然，云气解驳，月星皆现，魁杓明爽。彻奠，阴雨如初。谨拜手稽首而记其事。东坡居士苏轼书。卷七一

题栖禅院

绍圣三年八月六日夜，风雨，旦视院东南，有巨人迹五。是月九日，苏轼与男过来观。卷七一

题合江楼

青天孤月，故是人间一快。而或者乃云不如微云点缀，乃是

居心不净者常欲滓秽太清。合江楼下，秋碧浮空，光接几席之上，而有葵苫败屋七八间，横斜砌下。今岁大水再至，居者奔避不暇。岂无寸土可迁，而乃眷眷不去，常为人眼中沙乎？绍圣二年九月五日。卷七一

名容安亭

陶靖节云："倚南窗以寄傲，审容膝之易安。"故常欲作小亭以容安名之。丙子十二月二十一日。卷七一

书北极灵签

东坡居士迁于海南，忧患不已。戊寅九月晦，游天庆观，谒北极真圣，探灵签，以决余生之祸福吉凶。其词曰："道以信为合，法以智为先。二者不相离，寿命已得延。"览之悚然，若有所得，敬书而藏之，以无忘信道、法智二者不相离之意。古之真人，未有不以信入者。子思曰："自诚而明谓之性。"此之谓也。孟子曰："执中无权，犹执一也。"守法而不智，则天下之死法也。道不患不知，患不疑；法不患不立，患不活。以信合道则道疑，以智先法则法活。道疑而法活，虽度世可也，况乃延寿命乎？卷七一

书筮

戊寅九月十五日，以久不得子由书，忧不去心。以《周易》筮之，遇《涣》之内三爻，初六变为《中孚》。其繇曰："用拯马壮，

吉。”《中孚》之九二变为《益》，其繇曰：“鸣鹤在阴，其子和之。我有好爵，吾与尔縻之。”《益》之六三变为《家人》，其繇曰：“益之用凶事，无咎。有孚中行，告公用圭。”《家人》之繇曰：“家人利女贞。”又曰：“风自火出，《家人》。君子以言有物，而行有恒。”吾考此卦极精详，口以授过，又书而藏之。卷七一

书谤

吾昔谪居黄州，曾子固居忧临川，死焉。人有妄传吾与子固同日化去，如李贺长吉死时事，以上帝召也。时先帝亦闻其语，以问蜀人蒲宗孟，且有叹息语。今谪海南，又有传吾得道，乘小舟入海，不复返者。京师皆云。儿子书来言之。今日有从广州来者，云：“太守何述言，吾在儋耳，一日忽失去，独道服在耳，盖上宾也。”吾平生遭口语无数，盖生时与韩退之相似，吾命宫在斗、牛间，而退之身宫亦在焉。故其诗曰：“我生之辰，月宿南斗。”且曰：“无善名以闻，无恶声以扬。”今谤吾者，或云死，或云仙。退之之言，良非虚耳。卷七一

书海南风土

岭南天气卑湿，地气蒸溽，而海南为甚。夏秋之交，物无不腐坏者。人非金石，其何能久。然儋耳颇有老人，年百余岁者，往往而是，八九十者不论也。乃知寿夭无定，习而安之，则冰蚕火鼠，皆可以生。吾尝湛然无思，寓此觉于物表，使折胶之寒，无所施其冽，流金之暑，无所措其毒，百余岁岂足道哉！彼愚老人者，初不知此

特如蚕鼠生于其中，兀然受之而已。一呼之温，一吸之凉，相续无有间断，虽长生可也，庄子曰："天之穿之，日夜无隙，人则固塞其窦。"岂不然哉。九月二十七日，秋霖雨不止，顾视帏帐，有白蚁升余，皆已腐烂，感叹不已。信手书。时戊寅岁也。卷七一

书上元夜游

己卯上元，予在儋州，有老书生数人来过，曰："良月嘉夜，先生能一出乎？"予欣然从之。步城西，入僧舍，历小巷，民夷杂揉，屠沽纷然。归舍已三鼓矣。舍中掩关熟睡，已再鼾矣。放杖而笑，孰为得失？过问先生何笑，盖自笑也。然亦笑韩退之钓鱼无得，更欲远去，不知走海者未必得大鱼也。卷七一

书城北放鱼

儋耳鱼者渔于城南之陂，得鲫二十一尾，求售于东坡居士。坐客皆欣然，欲买放之。乃以木盎养鱼，舁至城北沦江之阴，吴氏之居，浣沙石之下放之。时吴氏馆客陈宗道，为举《金光明经》流水长者因缘说法念佛，以度是鱼。曰无明缘，行行缘，识识缘，名色名色缘，六入六入缘，触触缘，受受缘，爱爱缘，取取缘，有有缘，生生缘，老死忧悲苦恼，南无宝胜如来。尔时宗道说法念佛已，其鱼皆随波赴谷，众会欢喜，作礼而退。会者六人：吴氏之老刘某，南海符某，儋耳何旻，潮阳王介石，温陵王懿、许琦。舁者二人：吉童、奴九。元符二年三月丙寅书。卷七一

书赠游浙僧

到杭，一游龙井，谒辩才遗像，仍持密云团为献龙井。孤山下，有石室。室前有六一泉，白而甘，当往一酌。湖上寿星院竹，极伟。其傍智果院，有参寥泉及新泉，皆甘冷异常，当特往一酌，仍寻参寥子妙总师之遗迹，见颖沙弥，亦当致意。灵隐寺后高峰塔，一上五里，上有僧，不下三十余年矣，不知今在否？亦可一往。元符二年五月十六日，东坡居士书。卷七一

书合浦舟行

予自海康适合浦，遭连日大雨，桥梁尽坏，水无津涯。自兴廉村净行院下，乘小舟至官寨。闻自此以西皆涨水，无复桥船。或劝乘蜒舟并海即白石。是日，六月晦，无月。碇宿大海中，天水相接，疏星满天。起坐四顾太息，吾何数乘此险也！已济徐闻，复厄于此乎？过子在傍鼾睡，呼不应。所撰《易》《书》《论语》皆以自随，世未有别本。抚之而叹曰："天未丧斯文，吾辈必济！"已而果然。七月四日合浦记。时元符三年也。卷七一

题廉州清乐轩

浮屠不三宿桑下，东坡盖三宿此矣。去后，仲修使君当复念我耶？庚辰八月二十四日题。卷七一

书临皋亭

东坡居士酒醉饭饱，倚于几上，白云左绕，清江右洄，重门洞开，林峦坌入。当是时，若有思而无所思，以受万物之备，惭愧惭愧！卷七一

梦南轩

元祐八年八月十一日，将朝，尚早，假寐，梦归縠行宅，遍历蔬园中。已而坐于南轩，见庄客数人，方运土塞小池。土中得两芦菔根，客喜食之。予取笔作一篇文，有数句云："坐于南轩，对修竹数百，野鸟数千。"既觉，惘然怀思久之。南轩，先君名之曰"来风"者也。卷七一

天华宫

天华宫在罗浮山之西。苏轼曰：南汉主建有甘露、羽盖等亭，云华阁，命中书舍人锺有章作记。初，南汉主梦神人指罗浮山之西，去延祥寺西北，有两峰相叠，一洞对流，可以为宫。访之，得其地。又梦金龙起于宫所，遂改为黄龙洞。此地即葛仙西庵。至宋朝革命，四方僭叛以次诛服，刘氏惧焉，将欲潜遁罗浮，为狡兔之穴，又命于增江水口，凿濠通山，往来山峒，仓卒为航舟之计。开宝四年，乃始归命。则知刘氏为宝宫于山间，无事则为临赏之乐，警急则为逋逃之所，其计窘矣。卷七一

名西阁

元丰七年冬至，过山阳，登西阁，时景繁出巡未归。轼方乞归常州，得请，春中方当复过此。故有阁欲名，思之未有佳者。蔡廓，谟之子也[①]，晋宋间第一流。辄以似公家，不知可否？卷七一

书赠古氏

古氏南坡修竹数千竿，大者皆七寸围，盛夏不见日，蝉鸣鸟呼，有山谷气象。竹林之西，又有隙地数亩，种桃李杂花。今年秋冬，当作三间一龟头，取雪堂规模，东荫修竹，西眺江山。若果成此，遂为一郡之嘉观也。卷七一

---

①按，据《宋书》卷五七、《南史》卷二九，廓乃谟之曾孙，此处记述有误。

文集卷一百二十九

仁祖盛德

温成皇后乳母贾氏，宫中谓之贾婆婆。贾昌朝连结之，谓之姑姑。台谏论其奸，吴春卿欲得其实而不可。近侍有进对者曰："近日台谏言事，虚实相半，如贾姑姑事，岂有是哉？"上默然久之，曰："贾氏实曾荐昌朝。"非吾仁祖盛德，岂肯以实语臣下耶？卷七二

真宗信李沆

真宗时，或荐梅询可用者。上曰："李沆尝言其非君子。"时沆之没，盖二十余年矣。欧阳文忠公尝问苏子容曰："宰相没二十余年，能使人主追信其言，以何道？"子容言："独以无心故耳。"轼因赞其语，且言："陈执中，俗吏耳，特以至公，犹能取信主上，况如李公之才识而济之以无心耶？"时元祐三年兴龙节，赐宴尚书省，论此。是日，又见王巩云其父仲仪言："陈执中罢相，仁宗问：'谁可代者？'执中举吴育。上即召赴阙。会乾元节侍宴，偶醉，坐睡，忽惊顾拊床，呼其从者。上愕然，即除西京留台。"以此观之，执中虽俗吏，亦可贤也。育之不相，命矣夫。然晚节有心疾，亦难大用，仁宗非弃才之主也。卷七二

英宗惜臣子

英宗皇帝郊祀习仪，尚书省赐百官酒食。郎官王易知醉饱呕吐，御史前劾失仪，已赐赦。韩丞相琦以闻。帝曰："已放罪。"琦奏："故事：失仪不以赦原。"帝曰："失仪，薄罚也，然使士大夫以酒食得过，难施面目矣。"卒赦之。帝爱惜臣子欲曲全其名节者如此，士当何以为报？臣轼闻之于欧阳文忠公修云。卷七二

神宗恶告讦

元丰初，白马县民有被劫者，畏贼不敢告，投匿名书于县。弓手甲得之，而不识字，以示门子乙。乙为读之，甲以其言捕获贼，而乙争其功。吏以为法禁行匿名书，而贼以此发，不敢处之死，而投匿名者当流。为情轻法重，皆当奏。苏子容为开封尹，上殿论贼可减死，而投匿名者可免罪。上曰："此情虽极轻，而告讦之风不可长。"乃杖而抚之。子容以为贼许不干己者告捕，而彼失者匿名，本不足深过。然先帝犹恐长告讦之风，此可为忠厚之至。然熙宁、元丰之间，每立一法，如手实、禁盐牛皮之类，皆立重赏以许告捕者。此当时小人所为，非先帝本意。时范祖禹在坐，曰："当书之《实录》。"卷七二

永洛事

张舜民言："永洛之役，李舜举、徐禧、李稷皆在围中。上以手诏赐西人，若能保全吏士，当尽复侵地。诏未至，而舜举等已死。"

圣主可谓重一士而轻千里矣。惜此等不被其赐也，哀哉！舜举，中官也。将死，以败纸半幅，书其上云："臣舜举死无所恨，但愿陛下勿轻此贼。"付一健黠者间走以闻。时李稷亦将死，书纸后云："臣稷千苦万屈。"上为一恸，然以见二人之贤不肖也。卷七二

彭孙谄李宪

方李宪用事时，士大夫或奴事之，穆衍、孙路至为执袍带。王中正盛时，俞充至令妻执板而歌，以侑中正饮。若此类，不可胜数。而彭孙本以劫盗招出，气陵公卿。韩持国至诣其第，出妓饮酒，酒酣，慢持国。持国不敢对。然尝为李宪濯足，曰："太尉足何其香也！"宪以足踏其头，曰："奴谄我不太甚乎？"孙在许下造宅，私招逃军三百人役之。予时将乞许，觊至郡考其实，斩讫乃奏。会除颍州而止。卷七二

范文正谏止朝正

欧阳文忠公撰《范文正神道碑》，载章献太后临朝，仁宗欲率百官朝正太后，范公力争乃罢。其后轼先君奉诏修《太常因革礼》，求之故府，而朝正案牍具在。考其始末，无谏止之事，而有已行之明验。先君质之于文忠公。曰："文正公实谏而卒不从，《墓碑》误也，当以案牍为正耳。"今日偶与客论此事，夜归乃记之。卷七二

溪洞蛮神事李师中

过太平州，见郭祥正，言：“尝从章惇辟，入梅山溪洞中，说谕其首领，见洞主苏甘家有神画像，被服如士大夫，事之甚严。问之，云：‘此知桂府李大夫也。’问其名，曰：‘此岂可名哉！’叩头称死罪数四，卒不敢名。”徐考其年月本末，则李公师中诚之也。诚之尝为提刑，权桂府耳。吾识诚之，知其为一时豪杰也。然小人多异议，不知夷獠乃尔畏信之，彼其利害不相及尔。卷七二

曹玮知人料事

天圣中，曹玮以节镇定州。王鬷为三司副使，疏决河北囚徒。至定州，玮谓鬷曰：“君相甚贵，当为枢密使。然吾昔为秦州，时闻德明岁使人以羊马贸易于边，课所获多少为赏罚。时将以此杀人。其子元昊年十三，谏曰：‘吾本以羊马为国，今反以资中原，所得皆茶彩轻浮之物，适足以骄堕吾民。今又欲以此杀人，茶彩日增，羊马日减，吾国其削乎？’乃止不戮。吾闻而异之，使人图其形，信奇伟。若德明死，此子必为中国患，其当君为枢府之时乎？盍自今学兵讲边事！”鬷虽受教，盖亦未必信也。其后鬷与张观、陈执中在枢密府，元昊反，杨义上书论土兵事，上问三人，皆不知，遂皆罢去。鬷之孙为黄门婿，故知之。卷七二

吕公弼招致高丽人

元祐二年二月十七日，见王伯虎炳之。言：“昔为枢密院礼房

检详文字，见高丽公案。始因张诚一使契丹，于虏帐中，见高丽人私语本国主向慕中国之意。归而奏之先帝，始有招来之意。枢密使吕公弼因而迎合，亲书札子，乞招致。遂命发运使崔拯遣商人招之。”天下知罪拯，而不知罪公弼，如诚一，盖不足道也。卷七二

黄寔言高丽通北虏

昨日见泗倅陈敦固道。言：“胡孙作人服，折旋俯仰中度。细观之，其侮慢也甚矣。人言‘弄胡孙’，不知为胡孙所弄。”其言颇有理，故为记之。又见淮南提举黄寔言：“奉使高丽人言，所致赠作有假金银铤，夷人皆拆坏，使露胎素，使者甚不乐。夷云：‘非敢慢，恐北虏有觇者，以为真尔。’”由是观之，高丽所得吾赐物，北虏盖分之矣。而或者不察，谓北虏不知高丽朝我，或以为异时可使牵制北虏，岂不误哉？今日又见三佛齐朝贡者过泗州，官吏妓乐，纷然郊外，而椎髻兽面，睢盱船中。遂记胡孙弄人语，良有理，故并书之。卷七二

范景仁定乐上殿

前日见邸报，范景仁乞上殿，不知其何为也。近得其侄伯禄书云，景仁上殿，为定大乐也。景仁本以言新法不便致仕，乃以功成治定自荐于乐，则新法果便也？扬子云言齐、鲁有大臣，史失其名，叔孙通欲制君臣之仪，征诸生于齐、鲁，所不能致者二人。以景仁观之，扬雄之言，可谓谬矣。卷七二

张士逊中孔道辅

孔道辅为御史中丞，勘冯士元事，尽法不阿。仁宗称之，有意大用。时大臣与士元通奸利，最甚者宰相程琳。道辅既得其情矣，而退傅张士逊不喜道辅，欲有以中之。上使道辅送札子中书，士逊屏人与语久，时台官纳札子，犹得于宰相公厅后也。因言公将大用。道辅喜。士逊云："公所以至此，谁之力也？非程公不致此。"道辅怅然，愧而德之。不数日上殿，遂力救琳。上大怒，既贬琳，亦黜道辅兖州。道辅知为士逊所卖，感愤得疾，死中路。元祐三年五月三日，闻之苏子容。卷七二

杜正献焚圣语

杜正献公为相，蔡君谟、孙之翰为谏官，屡乞出。仁宗云："卿等审欲郡，当具所乞奏来。"于是蔡除福州，之翰除安州。正献云："谏官无故出，终非美事，乞且仍旧。"上可之。退书圣语。时陈恭公为执政，不肯书，曰："吾初不闻。"正献惧，遂焚之。由此遂罢相。议者谓正献当俟明日审奏，不当遽焚其书也。正献言：始在西府时，上每访以中书事，及为相，中书事不以访。公因言君臣之间，能全终始者，盖难也。卷七二

蔡延庆追服母丧

蔡延庆所生母亡，不为服久矣，闻李定不服所生母，为台所弹，乃乞追服。乃知蟹筐蝉緌，不独成人之丧也。是时有朱寿昌，

其所生母，三岁舍去，长大刺血写经，誓毕生寻访。凡五十年，乃得之。奉养三年而母亡，寿昌至毁焉。善人恶人相去，乃尔远耶？予谪居于黄，而寿昌为鄂守，与予往还甚熟，予为撰《梁武忏引》者也。卷七二

王钦若沮李士衡

李士衡之父壹，豪恣不法，诛死。士衡方进用，王钦若欲言之，而未有路，会真宗论时文之弊，因言："路振，文人也。然不识体。"上曰："何也？"曰："李士衡父诛死，而振为赠告曰'世有显人'。"上颔之。士衡以故不大用。卷七二

王伯庸知人

余与狄子雅同馆北客，有以近岁名人墨迹相示者。有王伯庸与范希文帖云："今将佐除狄、张外，皆不足用。"伯庸所谓狄即先相武襄公，张则客省使退夫，皆一时名臣，亦足以见伯庸之知人也。卷七二

盛度责钱惟演诰词

盛度，钱氏婿，而不喜惟演，盖邪正不相入也。惟演建言二后并配，中丞范讽发其奸，落平章事，以节度使知随州。时度年几七十，为知制诰，责词云："三星之媾，多戚里之家；百两所迎，皆权要之子。"盖惟演之姑嫁刘氏，而其子娶于丁谓。人怪度老而笔力不

衰。或曰:“度作此词久矣。”元祐三年十二月二十一日讲筵,上未出,立延和殿廷中。时轼方论周穜擅议宗庙事,苏子容道此。卷七二

韩缜酷刑

韩缜为秦州,酷刑少恩,以贼杀不辜,去官。秦人语“宁逢乳虎,莫逢韩玉汝”。玉汝,缜字也。孙临最滑稽,尤善对。或问:“莫逢韩玉汝。当以何对?”应声曰:“可怕李金吾。”天下以为口实。卷七二

蜀公不与物同尽

李方叔言:范蜀公将薨,数日,须眉皆发苍黑,郁然如画也。公平生虚心养气,数尽形往而气血不衰,故发于外耶?范氏多四乳,固与人异。公又立德如此,其化也,必不与万物同尽,有不可知者矣。卷七二

韩狄盛事

韩魏公在中山,狄青为副总管,陈荐为幕客。今魏公之子师朴出镇,而青之子咏、荐之子厚复践此职,亦异事也。卷七二

温公过人

晁无咎言:“司马温公有言,吾无过人者,但平生所为,未尝有

对人不可言者耳。”余亦记前辈有诗云：“怕人知事莫萌心。”此言皆可终身守之。卷七二

文忠公相

文忠公尝语余曰：“少时有僧相我，耳白于面，名动天下，唇不着齿，无事得谤。其言颇验。”耳白于面，则众所共见。唇不着齿，余不敢问公，不知其何如也。卷七二

张安道比孔北海

王巩云：“张安道向渠说，子瞻比吾孔北海、诸葛孔明。孔明则吾岂敢，北海或似之，然不若融之蠢也。”吾谓北海以忠义气节冠天下，其势足与曹操相轩轾，决非两立者。北海以一死捍汉，岂所谓轻于鸿毛者？何名为蠢哉！卷七二

宰相不学

王介甫先封舒公，后改封荆。《诗》云：“戎狄是膺，荆舒是惩。”识者谓宰相不学之过也。卷七二

夹注轿子

施道民为孙威敏所黜，既而复得为民，借两军人肩舆而出。曾子固见之，曰：“一只好夹注轿子。”闻者为之绝倒。卷七二

刘贡父戏介甫

王介甫多思而喜凿，时出一新说，已而悟其非也，则又出一言而解释之，是以其学多说。尝与刘贡父食，辍箸而问曰："孔子不彻姜食，何也？"贡父曰："《本草》，生姜多食损智，道非明民，将以愚之。孔子以道教人者也，故不彻姜食，将以愚之也。"介甫欣然而笑，久之，乃悟其戏己也。贡父虽戏言，然王氏之学实大类此。庚辰二月十一日，食姜粥，甚美，叹曰："无怪吾愚，吾食姜多矣。"因并贡父言记之，以为后世君子一笑。卷七二

以利害民

近者余安道孙献策榷饶州垍器，自监权得提举死焉。偶读《太平广记》，贞元五年，李白子伯禽为嘉兴徐浦下场粜盐官，侮慢庙神以死。以此知不肖子，代不乏人也。卷七二

以乐害民

扬州芍药为天下冠。蔡延庆为守，始作万花会，用花十余万枝。既残诸园，又吏因缘为奸，民大病之。予始至，问民疾苦，遂首罢之。万花会，本洛阳故事，而人效之，以一笑乐为穷民之害。意洛阳之会，亦必为民害也，会当有罢之者。钱惟演为洛守，始置驿贡花，识者鄙之。此宫妾爱君之意也。蔡君谟始加法造小团茶贡之。富彦国曰："君谟乃为此耶？"卷七二

史经臣兄弟

先友史经臣，字彦辅，眉山人。与先君同举制策，有名蜀中，世所共知。沆子凝者，其弟也。沆才气绝人，而薄于德。彦辅才不减沆而笃于节义，博辩能属文，其《思子台赋》最善，大略言汉武、晋惠天资相去绝远，至其惑，则汉武与晋惠无异。竟不仕，年六十卒，无子。先君为治丧，立其同宗子为后，今为农夫，无闻于人。沆亦无子。哀哉！卷七二

徐仲车二反

徐积，字仲车，古之独行也，於陵仲子不能过。然其诗文则怪而放，如玉川子，此一反也。耳聩甚，画地为字，乃始通语，终日面壁坐，不与人接，而四方事无不周知其详，虽新且密，无不先知，此二反也。卷七二

张永徽老健

蜀人张宗谔永徽，年六十七，须发不甚白，而精爽紧健，超逸涧谷，上下如飞，此必有所得。相逢数日，但饮酒啸歌而已，恨不款曲问其所行。方罢官归阳翟，意思豁然，非世俗间人也。卷七二

陈辅之不娶

九江陈辅之有於陵仲子之操，不娶，无子。曰："我罪人也。"

东坡曰:“子有犹子乎?”曰:“有。”坡曰:“鲁山道州,乃前比也。”辅之一笑曰:“赖古多此贤。陶彭泽不解事,忍饥作此诗,意古贤能饱人。”辅之今为丹阳南郭人。卷七二

张憨子

黄州故县张憨子,行止如狂人,见人辄骂云“放火贼”。稍知书,见纸辄书郑谷《雪》诗。人使力作,终日不辞。时从人乞,予之钱,不受。冬夏一布褐,三十年不易。然近之不觉有垢秽气。其实如此。至于土人所言,则有甚异者,盖不可知也。卷七二

诵经帖

东坡食肉诵经。或云:“不诵。”坡取水漱口。或云:“一碗水如何漱得?”坡云:“惭愧,阇黎会得。”卷七二

记徐仲车语

东坡将别,乞言于徐仲车。曰:“自古皆有功,独称大禹之功;皆有才,独称周公之才。有德以将之故耳。”卷七二

文集卷一百三十

子由幼达

子由之达，盖自幼而然。方先君与吾笃好书画，每有所获，真以为乐。唯子由观之，漠然不甚经意。今日有先见，固宜也。卷七二

马正卿守节

杞人马正卿作太学正，清苦有气节，学生既不喜，博士亦忌之。余少时偶至其斋中，书杜子美《秋雨叹》一篇壁上，初无意也，而正卿即日辞归，不复出。至今白首穷饿，守节如故。正卿，字梦得。卷七二

李与权节士

李秀才，字与权。居太学八年，未尝谒。一日告，为祭酒所知。赵公材求士于祭酒，祭酒荐之，遂为公材客。可谓节士。可喜可喜！卷七二

马梦得穷

马梦得与仆同岁月生，少仆八日。是岁生者无富贵人，而仆与梦得为穷之冠。即吾二人而观之，当推梦得为首。卷七二

黎子明父子

黎子明之子，为继母所谗，出数月。其父年高，子幼，不给于耕，夫妇父子皆有悔意而不能自还。予为买羊沽酒送归其家，为父子如初，庶几颍谷封人之意。卷七二

唐允从论青苗

儋耳进士黎子云言：城北十五里许，有唐村。唐氏之老曰允从者，年七十余，问子云言："宰相何苦以青苗钱困我，于官有益乎？"子云答曰："官患民贫富不均，富者逐什一，日益富；贫者取倍称，至鬻田质口不能偿，故为是法以均之。"允从笑曰："贫富之不齐，自古已然，虽天工不能齐也。子欲齐之乎？民之有贫富，犹器用之有厚薄也。子欲磨其厚，等其薄，厚者未动，而薄者先穴矣。"元符三年二月二十日，子云过余言此。负薪能谈王道，政谓允从辈耶？卷七二

黎檬子

吾故人黎錞，字希声，治《春秋》，有家法，欧阳文忠公喜之。

然为人质木迟缓，刘贡父戏之为“黎檬子”。以谓指其德，不知果木中真有是也。一日，联骑出，闻市人有唱是果鬻之者，大笑，几落马。今吾谪海南，所居有此木，霜实累累。然二君皆已入鬼录。坐念故友之风味，岂可复见！刘固不泯于世者，黎亦能文守道不苟随者也。卷七二

本秀二僧

稷下之盛，胎骊山之祸。太学三万人，嘘枯吹生，亦兆党锢之冤。今吾闻本、秀二僧，皆以口耳区区奔走王公，汹汹都邑，安有而不辞，殆非浮屠氏之福也。卷七二

朱照僧

朱氏子名照僧。少丧父，与其母尹皆愿出家，礼僧守素。守素，参寥弟子也。照僧九岁，举止如成人，诵予《赤壁》二赋，锵然鸾鹤声也。不出十年，名冠东南。此参寥法孙，东坡门僧也。卷七二

锺守素

参寥行者锺守素，事参寥有年，未尝见过失。仆常默察其所为，似有意于慕高远者。参寥言秦太虚有意为率交游间三十人，每人十千，买祠部牒，令得出家，此亦善缘。仆既随喜，然参寥不善干人，故书此以付守素。卷七二

妙总 以下书赠惠诚

妙总师参寥子，与予友二十余年矣。世所知独其诗文，所不知者，盖多于诗文也。独好面折人过失，然人知其无心，如虚舟之触物，盖未尝有怒者。卷七二

维琳

径山长老维琳，行峻而通，文丽而清。始，径山祖师有约，后世止以甲乙住持。予谓以适事之宜，而废祖师之约，当于山门选用有德，乃以琳嗣事。众初有不悦其人，然终不能胜悦者之多且公也。今则大定矣。卷七二

圆照

杭州圆照律师，志行苦卓，教法通洽，昼夜行道，二十余年矣。无一念顷有作相。自辩才归寂，道俗皆宗之。卷七二

秀州长老

秀州本觉寺一长老，少盖有名进士，自文字言语悟入。至今以笔砚作佛事。所与游，皆一时文人。卷七二

楚明

净慈楚明长老，自越州来。始，有旨召小本禅师住法云寺。

杭人忧之，曰："本去，则净慈众散矣。"余乃以明嗣事，众不散，加多，益千余人。卷七二

仲殊

苏州仲殊师利和尚，能文善诗及歌辞，皆操笔立成，不点窜一字。予曰："此僧胸中，无一毫发事。"故与之游。卷七二

守钦

苏州定惠长老守钦，予初不识。比至惠州，钦使侍者卓契顺来，问予安否，且寄十诗。予题其后，曰："此僧清逸超绝，语有璨、忍之通，而无岛、可之寒。"予往来三吴久矣，而不识此僧，何也？卷七二

思义

下天竺净慧禅师思义，学行甚高，综练世事。高丽非时遣僧来，予方请其事于朝，使义馆之。义日与讲佛法，词辩锋起，夷僧莫能测。又具得其情以告。盖其才有过人者。卷七二

闻复

孤山思聪闻复师，作诗清远，如画工，而雄逸变态，放而不流，其为人称其诗。卷七二

可久清顺

祥符寺可久，垂云清顺二阇梨，皆予监郡日所与往还诗友也。清介贫甚，食仅足，而衣几于不足也，然未尝有忧色。老矣，不知尚健否？卷七二

法颖

法颖沙弥，参寥子之法孙也。七八岁，事师如成人。上元夜，予作乐于寺，颖坐一夫肩上。予谓曰："出家儿亦看灯耶？"颖愀然变色，若无所容，啼呼求去。自尔不复出嬉游。今六七年矣，后当嗣参寥者。卷七二

惠诚

予在惠州，有永嘉罗汉院僧惠诚来，谓曰："明日当还浙东。"问所欲干者，予无以答之。独念吴、越多名僧，与予善者常十九，偶录此数人，以授惠诚，使归见之，致余意，且为道余居此起居饮食状，以解其念也。信笔书纸，语无伦次，又当尚有漏落者，方醉，不能详也。绍圣二年三月二十三日，东坡居士书。卷七二

书赠荣师

赠监大师显荣，行解俱高，得数日相从，殊慰所怀。卷七二

记卓契顺答问

苏台定慧院净人卓契顺,不远数千里,涉岭海,候无恙于东坡。东坡问:“将什么土物来?”顺展两手。坡云:“可惜许数千里空手来。”顺作担势,缓步而去。卷七二

僧自欺

僧谓酒“般若汤”,谓鱼“木梭花”,谓鸡“钻篱菜”,竟无所益,但自欺而已。世常笑之。然人有为不义,而文之以美名者,与此何异哉!俗士自患食肉,欲结卜斋社。长老闻之,欣然曰:“老僧愿与一名。”卷七二

记焦山长老答问

东坡居士醉后单衫游招隐,既醒,着衫而归,问大众云:“适来醉汉向甚处去?”众无答。明日举以问焦山。焦山叉手而立。卷七二

记参寥龙丘答问

慈湖程氏草堂,瀑流出两山间,落于堂后,如悬布崩雪,如风中絮,如群鹤舞。参寥问主人,乞此地养老。主人许之。东坡居士投名作供养主,龙丘子欲作库头。参寥不纳,曰:“待汝一口吸尽此水,即令汝作。”龙丘子无对。卷七二

记石塔长老答问

石塔来别居士。居士云:“经过草草,恨不一见石塔。”塔起立云:“遮个是砖浮图耶?”居士云:“有缝。”塔云:“无缝何以容世间蝼蚁?”坡首肯之。元丰八年八月二十七日。卷七二

记南华长老答问

居士着衲衣,因见客着公服次,谓南华曰:“里面着衲衣,外面着公服,大似厄良为贱。”华曰:“外护也少不得。”居士曰:“言中有响。”华曰:“灵山嘱付,不得忘却。”卷七二

书别子开

子开将往河北,相度河宁。以冬至前一日被旨,过节遂行。仆以节日来贺,且别之,留饮数盏,颓然竟醉。案上有些佳纸,故为作草露书数纸。迟其北还,则又春矣,当为我置酒、蟹、山药、桃、杏,是时当复从公饮也。卷七二

梦韩魏公

夜梦登合江楼,月色如水,魏公跨鹤来,曰:“被命同领剧曹,故来相报。北归中原,当不久也。”卷七二

记神清洞事 以下俱异事

曹焕游嵩山中，途遇道士，盘礴石上，揖曰："汝非苏辙之婿曹焕乎？"顾其侣曰："何人？"曰："老刘道士寓此，未尝与人语。"道士曰："苏轼[1]，欧阳永叔门人也。汝以永叔为何等人？"焕曰："文章忠义，为天下第一。"道士曰："汝所知者，如是而已。我，永叔同年也。此袍得之永叔，盖尝敝而不补，未尝垢而洗也。近得书甚安。汝岂不知神清洞乎？汝与我以某年某月某日同集某处，我当以某年月日化于石上。"复坐，不复语，焕亦行入山。果如期化于石上。卷七二

空冢小儿

富彦国在青社，河北大饥，民争归之。有夫妇襁负一子，未几，迫于饥困，不能皆全，弃之道左空冢中而去。岁定归乡，过此冢，欲收其骨，则儿尚活，肥健愈于未弃时。见父母，匍匐来就。视冢中空无有，唯有一窍滑易，如蛇鼠出入，有大蟾蜍，如车轮，气咻咻然出穴中。意儿在冢中常呼吸此气，故能不食而健。自尔遂不食，年六七岁，肌理如玉。其父抱儿来京师，以求小儿医张荆筐。张曰："物之有灵者能蛰，燕蛇虾蟆之类是也。能蛰则能不食，不食则寿，此千岁虾蟆也。法不当与药，若听其不食不娶，长必得道。"父喜，携去，今不知所在。张与予言，盖嘉祐六年。卷七二

---

①轼：涵芬楼本《仇池笔记》作"辙"。

太白山神

吾昔为扶风从事。岁大旱，问父老境内可祷者。云：“太白山至灵，自昔有祷无不应。近岁向传师少卿为守，奏封山神为济民侯，自此祷不验，亦莫测其故。”吾方思之，偶取《唐会要》看，云：“天宝十四年，方士上言太白山金星洞有宝符灵药，遣使取之而获，诏封山神为灵应公。”吾然后知神之所以不悦者。即告太守，遣使祝之，若应，当奏乞复公爵，且以瓶取湫水归郡。水未至，风雾相缠，旗幡飞舞，仿佛若有所见。遂大雨二日，岁大熟。吾作奏检具言其状，诏封为明应公。吾复为文记之，且修其庙。祀之日，有白鼠长尺余，历酒馔上，嗅而不食。父老云：“龙也。”是岁嘉祐七年。卷七二

华阴老妪

眉之彭山进士宋筹者，与故参知政事孙抃梦得同赴举。至华阴，大雪。天未明，过华山。有牌堠云“毛女峰”者，见一老妪坐堠下，鬓如雪而无寒色。时道上未有行者，不知其所从来，雪中亦无足迹。与宋相去数百步，宋先过之，未怪其异，而莫之顾。独孙留连与语，有数百钱挂鞍，尽以予之。既追及宋，道其事。宋悔，复还求之，已无所见。是岁，孙第三人及第，而宋老死无成。此事，蜀人多知之者。卷七二

猪母佛

眉州青神县道侧有小佛屋，俗谓之猪母佛。云，百年前，有牝

猪伏于此，化为泉，有二鲤鱼在泉中，云：“盖猪龙也。”蜀人谓牝猪为母，而立佛堂其上，故以名之。泉出石上，深不及二尺，大旱不竭。而二鲤鱼莫有见者。余一日偶见之，以告妻兄王愿。愿深疑之，意余诞也。余亦不平其见疑，因与愿祷于泉上曰：“余若不诞，鱼当复见。”已而鱼复出，愿大惊，再拜谢罪而去。此地旧为灵异。青神人朱文及者，以父病求医，夜过其侧。有鬠而负琴者，邀至室，文及辞以父病不可留，而其人苦留之，欲晓，乃遣去。行未数里，见道傍有劫杀贼，所杀人赫然未冷也。否者，文及亦不免矣。泉在石仏镇南五里许，青神二十五里。卷七二

池鱼自达

眉州人任达为余言：少时见人家，畜数百鱼深池中。池以砖甃，四周皆有屋舍，环绕方丈间。凡三十余年，日加长。一日，天晴无雷。池中忽发大声，如风雨，鱼涌起羊角而上，不知所往。达云：“旧说，不以神守，则为蛟龙所取，此殆是耳！”余以谓蚊龙必因风雨，疑此鱼圈局三十余年，日有腾拔之意。精神不衰，久而自达，理自然耳。卷七二

费孝先卦影

至和二年，成都人有费孝先者，始来眉山。云：近游青城山，访老人村，坏其一竹床。孝先谢不敏，且欲偿之。老人笑曰：“子视其上字。字云：此床以某年某月造，某年某月为孝先所坏。自其数耳，何以偿为。”孝先知其异，乃留师事之。老人授以轨甲卦影之

术，前此未有知此学者也。后五年，孝先名闻天下，王公大人皆不远千里，以金钱求其卦影，孝先以致富。今死矣，然四方治其学者，所在而有，皆自托于孝先，真伪特未可知也。聊复记之，使后世知卦影所自。卷七二

幸思顺服盗

幸思顺，金陵老儒也。皇祐中，酤酒江州，人无贤愚，皆喜之。时劫江贼方炽，有一官人舣舟酒垆下，偶与思顺往来相善，思顺以酒十壶饷之。已而被劫掠于蕲、黄间。群盗饮此酒，惊曰："此幸秀才酒耶?"官人识其意，即绐曰："仆与幸秀才亲旧。"贼相顾叹曰："吾侪何为劫幸老所亲哉?"敛所劫还之，且戒曰："见幸慎勿言。"思顺年七十二，日行二百里，盛夏曝日中，不渴，盖尝啖物而不饮水云。卷七二

王平甫梦灵芝宫[①]

王平甫熙宁癸丑岁，直宿崇文馆，梦有人邀之至海上。见海水中宫殿甚盛，其中作乐，笙箫鼓吹之伎甚众。题其宫曰灵芝宫。邀平甫，欲与之俱往。有人在宫侧，隔水止之曰："时未至，且令去，他日当迎之。"至此，恍然梦觉。时禁中已钟鸣。平甫颇自负，为诗记之曰："万顷波涛木叶飞，笙箫宫殿号灵芝。挥毫不似人间世，

①《侯鲭录》卷四有此文，谓"曾子固曰"，则此文乃出自曾巩。《总龟》卷三三引《纪诗》有此文。《总龟》他卷引《纪诗》之文，均见于本集，是此文或为苏轼作，姑存以待考。

长乐钟来梦觉时。”后四年，平甫病卒。其家哭讯之曰：“君尝梦往灵芝宫，信然乎？当以兆我。”是夕，暮奠，若有声音接于人者。其家复卜以钱，卜之曰：“往灵芝宫，其果然乎？”卜曰：“然。”昔有人至海上蓬莱，见楼台中有待乐天之室，乐天自为诗以识其事，与平甫之梦实相似。盖二人者，皆天才逸发，则其精神所寓，必有异者，物理皆有之，而不可穷也。其家哭，请书其事，故为之书以慰其思。卷七二

广利王召

余尝醉卧，有鱼头鬼身者，自海中来，云：“广利王请端明。”予被褐草履黄冠而去，亦不知身步入水中。但闻风雷声，有顷，豁然明白，真所谓水晶宫殿也。其下骊珠夜光，文犀尺璧，南金火齐，不可仰视，珊瑚琥珀，不知几多也。广利佩剑，冠服而出，从二青衣。余曰：“海上逐客，重烦邀命。”有顷，东华真人、南溟夫人造焉，出鲛绡丈余，命余题诗。余赋曰：“天地虽虚廓，惟海为最大。圣王皆祀事，位尊河伯拜。祝融为异号，恍惚聚百怪。二气变流光，万里风云快。灵旗摇虹纛，赤虬喷滂湃。家近玉皇楼，彤光照世界。若得明月珠，可偿逐客债。”写竟，进广利。诸仙迎看，咸称妙。独旁一冠簪者，谓之鳖相公，进言：“客不避忌讳，祝融字犯王讳。”王大怒。余退而叹曰：“到处被相公厮坏。”卷七二

文集卷一百三十一

记授真一酒法

予在白鹤新居，邓道士忽叩门。时已三鼓，家人尽寝，月色如霜。其后有伟人，衣桄榔叶，手携斗酒，丰神英发如吕洞宾者，曰："子尝真一酒乎？"三人就坐，各饮数杯，击节高歌合江楼下。风振水涌，大鱼皆出。袖出一书授予，乃真一法及修养九事。末云九霞仙人李靖书。既别，恍然。卷七二

梦弥勒殿

仆在黄州，梦至西湖上。梦中亦知其为梦也。湖上有大殿三重，其东一殿，题其额云"弥勒下生"。梦中云："是仆昔年所书。"众僧往来行道，大半相识，辩才、海月皆在，相见惊喜。仆散衫策杖，谢诸人曰："梦中来游，不及冠带。"既觉，忘之。明日，得芝上人信，乃复理前梦，因书以寄之。卷七二

应梦罗汉

仆往岐亭，宿于团风，梦一僧破面流血，若有所诉。明日至岐亭，以语陈慥季常，皆莫晓其故。仆与慥入山中，道左有庙，中神像

之侧，有古塑阿罗汉一躯，仪状甚伟，而面目为人所坏。仆尚未觉，而慥忽悟，曰："此岂梦中得乎？"乃载以归，使僧继莲命工完新，遂置之安国院。左龙右虎，盖第五尊者也。卷七二

仙姑问答

仆尝问："三姑是神耶仙耶？"三姑曰："曼卿之徒也。"欲求其事为作传。三姑曰："妾本寿阳人，姓何名媚，字丽卿。父为廛民，教妾曰：'汝生而有异，它日必贵于人。'遂送妾于州人李志处修学。不月余，博通九经。父卒，母遂嫁妾与一伶人，亦不旬日，洞晓五音。时刺史诬执良人，置之囹圄，遂强取妾为侍妾。不岁余，夫人侧目，遂令左右擒妾，投于厕中。幸遇天符使者过，见此事，奏之上帝。上帝敕送冥司，理直其事。遂令妾于人间主管人局。"余问云："甚时人？"三姑云："唐时人。"又问："名甚？"三姑云："见有一所主，不敢言其名。"又问："刺史后为甚官？"三姑云："后入相。"又问："甚帝代时人？"姑云："则天时。"又问："上天既为三姑理直其事，夫人后得甚罪？"三姑云："罚为下等。"三姑因以启谢云："学士刀笔冠天下，文章烂寰宇。身之品秩，命之本常。朝野共矜而不能留连，皇王怀念而未尝引拔。暂居小郡，实屈大贤。如贱妾者，主之爱而共憎，事之临而无避。罪于非辜之地，生无有影之门。赖上天之究情，使微躯之获保。何期有辱朝从，下降寒门。罪宜千诛，事在不赦。维持阴福，以报大恩。"又问云："某欲弃仕路，作一黄州百姓，可否？"三姑戏赠一绝云："朝廷方欲强搜罗，肯使贤侯此地歌？只待修成云路稳，皇书一纸下天河。"又问："余欲置一庄，不知如何？"三姑云："学士功名立身，何患置一庄不得！"又云：

“道路无两头，学士甚处下脚？”再赠一绝云：“蜀国先生道路长，不曾插手细思量。枯鱼尚有神仙去，自是凡心未灭亡。”又《谢腊茶》诗云：“陆羽茶经一品香，当初亲受向明王。如今复有苏夫子，分我花盆美味尝。”又《谢张承议惠香》云：“南方宝木出名香，百和修来入供堂。贱妾固知难负荷，为君祝颂达天皇。”又《赠世人》云：“赠君一术眇生辰，不用操心向不平。隐贿隐财终是妄，谩天谩地更关情。花藏芳蕊春风密，龙卧深潭霹雳惊。莫向人前夸巧佞，苍天终是有神明。”又《赠王奉职》云：“平生有幸得良妻，此日同舟共济时。蜀国乃为君分野，思余自此有前期。”又为《琴歌》云：“七弦品弄仙人有，留待世人轻插手。一声欲断万里云，山林鬼魅东西走。况有离人不忍听，才到商音泪渐倾。雁柱何须夸郑声，古风自是天地情。伯牙死后无人知，君侯手下分巧奇。月明来伴青松阴，露齿笑弹风生衣。山神不敢隐踪迹，笑向山阴惧伤击。一曲未终风入松，玉女惊飞来住侧。劝君休尽指下功，引起相思千万滴。”卷七二

王翊救鹿

黄州岐亭有王翊者，家富而好善。梦于水边，见一人为人所殴伤，几死，见翊而号，翊救之得免。明日，偶至水边，见一鹿为猎人所得，已中几枪。翊发悟，以数千钱赎之。鹿随翊起居，未尝一步舍翊。又翊所居后有茂林果木。一日，有村妇林中见一桃，过熟而绝大，独在木杪，乃取而食之。翊适见，大惊。妇人食已，弃其核，翊取而剖之，得雄黄一块，如桃仁，乃嚼而吞之，甚甘美。自是断荤肉，斋居一食，不复杀生，亦可谓异事也。卷七二

黄鄂之风

近闻黄州小民贫者生子多不举，初生便于水盆中浸杀之，江南尤甚。闻之不忍。会故人朱寿昌康叔守鄂州，乃以书遗之，俾立赏罚，以变此风。黄之士古耕道，虽椎鲁无它长，然颇诚实，喜为善。乃使率黄人之富者，岁出十千，如愿过此者，亦听。使耕道掌之，多买米布绢絮，使安国寺僧继莲书其出入。访闾里田野有贫甚不举子者，辄少遗之。若岁活得百个小儿，亦闲居一乐事也。吾虽贫，亦当出十千。卷七二

陈昱再生

今年三月，有中书吏陈昱者，暴死三日而苏。云初见壁有孔，有人自孔掷一物至地，化为人，乃其亡姊也。携其手自孔中出，曰："冥吏追汝，使我先。"见吏在旁，昏黑如夜，极望有明处，有桥，榜曰"会明"。人皆用泥钱。桥极高，有行桥上者，姊曰："此生天也。"昱行桥下，然犹有在下者，或为乌鹊所啅。姊曰："此网捕者也。"又见一桥，曰"阳明"。人皆用纸钱。有吏坐曹十余人，以状及纸钱至者，吏辄刻除之，如抽贯然。已而见冥官，则陈襄述古也。问昱何故杀乳母？曰："无之。"呼乳母至。血被面，抱婴儿，熟视昱，曰："非此人也，乃门下吏陈周。"官遂放昱还，曰："路远，当给竹马。"又使诸曹检己籍。曹示之，年六十九，官左班殿直。曰："以平生不烧香，故不甚寿。"又曰："吾辈更此一报，身即不同矣。"意当谓超也。昱还，道见追陈周往。既苏，周果死。卷七二

徐问真从欧阳公游

道人徐问真，自言潍州人。嗜酒狂肆，能啖生葱、鲜鱼，以指为针，以土为药，治病良有神验。欧阳文忠公为青州，问真来从公游，久之乃求去。闻公致仕，复来汝南，公常馆之，使伯和父兄弟为之主。公尝有足病，状少异，莫能喻。问真教公汲引，气血自踵至顶。公用其言，病辄已。忽一日，求去甚力。公留之，不可，曰："我有罪。我与公卿游，我不敢复留。"公使人送之，果有冠铁冠丈夫，长八尺许，立道周俟之。问真出城，雇村童，使持药笥。行数里，童告之，求去。问真于发中出一瓢，如枣大，再三覆之掌中，得酒满掬者二，以饮童子，良酒也。自尔不知其存亡，童子竟发狂，亦莫知所终。轼过汝阴，见公，具言如此。其后，予贬黄州，而黄冈县令周孝孙暴得重腿病。某以问真口诀授之，七日而愈。元祐六年十一月二日，与叔弼父、季默父夜坐话其事，事复有甚异者，不欲尽书，然问真要为异人也。卷七二

道士锻铁

有道士讲经茅山，听者数百人。中讲，有自外入者，长大丑黑，大骂曰："道士奴，天正热，聚众造妖何为？"道士起谢曰："居山养徒，费用匮乏，不得不尔。"骂者怒少解，曰："须钱不难，何至作此！"乃取釜灶杵臼之类，得百余斤，以少药锻，皆为银，乃去。后数十年，道士复见此人，从一老道士，须发如雪，骑白骡。此人腰插一骡鞭，从其后。道士遥望叩头，欲从之。此人指老道士，且摇手作惊畏状，去如飞，少顷不见。卷七二

《金刚经》报

蒋仲父闻之于孙景修：近岁有人凿山取银矿，至深处，闻有人诵经声。发之，得一人，云：“吾亦取矿者。以窟坏不能出居此。不记年。平生诵《金刚经》，尝以经自随。每有饥渴之心，则若有人自腋下以饼遗之。”殆此经变现也。道家“守一”，若饥，则“一”与之粮；渴，“一”与之浆。此人于经中，岂得所谓“一”者乎？元符庚辰□月二日，偶与慧上人夜话及此，因出纸求仆缮写是经，凡阅月而成。非谪居海外，安能种此福田也？苏轼谨题。卷七二

师续梦经

宣德郎、广陵郡王院大小学教授眉山任伯雨德翁，丧其母吕夫人之十四日，号擗稍间，欲从事于佛。或劝诵《金光明经》，且言世所传本多误，惟咸平六年刊行者最为善本，又备载张居道再生事。德翁欲访此本而不可得，苫寝柩前。而外甥进士师续假寐其侧，忽惊觉曰：“吾梦至相国寺东门，有鬻糟姜者云有此经。梦中问曰：‘非咸平六年本乎？’曰：‘然。’此殆非梦也。”德翁大惊，即使续以梦求之，而获睹鬻糟姜者之状，则梦中所见也。德翁舟行扶柩归葬于蜀，某方贬岭外，偶吊德翁楚、泗间，乃为记之。绍圣元年同郡苏某记。卷七二

广州女仙

予顷在都下，有传李太白诗者，其略曰“朝披梦泽云，笠钓青

茫茫”，此非世人语也。盖有见太白于酒肆中而得此诗者。神仙之有无，真不可以意度也。绍圣元年九月，过广州，访崇道大师何德顺。有神降其室，自言女仙也，赋诗立成，有超逸绝尘语。或以其托于箕帚，如世所谓紫姑神者疑之。然味其语，非紫姑神所能。至人有入狱鬼、群鸟兽者，托于箕帚，岂足怪哉？崇道好事喜客，多与贤士大夫游，其必有以致之也欤？卷七二

鬼附语

世有附语者，多婢妾贱人，否则衰病不久当死者也。其声音举止，皆类死者。又能知人密事，然理皆非也。意有奇鬼能为是耶？昔人有远行者，欲观其妻于己厚薄，取金钗藏之壁中，忘以语之。既行，而病且死，以告其仆。既而不死。忽闻空中有声，真其夫也。曰：“吾已死，以为不信，金钗在某所。”妻取得之，遂发丧。其后夫归，妻乃反以为鬼也。卷七二

石普嗜杀

石普好杀人，以杀为娱，未尝知慚悔也。醉中缚一奴，使其指使投之汴河，指使哀而纵之。既醒而悔，指使畏其暴，不敢以实告。久之，普病，见奴为祟，自以为必死。指使呼奴示之，祟不复作，普亦愈。卷七二

陈太初尸解

吾八岁入小学，以道士张易简为师。童子几百人，师独称吾与陈太初者。太初，眉山市井人子也。予稍长，学日益，遂第进士、制策。而太初乃为郡小吏。其后予谪居黄州，有眉山道士陆惟忠自蜀来，云："有得道者曰陈太初。"问其详，则吾与同学者也。前年，惟忠又见予于惠州，云："太初已尸解矣。蜀人吴师道为汉州太守，太初往客焉。正岁旦日，见师道求衣食钱物，且告别。持所得尽与市人贫者，反坐于戟门下，遂寂。师道使卒舁往野外焚之。卒骂曰：'何物道士，使我正旦舁死人。'太初微笑开目，曰：'不复烦汝。'步自戟门至金雁桥下，趺坐而逝。焚之，举城人见烟焰上眇眇焉有一陈道人也。"卷七二

黄仆射得道

虔州布衣赖仙芝言：连州有黄损仆射者，五代时人，仆射盖仕南汉也，未老退归。一日忽遁去，莫知其存亡，子孙画像事之。凡三十二年，复归，坐阼阶上，呼家人。其子适不在家，孙出见之，索笔书壁上云："一别人间岁月多，归来事事已消磨。惟有门前鉴池水，春风不改旧时波。"遂投笔径去，不可留。子归，问其状貌，孙云："似影堂老人也。"连人相传如此。其后颇有禄仕者。卷七二

僧伽同行

《泗州大圣僧伽传》云："和尚，何国人也。"又云："世莫知其

所从来，云不知何国人也。”近读《隋史·西域传》，有何国。予在惠州，忽被命责儋耳。太守方子容自携告身来，且吊予曰：“此固前定，可无恨。吾妻沈素事僧伽谨甚，一夕梦和尚告别，沈问所往，答云：‘当与苏子瞻同行。后七十二日，当有命。’今适七十二日矣，岂非前定乎？”予以谓事孰非前定者，不待梦而知。然予何人也？而和尚辱与同行，得非夙世有少缘契乎？卷七二

寿禅师放生

钱塘寿禅师，本北郭税务专知官。每见鱼虾，辄买放生，以是破家。后遂盗官钱，为放生之用。事发，坐死，领赴市矣。吴越钱王使人视之，若悲惧如常人，即杀之；否，则舍之。禅师淡然无异色，乃舍之。遂出家，得法眼净。禅师应以市曹得度，故菩萨乃现市曹以度之。学出生死法，得向死地上走一遭，抵三十年修行。吾窜逐海上，去此地稍近，当于此证阿罗汉果。卷七二

处子再生

戊寅十月，予在儋耳，闻城西民处子病死，两日复生。予与进士何旻往见其父，问死生状。云：初昏，若有人引去至官府，帘下有言：“此误追。”庭下一吏言：“可且寄禁。”又一吏云：“此无罪，当放还。”见狱在地窟中，隧而出入。系者皆儋人，僧居十六七。有一妪，身皆黄毛，如驴马，械而坐。处子识之，盖儋僧之室也。曰：“吾坐用檀越钱物，已三易毛矣。”又一僧，亦处子邻里，死二年矣。其家方大祥，有人持盘飧及钱数千，云：“付某僧。”僧得钱，分数百遗

门者，乃持饭入门去。系者皆争取其饭，僧所食无几。又一僧至，见者擎跽作礼。僧曰："此女可差人送还。"送者以手擘墙壁，使过。复见一河，有舟，便登之。送者以手推舟，舟跃，处子惊而寤。是僧岂所谓地藏菩萨者耶？书之以为世戒。卷七二

朱元经炉药

光州有朱元经道人者，百许岁，世多言其有道术。予来黄州，本欲一过之，既而不果。到黄未久，遂闻其死。故人曹九章适为光守，遂与棺敛葬之，亦无他异。但有药金银及药甚多。郡中争欲分买其药，曹不许，悉封付有司。余以书语曹，他日或为贪者所盗换，不若以闻于朝廷入秘府为嘉也。不知曹能用否。黄金可成，本非虚语，然须视金如土者乃能得之。卷七三

异人有无

自省事以来，闻世所谓道人有延年之术者，如赵抱一、徐登、张无梦，皆近百岁，然竟死，与常人无异。及来黄州，闻浮光有朱元经尤异，公卿尊师之甚众，然卒亦病死。死时中风搐搦。但实能黄白，有余药；药、金皆入官。不知世果无异人耶？抑有而人不见，此等举非耶？不知古所记异人虚实，无乃与此等不大相远，而好事者缘饰之耶？卷七三

文集卷一百三十二

大还丹诀

凡物皆有英华轶于形器之外。为人所喜者，皆其华也，形自若也；而不见可喜，其华亡也。故凡作而为声，发而为光，流而为味，蓄而为力，浮而为膏者，皆其华也。吾有了然常知者存乎其内，而不物于物，则此六华者，苟与吾接，必为吾所取。非取之也，此了然常知者与是六华者，盖尝合而生我矣。我生之初，其所安在？此了然常知者苟存乎中，则必与是六华者皆处于此矣。其凡与吾接者，又安得不赴其类而归其根乎？吾方养之以至静，守之以至虚，则火自炼之，水自伏之。升降开阖，彼自有数；日月既至，自变自成，吾预知可也。《易》曰："精气为物，游魂为变。"《传》曰："用物精多则魂魄强。"《礼》曰："体魄则降，志气在上。"人不为是道，则了然常知者生为志气，死为魂神而升于天。此六华者，生为体为精，死为魄为鬼而降于地。其知是道者，魂魄合，形气一，其至者，至骑箕尾而为列星。敬之信之，密之行之，守之终之。元祐三年九月二十八日书。卷七三

阳丹阴炼

冬至后斋居，常吸鼻液漱炼，令甘，乃咽入下丹田。以三十瓷器，皆有盖，溺其中，已，随手盖之；书识其上，自一至三十。置净

室，选谨朴者掌之。满三十日开视，其上当结细砂，如浮蚁状，或黄或赤，密绢帕滤取。新汲水净淘澄，无度，以秽气尽为度，净瓷瓶合贮之。夏至后，取细研枣肉，为丸如桐子大。空心酒吞下，不限数，三五日内服尽。夏至后，仍依前法采取，却候冬至后服。此名“阳丹阴炼”。须尽绝欲，若不绝，砂不结。卷七三

阴丹阳炼

取首生男子之乳，父母皆无疾恙者，并养其子，善饮食之。日取其乳一升许，少只半升以来。可以朱砂银作鼎与匙，如无朱砂银，山泽银亦得。慢火熬炼，不住手搅，如淡金色，可丸即丸如桐子大。空心酒吞下，亦不限丸数。此名“阴丹阳炼”。世人亦知服秋石，皆非清净所结。又此阳物也，须复经火，经火之余，皆其糟粕，与烧盐无异。世人亦知服乳。乳，阴物，不经火炼，则冷滑而漏精气。此阳丹阴炼、阴丹阳炼，盖道士灵智妙用，沉机捷法，非其人不可轻泄，慎之。卷七三

符陵丹砂

尔朱道士晚客于眉山，故蜀人多记其事。自言：“受记于师云：‘汝后遇白石浮，当飞仙去。’”尔朱虽以此语人，亦莫识所谓。后去眉山，乃客于涪州，爱其产丹砂，虽琐碎，而皆矢镞状，莹彻不杂土石。遂止。炼丹数年，竟于涪之白石县仙去。乃知师所言不谬。吾闻长老道其事甚多，然不记其名字，可恨也。《本草》言：“丹砂出符陵。”而陶隐居云：“符陵是涪州。”今无复采者。吾闻熟于

涪者云："采药者时复得之，但时方贵辰、锦砂，故此不甚采尔。"读《本草》，偶记之。卷七三

松气炼砂

祥符东封，有扈驾军士昼卧东岳真君观古松下。见松根去地尺余，有补塞处。偶以所执兵攻刺之，塞者动，有物如流火，自塞下出，径走入地中。军士以语观中人。有老道士拊膺曰："吾藏丹砂于是三十年矣，方卜日取之。"因掘地数丈，不复见。道士怅慨成疾，竟死。其法：用次砂精良者，凿大松腹，以松气炼之，自然成丹。吾老矣，不暇为此。当以山泽银为鼎，有盖，择砂之良者二斤，以松明根节悬胎煮之，置砂瓶煎水以补耗，满百日，取砂，玉槌研七日，投热蜜中，通油瓷瓶盛，日以银匕取少许，醇酒搅汤饮之，当有益也。卷七三

龙虎铅汞说　寄子由

人之所以生死，未有不自坎、离者。坎、离交则生，分则死，必然之道也。离为心，坎为肾，心之所然，未有不正，虽桀、跖亦然。其所以为桀、跖者，以内轻而外重，故常行其所不然者尔。肾强而溢，则有欲念，虽尧、颜亦然。其所以为尧、颜者，以内重而外轻，故常行其所然者耳。由此观之，心之性法而正，肾之性淫而邪，水火之德，固如是也。子产曰："火烈，人望而畏之；水弱，人狎而侮之。"古之达者，未有不知此者也。龙者，汞也，精也，血也。出于肾，而肝藏之，坎之物也。虎者，铅也，气也，力也。出于心，而肺生之，离

之物也。心动，则气力随之而作；肾溢，则精血随之而流。如火之有烟，未有复反于薪者也。世之不学道，其龙常出于水，故龙飞而汞轻；其虎常出于火，故虎走而铅枯。此生人之常理也。顺此者死，逆此者仙。故真人之言曰："顺行则为人，逆行则为道。"又曰："五行颠倒术，龙从火里出。五行不顺行，虎向水中生。"

有隐者教予曰："人能正坐，瞑目调息，握固定心，息微则徐闭之。达摩胎息法，亦须闭。若如佛经，待其自止，恐汞不能到也。虽无所念，而卓然精明，毅然刚烈，如火之不可犯。息极则小通之，微则复闭之。方其通时，亦限一息，一息归之，已下丹田中也。为之推数，以多为贤，以久为功。不过十日，则丹田温而水上行，愈久愈温，几至如烹，上行如水，蓊然如云，烝于泥丸。盖离者，丽也，着物而见火之性也。吾目引于色，耳引于声，口引于味，鼻引于香，火辄随而丽之。今吾寂然无所引于外，火无所丽，则将焉往？水其所妃也，势必从之。坎者，陷也，物至则受水之性也，而况其妃乎？水火合，则火不炎而水自上，则所谓'龙从火里出'也。龙出于火，则龙不飞而汞不干。旬日之外，脑满而腰足轻。方闭息时，常卷舌而上，以舐悬痈，虽不能到，而意到焉，久则能到也。如是不已，则汞下入口。方调息时，则漱而烹之，须满口而后咽。若未满，且留口中，俟后次也。仍以空气送至下丹田，常以意养之，久则化而为铅。此所谓'虎向水中生'也。"此论奇而通，妙而简，决为可信者。

然吾有大患，平生发此志愿百十回矣，皆缪悠无成。意此道非捐躯以赴之，刳心以受之，尽命以守之，不能成也。吾今年已六十，名位破败，兄弟隔绝，父子离散，身居蛮夷，北归无日。区区世味，亦可知矣。若复缪悠于此，真不如人矣。故数日来，别发誓愿。譬如古人避难穷山，或使绝域，啮草啖雪，彼何人哉！已令造一禅榻、两大案，明窗之下，专欲治此。并已作干蒸饼百枚。自二月一日为首，尽绝人事。饥则食此饼，不饮汤水，不啖食物，细嚼以致津液，或饮少酒而已。午后，略睡。一更便卧，三更乃起，坐以待旦。有日采日，有月采月。余时非数息炼阴，则行今所谓龙虎诀尔。如此百日，或有所成。不读书著文，且一时阁起，以待异日。不游山水，除见道人外，不接客，不会饮，无益也。深恐易流之性，不能终践此言，故先书以报，庶几他日有惭于弟而不敢变也。此事大难，不知其果然不惭否？此书既以自坚，又欲以发弟也。

卷舌以舐悬痈，近得此法，初甚秘惜之，此禅家所谓“向上一路子，千圣不传人”。所见如此，虽可笑，然极有验也。但行之数日间，舌下筋急痛，当以渐驯致。若舌尖果能及悬痈，则致华池之水，莫捷于此也。又言：“此法名‘洪炉上一点雪’。”宜自秘之。卷七三

李若之布气

《晋·方技传》有幸灵者，父母使守稻。牛食之，灵见而不驱，牛去，乃理其残乱者。父母怒之。灵曰：“物各欲得食，牛方食，奈何驱之？”父母愈怒，曰：“即如此，何用理乱者为？”灵曰：“此稻又欲得生。”此言有理，灵故有道者也。吕猗母皇得痿痹病十余年，灵疗之。去皇数步坐，瞑目寂然。有顷，曰：“扶夫人起。”猗曰：“老人得病十有余年，岂可仓卒令起耶？”灵曰：“但试扶起。”令两人扶起，两人夹扶而立。少顷，去扶者，遂能行。学道养气者，至足之余，能以气与人。都下道士李若之能之，谓之“布气”。吾中子迨，少羸，多疾。若之相对坐，为布气，迨闻腹中如初日所照，温温也。若之盖尝遇得道异人于华岳下云。卷七三

侍其公气术

扬州有武官侍其者,偶忘其名。官于二广恶地十余年,终不染瘴。面红盛,腰足轻快,年八十九乃死。初不服药,唯用一法,每日五更起坐,两掌相向,热摩涌泉穴无数,以汗出为度。欧阳文忠公不信仙佛,笑人行气。晚年见之,云:“吾数年来患足气,一痛殆不可忍。近日有人传一法,用之三日,不觉失去。”其法:垂足坐,闭目握固,缩谷道,摇飐两足,如摄气球状,无数。气极即少休,气平复为之,日七八,得暇即为之,无定时。盖涌泉与脑通,闭缩摇飐,即气上潮,此乃般运捷法也。文忠疾已则废,使其不废,当有益。至言不烦,不可忽也。卷七三

养生诀 上张安道

近年颇留意养生。读书、延问方士多矣,其法百数,择其简易可行者,间或为之,辄有奇验。今此闲放,益究其妙,乃知神仙长生非虚语尔。其效初不甚觉,但积累百余日,功用不可量。比之服药,其力百倍。久欲献之左右,其妙处,非言语文字所能形容。然可道其大略。若信而行之,必有大益,其诀如左:每夜以子后三更三四点至五更以来。披衣起,只床上拥被坐亦可。面东或南,盘足,叩齿三十六通,握固,以两母指握第三指,或第四指握母指,两手拄腰腹间也。闭息,闭息最是道家要妙。先须闭目净虑,扫灭妄想,使心源湛然,诸念不起,自觉出入息调匀,即闭定口鼻。内观五脏:肺白、肝青、脾黄、心赤、肾黑。当更求五藏图,常挂壁上,使心中熟识五藏六腑之形状。次想心为炎火,光明洞彻,入下丹田中。待腹满气极,即徐出气。不得令耳闻。候出

入息匀调，即以舌接唇齿，内外漱炼津液，若有鼻涕，亦须漱炼，不嫌其咸，漱炼良久，自然甘美。此是真气，不可弃之。未得咽下。复前法。闭息内观，纳心丹田，调息漱津，皆依前法。如此者三，津液满口，即低头咽下，以气送入丹田。须用意精猛，令津与气谷谷然有声，径入丹田。又依前法为之。凡九闭息、三咽津而止。然后以左右手热摩两脚心，此涌泉穴，上彻顶门，气诀之妙。及脐下、腰脊间，皆令热彻。徐徐摩之，微汗出，不妨，不可喘促。次以两手摩熨眼、面、耳、项，皆令极热。仍按捏鼻梁左右五七下，梳头百余梳而卧，熟寝至明。

右其法至简近，唯在常久不废，即有深功。且试行一二十日，精神自已不同，觉脐下实热，腰脚轻快，面目有光。久之不已，去仙不远。但当习闭息，使渐能迟久。以脉候之，五至为一息。近来闭得渐久，每一闭百二十至而开，盖已闭得二十余息也。又不可强闭多时，使气错乱，或奔突而出，反为害。慎之慎之！又须常节晚食，令腹中宽虚，气得回转。昼日无事，亦时时闭目内观，漱炼津液咽之，摩熨耳目，以助真气。但清净专一，即易见功矣。神仙至术，有不可学者。一忿躁，二阴险，三贪欲。公雅量清德，无此三疾，切谓可学。故献其区区，笃信力行，他日相见，复陈其妙者焉。文书口诀，多枝词隐语，卒不见下手门路。今直指精要，可谓至言不烦，长生之根本也。幸深加宝秘，勿使浅妄者窥见，以泄至道也。卷七三

寄子由三法

食芡法

吴子野云："芡实盖温平尔，本不能大益人。然俗谓之水硫黄，何也？人之食芡也，必枚啮而细嚼之，未有多嘬而亟咽者也。

舌颊唇齿，终日嗫嚅，而芡无五味，腴而不腻，足以致玉池之水。故食芡者，能使人华液通流，转相挹注，积其力，虽过乳石可也。”以此，知人能澹食而徐饱者，当有大益。吾在黄冈山中见牧羊者，必驱之瘠土，云：“草短而有味，羊得细嚼，则肥而无疾。”羊犹尔，况人乎？

胎息法

养生之方，以胎息为本。此固不刊之语，更无可议。但以气若不闭，任其出入，则眇绵洸漭，无卓然近效。待其兀然自住，恐终无此期。若闭而留之，不过三五十息奔突而出，虽有微暖养下丹田，益不偿于损，决非度世之术。近日深思，似有所得。盖因看孙真人《养生门》中《调气》第五篇，反覆寻究，恐是如此。其略曰：“和神养气之道，当得密室，闭户，安床暖席，枕高二寸半；正身偃仰，瞑目闭气于胸鬲间，以鸿毛着鼻上而不动。经三百息，耳无所闻，目无所见，心无所思。如此，则寒暑不能侵，蜂虿不能毒，寿三百六十岁。此邻于真人也。”此一段要诀，弟且静心细意，字字研究看。既云闭气于胸鬲中，令鼻端鸿毛不动，则初机之人，安能持三百息之久哉？恐是元不闭鼻气，只以意坚守此气于胸鬲中，令出入息似动不动，细缊缈缈，如香炉盖上烟，汤瓶嘴上气，自在出入，无呼吸之者，则鸿毛可以不动。若心不起念，虽过三百息可也。仍须一切依此本诀，卧而为之；仍须真以鸿毛粘着鼻端，以意守气于胸中，遇欲吸时，不免微吸，及其呼时，全不得呼，但任其细缊缥缈，微微自出尽。气平，则又微吸。如此出入元不断，而鸿毛自不动，动亦极微。觉其微动，则又加意制勒之，以不动为度。虽云“制勒”，然终不闭。至数百息，出者少，不出者多，则内守充盛，血脉流通，上下相灌输，而生理备矣。兄悟此玄意，甚以为奇。恐是夜夜烧香，神启其心，自悟自证。适值痔疾及热甚，未能力行，亦时时小试，觉其理不谬。更俟疾平天凉，稍稍致力，续见效，当报。弟不可谓出意杜撰而轻之也。

藏丹砂法

《抱朴子》云：古人藏丹砂井中而饮者，犹获上寿。今但悬望大丹，丹既不可望，又欲学烧，而药物火候，皆未必真，纵使烧成，又畏火毒而不敢服，何不趁此且服生丹砂。意谓煮过百日者，力亦不慢。草药是覆盆子，亦神仙所饵。百日熬炼，草石之气，且相乳入。每日五更，以井华水服三丸。服竟，以意送至下丹田，心火温养，久之，意谓必有丝毫留者。积三百余服，恐必有刀圭留丹田。致一之道，初若眇昧，久乃有不可量者。兄老大无见解，直欲以拙守而致神仙，此大可笑，亦可取也。吾虽了了见此理，而资躁褊，害之者众，事不便成。子由端静淳淑，使少加意，当先我得道。得道之日，必却度我。故书此纸，为异日符信，非虚语也。绍圣二年八月二十七日，居士记。卷七三

学龟息法

洛下有洞穴，深不可测。有人堕其中，不能出，饥甚。见龟蛇无数，每旦辄引吭东望，吸初日光咽之。其人亦随其所向，效之不已，遂不复饥，身轻力强。后卒还家，不食，不知其所终。此晋武帝时事。辟谷之法，类皆百数，此为上，妙法止于此。能复服玉泉，使铅汞，具体去仙不远矣。此法甚易知，甚易行；然天下莫能知，知者莫能行。何则？虚一而静者，世无有也。元符二年，儋耳米贵，吾

方有绝粮之忧，欲与过子共行此法，故书以授之。四月十九日记。卷七三

记养黄中

元符三年，岁庚辰，正月朔戊辰；是日辰时，则丙辰也。三辰一戊，四土会焉，而加丙与庚。丙，土母，而庚，其子也。土之富，未有过于斯时者。吾当以斯时肇养黄中之气。过子又欲以此时取薤姜蜜，作粥以啖。吾终日默坐，以守黄中，非谪于海外，安得此庆耶！东坡居士记。卷七三

单庞二医

蜀有单骧者，举进士不第，颇以医闻。其术虽本于《难经》《素问》，而别出新意，往往巧发奇中，然未能十全。仁宗皇帝不豫，诏孙兆与骧入侍，有间，赏赍不赀。已而大渐，二子皆坐诛，赖皇太后仁圣，察其非罪，坐废数年。今骧为朝官，而兆死矣。尔来黄州，邻邑人庞安常者，亦以医闻。其术大类骧，而加以针术妙绝。然患聋，自不能愈，而愈人之疾甚神。此古人所以寄论于目睫也耶？骧、安常皆不以贿谢为急，又颇博物通古今，此所以过人也。元丰五年三月，予偶患左手肿，安常一针而愈。聊为记之。卷七三

庞安常善医

蕲州庞安常，善医而聩。与人语，在纸始能答。东坡笑曰："吾

与君皆异人也。吾以手为口，君以眼为耳。非异人而何？”卷七三

求医诊脉

脉之难明，古今所病也。至虚有实候，而太实有羸状。差之毫厘疑似之间，便有死生祸福之异。此古今所病也。病不可不谒医，而医之明脉者，天下盖一二数。骐骥不时有，天下未尝徒行；和、扁不世出，病者终不徒死。亦因其长而护其短耳。士大夫多秘所患而求诊，以验医之能否，使索病于冥漠之中，辩虚实冷热于疑似之间。医不幸而失，终不肯自谓失也，则巧饰遂非以全其名。至于不救，则曰：“是固难治也。”间有谨愿者，虽或因主人之言，亦复参以所见，两存而杂治，以故药不效。此世之通患而莫之悟也。吾平生求医，盖于平时默验其工拙。至于有疾而求疗，必先尽告以所患而后求诊，使医者了然知患之所在也，然后求之诊。虚实冷热，先定于中，则脉之疑似不能惑也。故虽中医，治吾疾常愈。吾求疾愈而已，岂以困医为事哉？卷七三

医者以意用药

欧阳文忠公尝言：有患疾者，医问其得疾之由，曰：“乘船遇风，惊而得之。”医取多年柂牙为柂工手汗所渍处，刮末，杂丹砂、茯神之流，饮之而愈。今《本草》注引《药性论》云：“止汗用麻黄根节及故竹扇，为末服之。”文忠因言：“医以意用药，多此比。初似儿戏，然或有验，殆未易致诘也。”予因谓公：“以笔墨烧灰饮学者，当治昏惰耶？推此而广之，则饮伯夷之盥水，可以疗贪；食比干

之馂余，可以已佞；舐樊哙之盾，可以治怯；嗅西子之珥，可以疗恶疾矣。”公遂大笑。元祐六年闰八月十七日，舟行入颍州界。坐念二十年前见文忠公于此，偶记一时谈笑之语，聊复识之。卷七三

目忌点濯说

前日，与欧阳叔弼、晁无咎、张文潜同在戒坛。余病目昏，数以热水洗之。文潜云：“目忌点濯。目有病，当存之；齿有病，当劳之。不可同也。治目当如治民，治齿当如治军。治民当如曹参之治齐，治兵当如商鞅之治秦。”此颇有理，退而记之。卷七三

钱子飞施药

王旂元龙言：钱子飞有治大风方，极验，常以施人。一日，梦人云：“天使已以此病人。君违天怒，若施不已，君当得此病，药不能救。”子飞惧，遂不施。仆以为天之所病，不可疗耶？则药不应复有效。药有效者，则是天不能病。当是病之祟畏是药，假天以禁人耳。晋侯之病，为二竖子。李子豫赤丸，亦先见于梦。盖有或使之者。子飞不察，为鬼所胁。若余则不然，苟病者得愈，愿代受其苦。家有一方，以傅皮肤，能下腹中秽恶。在黄州试之，病良已，今当常以施人。卷七三

宪宗姜茶汤

宪宗赐马总治泄痢腹痛方，以生姜和皮切碎如粟米，用一大

盏，并草茶相等，煎服。元祐二年，文潞公得此疾，百药不效。而余传此方，得愈。卷七三

裕陵偏头疼方

裕陵传王荆公偏头疼方，云是禁中秘方，用生萝卜汁一蚬壳注鼻中，左痛注右，右痛注左，或两鼻皆注亦可。虽数十年患，皆一注而愈。荆公与仆言之，已愈数人矣。卷七三

枳枸汤

眉山有杨颖臣者，长七尺，健饮啖，倜傥人也。忽得消渴疾，日饮水数斗，食倍常而数溺。服消渴药逾年，疾日甚，自度必死，治棺衾，嘱其子于人。蜀有良医张玄隐之子，不记其名，为诊脉，笑曰："君几误死矣。"取麝香当门子，以酒濡之，作十许丸。取枳枸子为汤，饮之，遂愈。问其故。张生言："消渴消中，皆脾衰而肾败，土不能胜水，肾液不上溯，乃成此疾。今诊颖臣，脾脉热而肾且衰，当由果实、酒过度，虚热在脾，故饮食兼人，而多饮水；水既多，不得不多溺也，非消渴也。麝香能败酒，瓜果近辄不实。而枳枸亦能胜酒，屋外有此木，屋中酿酒不熟；以其木为屋，其下亦不可酿酒。故以此二物为药，以去酒、果之毒也。"宋玉云："枳枸来巢。"枳，音俱里切。枸，音矩。以其实如鸟乳，故能来巢。今俗讹谓之"鸡枸子"，亦谓之"癞汉指头"，盖取其似也。嚼之如乳，小儿喜食之。卷七三

服生姜法

予昔监郡钱塘，游净慈寺，众中有僧号聪药王，年八十余，颜如渥丹，目光炯然。问其所能，盖诊脉知吉凶如智缘者。自言服生姜四十年，故不老云。姜能健脾温肾，活血益气。其法：取生姜之无筋滓者，然不用子姜，错之，并皮裂，取汁贮器中。久之，澄去其上黄而清者，取其下白而浓者，阴干刮取，如面，谓之姜乳。以蒸饼或饭搜和丸如桐子，以酒或盐米汤吞数十粒，或取末置酒食茶饮中食之，皆可。聪云："山僧孤贫，无力治此，正尔和皮嚼烂，以温水咽之耳。初固辣，稍久则否，今但觉甘美而已。"卷七三

服葳灵仙法

服葳灵仙有二法。其一，净洗阴干，捣罗为末，酒浸牛膝末，或蜜丸，或为散。酒调牛膝之多少，视脏腑之虚实而增减之。此眉山一亲知，患脚气至重，依此服半年，遂永除。其一法，取此药粗细得中者，寸截之七十，予作一贴。每岁作三百六十贴，置床头。五更初，面东，细嚼一贴，候津液满口，咽下。此牢山一僧，年百余岁，上下山如飞，云得此药力。二法皆以得真为要。真者有五验：一味极苦，二色深翠，三折之脆而不韧，四折之有微尘，如胡黄连状，五断处有白晕，谓之"鸲鹆眼"。无此五验，则藁本根之细者耳。又须忌茶。以槐角、皂角牙之嫩者，依造草茶法作；或只取《外台秘要》代茶饮子方，常合服，乃可。卷七三

文集卷一百三十三

服茯苓法

茯苓自是神仙上药。但其中有赤筋脉，若不能去，服久不利人眼，或使人眼小。当削去皮，斫为方寸块，银石器中清水煮，以酥软解散为度；入细布袋中，以冷水揉搜，如作葛粉状，澄取粉，而筋脉留袋中，弃去不用。用其粉，以蜜和，如湿香状，蒸过，食之尤佳。胡麻但取纯黑。脂麻九蒸九暴，入水烂研，滤取白汁，银石器中熬，如作杏酪汤。更入[①]，去皮、核，烂研枣肉，与茯苓粉一处搜和，食之尤有奇效。卷七三

服地黄法

肥嫩地黄一二寸，截去，薄纸裹两头，以生猪脑涂其肤周匝，置小槃中。挂通风处十余日，自干。抖数之，出细黄粉，其肤独一一如鹅管状，其粉沸汤点，或谓之“金粉汤”。卷七三

艾人着灸法

端午日，日未出，以意求艾似人者，辄撷之以灸，殊有效。幼

---

①据下文，“入”后疑脱一“枣”字。

时见一书中云尔，忘其为何书也。艾未有真似人者，于明暗间，苟以意命之而已。万法皆妄，无一真者，此何疑焉！卷七三

井华水

时雨降，多置器广庭中，所得甘滑不可名。以泼茶、煮药，皆美而有益，正尔食之不辍，可以长生。其次井泉，甘冷者皆良药也。《乾》以九二化《坤》之六二为坎，故天一为水。吾闻之道士，人能服井华，其热与石硫黄、钟乳等。非其人而服之，亦能发背脑为疽。盖尝观之。又分、至日取井水，储之有方。后七日，辄生物，如云母状。道士谓“水中金”，可养炼为丹。此固尝见之者。此至浅近，世独不能为，况所谓玄者乎？卷七三

治内障眼

《本草》云：“熟地黄、麦门冬、车前子相杂，治内障眼有效。”屡试信然。其法：细捣罗，蜜为丸，如桐子大。三药皆难捣罗和合，异常甘香，真奇药也。露蜂房、蛇蜕皮、乱发，各烧灰存性，用钱匕，酒服。治疮口久不合，亦大效。卷七三

治马肺法

马肺损，鼻中出脓，天厩医所不疗。云：“肺药率用凉冷，须食上饮之，而肺痛，畏草所刺，不敢食草。若不食饮凉药，是速其死也。故不医。”有老卒教予以芦菔根煮糯米为稠粥，入少许阿胶其

中，啖之，马乃敢食。食已，用常肺药，入诃梨勒皮饮之。凉药为诃子所涩于肺上，必愈。用其言，信然。卷七三

治马背鬃法

仆有一相识，能治马背鬃。有富家翁买一马，直百余千，以有此病，故以四十千得之，已而置酒饮人，求治之。酒未三行，而鬃已正，举坐大笑。其方：用烹猪汤一味，暖令热，一浴其鬃，随手即正，不复回。良久，乃以少冷水洗之。此物兼能令马尾软细，及治尾焦秃。频以洗之，不月余，效极神良。秘之秘之！卷七三

天麻煎

世传四味五两天麻煎，盖古方。本以四时加减，世但传春利耳。春肝王多风，故倍天麻；夏伏阴，故倍乌头；秋多利下，故倍地榆；冬伏阳，故倍玄参。当须去皮，生用治之。万捣乌头，无复毒。依此常服，不独去病，乃保真延年，与仲景八味丸并驱矣。卷七三

代茶饮子

王焘集《外台秘要》，有《代茶饮子》一首云。格韵高绝，惟山居逸人乃当作之。予尝依法治服，其利鬲调中，信如所云，而其气味，乃一服煮散耳，与茶了无干涉。薛能诗云："粗官与世真抛着，赖有诗情合得尝。"又作《乌觜茶》诗云："盐损添常戒，姜宜著更夸。"乃知唐人之于茶，盖有河朔脂麻气也。卷七三

治痢腹痛法

治痢腹痛，用生姜，切如粟米大，杂茶相对烹，并滓食之，实有奇效。又用豆蔻刳作瓮子，入通明乳香少许，复以塞之。不尽，即用和曲少许，裹豆蔻煨熟，焦黄为度。三物皆研末，仍以茶末对烹之。比前方益奇。卷七三

服绢法

医博张君传服绢方，真神仙上药也。然绢本以御寒，今乃以充服食，至寒时，当盖稻子席耳。世言着衣吃饭，今乃吃衣着饭耶？卷七三

服松脂法 赠米元章

松脂以真定者为良。细布袋盛，清水为沸汤煮，浮水面者，以新罩篱掠取，置新水中。久煮不出者，皆弃不用。入生白茯苓末，不制，但削去皮，捣罗拌匀，每日早取三钱匕着口中。用少熟水搅漱，仍以脂如常法揩齿。毕，更啜少熟水咽之，仍漱吐如法。能坚牢齿、驻颜、乌髭也。卷七三

书诸药法 赠昙秀

右并于孙真人《千金方》录出。今与孙相去百四十余年，陵谷迁易，未必一一如其言，然犹庶几可寻其仿佛。俗士扰扰，岂复能

究此？而山僧逸民，或有得者，自服之耳，岂复能见饷哉！今因昙秀归南，为录此数纸，恐山中有能哀东坡之流落又不忍独不死者，或能为致之。果尔，便以此赠之耳。卷七三

炼枲耳霜法

枲耳，并根、苗、叶、实，皆濯去尘土，悬阴净扫洒地上，烧为灰，澄淋，取浓汁泥，连二灶炼之。俟灰汁耗，即旋取旁釜中已衮灰汁益之。经一日夜，不绝火，乃渐得霜，干瓷瓶盛。每服，早、晚、临睡，酒调一钱匕。补暖、去风、驻颜，不可备言。尤治皮肤风，令人肤革滑净。每净面及浴，取少许如澡豆用，尤佳，无所忌。苏昌图之父从谏，宜州文学，家居于邕。服此十余年，年八十七，红润轻健，盖专得此药力也。卷七三

服黄连法

丙子寒食日，宝积长老昙颖言：惠州澄海十五指挥使姚欢，守把阜民监。熙宁中，赵熙明知州，巡检姓申者，与知监俞懿有隙。吏士与监卒忿争，遂告监卒反。熙明为闭衙门，出甲付巡检往讨之。欢执杖立监门，白巡检，以身任监卒不反，乞不交锋；巡检无以夺，为敛兵而止。是日微欢，惠州几殆。欢今年八十余，以南安军功迁雄略指挥使，老于广州，须发不白。自言：六十岁患癣疥，周匝顶踵，或教服黄连，遂愈；久服，故发不白。其法：以黄连去头，酒浸一宿，焙干为末，蜜丸如桐子大。空心，日午、临卧，酒吞二十丸。卷七三

辨漆叶青粘散方

按《嘉祐补注本草》“女萎”条注引陈藏器云：“女萎、萎蕤，二物同传。陶云：同是一物，但名异耳。下痢方多用女萎，而此都无止泄之说，疑必非也。按女萎，苏又于中品之中出之，云主霍乱、泄痢、肠鸣，正与陶注上品女萎相会。如此，即二萎功用同矣，更非二物。苏乃剩出一条。苏又云：女萎与萎蕤不同。其萎蕤，一名玉竹，为其似竹；一名地节，为有节。《魏志·樊阿传》：青粘一名黄芝，一名地节。此即萎蕤。极似偏精。本功外主聪明，调血气，令人强壮。和漆叶为散，主五藏，益精，去三虫，轻身不老，变白，润肌肤，暖腰脚。惟有热不可服。晋嵇绍有胸中寒疾，每酒后苦唾，服之得愈。草似竹，取根、花、叶阴干。昔华佗入山，见仙人服之，以告樊阿，服之百岁。”

右予少时读《后汉书》《三国志》华佗传，皆云：佗弟子樊阿“从佗求可服食益于人者，佗授以漆叶青粘散：漆叶屑一升，青粘屑十四两，以是为率。言久服，去三虫，利五藏，轻体，使人头不白。阿从其言，寿百余岁。漆叶处所皆有，青粘生于丰、沛、彭城及朝歌”。《魏志》注引《佗别传》云：“青粘，一名地节，一名黄芝，主理五藏，益精气。本出于陕，入山者见仙人服之，以告佗。佗以为佳，辄语阿，阿大秘之。近者人见阿之寿而气力强盛，怪之，遂责阿所服，因醉乱误道之。法一施，人多服者，皆有大验。”而《后汉》注亦引《佗别传》，同此文，但“黏”字书“黏”字，“相传音女廉反，然今人无识此者，甚可恨惜”。吾详佗文“恨惜不识”之语，乃章怀太子贤所云也。吾性好服食，每以问好事君子，莫有知者。绍圣四年九月十三日，在昌化军，借《嘉祐补注本草》，乃知是女萎，喜跃之甚，登即录之。但恨陶隐居与苏恭二论未决。恭，唐人，今《本草》云唐本者，皆恭注也。详其所论，多立异，又殊喜与陶公相反，几至于骂者。然细考之，陶未必非，恭未必是。予以谓隐居精识博物，可信，当更以问能者。若青粘便是萎蕤，岂不一大庆乎？过当录此以寄子由，同讲求之。卷七三

苍术录

黄州山中苍术至多，就野买一斤数钱尔。此长生药也。人以为易得，不复贵重，至以熏蚊子。此亦可为太息。舒州白术，茎叶亦甚相似，特华紫尔。然至难得，三百一两。其效止于和胃去游风，非神仙上药也。卷七三

海漆录

吾谪居海南，以五月出陆至藤州。自藤至儋，野花夹道，如芍药而小，红鲜可爱，朴樕丛生。土人云："倒粘子花也。"至儋则已。结子马乳，烂紫可食，殊甘美。中有细核，嚼之瑟瑟有声，亦颇苦涩。童儿食之，或大便难通。叶皆白，如白薹状。野人夏秋痢下，食叶辄已。海南无柿，人取其皮，剥浸揉捆之，得胶，以代柿，盖愈于柿也。吾久苦小便白胶，近又大腑滑，百药不差。取倒粘子嫩叶，酒蒸之，焙燥为末，以酢糊丸，日吞百余，二腑皆平复，然后知其奇药也。因名之曰"海漆"而私记之，以贻好事君子。明年子熟，当取子研滤，酒煮为膏以剂之，不复用糊矣。戊寅十一月一日记。卷七三

墓头回草录

王屋山有异草，制百毒，能于鬼手夺命，故山中人谓此草“墓头回”。蹇葆光托吴远游寄来。吾闻兵无刃，虫无毒，皆不可任。若阿罗汉永断三毒，此药遂无所施邪？卷七三

益智录

海南产益智花，实皆作长穗，而分三节。其实熟否，以候岁之丰歉。其下节以候蚕禾，中、上亦如之。吉则实，凶之岁，则皆不实，盖罕有三节并熟者。其为药，治气止水，而无益于智。智岂求之于药香乎？其得此名者，岂以知岁邪？今日见儋耳黎子云言，候之审矣。聊复记之，以俟后日好事补注《本草》者。卷七三

苍耳录

药至贱而为世要用，未有若苍耳者。他药虽贱，或地有不产，惟此药不问南北、夷夏、山泽、斥卤、泥土、沙石，但有地则产。其花叶根实皆可食，食之则如药。治病无毒，生熟丸散，无适不可，愈食愈善。乃使人骨髓满，肌如玉，长生药也。主疗风痹、瘫缓、癃疟、疮痒，不可胜言。尤治瘿、金疮。一名“羊负来”。《诗》谓之“卷耳”，《疏》谓之“枲耳”，俗谓之“道人头”。海南无药，惟此药生舍下，迁客之幸也。己卯二月望日书。卷七三

蕿草录

杜甫诗有《除蕿草》一篇，今蜀中谓之“毛琰”，毛芒可畏，触之如蜂虿，然治风疹，择最先者，以此草点之，一身皆失去。叶背紫者入药。杜诗注云：“蕿，音灊，山韭也。”卷七三

四神丹说

熟干地黄、玄参、当归、羌活，各等分。右捣为末，蜜和丸，梧桐子大，空心酒服，丸数随宜。《列仙传》：“有山图者，入山采药，折足，仙人教服此四物而愈。因久服，遂度世。”顷余以问名医康师孟，大异之，云：“医家用此多矣，然未有专用此四物如此方者。”师孟遂名之曰“四神丹”。洛下公卿士庶争饵之，百疾皆愈，药性中和，可常服。大略补虚益血，治风气。亦可名“草还丹”。己卯十一月八日，东坡居士儋耳书。卷七三

治暴下法

欧阳文忠公常得暴下，国医不能愈。夫人云：“市人有此药，三文一贴，甚效。”公曰：“吾辈脏腑，与市人不同，不可服。”夫人使以国医药杂进之，一服而愈。公召卖者厚遗之，求其方，久之，乃肯传。但用车前子一味为末，米饮下二钱匕，云：“此药利水道而不动气。水道利则清浊分，谷藏自止矣。”卷七三

种松法

十月以后，冬至以前，松实结熟而未落，折取，并萼收之竹器中，悬之风道。未熟则不生，过熟则随风飞去。至春初，敲取其实，以大铁锤入荒茅地中数寸，置数粒其中，得春雨自生。自采实至种，皆以不犯手气为佳。松性至坚悍，然始生至脆弱，多畏日与牛羊，故须荒茅地，以茅阴障日。若白地，当杂大麦数十粒种之，赖麦阴乃活。须护以棘，日使人行视，三五年乃成。五年之后，乃可洗其下枝使高；七年之后，乃可去其细密者使大。大略如此。卷七三

四花相似说

荼蘼花似通草花，桃花似蜡花，海棠花似绢花，罂粟花似纸花。三月十一日会王文甫家，众议评花如此。卷七三

菱芡桃杏说

今日见提举陈贻叔，云："舒州有医人李惟熙者，为人清妙，善论物理。云：'菱芡皆水物。菱寒而芡暖者，菱开花背日，芡开花向日故也。'又云：'桃杏花双仁辄杀人者，其花本五出，六出必双。旧说草木花皆五出，惟栀子与雪花六出，此殆阴阳之理。今桃杏之双仁皆杀人者，失常故也。木实之蠹者必不沙烂，沙烂者必不蠹而能浮，不浮者亦杀人。'"余尝考其理，既沙烂散，则不能蕴蓄而生虫，瓜至甘而不蠹者，以其沙也。此虽末事，亦理有不可欺者。卷七三

菊说

《夏小正》以物为节，如王瓜、苦菜之类，验之略不差。而菊有黄花，尤不失毫厘。近时都下菊品至多，皆智者以他草接成，不复与时节相应。始八月，尽十月，菊不绝于市，亦可怪也。卷七三

接果说

蜀中人接花果，皆用芋胶合其罅。予少时颇能之，尝与子由戏用苦楝木接李，既实，不可向口，无复李味。《传》云："一薰一莸，十年尚犹有臭。"非虚语也。芋自是一种，不甚堪食，名接果。卷七三

荔枝似江瑶柱说

仆尝问："荔枝何所似？"或曰："似龙眼。"坐客皆笑其陋。荔枝实无所似也。仆曰："荔枝似江瑶柱。"应者皆怃然。仆亦不辨。昨日见毕仲游。仆问："杜甫似何人？"仲游云："似司马迁。"仆喜而不答，盖与曩言会也。卷七三

荔枝龙眼说

闽越人高荔子而下龙眼。吾为评之：荔子如食蝤蛑大蟹，斫雪流膏，一啖可饱；龙眼如食彭越石蟹，嚼啮久之，了无所得。然酒阑口爽，餍饱之余，则咂啄之味，石蟹有时胜蝤蛑也。戏书此纸，为

饮流一笑。卷七三

记汝南桧柏

予来汝南，地平无山，清颍之外，无以娱予者。而地近亳社，特宜桧柏，自拱把而上，辄有樛枝细纹。治事堂前二柏，与荐福两桧，尤为殊绝。孰谓使予安此寂寞而忘归者，非此君欤也？卷七三

记朱勃论菊

元祐六年九月，与朱逊之会议于颍。或言洛人善接花，岁出新枝，而菊品尤多。逊之曰："菊当以黄为正，余可鄙也。"昔叔向闻鬷蔑一言，知其为人，予于逊之亦云。卷七三

记张元方论麦虫

元祐八年五月十日，雍丘令米芾有书，言县有虫，食麦叶而不食实。适会金部郎中张元方见过，云："麦、豆未尝有虫，有虫盖异事也。既食其叶，则实自病，安有不为害之理？"元方因言："方虫为害，有小甲虫，见，辄断其腰而去，俗谓之'旁不肯'。"前此吾未尝闻也，故录之。卷七三

记惠州土芋

岷山之下，凶年以蹲鸱为粮，不复疫疠，知此物之宜人也。《本

草》谓芋“土芝”，云：“益气充肌。”惠州富此物，然人食者不免瘴。吴远游曰：“此非芋之罪也。芋当去皮，湿纸包，煨之火，过熟，乃热啖之，则松而腻，乃能益气充肌。今惠人皆和皮水煮冷啖，坚顽少味，其发瘴固宜。”丙子除夜前两日，夜饥甚，远游煨芋两枚见啖，美甚。乃为书此帖。卷七三

记岭南竹

岭南人当有愧于竹。食者竹笋，庇者竹瓦，载者竹筏，爨者竹薪，衣者竹皮，书者竹纸，履者竹鞋。真可谓一日不可无此君也耶？卷七三

记竹雌雄

竹有雌雄，雌者多笋，故种竹当种雌。自根而上至梢，一节二发者为雌。物无逃于阴阳，可不信哉！卷七三

文集卷一百三十四

记海南菊

菊，黄中之色，香味和正，花叶根实皆长生药也。北方随秋之早晚，大略至菊有黄花乃开。独岭南不然，至冬乃盛发。岭南地暖，百卉造作无时，而菊独后开。考其理，菊性介烈，不与百卉并盛衰，须霜降乃发，而岭南常以冬至微霜故也。其天姿高洁如此，宜其通仙灵也。吾在海南，艺菊九畹，以十一月望，与客泛菊作重九。书此为记。卷七三

金谷说

吾尝求田蕲水。田在山谷间者，投种一斗，得稻十斛。问其故。云："连山皆野草散木，不生五谷，地气不耗，故发如此。"吾是以知五谷耗地气最甚也。王莽末，天下旱蝗，黄金一斤，易粟一斛。至建武二年，野谷旅生，麻菽尤盛，野蚕成茧，被于山泽，人收其利，岁以为常。至五年，野谷渐少，而农事益修。盖久不生谷，地气无所耗，蕴蓄自发，而为野蚕旅谷，其理明甚。庚辰岁正月六日，读《世祖本纪》，书其事，以为卫生之方。地不生草木者，多产金锡珠贝，亦此理也。卷七三

金盐说

王莽败时，省中黄金三十万斤，为匮者尚余十许。陈平用四万斤间楚。董卓郿坞，金亦至多。其余赐三五十斤者，不可胜数。近世金以两计，虽人主未尝以百金与人者，何古多而今少也？凿山披沙无虚日，縻坏至少，金为何往哉？疑宝货神变不可知，复归山泽耶？吾闻盐亦然。峡中大宁盐日有定数，若大商覆舟，则盐泉顿增。乃知寻常随便液出，不以远近，皆归本原也。卷七三

蜀盐说

蜀去海远，取盐于井。陵州井最古，淯井、富顺盐亦久矣。惟邛州蒲江县井，乃祥符中民王鸾所开，利入至厚。自庆历、皇祐以来，蜀始创“筒井”，用圆刃凿山如碗大，深者至数十丈，以巨竹去节，牝牡相衔为井，以隔横入淡水，则咸泉自上。又以竹之差小者出入井中为桶，无底而窍其上，悬熟皮数寸，出入水中，气自呼吸而启闭之，一筒致水数斗。凡筒水皆用机械。利之所在，人无不智。《后汉书》有“水鞴”。此法惟蜀中铁冶用之，大略似盐井取水筒。太子贤不识，妄以意解，非也。卷七三

记藷米

南海以藷米为粮，几米之十六。今岁米皆不熟，民未至艰食者，以客舶方至而有米也。然儋人无蓄藏，明年去则饥矣。吾旅泊尤可惧，未知经营所从出。故书坐右，以时图之。戊寅十月二十一

日书。卷七三

黍麦说

晋醉客云："麦熟头昂，黍熟头低；黍麦皆熟，是以低昂。"此虽戏语，然古人造酒，理盖如此。黍稻之出穗也必直而仰，其熟也必曲而俯，麦则反是。此阴阳之物也。北方之稻不足于阴，南方之麦不足于阳，故南方无嘉酒者，以曲麦杂阴气也，又况如南海无麦而用米作曲耶？吾尝在京师，载麦百斛至钱塘以踏曲。是岁官酒比京酝。而北方造酒皆用南米，故当有善酒。吾昔在高密，用土米作酒，皆无味。今在海南，取舶上面作曲，则酒亦绝佳。以此知其验也。卷七三

马眼糯说

黎子云言："海南秫稻，率三五岁一变。"顷岁儋人最重铁脚糯，今岁乃变为马眼糯。草木性理有不可知者。如欧阳公言，洛中牡丹时出新枝者，韩缜《花谱》乃有三百余品，若随人意所欲为者。可奇也夫！卷七三

五君子说

齐、鲁、赵、魏桑者，衣被天下。蚕既登簇，缫者如救火避寇，日不暇给，而蛹已眉羽矣。故必以盐杀之，蛹死而丝亦韧。缫既毕绪，蛹亦煮熟，如啖蚳蝝。瓮中之液，味兼盐蛹，投以刺瓜、芦菔，以

为荠腊，久而助醢，醢亦几半天下。吾久居南荒，每念此味。今日复见一洺州人，与论蒸饼之美，浆水、粟米饭之快，若复加以关中不拓，则此五君子者，真可与相处至老死也。元符三年四月十五日。卷七三

饮酒说

予虽饮酒不多，然而日欲把盏为乐，殆不可一日无此君。州酿既少，官酤又恶而贵，遂不免闭户自酝。曲既不佳，手诀亦疏谬，不甜而败，则苦硬不可向口。慨然而叹，知穷人之所为无一成者。然甜酸甘苦，忽然过口，何足追计！取能醉人，则吾酒何以佳为？但客不喜尔，然客之喜怒，亦何与吾事哉！元丰四年十月二十一日书。卷七三

漱茶说

除烦去腻，世不可阙茶，然暗中损人殆不少。昔人云："自茗饮盛后，人多患气，不复病黄；虽损益相半，而消阳助阴，益不偿损也。"吾有一法，常自珍之。每食已，辄以浓茶漱口，烦腻既去，而脾胃不知。凡肉之在齿间者，得茶浸漱之，乃消缩，不觉脱去，不烦挑刺也。而齿便漱濯，缘此渐坚密，蠹病自已。然率皆用中下茶，其上者自不常有，间数日一啜，亦不为害也。此大是有理，而人罕知者。故详述云。元祐六年八月十三日。卷七三

香说

温成皇后阁中香，用松子膜、荔枝皮、苦练花之类，沉檀、龙麝皆不用。或以此香遗余，虽诚有思致，然终不如婴香之酷烈。贵人口厌刍豢，则嗜笋蕨；鼻厌龙麝，故奇此香，皆非其正。婴香云《真诰》，其香见沈立《香谱》。卷七三

节饮食说

东坡居士自今日以往，早晚饮食，不过一爵一肉。有尊客盛馔，则三之，可损不可增。有召我者，预以此告之，主人不从而过是，吾及是乃止。一曰安分以养福，二曰宽胃以养气，三曰省费以养财。元丰六年八月二十七日书。卷七三

饮酒说

嗜饮酒人，一日无酒则病，一旦断酒，酒病皆作。谓酒不可断也，则死于酒而已。断酒而病，病有时已，常饮而不病，一病则死矣。吾平生常服热药，饮酒虽不多，然未尝一日不把盏。自去年来，不服热药，今年饮酒至少，日日病，虽不为大害，然不似饮酒服热药时无病也。今日眼痛，静思其理，岂或然耶？卷七三

煮鱼法

子瞻在黄州，好自煮鱼。其法：以鲜鲫鱼或鲤治斫，冷水下，

入盐如常法，以菘菜心芼之，仍入浑葱白数茎，不得搅。半熟，入生姜、萝卜汁及酒各少许，三物相等，调匀乃下。临熟，入橘皮线，乃食之。其珍食者自知，不尽谈也。卷七三

真一酒法 寄建安徐得之

岭南不禁酒，近得一酿法，乃是神授。只用白面、糯米、清水三物，谓之真一法酒。酿之成玉色，有自然香味，绝似王太驸马家碧玉香也。奇绝奇绝！白面乃上等面，如常法起酵，作蒸饼，蒸熟后，以竹蔑穿挂风道中，两月后可用。每料不过五斗，只三斗尤佳。每米一斗，炊熟，急水淘过，控干，候令人捣细白曲末三两，拌匀入瓮中，使有力者以手拍实。按中为井子，上广下锐，如绰面尖底碗状。于三两曲末中，预留少许糁盖醅面，以夹幕覆之。候浆水满井中，以刀划破，仍更炊新饭投之。每斗投三升，令入井子中，以醅盖合。每斗入熟水两碗，更三五日，熟，可得好酒六升。其余更取醨者四五升，俗谓之“二娘子”，犹可饮。日数随天气冷暖，自以意候之。天大热，减曲半两。干汞法传人不妨，此法不可传也。卷七三

食鸡卵说

水族痴喑，人轻杀之。或云不能偿冤，是乃欺善怕恶。杀之，其不仁甚于杀能偿冤者。李公择尝谓余：“鸡有无雄而卵者，抱之，虽能破壳而出，然不数日辄死。此卵可食，非杀也。”余曰：“不然。凡能动者，皆佛子也。竹虱，初如涂粉竹叶上尔，然久乃能动。百千为曹，无非佛子者。梁武水陆画像，有六道外者，以淡墨作人畜

禽兽等形，罔罔然于空中也。乃是佛子流浪，陋劣之极。至于湿生如竹虱者，犹不可得，但若存若亡于冥漠间尔，而谓水族鸡卵可杀乎？但吾起一杀念，则地狱已具，不在其能诉与不能诉也。”吾久戒杀，到惠州，忽破戒，数食蛤蟹。自今日忏悔，复修前戒。今日从者买一鲤鱼，长尺有咫，虽困，尚能微动，乃置水瓮中，须其死而食，生即赦之。聊记其事，以为一笑。卷七三

止水活鱼说

孙思邈《千金方·人参汤》言：须用流水，用止水即不验。人多疑流水、止水无别。予尝见丞相荆公喜放生。每日就市买活鱼，纵之江中，莫不浮。然唯鳅䱇入江中辄死。乃知鳅䱇但可居止水，则流水与止水果不同，不可不信。又鲫鱼生流水中，则背鳞白，生止水中，则背鳞黑而味恶，此亦一验也。卷七三

记先夫人不发宿藏

先夫人僦居于眉之纱縠行。一日，二婢子熨帛，足陷于地。视之，深数尺，有一瓮，覆以乌木板。夫人命以土塞之，瓮中有物，如人咳声，凡一年而已。人以为有宿藏物，欲出也。夫人之侄之问闻之，欲发焉。会吾迁居，之问遂僦此宅，掘丈余，不见瓮所在。其后吾官于岐下，所居古柳下，雪，方尺不积雪；晴，地坟起数寸。吾疑是古人藏丹药处，欲发之。亡妻崇德君曰：“使先姑在，必不发也。”吾愧而止。卷七三

记先夫人不残鸟雀

少时所居书堂前，有竹柏杂花，丛生满庭，众鸟巢其上。武阳君恶杀生，儿童婢仆，皆不得捕取鸟雀。数年间，皆巢于低枝，其鷇可俯而窥。又有桐花凤，四五日翔集其间。此鸟羽毛至为珍异难见，而能驯扰，殊不畏人。闾里间见之，以为异事。此无他，不忮之诚信于异类也。有野老言：鸟雀巢去人太远，则其子有蛇鼠狐狸鸱鸢之忧，人既不杀，则自近人者，欲免此患也。由是观之，异时鸟雀巢不敢近人者，以人为甚于蛇鼠之类也。苛政猛于虎，信哉！卷七三

记钱塘杀鹅

鹅能警盗。钱塘人喜杀之，日屠百鹅而鬻之市。予自湖上夜归，过屠者门，闻群鹅皆号，声振衢路，若有诉者。予凄然，欲赎其死，念终无所置之，故不果，然至今往来予心也。鹅不独警盗，亦能却蛇，其粪盖杀蛇。蜀人园池养鹅，蛇即远去。有此二能而不能免死，且有祈雨之厄，悲夫！安得人人如逸少乎！卷七三

记徐州杀狗

今日厢界有杀狗公事。司法言，近敕书不禁杀狗。问其说，云：《礼·乡饮酒》：“烹狗于东方，乃不禁。”然则《礼》云：“宾客之牛角尺。”亦不当禁杀牛乎？孔子曰：“弊帷不弃，为埋马也。弊盖不弃，为埋狗也。”死犹当埋，不忍食其肉，况可得而杀乎？卷七三

记张公规论去欲

太守杨君素、通判张公规邀余游安国寺。坐中论调气养生之事。余曰："皆不足道，难在去欲。"张云："苏子卿啮雪啖毡，蹈背出血，无一语少屈，可谓了死生之际矣。然不免为胡妇生子，穷居海上。而况洞房绮疏之下乎！乃知此事不易消除。"众客皆大笑。余爱其语有理，故为录之。卷七三

记故人病

元丰六年十月十二日夜，一鼓后，故人有得风疾者，急往视之，已不能言矣。死生阴阳之争，其苦有甚于刀锯木索者。余知其不可救，嘿为祈死而已。呜呼哀哉！此复何罪乎！酒色之娱而已。古人云："甘嗜毒，乐戏猛兽之爪牙。"岂虚言哉！明日，见一少年，以此戒之。少年笑曰："甚矣，子言之陋也！色固吾之所甚好，而死生疾痛非吾之所怖也。"余曰："有行乞于道，偃而号曰：'遗我一盂饭，吾今以千斛之粟报子。'则市人皆掩口笑之。有千斛之粟，而无一盂之饭，不可以欺小儿。怖生于爱，子能不怖死生，而犹好色，其可以欺我哉！"今世之为高者，皆少年之徒也。戒生定，定生慧，此不刊之语也。如有不从戒、定生者，皆妄也，如惠而实痴也，如觉而实梦也。悲夫！卷七三

记赵贫子语

赵贫子谓人曰："子神不全。"其人不服，曰："吾僚友万乘，蝼

蚁三军，秕糠富贵，而昼夜死生。何谓神不全乎？”贫子笑曰：“是血气所扶，名义所激，非神之功也。”明日，问其人曰：“子父母在乎？”曰：“亡久矣。”“常梦之乎？”曰：“多矣。”“梦中知其亡乎，抑以为存也？”曰：“皆有之。”贫子笑曰：“父母之存亡，不待计议而知者也。昼日问子，则不思而对；夜梦见之，则以亡为存。死生之于梦觉有间矣！物之眩子而难知者，甚于父母之存亡。子自以为神全而不学，可忧也哉！”予尝预闻其语，故录之。卷七三

乐苦说

乐事可慕，苦事可畏，此是未至时心耳。及苦乐既至，以身履之，求畏慕者初不可得。况既过之后，复有何物比之？寻声捕影，系风趁梦，此四者犹有仿佛也。如此推究，不免是病；且以此病对治彼病，彼此相磨，安得乐处？当以至理语君，今则不可。元祐三年八月五日书。卷七三

记子由言修身

子由言：有一人死而复生，问冥官：“如何修身，可以免罪？”答曰：“子且置一卷历，昼日之所为，暮夜必记之。但不可记者，是不可言、不可作也。”无事静坐，便觉一日似两日，若能处置此生常似今日，得至七十，便是百四十岁。人世间何药可能有此奇效？既无反恶，又省药钱。此方人人收得，但苦无好汤使，多咽不下。元祐七年四月二十五日。卷七三

记张君宜医

近世医官仇鼎疗痈肿，为当时第一，鼎死，未有继者。今张君宜所能，殆不减鼎。然鼎性行不甚纯淑，世或畏之。今张君用心平和，专以救人为事，殆过于鼎远矣。元丰七年四月七日。卷七三

畏威如疾

管仲有言："畏威如疾，民之上也；从怀如流，民之下也。"又曰："燕安鸩毒，不可怀也。"《礼》曰："君子庄敬日强，安肆日偷。"此语乃当书诸绅。故余以"畏威如疾"为私记。卷七三

常德必吉

伊尹云："德惟一动，罔不吉；德二三动，罔不凶。"贫贱人但有常德，非复富贵，即当得道。虽当大富贵，苟无常德，其后必败。予以此占之多矣。卷七三

禄有重轻

王状元未第时，醉堕汴河，为水神扶出，曰："公有三百千料钱，若死于此，何处消破？"明年遂登第。士有久不第者，亦效之，阳醉落河，河神亦扶出。士大喜，曰："吾料钱几何？"神曰："吾不知也。但三百瓮黄虀，无处消破耳。"卷七三

德有厚薄

杜黄裳，少年好行阴德，见枯骨辄葬之。鬼辄报德，或获宝剑，或获藏镪。士有效之者，雪中见一枯骨，质衣而葬之。忍寒至三更，鬼啸于檐，曰："秀才！秀才！会唱《凉州》《伊州》否？仆是开元中舞旋色，待与秀才舞个曲破，聊以报德。"卷七三

仙不可力求

王烈入山得石髓，怀之，以饷嵇叔夜。叔夜视之，则坚为石矣。当时若杵碎，或磨错食之，岂不贤于云母、钟乳辈哉！然神仙要有定分，不可力求。退之有言："我宁诘曲自世间，安能从汝巢神山。"如退之性气，虽出世间人亦不能容，况叔夜悻直又甚于退之者耶？卷七三

事不能两立

乐天作庐山草堂，盖亦烧丹也。欲成而炉鼎败。明日，忠州刺史除书到。乃知世间、出世间事不两立也。仆有此志久矣，而终无成者，亦以世间事未败故也。今日真败矣！《书》曰："民之所欲，天必从之。"信而有征。绍圣元年十月二十二日。卷七三

记郑君老佛语

数随定，观还止，此道以老君、佛语兼修之。当念此身如槁

木，坚定不动，若复动摇一毫发许，即堕大地狱，如孙武令、商君法，有死无犯。郑君所得，辄与老夫不谋而同，乃知前生俱是一会中人也。卷七三

二红饭

今年东坡收大麦二十余石，卖之价甚贱，而粳米适尽，乃课奴婢舂以为饭，嚼之啧啧有声。小儿女相调，云是“嚼虱子”。日中饥，用浆水淘食之，自然甘酸浮滑，有西北村落气味。今日复令庖人杂小豆作饭，尤有味。老妻大笑曰：“此新样二红饭也。”卷七三

记合浦老人语

元符三年八月，予在合浦，有老人苏佛儿来访。年八十二，不饮酒食肉，两目烂然，盖童子也。自言：“十二岁斋居修行，无妻子，有兄弟三人，皆持戒念道。长者九十二，次者九十。”与论生死事，颇有所知。居州城东南六七里。佛儿：“尝卖药于东城，见老人，言：‘即心是佛，不在断肉。’予言：‘勿作此念，众生难感易流。’老人甚喜，曰：‘如是！如是！’”东坡居士记。卷七三

二措大言志

有二措大相与言志。一云：“我平生不足，惟饭与睡耳。他日得志，当饱吃饭；饭了便睡，睡了又吃。”一云：“我则异于是。当吃了又吃，何暇复睡耶？”吾来庐山，闻马道士善睡，于睡中得妙。然

以吾观之，终不如彼措大得吃饭三昧也。卷七三

三老人论年

尝有三老人相遇，或问之年。一人曰："吾年不可记，但忆少年时，与盘古有旧。"一人曰："海水变桑田时，吾辄下一筹，迩来吾筹已满十间屋。"一人曰："吾所食蟠桃，弃其核于昆仑山下，今已与昆仑肩矣。"以予观之，三子者，与蜉蝣、朝菌何以异哉！卷七三

桃符艾人语

桃符仰骂艾人曰："尔何草芥而辄据吾上？"艾人俯谓桃符曰："尔已半截入土，安敢更与吾较高下乎？"门神傍笑而解之曰："尔辈方且傍人门户，更可争闲气耶！"卷七三

螺蚌相语

中渚，有螺、蚌相遇岛间。蚌谓螺曰："汝之形，如鸾之秀，如云之孤，纵使卑朴，亦足仰德。"螺曰："然。云何珠玑之宝，天不授我，反授汝耶？"蚌曰："天授于内，不授于外。启予口，见予心；汝虽外美，其如内何？摩顶放踵，委曲而已。"螺乃大惭，掩面而入水。卷七三

记道人戏语

绍圣二年五月九日，都下有道人坐相国寺卖诸禁方，缄题其一曰："卖赌钱不输方。"少年有博者，以千金得之。归，发视其方，曰："但止乞头。"道人亦善鬻术矣，戏语得千金，然未尝敢欺少年也。卷七三

口目相语

子瞻患赤目，或言不可食脍。子瞻欲听之，而口不可。曰："我与子为口，彼与子为眼，彼何厚？我何薄？以彼患而废我食，不可。"子瞻不能决。口谓眼曰："他日我瘖，汝视物，吾不禁也。"卷七三

作伪心劳

贫家无阔藁荐，与其露足，宁且露首。君观吾侪有顷刻离笔砚者乎？至于困睡，犹似笔也。小儿子不解人事。问："每夜何所盖？"辄答云："盖藁荐。"嫌其太陋，挞而戒之，曰："后有问者，但云被。"一日出见客，而荐草挂须上。儿从后呼曰："且除面上被！"所谓"作伪心劳日拙"者耶？卷七三

着饭吃衣

无糊绢，以桑灰水煮烂，更以清水煮脱灰气，细研如粉，酒煮

面糊，丸如桐子大。空心，酒下三五十丸，治风壮元。此所谓着饭吃衣者也。或问：饭非可着、衣非可吃？答云："所以着饭，不过为穷；所以吃衣，不过为风。"正与孙子荆"枕流漱石"作对。或人未喻，曰："夜寒藁荐，岂非着饭也耶！"卷七三

梁上君子

近日颇多贼，两夜皆来入吾室。吾近护魏王葬，得数千缗，略已散去。此梁上君子，当是不知耳。卷七三

文集卷一百三十五

牛酒帖

今日与数客饮酒，而纯臣适至。秋熟未已而酒白色，此何等酒也？入腹无赃，任见大王。既与纯臣饮，无以侑酒。西邻耕牛适病足，乃以为肴。饮既醉，遂从东坡之东直出，至春草亭而归，时已三鼓矣。《春渚纪闻》卷六

韶州月华寺题梁

天子万年，永作明主。敛时五福，敷锡庶民。地狱天宫，同为净土。有性无性，齐成佛道。《鹤林玉露》乙编卷三

偶题

惟陈季常不肯去，要至庐山而返。若为山神留住，必怒我。《雪山集》卷七《东坡先生祠堂记》

偶题

今日借得西寺《法华经》。其僧欲见遗，吾云："汝须得，我不

须得。”《雪山集》卷七《东坡先生祠堂记》

偶题

黄幡绰告明皇，求作白打使，此官亦快人意哉！涵芬楼铅印本《说郛》卷四引陆游《老学庵续笔记》

记黄鲁直语

黄鲁直云：“士大夫三日不读书，则义理不交于胸中，对镜觉面目可憎，向人亦语言无味。”轼。《晚香堂苏帖》

偶书赠陈处士

或对一贵人弹琴者，天阴声不发。贵人怪之，曰：“岂弦慢耶？”对曰：“弦也不慢。”《渑水燕谈录》卷四

书结绳砚

客将之端溪，请为予购砚。轼曰：“余惟两手，其一不能书，而有三砚，奚以多为？”今又获此龙尾小品，四美具矣，而惭前言于客。且江山风月之美，坌至我前，一手日不暇给，又惭于砚，其以贻后之君子。将横四海兮焉穷，与日月兮齐光。庶不虚此玉德金声也。东坡居士识。《西清砚谱》卷八

记苏秀才遗歙砚

苏钧秀才取歙民女为妻，宜得歙石之佳者。寄遗此砚，殆亦非绝品，盖寒士无力致之也。然亦发墨滑润，此外当复何求！物既以拔群为贵，则论者不当较精粗于流品之外。不然，行阳公所谓吏人磨瓮片，最快便也。此墨予所制，盖用高丽煤、契丹胶也。元祐四年十二月二十四日，东坡居士书。《大观录》卷五

书茶与墨　一

近时，世人好蓄茶与墨，闲暇辄出二物校胜负，云：茶以白为尚，墨以黑为胜。予既不能校，则以茶校墨，以墨校茶，未尝不胜也。《稗海》本《志林》卷一〇

书茶与墨　二

真松煤远烟，馥然自有龙麝气，初不假二物也。世之嗜者，如滕达道、苏浩然、吕行甫。暇日晴暖，研墨水数合，弄笔之余，少啜饮之。蔡君谟嗜茶，老病不能复饮，则把玩而已。看茶而啜墨，亦事之可笑者也。《稗海》本《志林》卷一〇

治易洞磨崖

圣作《易》，晦其数。刘传吴，识《易》祖。《蜀中广记》卷一一

书云成老

云成老来雪堂，日日昼寝。会东坡作陂，喧喧不复成寐。吾能于桔槔之上，听打百面腰鼓，一畔齁鼾。且吃茶罢，当传此法也。《稗海》本《志林》卷一二

白鹭亭题柱

东坡居士自黄适汝，舣舟亭下半月矣。江山之乐，倾想平生。时与□德□□□。元丰七年七月十四日，苏子瞻题。《古刻丛钞》

楚颂帖

吾来阳羡，船入荆溪，意思豁然，如惬平生之欲。逝将归老，殆是前缘。王逸少云："我卒当以乐死。"殆非虚言。吾性好种植，能手自接果木，尤好栽橘。阳羡在洞庭上，柑橘栽至易得。暇当买一小园，种柑橘三百本。屈原作《橘颂》，吾园若成，当作一亭，名之曰"楚颂"。元丰七年十月二日书。《省斋文稿》卷一九《书东坡宜兴事》

舣舟迎恩亭题

早发宜兴，饮酒一醺然竟醉[1]。置拳几上，垂头而寝，不知舟之

---

①"一"下疑有脱字。

出。门外究观风味，使人千载想像。《东坡书院志略》

大慈极乐院题名

至和丙申季春二十八日，眉阳苏轼与弟辙来观卢楞伽笔迹。《舆地纪胜》卷一三七

大池院题柱

自老翁井还，偶憩。治平丁未十二月七日，子瞻。《舆地纪胜》卷一三九

石屋洞题名

陈襄、苏颂、孙奕、黄灏、曾孝章、苏轼同游。熙宁六年二月二十一日。《梁溪漫志》卷四

佛日净慧寺题名

祖志入山之十三日，述古赴南都，率景山、达原、子中、子瞻会别于此。熙宁七年八月十三日。《咸淳临安志》卷八一

灵鹫题名

杨绘元素、鲁有开元翰、陈舜愈令举、苏轼子瞻同游。熙宁七

年九月二十日。《咸淳临安志》卷八〇

密州题名

禹功、传道、明叔、子瞻游。《潜研堂金石文跋尾续》卷四

登云龙山题名

元丰元年九月十七日，张天骥、苏轼、颜复、王巩，始登此山。《补注东坡编年诗》卷一七引石刻

武昌西山题名 一

江绠，苏轼，杜沂，沂之子传、俣游。元丰三年四月十三日。《湖北金石志》卷九

武昌西山题名 二

苏轼、李婴、吴亮、赵安节、王齐愈、潘丙，元丰五年二月二十二日游。□十日，婴□来。《湖北金石志》卷九

师中庵题名

元丰七年二月一日，东坡居士与徐得之、参寥子，步自雪堂，并柯池入乾明寺观竹林，谒乳姥任氏坟，锄治茶圃；遂造赵氏园，探

梅堂；至尚氏第，观老枳偃蹇，如龙蛇形。憩定惠僧舍，饮茶任公亭、师中庵，乃归。且约后日携酒寻春于此。《稗海》本《志林》卷一〇

题名

元丰七年九月二十三日，眉山苏某同参寥禅师登楼观雨。《日涉园集》卷二《宿慧日寺》

相国寺题名

苏子瞻、子由、孙子发、秦少游同来观晋卿墨竹。申先生亦来。元祐三年八月五日。老申一百一岁。《癸辛杂识》别集卷上《汴梁杂事》条引罗寿可《再游汴梁记》

龙井题名

元祐庚午，辩才老师年始八十。道俗相庆，施千袈裟，饭千僧。七日而罢。眉山苏轼子瞻、洛阳王瑜中玉、安陆张璹金翁、九江周焘次元，来馈芗茗。二月晦日书。《咸淳临安志》卷七八

龙华题名

苏轼、王瑜、杨杰、张璹同游龙华。元祐五年，岁次庚午，三月二日题。《六艺之一录》续录卷五

韬光题名

苏轼、张璹、杨杰、王瑜。元祐五年三月二日，同游韬光。《咸淳临安志》卷七九

麦岭题名

苏轼、王瑜、杨杰、张璹同游天竺，过麦岭。《西湖志》卷二七

南昭庆寺题名

明夫、子方、明弼、康道、嘉甫、子瞻同游南昭庆。庚午八月日题。《二老堂杂志》卷四

龙井题名

苏轼、钱勰、江公著、柳雍同谒龙井辩才。元祐六年正月七日。《咸淳临安志》卷七八

定州祷雨岳庙题名

苏轼祷雨岳庙，同李之仪、李士龙、鄗长卿、孙敏行、□□、贾温之。《求古录》

三涧岩题名

东坡居士自海南还，来游。武陵弓允明夫、东坡幼子过叔党同至。元符三年九月廿四日。道光《广东通志》卷二〇九

游广陵寺题名

东坡居士渡海北还，吴子野、何崇道、颖堂通三长老、黄明达、李公弼、林子中，自番禺追饯至清远峡，同游广陵寺。元符三年十一月十五日。《粤东金石略》卷三

杂书琵琶 一

唐僧段和尚善弹琵琶，制《道调》。梁州国工康昆仑求之不得，后于元载子伯和处得女乐八人，以其半遗段，乃得之。予家旧有婢，亦善作此曲。音节皆妙，但不知"道调"所谓。今日读《唐史·乐志》云：高宗以为李氏，老子之后，故命乐工制《道调》。《曲洧旧闻》卷五

杂书琵琶 二

今琵琶有独弹，不合胡部诸调，曰某宫，多不可晓。《乐志》又云：《凉州》者，本西凉所献也。其声本宫调，有大遍、小遍。贞元初，乐工康昆仑寓其声于琵琶，奏于玉宸殿，因号"玉宸宫调"。予尝闻琵琶中作《转弦薄媚》者，乃云是玉宸宫调也。《曲洧旧闻》卷五

徐寅

徐寅，唐末号能赋。谒朱全忠，误犯其讳。全忠色变，寅狼狈走出。未及门，全忠呼知客，将责以不先告语，斩于界石南。寅欲遁去，恐不得脱，乃作《过太原赋》以献。其略曰："千金汉将，感精魄以神交；一眼胡奴，望英风而胆落。"全忠大喜，遗绢五百匹。全忠自言：梦见淮阴，使受兵法。"一眼胡奴"，指李克用也。寅虽免一时之祸，殊不忧"一眼胡奴"见此赋也？可笑。《稗海》本《志林》卷七

潞公

潞公坐客有言新义极迂怪者，公笑不答。久之，曰："颇尝记明皇坐勤政楼上，见钉校者。上呼曰：'朕有一破损平天冠，汝能钉校否？'此人既为完之。上曰：'朕无用此冠，以与汝为工直。'其人惶恐谢罪。上曰：'俟夜深闭门后，独自戴，甚无害也。'"《稗海》本《志林》卷一〇

孟仰之

余谪居黄州，州通判承议郎孟震字仰之，颇与余相善。光州太守曹九章以书遗予，云："朝中士大夫谓之孟君子。"予徐察之，真不忝此名也。震，郓人，及进士第，无他才能。然方京东狂人孔直温以谋反下狱，事连石介守道之子，一旦捕去，且四出捕人不已。震与守道虽故，素不识韩魏公，以书抵公，具言直温狂人，无能为，

而守道以直道死，其故家流风，决非与狂人通谋者。魏公感叹，即为上疏如震言。以故直温狱不深究，人皆庆。其所全活甚众。震厅宇中，有一泉甚清，大旱不竭。余因名之“君子泉”，而子由为之记。元丰六年十一月七日记。《六艺之一录》卷四〇五

帖赠杨世昌 一

仆谪居黄冈，绵竹武都山道士杨世昌子京，自庐山来过余，□□年乃去。其人善画山水，能鼓琴，晓星历骨色及作轨革卦影，通知黄白药术，可谓艺矣。明日当舍余去，为之怅然。浮屠不三宿木下，真有以也。元丰六年五月八日，东坡居士书。《苏文忠公诗合注》卷二一《次韵孔毅父久旱已而甚雨三首》题下引施元之《注东坡先生诗》注文

帖赠杨世昌 二

十月十五日夜，与杨道士泛舟赤壁，饮醉。夜半，有一鹤自江南来，翅如车轮，嘎然长鸣，掠余舟而西，不知其为何祥也，聊复记云。《苏文忠诗合注》卷二一《次韵孔毅父久旱已而甚雨三首》题下引施元之《注东坡先生诗》注文

苏州僧

近在苏州，有一僧旷达好饮，以醉死。将瞑，自作祭文云：“唯灵生在阎浮提，不贪不妒。爱吃酒子，倒街卧路。想汝直待生兜率

天，尔时方断得住。何以故？净土之中，无酒得沽。”《侯鲭录》卷四

书药方赠民某君

药方有兵部手集者，唐宰相李公绛所编。方无不验者。疗折伤骨破碎，或五脏内损垂死者，用生地黄捣取自然汁，和热酒服之；骨破碎者，自大便下，复生新骨补故处；有瘀血者，立取下即平复。云天设此法，以救人命。地黄滓以酒和，傅伤破或肿处。予在儋耳，民有相殴内损者，不下粥饮，且不能言。予以家传接骨丹疗之，乃能言；又以南岳活血丹授之，下少黑血，乃能食。然尚呻号不能转动也。小圃中有地黄，然地瘠，根细如发，乃并叶捣治，饮、傅之，取血块升余，遂能起行。此人与进士黎先觉有亲，乃书以授之，使多植此药，以救人命。戊寅十二月五日。《宝真斋法书赞》卷一二

脉说

俗降久矣，虽巫医百工之事亦不竞。甚神而圣者，吾不得而见之矣，得见工巧者，斯可矣。夫脉也者，气血之几也，合阴阳之和，顺四时之宜，以其不病形彼之病，故曰全神守气，听于眇微，决死生期，德如蓍龟。……中虚则天母胶于先，物物自然，是谓上玄。盖医家之所当事，而亦岂可以易易能也。《番易仲公李先生文集》卷二六《题杨抚州所书东坡脉说后》

记松

松之有利于世者甚博。松花、脂、茯苓，服之皆长生。其节，煮之以酿酒，愈风痹，强腰足。其根、皮，食之肤革香，久则香闻下风数十步外。其实，食之滋血髓，研为膏，入漓酒中，则醇酽可饮。其明为烛，其烟为墨。其皮上藓为艾纳，聚诸香烟。其材产西北者至良，名黄松，坚韧冠百木。略数其用于世，凡十有一。不是闲居，不能究物理之精如此也。《曲洧旧闻》卷五

芍药与牡丹

吕稚卿言，芍药不及牡丹者，以重耳戴芍药一枝，比牡丹三四花间犹当着数品。盖有其地而无其花，譬如荔子之与温柑也耶！《稗海》本《志林》卷八

书食蜜

余少嗜甘，日食蜜五合，尝谓以蜜煎糖而食之可也。……吾好食姜蜜汤，甘芳滑辣，使人意快而神清。《瓮牖闲评》卷六

论食

烂蒸同州羊羔，灌以杏酪，食之以匕不以箸；南都拨心面，作槐芽温淘，渗以襄邑抹猪，炊共城香粳，荐以蒸子鹅；吴兴庖人斫松江鲙。既饱，以庐山康王谷帘泉，烹曾坑斗品茶。少焉，解衣仰卧，

使人诵东坡先生《赤壁》前、后赋，亦足以一笑也。东坡在儋耳，独有二赋而已。《曲洧旧闻》卷五

献蠔帖

己卯冬至前二日，海蛮献蠔，剖之，得数升肉与浆，入水，与酒并煮，食之甚美，未始有也。又取其大者，炙熟，正尔啖嚼，又益□煮者。海国食□蟹□螺八足鱼，岂有献□？每戒过子慎勿说，恐北方君子闻之，争欲为东坡所为，求谪海南，分我此美也。《大观录》卷五

书煮鱼羹

予在东坡，尝亲执铪匕，煮鱼羹以设客，客未尝不称善，意穷约中易为口腹耳！今出守钱塘，厌水陆之品。今日偶与仲天贶、王元直、秦少章会食，复作此味，客皆云：此羹超然有高韵，非世俗庖人所能仿佛。岁暮寡欲，聚散难常，当时作此，以发一笑也。元祐四年十一月二十九日。《稗海》本《志林》卷九

记梦赋诗

轼初自蜀应举京师，道过华清宫，梦明皇令赋太真妃裙带词，觉而记之。今书赠柯山潘大临邠老，云："百叠漪漪水皱，六铢縰縰云轻。植立含风广殿，微闻环佩摇声。"元丰五年十月七日。《东坡志林》卷一

徐十三帖

徐十三秀才相见辄求字，度其所藏，当有数千幅，然犹贪求不已。今日方病，对案不食而求字不衰。吾不知此字竟堪充饥已病否？此蔽殆不可解也。上海图书馆藏宋拓《郁孤台法帖》

半月泉题名

苏轼、曹辅、刘季孙、鲍朝懋、郑嘉会、苏固同游。元祐六年三月十一日。请得一日假，来游半月泉。何人施大手，擘破水中天。东坡。同治《湖州府志》卷五三

文集卷一百三十六

却鼠刀铭

野人有刀，不爱遗余。长不满尺，剑钺之余。文如连环，上下相缪。错之则见，或漫如无。昔所从得，戒以自随。畜之无害，暴鼠是除。有穴于垣，侵堂及室。跳床撼幕，终夕窣窣。叱诃不去，啖啮枣栗。掀杯舐缶，去不遗粒。不择道路，仰行蹑壁。家为两门，窘则旁出。轻趫捷猾，忽不可执。吾刀入门，是去无迹。又有甚者，聚为怪妖。昼出群斗，相视睢盱。舞于端门，与主杂居。猫见不噬，又乳于家。狃于永氏，谓世皆然。亟磨吾刀，槃水致前。炊未及熟，肃然无踪。物岂有是，以为不诚。试之弥旬，凛然以惊。夫猫鸷禽，昼巡夜伺。拳腰弭耳，目不及顾。须摇乎穴，走赴如雾。碎首屠肠，终不能去。是独何为，宛然尺刀。匣而不用，无有爪牙。彼孰为畏，相率以逃。呜呼嗟夫，吾苟有之。不言而谕，是亦何劳。

卷一九

玉堂砚铭 并叙

文同与可将赴陵州，孙洙巨源以玉堂大砚赠之。与可属苏轼子瞻为之铭，曰：

坡陁弥漫，天阔海浅，巨源之砚。淋漓荡潏，神没鬼出，与可

之笔。烬南山之松，为煤无余；涸陵阳之水，维以濡之。砚大如四砖许，而陵州在高山上，至难得水，故以戏之。卷一九

鼎砚铭

鼎无耳，盘有趾。鉴幽无见几不倚。旸虫陨羿丧厥喙，羽渊之化帝祝尾。不周偾裂东南圮，黝然而深维水委。谁乎为此昔未始，戏名其臀加幻诡。卷一九

王平甫砚铭

玉德金声，而寓于斯。中和所熏，不水而滋。正直所冰，不寒而澌。平甫之砚，而轼铭之。卷一九

邓公砚铭 并叙

王巩，魏国文正公之孙也。得其外祖张邓公之砚，求铭于轼。铭曰：

邓公之砚，魏公之孙。允也其物，展也其人。思我魏公文而厚，思我邓公德而寿。三复吾铭，以究令名。卷一九

端砚铭

千夫挽绠，百夫运斤。篝火下缒，以出斯珍。一嘘而泫，岁久愈新。谁其似之，我怀斯人。卷一九

孔毅甫龙尾砚铭

涩不留笔,滑不拒墨。爪肤而縠理,金声而玉德。厚而坚,足以阅人于古今;朴而重,不能随人以南北。卷一九

孔毅甫凤咮石砚铭

昔余得之凤凰山下龙焙之间,今君得之剑浦之上黯黮之滩。如乐之和,如金之坚,如玉之有润,如舌之有泉。此其大凡也,为然为不然?然也,虽胡越同名犹可;不然,徒与此石同溪而产,何异于九鹏而一鹖。卷一九

凤咮砚铭

帝规武夷作茶囿,山为孤凤翔且嗅。下集芝田啄琼玖,玉乳金沙发灵窦。残璋断璧泽而黝,治为书砚美无有。至珍惊世初莫售,墨眉黄眼争妍陋。苏子一见名"凤咮",坐令龙尾羞牛后。卷一九

米黻石钟山砚铭

有盗不御,探奇发瑰。攘于彭蠡,斫钟取追。有米楚狂,惟盗之隐。因山作砚,其词如贳。卷一九

黼砚铭　并叙

龙尾黼砚，章圣皇帝所尝御也。乾兴升遐，以赐外戚刘氏，而永年以遗其舅王齐愈。臣轼得之，以遗臣宗孟。且铭之曰：

黟、歙之珍，匪斯石也。黼形而縠理，金声而玉色也。云蒸露湛，祥符之泽也。二臣更宝之，见者必作也。卷一九

丹石砚铭　并叙

唐林父遗予丹石砚，粲然如芙蕖之出水，杀墨而宜笔，尽砚之美。唐氏谱天下砚，而独不知兹石之所出，余盖知之。铭曰：

彤池紫渊，出日所浴。蒸为赤霓，以贯旸谷。是生斯珍，非石非玉。因材制用，璧水环复。耕予中洲，艺我玄粟。投种则获，不炊而熟。

元丰壬戌之春，东坡题。卷一九

王仲仪砚铭

汲、郑蚤闻，颇、牧晚用。谏草风生，羽檄雷动。人亡器有，质小任重。施易何常，明哲所共。卷一九

端砚石铭　并引

苏坚伯固之子庠，字养直，妙龄而有异才。赠以端砚，且铭之曰：

我友三益，取溪之石。寒松为煤，孤竹为笔。蓬麻效纸，仰泉致滴。斩几信钩，以全吾直。卷一九

端砚铭

与墨为入，玉灵之食。与水为出，阴鉴之液。懿矣兹石，君子之侧。匪以玩物，维以观德。卷一九

黄鲁直铜雀砚铭

漳滨之埴，陶氏我厄。受成不化，以与真隔。人亡台废，得反天宅。遇发丘陇，复为麟获。累然黄子，玄岂尚白。天实命我，使与其迹。卷一九

程公密子石砚铭 并引

公密躬自采石岩下，获黄卵，剖之，得紫砚。铭曰：

孰形无情，石亦卵生。黄胞白络，孕此黝赪。已器不死，可候雨晴。天畀夫子，瑞其家庭。卷一九

龙尾石月砚铭

萋萋兮雾縠石，宛宛兮黑白月。其受水也哉生明，而运墨也旁死魄。忽玄云之霮䨴，观玉兔之沐浴。集幽光于毫端，散妙迹于简册。照千古其如在，耿此月之不没。卷一九

迈砚铭 迈往德兴，赆以一砚，以此铭之

以此进道常若渴，以此求进常若惊，以此治财常思予，以此书狱常思生。卷一九

迨砚铭

有尽石，无已求。生阴壑，闷重湫。得之艰，岂轻授。旌苦学，畀长头。卷一九

卵砚铭

东坡砚，龙尾石。开鹄卵，见苍璧。与居士，同出入。更崄夷，无燥湿。今何者，独先逸。从参寥，老空寂。卷一九

唐陆鲁望砚铭

噫先生，隐唐余。甘杞菊，老樵渔。是器宝，实相予。为散人，出丛书。卷一九

周炳文瓢砚铭

以汝为砚，罂肖而瓢质。以汝为瓢，砚剖而腹实。饮西江之水，吾以汝砺齿。泻悬河之辩，吾以汝借面。不即不离，孰曰非道人之应器耶？谓炳文有入道之意。卷一九

王定国砚铭 一

石出西山之西，北山之北。戎以发剑，予以试墨。剑止一夫敌，墨以万世则。吾以是知天下之才，皆可以纳诸圣贤之域。卷一九

王定国砚铭 二

月之从星，时则风雨。汪洋翰墨，将此是似。黑云浮空，漫不见天。风起云移，星月凛然。卷一九

鲁直所惠洮河石砚铭

洗之砺，发金铁。琢而泓，坚密泽。郡洮岷，至中国。弃矛剑，参笔墨。岁丙寅，斗南北。归予者，黄鲁直。卷一九

王颐端砚铭

故人王颐有自然端砚，砚之成于片石上，稍稍加磨治而已。铭曰：

其色马肝，其声磬，其文水中月，真宝石也。而其德则正，其形天合。其于人也略是，故可使而不可役也。卷一九

天石砚铭 并叙

轼年十二时，于所居纱縠行宅隙地中，与群儿凿地为戏。得

异石，如鱼，肤温莹，作浅碧色。表里皆细银星，扣之铿然，试以为砚，甚发墨，顾无贮水处。先君曰："是天砚也。有砚之德，而不足于形耳。"因以赐轼，曰："是文字之祥也。"轼宝而用之，且为铭曰：

一受其成，而不可更。或主于德，或全于形。均是二者，顾予安取。仰唇俯足，世固多有。

元丰二年秋七月，予得罪下狱，家属流离，书籍散乱。明年至黄州，求砚不复得，以为失之矣。七年七月，舟行至当涂，发书笥，忽复见之。甚喜，以付迨、过。其匣虽不工，乃先君手刻其受砚处，而使工人就成之者，不可易也。卷一九

汉鼎铭　并引

禹铸九鼎，用器也，初不以为宝；象物以饰之，亦非所以使民远不若也。武王迁之洛邑，盖已见笑于伯夷、叔齐矣。方周之盛也，鼎为宗庙之观美而已。及其衰也，为周之患，有不可胜言者。匹夫无罪，怀璧其罪。周之衰也，与匹夫何异。嗟夫！孰知九鼎之为周之角齿也哉？自春秋时，楚庄王已问其轻重大小。而战国之际，秦与齐、楚皆欲之，周人惴惴焉，视三虎之垂涎而睨己也。绝周之祀不足以致寇，裂周之地不足以肥国，然三国之君，未尝一日而忘周者，以宝在焉故也。三国争之，周人莫知所适与。得鼎者未必能存周，而不得者必碎之，此九鼎之所以亡也。周显王之四十二年，宋太丘社亡，而鼎沦没于泗水，此周人毁鼎以缓祸，而假之神妖以为之说也。秦始皇、汉武帝乃始万方以出鼎，此与儿童之见无异。善夫吾丘寿王之说也，曰："汾阴之鼎，汉鼎也，非周鼎。"夫周有鼎，汉亦有鼎，此《易》所谓正位凝命者，岂三趾两耳之谓哉？

恨寿王小子方以谀进，不能究其义，余故作《汉鼎铭》，以遗后世君子。其铭曰：

惟五帝三代及秦汉以来受命之君，靡不有兹鼎。鼎存而昌，鼎亡而亡。盖鼎必先坏而国随之，岂有易姓而鼎犹传者乎？不宝此器，而拳拳于一物，孺子之智，妇人之仁。乌乎！悲矣。卷一九

石鼎铭 并叙

张安道以遗子由，子由以为轼生日之馈。铭曰：

石在洛书，盖隶从革。矢砮医砭，皆金之职。有坚而忍，为釜为鬲。居焚不炎，允有三德。卷一九

大觉鼎铭

乐全先生遗我鼎甗，我复以饷大觉老禅。在昔宋、鲁，取之以兵。书曰“郜鼎”，以器从名。乐全、东坡，予之以义。书曰“大觉之鼎”，以名从器。挹山之泉，烹以其薪。为苦为甘，咨尔学人。卷一九

文与可琴铭

攫之幽然，如水赴谷。醳之萧然，如叶脱木。按之噫然，应指而长言者似君；置之枵然，遗形而不言者似仆。与可好作楚辞，故有“长言似君”之句。邹忌论琴云：“攫之深，醳之愉。”此言为指法之妙耳。卷一九

十二琴铭①

震陵孤桐

震陵孤桐下阳岑，音如涧水响深林。二圣元祐岁丁卿，器巧名之张益老。

香林八节

河渭之水多土，其声厚以沉。江汉之水多石，其声激而清。香林八节，是谓天地之中，山水之阴。

号钟

薄则播，厚则石，侈则哆，弇则郁，长甬则震。无此五疾，则鸣而中律，是谓号钟之实。

玉磬

其清越以长者，玉也。听万物之秋者，磬也。宝如是中，藜藿不再食。以是乐饥，不以告籴。

松风

忽乎青蘋之末而生有，极于万窍号怒而实无。失其荡枝蟠叶，霎而脱其枯。风鸣松耶？松鸣风耶？

---

①此铭亦见黄庭坚《豫章黄先生文集》卷一三，题作“张益老十二琴铭。”

古娲黄

炼石补天之年，截匏比竹之音。虽不可得见，吾知古之犹今。木声犁然，当于人心。非参寥者，孰钩其深？

南风

声歌《南风》舜作则，欲报父母天罔极。

归鹤

琴声三叠舞胎仙，肉飞不到梦所传。白鹤归来见曾玄，陇头松风入朱弦。

秋风

秋风度而草木先惊，感秋者弦直而志不平。揽变衰之色，为可怜之声。不战者善将，伤手者代匠。悲莫悲于湘滨，乐莫乐于濠上。

渔根

袯襫大须，萧然于万物之表。槁项黄馘，闯然于一苇之航。与鸥鸬而物化，发山水之天光。惊潜鱼而出听，是谓鱼根。

九州璜

钓渔得九州之璜，避纣得九州之王。湮沉乎射鲋之谷，委蛇乎凤凰之堂。其音不爽，惟德之常。

天球

天球至意，合以人力。作者七人，传以华国。有蔚者桐，僵于下阳之庭。奏刀而玉质，成器而金声。山川畀之耶？其天性之耶？卷一九

杨次公家浮磬铭

清而直，朴而一。虽有郑卫，无自而入。以托于君子之室。卷一九

法云寺钟铭 并叙

元丰七年十月，有诏大长老圜通禅师法秀住法云寺。寺成而未有钟，大檀越、驸马都尉、武胜军节度观察留后张敦礼，与冀国大长公主唱之，从而和者若干人。元祐元年四月，钟成，万斤。东坡居士苏轼为之铭，曰：

有钟谁为撞？有撞谁撞之？三合而后鸣，闻所闻为五。阙一不可得，汝则安能闻？汝闻竟安在？耳视目可听。当知所闻者，鸣寂寂时鸣。大圜空中师，独处高广座。卧士无所著，人引非引人。二俱无所说，而说无说法。法法虽无尽，问则应曰三。汝应如是闻，不应如是听。卷一九

邵伯埭钟铭 并叙

邵伯埭之东，寺僧子康募千人为千斤铜钟。蜀人苏轼为之铭，曰：

无量智慧火，烧此无明铜。戒定以为模，铸成无漏钟。以汝平等手，执彼慈悲撞。声从无有出，遍满无边空。卷一九

徐州莲华漏铭 并叙

故龙图阁直学士、礼部侍郎燕公肃，以创物之智闻于天下，作莲华漏，世服其精。凡公所临，必为之，今州郡往往而在，虽有巧者，莫敢损益。而徐州独用瞽人卫朴所造，废法而任意，有壶而无箭。自以无目而废天下之视，使守者伺其满，则决之而更注，人莫不笑之。国子博士傅君，公之外曾孙，得其法为详。其通守是邦也，实始改作，而请铭于轼。铭曰：

人之所信者，手足耳目也，目识多寡，手知重轻。然人未有以手量而目计者，必付之于度量与权衡。岂不自信而信物，盖以为无意无我，然后得万物之情。故天地之寒暑，日月之晦明；昆仑旁薄于三十八万七千里之外，而不能逃于三尺之箭、五斗之瓶。虽疾雷霾风雨雪昼晦，而迟速有度，不加亏赢。使凡为吏者，如瓶之受水不过其量，如水之浮箭不失其平。如箭之升降也，视时之上下，降不为辱，升不为荣。则民将靡然心服，而寄我以死生矣。卷一九

裙靴铭 并叙

予在黄州时，梦神考召入小殿赐宴，乃令作《宫人裙铭》。又令作《御靴铭》。

百叠漪漪风皱，六铢縰縰云轻。独立含风广殿，微闻环佩来声。

寒女之丝，铢积寸累。天步所临，云蒸雾起。卷一九

金星洞铭

宝山南麓凤左翅，惊雷划石逋虬起，凝阴嘘坚出怪玮。是生神草肖苍虺，离离赤志挟脊尾，飞流丹石决痈痏。金星非实特取似，施及山石亦见谓，凡名相因皆此比。卷一九

洗玉池铭

世忽不践，以用为急。秦汉以还，龟玉道熄。六器仅存，五瑞莫辑。赵璧妇玩，鲁璜盗窃。鼠乱郑璞，鹊抵晋棘。维伯时父，吊古啜泣。道逢玉人，解骖推食。剑璏镢珌，错落其室。既获拱宝，遂空四壁。哀此命世，久就沦蛰。时节沐浴，以幸斯石。孰推是心，施及王国。如伯时父，琅然环玦。援手之劳，终睨莫拾。得丧在我，匪玉欣戚。仲和父铭之，维以咏德。卷一九

菩萨泉铭　并叙

陶侃为广州刺史，有渔人每夕见神光海上，以白侃。侃使迹之，得金像。视其款识，阿育王所铸文殊师利像也。初送武昌寒溪寺，及侃迁荆州，欲以像行。人力不能动，益以牛车三十乘，乃能至船。船复没，遂以还寺。其后惠远法师迎像归庐山，了无艰碍。山中世以二僧守之。会昌中，诏毁天下寺，二僧藏像锦绣谷。比释教复兴，求像不可得，而谷中至今有光景，往往发见，如峨眉、五台所

见。盖远师文集载处士张文逸之文,及山中父老所传如此。今寒溪少西数百步,别为西山寺,有泉出于嵌窦间,色白而甘,号"菩萨泉",人莫知其本末。建昌李常谓余:"岂昔像之所在乎?"且属余为铭。铭曰:

像在庐阜,宵光烛天。旦朝视之,寥寥空山。谁谓寒溪,尚有斯泉。盍往鉴之,文殊了然。卷一九

文集卷一百三十七

六一泉铭 并叙

欧阳文忠公将老，自谓“六一居士”。予昔通守钱塘，见公于汝阴而南。公曰：“西湖僧惠勤甚文，而长于诗，吾昔为《山中乐》三章以赠之。子间于民事，求人于湖山间而不可得，则盍往从勤乎？”予到官三日，访勤于孤山之下，抵掌而论人物。曰：“公，天人也。人见其暂寓人间，而不知其乘云驭风，历五岳而跨沧海也。此邦之人，以公不一来为恨。公麾斥八极，何所不至，虽江山之胜，莫适为主，而奇丽秀绝之气，常为能文者用。故吾以谓西湖盖公几案间一物耳。”勤语虽幻怪，而理有实然者。明年，公薨，予哭于勤舍。又十八年，予为钱塘守，则勤亦化去久矣。访其旧居，则弟子二仲在焉，画公与勤之像，事之如生。舍下旧无泉，予未至数月，泉出讲堂之后，孤山之趾，汪然溢流，甚白而甘。即其地凿岩架石为室。二仲谓余：“师闻公来，出泉以相劳苦，公可无言乎？”乃取勤旧语，推本其意，名之曰“六一泉”。且铭之曰：

泉之出也，去公数千里；后公之没，十有八年，而名之曰“六一”，不几于诞乎？曰：君子之泽，岂独五世而已？盖得其人，则可至于百传。尝试与子登孤山而望吴越，歌山中之乐而饮此水，则公之遗风余烈，亦或见于斯泉也。卷一九

参寥泉铭 并叙

余谪居黄，参寥子不远数千里从余于东城，留期年。尝与同游武昌之西山。梦相与赋诗，有“寒食清明”“石泉槐火”之句，语甚美，而不知其所谓。其后七年，余出守钱塘，参寥子在焉。明年，卜智果精舍居之。又明年，新居成，而余以寒食去郡，实来告行。舍下旧有泉，出石间，是月又凿石得泉，加冽。参寥子撷新茶，钻火煮泉而瀹之，笑曰：“是见于梦九年，卫公之为灵也久矣。”坐人皆怅然太息，有知命无求之意。乃名之“参寥泉”。为之铭曰：

在天雨露，在地江湖。皆我四大，滋相所濡。伟哉参寥，弹指八极。退守斯泉，一谦四益。余晚闻道，梦幻是身。真即是梦，梦即是真。石泉槐火，九年而信。夫求何神，实弊汝神。卷一九

何公桥铭 英州

天壤之间，水居其多。人之往来，如鹅在河。顺水而行，云驰鸟疾。维水之利，千里咫尺。乱流而涉，过膝则止。维水之害，咫尺千里。沔彼滥觞，蛙跳鯈游。溢而怀山，神禹所忧。岂无一木，支此大坏。舞于盘涡，冰折雷解。坐使此邦，画为两州。鸡犬相闻，胡越莫救。允毅何公，甚勇于仁。始作石梁，其艰其勤。将作复止，更此百难。公心如铁，非石则坚。公以身先，民以悦使。老壮负石，如负其子。疏为玉虹，隐为金堤。直栏横槛，百贾所栖。我来与公，同载而出。欢呼填道，抱其马足。我叹而言，视此滔滔。未见刚者，孰为此桥。愿公千岁，与桥寿考。持节复来，以慰父老。如朱仲卿，食于桐乡。我作铭诗，子孙不忘。卷一九

九成台铭

韶阳太守狄咸新作九成台，玉局散吏苏轼为之铭曰：

自秦并天下，灭礼乐，《韶》之不作，盖千三百二十有三年。其器存，其人亡，则《韶》既已隐矣，而况于人器两亡而不传。虽然，《韶》则亡矣，而有不亡者存。盖常与日月、寒暑、晦明、风雨并行于天地之间。世无南郭子綦，则耳未尝闻地籁也，而况得闻于天？使耳闻天籁，则凡有形有声者，皆吾羽旄干戚、管磬匏弦。尝试与子登夫韶石之上，舜峰之下，望苍梧之眇莽，九疑之联绵。览观江山之吐吞，草木之俯仰，鸟兽之鸣号，众窍之呼吸，往来唱和，非有度数而均节自成者，非《韶》之大全乎！上方立极以安天下，人和而气应，气应而乐作，则夫所谓《箫韶》九成，来凤鸟而舞百兽者，既已粲然毕陈于前矣。建中靖国元年正月一日。卷一九

远游庵铭 并叙

吴复古子野，吾不知其何人也。徒见其出入人间，若有求者，而不见其所求。不喜不忧，不刚不柔，不惰不修，吾不知其何人也。昔司马相如有言："列仙之儒，居山泽间，形容甚臞。"意甚鄙之，乃取屈原《远游》作《大人赋》，其言宏妙，不遣而放。今子野行于四方十余年矣，而归老于南海之上，必将俯仰百世，奄忽万里，有得于屈原之《远游》者，故以名其庵，而铭之曰：

悲哉世俗之迫隘也，愿从子而远游。子归不来而吾不往，使罔象乎相求。问道于屈原，借车于相如，忽焉不自知历九疑而过崇丘。宛兮相逢乎南海之上，踞龟而食蛤蜊者必子也，庶几为我一笑

而少留乎？卷一九

苏程庵铭 并引

程公庵，南华长老辩公为吾表弟程德孺作也。吾南迁过之，更其名曰“苏程”。且铭之曰：

辩作庵，宝林南。程取之，不为贪。苏后到，住者三。苏既住，程则去。一弹指，三世具。如我说，无是处。百千灯，同一光。一尘中，两道场。齐说法，不相妨。本无通，安有碍。程不去，苏亦在。各遍满，无杂坏。卷一九

谷庵铭

孔公之堂名虚白，苏子堂后作圆屋。堂虽白矣庵自黑，知白守黑名曰谷。谷庵之中空无物，非独无应亦无答，洞然神光照毫发。卷一九

夕庵铭

与昼皆作，雾散毛脉。夜气既归，肝胆是宅。我铭夕庵，惟以照寂。八万四千，忽然而一。卷一九

桄榔庵铭 并叙

东坡居士，谪于儋耳，无地可居，偃息于桄榔林中，摘叶书铭，

以记其处。

九山一区，帝为方舆。神尻以游，孰非吾居。百柱屃赑，万瓦披敷。上栋下宇，不烦兵夫。日月旋绕，风雨扫除。海氛瘴雾，吞吐吸呼。蝮蛇魑魅，出怒入娱。习若堂奥，杂处童奴。东坡居士，强安四隅。以动寓止，以实托虚。放此四大，还于一如。东坡非名，岷峨非庐。须髮不改，示现毗卢。无作无止，无欠无余。生谓之宅，死谓之墟。三十六年，吾其舍此，跨汗漫而游鸿濛之都乎？

卷一九

三槐堂铭 并叙

天可必乎？贤者不必贵，仁者不必寿。天不可必乎？仁者必有后。二者将安取衷哉！吾闻之申包胥曰："人众者胜天，天定亦能胜人。"世之论天者，皆不待其定而求之，故以天为茫茫。善者以怠，恶者以肆，盗蹠之寿，孔颜之厄，此皆天之未定者也。松柏生于山林，其始也困于蓬蒿，厄于牛羊，而其终也，贯四时阅千岁而不改者，其天定也。善恶之报，至于子孙，而其定也久矣。吾以所见所闻所传闻考之，而其可必也审矣。国之将兴，必有世德之臣，厚施而不食其报，然后其子孙能与守文太平之主共天下之福。故兵部侍郎晋国王公显于汉、周之际，历事太祖、太宗，文武忠孝，天下望以为相，而公卒以直道不容于时。盖尝手植三槐于庭，曰："吾子孙必有为三公者。"已而其子魏国文正公相真宗皇帝于景德、祥符之间，朝廷清明天下无事之时，享其福禄荣名者十有八年。今夫寓物于人，明日而取之，有得有否。而晋公修德于身，责报于天，取必于数十年之后，如持左券，交手相付。吾是以知天之果可必也。吾不及见魏公，而见其子懿敏公，以直谏事仁宗皇帝，出入侍从将帅三十余年，位不满其德。天将复兴王氏也欤？何其子孙之多贤也。世有以晋公比李栖筠者，其雄才直气，真不相上下，而栖筠之子吉甫，其孙德裕，功名富贵，略与王氏等，而忠信仁厚，不及魏公父子。由此观之，王氏之福盖未艾也。懿敏公之子巩与吾游，好德而文，以世其家。吾是以录之。铭曰：

呜呼休哉！魏公之业，与槐俱萌。封植之勤，必世乃成。既相真宗，四方砥平。归视其家，槐阴满庭。吾侪小人，朝不及夕。相时射利，皇恤厥德。庶几侥幸，不种而获。不有君子，其何能国。王城之东，晋公所庐。郁郁三槐，惟德之符。呜呼休哉！卷一九

山堂铭 并叙

熙宁九年夏六月，大雨，野人来告故东武城中沟渎圮坏，出乱石无数。取而储之，因守居之北墉为山五，成，列植松柏桃李其上，且开新堂北向，以游心寓意焉。其铭曰：

谁裒斯坚，土伯所储。潦流发之，神以畀予。因庑为堂，践城为山。有乔苍苍，俯仰百年。卷一九

德威堂铭 并叙

元祐之初，诏起太师潞公于洛，命以重事。公惟仁宗、英宗、神考三圣委倚之重，不敢以既老为辞，杖而造朝。期年，乃求去。诏曰："昔西伯善养老，而太公自至。鲁穆公无人子思之侧，则长者去之。公自为谋则善矣，独不为朝廷惜乎？"又曰："唐太宗以干戈

之事，尚能起李靖于既老。而穆宗、文宗以燕安之际，不能用裴度于未病。治乱之效，于斯可见。”公读诏竦然，不敢言去，盖复留四年。天下无事，朝廷奠安，乃力请而归。公之在朝也，契丹使耶律永昌、刘霄来聘，轼奉诏馆客，与使者入觐，望见公殿门外，却立改容，曰：“此潞公也耶？所谓以德服人者。”问其年，曰：“何壮也！”轼曰：“使者见其容，未闻其语。其综理庶务，酬酢事物，虽精练少年有不如。贯穿古今，洽闻强记，虽专门名家有不逮。”使者拱手，曰：“天下异人也。”公既归洛，西羌首领有温溪心者，请于边吏，愿献良马于公。边吏以闻，诏听之。公心服天下，至于四夷。《书》曰：“德威惟畏，德明惟明。”世所以守伯夷之典，用皋陶之法者，以其德也。若夫非德之威，虽猛而人不畏；非德之明，虽察而人不服。公修德于几席之上，而其威折冲于万里之外；退居于家，而人望之如在廊庙。可不谓德威乎！公之子及为河阳守，公将往临之。吏民喜甚，自洛至三城，欢呼之声相属。及作堂以待公，而请铭于轼。乃榜之曰“德威”，而铭之曰：

德威惟畏，德明惟明。惟师潞公，展也大成。公在洛师，嵩洛有光。驾言三城，河流不扬。愿公百年，子孙千亿。家于两河，日见颜色。西戎来朝，祗栗公门。岂惟两河，四方其训之。卷一九

清隐堂铭

已去清隐，而老崇庆。崇庆亦非，何者为正。清者其行，隐者其言。非彼非此，亦非中间。在清隐时，念念不住。今既情忘，本无住处。八万四千，劫火洞然。但随他去，何处不然。卷一九

四达斋铭 并引

高邮使君赵晦之，作斋东园，户牖四达，因以名之。眉山苏轼过而为之铭，曰：

有藏于中，必谍于外。惟慢与谨，皆盗之诲。孰如此间，空洞无物。户牖阖开，廓焉四达。击去盗易，使无盗难。我无可攘，以守则完。赵侯无心，得法赤溪。四出其斋，以达民迷。卷一九

雪浪斋铭 并引

予于中山后圃得黑石，白脉，如蜀孙位、孙知微所画石间奔流，尽水之变。又得白石曲阳。为大盆以盛之，激水其上，名其室曰"雪浪斋"云：

尽水之变蜀两孙，与不传者归九原。异哉驳石雪浪翻，石中乃有此理存。玉井芙蓉丈八盆，伏流飞空漱其根。东坡作铭岂多言，四月辛酉绍圣元。卷一九

思无邪斋铭 并叙

东坡居士问法于子由。子由报以佛语，曰："本觉必明，无明明觉。"居士欣然，有得于孔子之言曰："《诗》三百，一言以蔽之，曰思无邪。"夫有思皆邪也，无思则土木也，吾何自得道，其惟有思而无所思乎？于是幅巾危坐，终日不言，明目直视，而无所见，摄心正念，而无所觉。于是得道，乃名其斋曰"思无邪"，而铭之曰：

大患缘有身，无身则无病。廓然自圜明，镜镜非我镜。如以水洗水，二水同一净。浩然天地间，惟我独也正。卷一九

梦斋铭 并叙

至人无梦。或曰:“高宗、武王、孔子皆梦,佛亦梦。梦不异觉,觉不异梦;梦即是觉,觉即是梦。此其所以为无梦也欤?”卫玠问梦于乐广,广对以“想”,曰:“形神不接而梦,此岂想哉?”对曰:“因也。”或问“因”之说。东坡居士曰:“世人之心,依尘而有,未尝独立也。尘之生灭,无一念住。梦觉之间,尘尘相授。数传之后,失其本矣。则以为形神不接,岂非因乎?人有牧羊而寝者,因羊而念马,因马而念车,因车而念盖。遂梦曲盖鼓吹,身为王公。夫牧羊之与王公,亦远矣。想之所因,岂足怪乎?”居士始与芝相识于梦中,旦以所梦求而得之。今二十四年矣,而五见之。每见辄相视而笑,不知是处之为何方,今日之为何日,我尔之为何人也。题其所寓室曰“梦斋”,而子由为之铭曰:

法身充满,处处皆一。幻身虚妄,所至非实。我观世人,生非实中。以寤为正,以寐为梦。忽寐所遇,执寤所遭。积执成坚,如丘山高。若见法身,寤寐皆非。知其皆非,寤寐无为。遨游四方,斋则不迁。南北东西,法身本然。卷一九

广心斋铭[①]

细德险微,憎爱彼我。君子广心,物无不可。心不运寸,中积琐琐。得得戚戚,忿欲生火。然炉倾侧,焚我中和。沃以远水,井

---

①《永乐大典》卷二五三七引《宋苏东坡文集》有此文,“广”前有“鲜自源”三字。黄庭坚《豫章黄先生文集》卷一三有此文,亦题作《鲜自源广心斋铭》。姑仍其旧。

泉无波。天下为量,万物一家。前圣后圣,惠我光华。卷一九

谈妙斋铭

南华老翁,端静简洁。浮云扫尽,但挂孤月。吾宗伯固,通亮英发。大圭不琢,天骥超绝。室空无有,独设一榻。空畊耶城,奔走竭蹶。二士共谈,必说妙法。弹指千偈,卒无所说。有言皆幻,无起不灭。问我何为,镂冰琢雪。人人造语,一一说法。孰知东坡,非问非答。卷一九

澹轩铭

以船撑船船不行,以鼓打鼓鼓不鸣。子欲察味而辨色,何不坐于澹轩之上,出澹语以问澹叟,则味自味而色自形。吾然后知澹叟之不淡,盖将尽口眼之变而起无穷之争。其自谓丛林之一害,岂虚名也哉?卷一九

择胜亭铭

维古颍城,因颍为隍。倚舟于门,美哉洋洋。如淮之甘,如汉之苍。如洛之温,如浚之凉。可侑我客,可流我觞。我欲即之,为馆为堂。近水而构,夏潦所襄。远水而筑,邈焉相望。乃作斯亭,筵楹栾梁。凿枘交设,合散靡常。赤油仰承,青幄四张。我所欲往,一夫可将。与水升降,除地布床。可使杜蕢,洗觯而扬。可使庄周,观鱼而忘。可使逸少,祓禊而祥。可使太白,泳月而狂。既

荠我荼，亦醪我浆。既濯我缨，亦浣我裳。岂独临水，无适不臧。春朝花郊，秋夕月场。无胫而趋，无翼而翔。敝又改为，其费易偿。榜曰择胜，名实允当。维古至人，不留一方。虚白为室，无可为乡。神马尻舆，孰为轮箱。流行坎止，虽触不伤。居之无盗，中靡所藏。去之无恋，如所宿桑。岂如世人，生短虑长。尺宅不治，寸田是荒。锡瓦铜雀，石门阿房。俯仰变灭，与生俱亡。我铭斯亭，以砭世盲。卷一九

惠州李氏潜珍阁铭

袭九渊之神龙，沕渊潜以自珍。虽无心于求世，亦择胜而栖神。蔚鹅城之南麓，擢仙李之芳根。因石阜以庭宇，跨饮江之鳌鼋。岌飞檐与铁柱，插清江之𥔲沦。眩古潭之百尺，涵万象于瑶琨。耿月魄以终夜，湛天容之方春。信苍苍之非色，极深远而自然。疑贝阙与珠宫，有玉函之老人。予南征其万里，友鱼虾与蛭螾。逝将去而反顾，托江流以投文。悼此江之独西，叹妙意之不陈。逮公子之东归，寓此怀于一樽。虽神龙之或杀，终不杀之为仁。卷一九

真相院释迦舍利塔铭 并叙

洞庭之南，有阿育王塔，分葬释迦如来舍利。尝有作大施会出而浴之者，缁素传捧，涕泣作礼。有比丘窃取其三，色如含桃，大如薏苡，将置之他方，为众生福田。久而不能，以授白衣方子明。元丰三年，轼之弟辙谪官高安，子明以畀之。七年，轼自齐安蒙恩

徙临汝，过而见之。八年，移守文登，召为尚书礼部郎。过济南长清真相院，僧法泰方为砖塔十有三层，峻峙蟠固，人天鬼神所共瞻仰，而未有以葬。轼默念曰：“予弟所宝释迦舍利，意将止于此耶？昔予先君文安主簿赠中大夫讳洵，先夫人武昌太君程氏，皆性仁行廉，崇信三宝。捐馆之日，追述遗意，舍所爱作佛事，虽力有所止，而志则无尽。自顷忧患，废而不举将二十年矣。复广前事，庶几在此。”泰闻踊跃，明年来请于京师。探箧中得金一两，银六两，使归求之众人，以具棺椁。铭曰：

如来法身无有边，化为舍利示人天。伟哉有形斯有年，紫金光聚飞为烟。惟有坚固百亿千，轮王阿育愿力坚。役使空界鬼与仙，分置众刹奠山川。棺椁十袭閟精圜，神光昼夜发层巅。谁其取此智且权，佛身普现众目前。昏者坐受远近迁，冥行黑月堕坎泉。分身来化会有缘，流转至此谁使然。并包齐鲁穷海堧，忙悍柔淑冥愚贤。愿持此福达我先，生生世世离垢缠。卷一九

大别方丈铭

闭目而视，目之所见，冥冥蒙蒙。掩耳而听，耳之所闻，隐隐隆隆。耳目虽废，见闻不断，以摇其中。孰能开目，而未尝视，如鉴写容？孰能倾耳，而未尝听，如穴受风？不视而见，不听而闻，根在尘空。湛然虚明，遍照十方，地狱天宫。蹈冒水火，出入金石，无往不通。我观大别，三门之外，大江方东。东西万里，千溪百谷，为江所同。我观大别，方丈之内，一灯常红。门闭不开，光出于隙，晔如长虹。问何为然，笑而不答，寄之盲聋。但见庞然，秀眉月面，纯漆点瞳。我作铭诗，相其木鱼，与其鼓钟。卷一九

石塔戒衣铭

石塔得三昧，初从戒定入。是故常宝护，登坛受戒衣。吾闻得道人，一物不可留。云何此法衣，补缉成百衲。诸法念念逝，此衣非昔衣。此法无生灭，衣亦无坏者。振此无尘衣，洗此无垢人。坏则随他去，是故终不坏。卷一九

南安军常乐院新作经藏铭

佛以一口，而说千法。千佛千口，则为几说。我法不然，非千非一。如百千灯，共照一室。虽各遍满，不相坏杂。咨尔学者，云何览阅。自非正眼，表里洞达。已受将受，则相陵夺。惟回屡空，无所不悦。是名耳顺，亦号莫逆。以此转经，有转无竭。道人山居，僻介楚越。常乐我静，一食破衲。达磨耶藏，勤苦建设。我无一钱，檀波罗密。施此法水，以灌尔睫。卷一九

广州东莞县资福寺舍利塔铭 并叙

自有生人以来，人之所为见于世者，何可胜道！其鼓舞天下，经纬万世，有伟于造物者矣。考其所从生，实出于一念。巍乎大哉，是念也！物复有烈于此者乎？是以古之真人，以心为法，自一身至一世界，自一世界至百千万亿世界，于屈信臂顷，作百千万亿变化，如佛所言，皆真实语，无可疑者。至于持身厉行，练精养志，或乘风而仙，或解形而去，使枯槁之余，化为金玉，时出光景，以作佛事者，则多有矣。其见伏去来，皆有时会，非偶然者。予在惠州，

或示予以古舍利，状若覆盂，圆径五寸，高二寸，重二斤二两，外密而中疏，其理如芭蕉，舍利生其中无数，五色具备，意必真人大士之遗体。盖脑之在颅中，颅亡而脑存者。予曰："是当以施僧，与众共之，藏私家非是。"其人难之。适有东莞资福长老祖堂来惠州，见而请之，曰："吾方建五百罗汉阁，壮丽甲于南海，舍利当栖我阁上。"则以犀带易之。有自京师至者，得古玉璧，试取以荐舍利，若合符契。堂喜，遂并璧持去，曰："吾当以金银琉璃为窣堵波，置阁上。"铭曰：

真人大士何所修，心精妙明舍九州。此身性海一浮沤，委蜕如遗不自收。戒光定力相烝休，结为宝珠散若旒。流行四方独此留，带犀微矣何足酬。璧来万里端相投，我非与堂堂非求。共作佛事知谁由，瑞光一起三千秋，永照南海通罗浮。卷一九

惠州官葬暴骨铭

有宋绍圣二年，官葬暴骨于是。是岂无主？仁人君子斯其主矣。东坡居士铭其藏曰：

人耶天耶？随念而徂。有未能然，宅此枯颅。后有君子，无废此心。陵谷变坏，复棺衾之。《东坡七集·后集》卷一八

端溪紫蟾蜍砚铭

蟾蜍爬沙到月窟，隐避光明入岩骨。琢磨黝赪出尤物，雕龙渊懿倾澥渤。《春渚纪闻》卷九

铁桥铭

维铁在冶，五金之坚。藏精于地，受质于天。日用攸需，能人则然。匪釜无食，匪耜无田。利用者兵，皇武用宣。未闻为桥，桥涉于川。茫茫南海，浴日浮天。蛟鳄之窟，蛇龙之渊。洪涛巨浪，骇波洎沿。易桥为舍，以淑群贤。乾隆《博罗县志》卷一三

端砚铭

其色温润，其制古朴。何以致之，石渠秘阁。改封即墨，兰□列爵。永宜宝之，书香是托。苏轼。桐城县博物馆藏

文集卷一百三十八

仁宗皇帝御书颂 并叙

天禧中，仁宗皇帝在东宫。故太傅邓国张文懿公讳士逊为太子谕德，帝亲书十二字以赐之，曰“寅亮天地，弼余一人”，又曰“日新其德”。公之曾孙假承务郎臣钦臣，以属翰林学士臣苏轼为之颂二篇。

其一曰：天地不言，付之人君。明其德刑，物自秋春。人君无心，属之辅弼。信其赏罚，身为衡石。惟天惟君，与相为三。孰能俯仰？其德不惭。於皇仁宗，恭己无为。以天为心，以民为师。其相邓公，履信思顺。天下颂之，以退为进。寿考百年，以没元身。呜呼休哉！寅亮天地，弼余一人。

其二曰：圣人如天，时杀时生。君子如水，因物赋形。天不违仁，水不失平。惟一故新，惟新故一。一故不流，新故无敎。伊尹暨汤，咸有一德。“周虽旧邦，其命维新”。孰知此言，若出一人。小臣稽首，敬颂遗墨。呜呼休哉！日新其德。卷二〇

英宗皇帝御书颂 并叙

嘉祐中，太常博士周秉以文行选为诸王记室，宗室之贤者多爱敬之。时英宗皇帝龙潜藩邸，尝赐秉手书，其家宝之。臣过曲

江,见其孙袁州司法参军超,出以示臣。谨稽首再拜,为之颂曰:

云汉之章,融为庆云,结为甘露。融而不晞,结而不散,以寿冒其子孙。

建中靖国元年月日臣苏某记。卷二〇

醉僧图颂

人生得坐且稳坐,劫劫地走觅什么。今年且屙东禅屎,明年去拽西林磨。卷二〇

石恪画维摩颂

我观众工工一师,人持一药疗一病。风劳欲寒气欲暖,肺肝胃肾更相克。挟方储药如丘山,卒无一药堪施用。有大医王拊掌笑,谢遣众工病随愈。问大医王以何药,还是众工所用者。我观三十二菩萨,各以意谈不二门。而维摩诘默无语,三十二义一时堕。我观此义亦不堕,维摩初不离是说。譬如油蜡作灯烛,不以火点终不明。忽见默然无语处,三十二说皆光焰。佛子若读《维摩经》,当作是念为正念。我观维摩方丈室,能受九百万菩萨。三万三千师子坐,皆悉容受不迫迮。又能分布一钵饭,餍饱十方无量众。断取妙喜佛世界,如持针锋一枣叶。云是菩萨不思议,住大解脱神通力。我观石子一处士,麻鞋破帽露两肘。能使笔端出维摩,神力又过维摩诘。若云此画无实相,毗耶城中亦非实。佛子若作维摩像,应作此观为正观。卷二〇

阿弥陀佛颂 并叙

钱塘圆照律师，普劝道俗归命西方极乐世界阿弥陀佛。眉山苏轼敬舍亡母蜀郡太君程氏遗留簪珥，命工胡锡采画佛像，以荐父母冥福。谨再拜稽首而献颂曰：

佛以大圆觉，充满河沙界。我以颠倒想，出没生死中。云何以一念，得往生净土。我造无始业，本从一念生。既从一念生，还从一念灭。生灭灭尽处，则我与佛同。如投水海中，如风中鼓橐。虽有大圣智，亦不能分别。愿我先父母，与一切众生。在处为西方，所遇皆极乐。人人无量寿，无往亦无来。卷二〇

释迦文佛颂 并引

端明殿学士兼翰林侍读学士苏轼，为亡妻同安郡君王氏闰之，请奉议郎李公麟敬画释迦文佛及十大弟子。元祐八年十一月十一日，设水陆道场供养。轼拜手稽首而作颂曰：

我愿世尊，足指按地。三千大千，净琉璃色。其中众生，靡不解脱。如日出时，眠者皆作。如雷震时，蛰者皆动。同证无上，永不退转。卷二〇

观世音菩萨颂 并引

金陵崇因禅院长老宗袭，自以衣钵造观世音像，极相好之妙。余南迁过而祷焉，曰："吾北归当复过此，而为之颂。"建中靖国元年五月日，自海南归至金陵。乃作颂曰：

慈近乎仁，悲近乎义。忍近乎勇，忧近乎智。四者似之，而卒非是。有大圆觉，平等无二。无冤故仁，无亲故义。无人故勇，无我故智。彼四虽近，有作有止。此四本无，有取无匮。有二长者，皆乐檀施。其一大富，千金日费。其一甚贫，百钱而已。我说二人，等无有异。吁观世音，净圣大士。遍满空界，挈携天地。大解脱力，非我敢议。若其四无，我亦如此。卷二〇

十八大阿罗汉颂　有跋

蜀金水张氏，画十八大阿罗汉。轼谪居儋耳，得之民间。海南荒陋，不类人世，此画何自至哉！久逃空谷，如见师友，乃命过躬易其装标，设灯涂香果以礼之。张氏以画罗汉有名唐末，盖世擅其艺。今成都僧敏行，其玄孙也。梵相奇古，学术渊博，蜀人皆曰："此罗汉化生其家也。"轼外祖父程公，少时游京师，还，遇蜀乱，绝粮不能归，困卧旅舍。有僧十六人往见之，曰："我，公之邑人也。"各以钱二百贷之，公以是得归，竟不知僧所在。公曰："此阿罗汉也。"岁设大供四。公年九十，凡设二百余供。今轼虽不亲睹至人，而困厄九死之余，鸟言卉服之间，获此奇胜，岂非希阔之遇也哉？乃各即其体像，而穷其思致，以为之颂。

第一尊者，结跏正坐，蛮奴侧立。有鬼使者，稽颡于前，侍者取其书通之。颂曰：

月明星稀，孰在孰亡。煌煌东方，惟有启明。咨尔上座，及阿阇黎。代佛出世，惟大弟子。

第二尊者，合掌趺坐，蛮奴捧牍于前。老人发之，中有琉璃器，贮舍利十数。颂曰：

佛无灭生，通塞在人。墙壁瓦砾，谁非法身。尊者敛手，不起于坐。示有敬耳，起心则那。

第三尊者，抹乌木养和，正坐。下有白沐猴献果，侍者执盘受之。颂曰：

我非标人，人莫吾识。是雪衣者，岂具眼只。方食知献，何愧于猿。为语柳子，勿憎王孙。

第四尊者，侧坐，屈三指答胡人之问。下有蛮奴捧函，童子戏捕龟者。颂曰：

彼问云何，计数以对。为三为七，莫有知者。雷动风行，屈信指间。汝观明月，在我指端。

第五尊者，临渊涛，抱膝而坐。神女出水中，蛮奴受其书。颂曰：

形与道一，道无不在。天宫鬼府，奚往而碍。婉彼奇女，跃于涛泷。神马尻舆，摄衣从之。

第六尊者，右手支颐，左手拊稚师子，顾视侍者择瓜而剖之。颂曰：

手拊雏猊，目视瓜献。甘芳之意，若达于面。六尘并入，心亦遍知。即此知者，为大摩尼。

第七尊者，临水侧坐。有龙出焉，吐珠其手中。胡人持短锡杖，蛮奴捧钵而立。颂曰：

我以道眼，为传法宗。尔以愿力，为护法龙。道成愿满，见佛不怍。尽取玉函，以畀思邈。

第八尊者，并膝而坐，加肘其上。侍者汲水过前，有神人涌出于地，捧盘献宝。颂曰：

尔以舍来，我以慈受。各获其心，宝则谁有。视我如尔，取与则同。我尔福德，如四方空。

第九尊者，食已襆钵，持数珠，诵咒而坐。下有童子，构火具茶，又有埋筒注水莲池中者。颂曰：

饭食已异，襆钵而坐。童子茗供，吹籥发火。我作佛事，渊乎妙哉。空山无人，水流花开。

第十尊者，执经正坐。有仙人侍女焚香于前。颂曰：

飞仙玉洁，侍女云眇。稽首炷香，敢问至道。我道大同，有觉无修。岂不长生，非我所求。

第十一尊者，趺坐焚香。侍者拱手，胡人捧函而立。颂曰：

前圣后圣，相喻以言。口如布谷，而意莫传。鼻观寂如，诸根自例。孰知此香，一炷千偈。

第十二尊者，正坐入定枯木中。其神腾出于上，有大蟒出其下。颂曰：

默坐者形，空飞者神。二俱非是，孰为此身？佛子何为，怀毒不已。愿解此相，问谁缚尔。

第十三尊者，倚杖垂足侧坐。侍者捧函而立，有虎过前，有童子怖匿而窃窥之。颂曰：

是与我同，不噬其妃。一念之差，堕此髬髵。导师悲愍，为尔颦叹。以尔猛烈，复性不难。

第十四尊者，持铃杵，正坐诵咒。侍者整衣于右，胡人横短锡跪坐于左。有虬一角，若仰诉者。颂曰：

彼髯而虬，长跪自言。特角亦来，身移怨存。以无言音，诵无说法。风止火灭，无相仇者。

第十五尊者，须眉皆白，袖手趺坐。胡人拜伏于前，蛮奴手持拄杖，侍者合掌而立。颂曰：

闻法最先，事佛亦久。耄然众中，是大长老。薪水井臼，老矣不能。摧伏魔军，不战而胜。

第十六尊者，横如意趺坐。下有童子发香篆，侍者注水花盆中。颂曰：

盆花浮红，篆烟缭青。无问无答，如意自横。点瑟既希，昭琴不鼓。此间有曲，可歌可舞。

第十七尊者，临水侧坐，仰观飞鹤。其一既下集矣，侍者以手拊之。有童子提竹篮，取果实投水中。颂曰：

引之浩茫，与鹤皆翔。藏之幽深，与鱼皆沉。大阿罗汉，入佛三昧。俯仰之间，再拊海外。

第十八尊者，植拂支颐，瞪目而坐。下有二童子，破石榴以献。颂曰：

植拂支颐，寂然跏趺。尊者所游，物之初耶。闻之于佛，及吾子思。名不用处，是未发时。

佛灭度后，阎浮提众生刚狠自用，莫肯信入。故诸贤圣皆隐不现，独以像设遗言，提引未悟，而峨眉、五台、庐山、天台犹出光景变异，使人了然见之。轼家藏十六罗汉像，每设茶供，则化为白乳，或凝为雪花、桃李、芍药，仅可指名。或云：罗汉慈悲深重，急于接物，故多现神变。傥其然乎？今于海南得此十八罗汉像，以授子由弟。使以时修敬，遇夫妇生日，辄设供以祈年集福，并以前所作颂寄之。子由以二月二十日生，其妇德阳郡夫人史氏，以十一月十七日生。是岁中元日题。卷二〇

枯骨观颂

李伯时为柳仲远画枯骨观，苏子瞻颂之。

这个在这里，那个那里去。终待乞伊来，大家做一处。卷二〇

代黄檗答子由颂 六月二十日

子由《问黄檗长老疾》云："五蕴皆非四大空，身心河岳尽圆融。病根何处容他住，日夜还将药石攻。"不知黄檗如何答？东坡老僧代云：

有病宜须药石攻，寒时火烛热时风。病根既是无容处，药石还同四大空。卷二〇

答孔君颂

梦中投井，入半而止。出入不能，本非住处。我今何为，自此作苦。忽然梦觉，身在床上。不知向来，本元无井。不应复作，出入住想。道无深浅，亦无远近。见物失空，空未尝灭。物去空现，亦未尝生。应当正远，作如是观。卷二〇

鱼枕冠颂

莹净鱼枕冠，细观初何物。形气偶相值，忽然而为鱼。不幸遭网罟，剖鱼而得枕。方其得枕时，是枕非复鱼。汤火就模范，巉然冠五岳。方其为冠时，是冠非复枕。成坏无穷已，究竟亦非冠。假使未变坏，送与无发人。簪导无所施，是名为何物。我观此幻身，已作露电观。而况身外物，露电亦无有。佛子慈闵故，愿受我此冠。若见冠非冠，即知我非我。五浊烦恼中，清净常欢喜。卷二〇

黄州李樵卧帐颂

问李岩老，何必居此。爱护铁牛，障栏佛子。卷二〇

桂酒颂 并叙

《礼》曰："丧有疾，饮酒食肉，必有草木之滋焉。姜桂之谓也。"古者非丧，食不彻姜桂。《楚辞》曰："奠桂酒兮椒浆。"是桂可以为酒也。《本草》："桂有小毒，而菌桂、牡桂皆无毒，大略皆主温中，利肝腑气，杀三虫，轻身坚骨，养神发色，使常如童子，疗心腹冷疾，为百药先，无所畏。"陶隐居云："《仙经》：服三桂，以葱涕合云母，烝为水。"而孙思邈亦云："久服，可行水上。"此轻身之效也。吾谪居海上，法当数饮酒以御瘴，而岭南无酒禁。有隐者以桂酒方授吾，酿成而玉色，香味超然，非人间物也。东坡先生曰："酒，天禄也。其成坏美恶，世以兆主人之吉凶，吾得此，岂非天哉！"故为之颂，以遗后之有道而居夷者。其法盖刻石置之罗浮铁桥之下，非忘世求道者莫至焉。其词曰：

中原百国东南倾，流膏输液归南溟。祝融司方发其英，沐日浴月百宝生。水娠黄金山空青，丹砂昼晰珠夜明。百卉甘辛角芳馨，旃檀沉水乃公卿。大夫芝兰士蕙蘅，桂君独立冬鲜荣。无所慑畏时靡争，酿为我醪淳而清。甘终不坏醉不酲，辅安五神伐三彭。肌肤渥丹身毛轻，泠然风飞罔水行。谁其传者疑方平，教我常作醉中醒。卷二〇

食豆粥颂

道人亲煮豆粥，大众齐念《般若》。老夫试挑一口，已觉西家作马。卷二〇

禅戏颂

已熟之肉，无复活理，投在东坡无碍羹釜中，有何不可？问天下禅和子，且道是肉是素？吃得是？吃不得是？大奇大奇，一碗羹，勘破天下禅和子。卷二〇

东坡羹颂 并引

东坡羹，盖东坡居士所煮菜羹也。不用鱼肉五味，有自然之甘。其法：以菘若蔓菁、若芦菔、若荠，揉洗数过，去辛苦汁。先以生油少许涂釜缘及一瓷碗，下菜沸汤中。入生米为糁，及少生姜，以油碗覆之。不得触，触则生油气，至熟不除。其上置甑炊饭，如常法。既不可遽覆，须生菜气出尽乃覆之。羹每沸涌。遇油辄下，又为碗所压，故终不得上。不尔，羹上薄饭，则气不得达而饭不熟矣。饭熟，羹亦烂可食。若无菜，用瓜、茄，皆切破，不揉洗，入罨，熟赤豆与粳米半为糁。余如煮菜法。应纯道人将适庐山，求其法以遗山中好事者。以颂问之：

甘苦尝从极处回，咸酸未必是盐梅。问师此个天真味，根上来么尘上来？卷二〇

油水颂

熙宁元年七月二十八日，元叔设食嘉祐院，谒长老，观佛牙。赵郡苏轼为之颂曰：

水在油中，见火则起。油水相搏，水去油住。湛然光明，不知有火。在火能定，由水净故。若不经火，油水同定。非真定故，见火复起。卷二〇

猪肉颂

净洗锅，少著水，柴头罨烟焰不起。待他自熟莫催他，火候足时他自美。黄州好猪肉，价贱如泥土。贵人不肯吃，贫人不解煮。早晨起来打两碗，饱得自家君莫管。卷二〇

东交门箴①

汉武帝为窦太主置酒宣室，使谒者引纳董偃。东方朔以谓有斩罪三，安得入宣室？上为更置酒北宫而引偃，从东司马门而前，更无讥焉。作《东交门箴》：

上所好恶，民实趋之。风俗厚薄，君实驱之。道之以正，民俗罔中。唱之以淫，实烦有从。帝于馆陶，在齐文姜。矧董外人，干国乱常。既不能戮，反以为好。予饮予燕，宣室是傲。伟彼臣朔，辟戟趋陛。黼拳是效，刚而有礼。改馆彻馔，北宫东门。虽曰从

---

①此篇又见苏过《斜川集》。

谏，东交实存。维藩维戚，礼法遂恣。延及齐民，惟上所使。昔在季孙，赏盗以邑。鲁遂多盗，而罔敢诘。矧兹王宫，奸人是纳。昭示来世，有惭斯阖。蒉也扬觯，杜举得名。殿槛勿辑，直臣是旌。人孰无过，过而勿贰。宣室东交，实同名异。卷二〇

养老篇

软蒸饭，烂煮肉。温美汤，厚毡褥。少饮酒，惺惺宿。缓缓行，双拳曲。虚其心，实其腹。丧其耳，忘其目。久久行，金丹熟。《式古堂书画汇考》卷一〇

与明上人颂　一

字字觅奇险，节节累枝叶。咬嚼三十年，转更无交涉。《竹坡老人诗话》卷二

与明上人颂　二

冲口出常言，法度法前轨。人言非妙处，妙处在于是。《竹坡老人诗话》卷二

文集卷一百三十九

延州来季子赞 并叙

鲁襄公十二年，吴子寿梦卒。延州来季子，其少子也，以让国闻于诸侯，则非童子矣。至哀公十年冬，楚令尹子期伐陈。季子救陈，谓子期曰："二君不务德而力争诸侯，民何罪焉？我请退，以为子名，务德而安民。"乃还。时去寿梦卒，盖七十七年矣，而能千里将兵，季子何其寿而康也！然其卒不书于《春秋》。哀公之元年，吴王夫差败越于夫椒，勾践使大夫种因太宰嚭以行成于吴，吴王许之。子胥谏不听，则吴之亡形成矣。季子观乐于鲁，知列国之废兴于百年之前，方其救陈也，去吴之亡十三年耳，而谓季子不知，可乎？阖庐之自立也，曰："季子虽至，不吾废也。"是季子德信于吴人，而言行于其国也。且帅师救陈，不战而去之，以为敌国名，则季子之于吴，盖亦少专矣。救陈之明年，而子胥死。季子知国之必亡，而终无一言于夫差，知言之无益也。夫子胥以阖庐霸，而夫差杀之如皂隶，岂独难于季子乎？乌乎悲夫！吾是以知夫差之不道，至于使季子不敢言也。苏子曰：延州来季子、张子房，皆不死者也。江左诸人好谈子房、季札之贤，有以也夫！此可与知者论，难与俗人言也。作《延州来季子赞》曰：

泰伯之德，钟于先生。弃国如遗，委蜕而行。坐阅春秋，几五之二。古之真人，有化无死。卷二一

二疏图赞

惟天为健，而不干时。沉潜刚克，以燮和之。於赫汉高，以智力王。凛然君臣，师友道丧。孝宣中兴，以法驭人。杀盖韩杨，盖三良臣。先生怜之，振袂脱屣。使知区区，不足骄士。此意莫陈，千载于今。我观画图，涕下沾襟。卷二一

梦作司马相如求画赞 并叙

夜梦严君平、司马相如、扬子云合席而坐。子云曰："长卿久欲求公作画赞。"余辞以罪戾之余，久废笔砚。子云恳祈，不获已，为之。既成，子云戏余曰："三赋果足以重赵乎？"余曰："三赋足以重赵，则子之《太玄》果足以重赵乎？"为之一笑而散。其赞曰：

长卿有意，慕蔺之勇。言还故乡，闾里是耸。景星凤凰，以见为宠。煌煌三赋，可使赵重。卷二一

孔北海赞 并叙

文举以英伟冠世之资，师表海内，意所予夺，天下从之，此人中龙也。而曹操阴贼险狠，特鬼蜮之雄者耳。其势决不两立，非公诛操，则操害公，此理之常。而前史乃谓公负其高气，志在靖难，而才疏意广，讫无成功。此盖当时奴婢小人论公之语。公之无成，天也。使天未欲亡汉，公诛操如杀狐兔，何足道哉！世之称人豪者，才气各有高庳，然皆以临难不惧、谈笑就死为雄。操以病亡，子孙满前而咿嘤涕泣，留连妾妇，分香卖履，区处衣物；平生奸伪，死见

真性。世以成败论人物，故操得在英雄之列。而公见谓才疏意广，岂不悲哉！操平生畏刘备，而备以公知天下有己为喜。天若胙汉，公使备诛操，无难也。予读公所作《杨四公赞》，叹曰：方操害公，复有鲁国一男子慨然争之，公庶几不死。乃作《孔北海赞》曰：

晋有羯奴，盗贼之靡。欺孤如操，又羯所耻。我书《春秋》，与齐豹齿。文举在天，虽亡不死。我宗若人，尚友千祀。视公如龙，视操如鬼。卷二一

髑髅赞

黄沙枯髑髅，本是桃李面。而今不忍看，当时恨不见。业风相鼓转，巧色美倩盼。无师无眼禅，看便成一片。卷二一

李西平画赞

以吾观，西平王。提孤军，自北方。赴行在，走怀光。斩朱泚，如反掌。及其后，帅凤翔。与陇右，瞰河湟。兵益振，谋既臧。终不能，取寻常。堕贼计，困平凉。卒罢兵，仆三将。谁之咎？在庙堂。斩马剑，诛延赏。为菹醢，不足偿。览遗像，涕泗滂。卷二一

醉吟先生画赞

黄金斗，碧玉壶。足踏东流水，目送西飞凫。拥髻顾影者，真子干之侍妾；奋髯直视者，非列仙之臞儒。卷二一

忠懿王赞

文武忠懿，堂堂如春。中有樗里，不以示人。雷行八区，震惊听闻。提十五州，共为帝民。送君者自崖而返，以安乐其子孙。九万里则风斯在下矣，眇大物而成仁。卷二一

王元之画像赞 并叙

《传》曰："不有君子，其能国乎？"余常三复斯言，未尝不流涕太息也。如汉汲黯、萧望之、李固，吴张昭，唐魏郑公、狄仁杰，皆以身徇义，招之不来，麾之不去，正色而立于朝，则豺狼狐狸，自相吞噬，故能消祸于未形，救危于将亡。使皆如公孙丞相、张禹、胡广，虽累千百，缓急岂可望哉！故翰林王公元之，以雄文直道，独立当世，足以追配此六君子者。方是时，朝廷清明，无大奸慝。然公犹不容于中，耿然如秋霜夏日，不可狎玩，至于三黜以死。有如不幸而处于众邪之间、安危之际，则公之所为，必将惊世绝俗，使斗筲穿窬之流，心破胆裂，岂特如此而已乎！始余过苏州虎丘寺，见公之画像，想其遗风余烈，愿为执鞭而不可得。其后为徐州，而公之曾孙汾为兖州，以公墓碑示余，乃追为之赞，以附其家传云：

维昔圣贤，患莫己知。公遇太宗，允也其时。帝欲用公，公不少贬。三黜穷山，之死靡憾。咸平以来，独为名臣。一时之屈，万世之信。纷纷鄙夫，亦拜公像。何以占之，有泚其颡。公能泚之，不能已之。茫茫九原，爱莫起之。卷二一

王仲仪真赞 并叙

《孟子》曰："所谓故国者，非谓有乔木之谓也，有世臣之谓也。"又曰："为政不难，不得罪于巨室。巨室之所慕，一国慕之；一国之所慕，天下慕之。"夫所谓世臣者，岂特世禄之人？而巨室者，岂特侈富之家也哉？盖功烈已著于时，德望已信于人，譬之乔木，封殖爱养，自拱把以至于合抱者，非一日之故也。平居无事，商功利，课殿最，诚不如新进之士。至于缓急之际，决大策，安大众，呼之则来，挥之则散者，惟世臣、巨室为能。余嘉祐中，始识懿敏王公于成都，其后从事于岐，而公自许州移镇平凉。方是时，虏大举犯边，转运使摄帅事，与副总管议不合，军无纪律，边人大恐，声摇三辅。及闻公来，吏士踊跃传呼，旗帜精明，鼓角讙亮，虏即日解去。公至，燕劳将佐而已。余然后知老臣宿将，其功用盖如此。使新进之士当之，虽有韩、白之勇，良、平之奇，岂能坐胜默成如此之捷乎？熙宁四年秋，余将往钱塘，见公于私第佚老堂。饮酒至暮，论及当世事，曰："吾老矣，恐不复见，子厚自爱，无忘吾言。"既去二年而公薨。又六年，乃作公之真赞，以遗其子巩。词曰：

堂堂魏公，配命召祖。显允懿敏，维周之虎。魏公在朝，百度维正。懿敏在外，有闻无声。高明广大，宜公宜相。如木百围，宜宫宜堂。天既厚之，又贵富之。如山如河，维安有之。彼窭人子，既陋且寒。终劳永忧，莫知其贤。曷不观此，佩玉剑履。晋公之孙，魏公之子。卷二一

王定国真赞

温然而泽者，道人之腴也。凛然而清者，诗人之癯也。雍容委蛇者，贵介之公子；而短小精悍者，游侠之徒也。人何足以知之，此皆其肤也。若人者，泰不骄，困不挠，而老不枯也。卷二一

秦少游真赞

以君为将仕也，其服野，其行方。以君为将隐也，其言文，其神昌。置而不求君不即，即而求之君不藏。以为将仕将隐者，皆不知君者也，盖将挈所有而乘所遇，以游于世，而卒反于其乡者乎？卷二一

徐大正真赞

贤哉徐子，温文而毅。儒不乱法，侠不犯忌。求之古人，尚论其世。登唐减汉，三国之士。我非北海，安识子义。愿观伯符，揽戟为戏。卷二一

李端叔真赞

龙眠居士画李端叔，东坡老人赞之曰：

须发之拳然，眉宇之渊然，披胸腹之掀然。以为可得而见欤？则漠乎其无言。以为不可得而见欤？则已见画于龙眠矣。呜呼！其将为既琢之玉，以役其天乎？其将为不雨之云，以抱其全

乎？抑将游戏此世，而时出于两者之间也？卷二一

元华子真赞

方口而髯，秀眉覆颧。示我其华，我识其元。我来从之，目击道存。我有陋室，茅茨采椽。洒扫庭户，窗牖廓然。虚空无人，愿受我言。卷二一

思无邪丹赞

饮食之精，草木之华。集我丹田，我丹所家。我丹伊何？铅汞丹砂。客主相守，如巢养鸦。培以戊己，耕以赤蛇。化以丙丁，滋以河车。乃根乃株，乃实乃华。昼炼于日，赫然丹霞。夜浴于月，皓然素葩。金丹自成，曰“思无邪”。

此赞信笔直书，不加点定，殆是天成，非以意造也。绍圣元年十月二十日。卷二一

六观堂赞

我观众生，念念为人。昼不见心，夜不见身。佛言如梦，非想非因。梦中常觉，孰为形神？我观众生，终日疑怖。土偶不然，无挂碍故。佛言如幻，永离爱恶。饥餐画饼，无有是处。我观众生，起灭不停。以是为故，乃有死生。佛言如泡，泡本无成。能坏能成，虽佛不能。我观众生，颠倒已久。以光为无，以影为有。佛言光影，我亦举手。从此永断，日中狂走。我观众生，同游露中。对

面不见，衣沾眼蒙。佛言如露，一照而通。蒙者既灭，照者亦空。我观众生，神通自在。于电光中，建立世界。佛言如电，言发意会。佛与众生，了无杂坏。垂慈老人，尝作是观。自一至六，六生千万。生故无穷，一故不乱。东坡无口，孰为此赞？卷二一

石恪《三笑图》赞

彼三士者，得意忘言。卢胡一笑，其乐也天。嗟此小童，麋鹿狙猿。尔各何知，亦复粲然。万生纷纶，何鄙何妍？各笑其笑，未知孰贤。卷二一

顾恺之画《黄初平牧羊图》赞

先生养生如牧羊，放之无何有之乡。止者自止行者行，先生超然坐其旁。挟策读书羊不亡，化而为石起复僵。流涎磨牙笑虎狼，先生指呼羊服箱。号称雨工行四方，莫随上林芒屩郎，嗅门舐地寻盐汤。卷二一

胶西盖公堂照壁画赞　并引

陆探微画师子在润州甘露寺，李卫公镇浙西所留者。笔法奇古，绝不类近世。予为甘露寺诗有云“破板陆生画，青猊戏盘跚。上有二天人，挥手如翔鸾。笔墨虽欲尽，典刑垂不刊”者也。熙宁九年十一月十五日，命工摹置胶西盖公堂中，且赞之云：

高其目，仰其鼻，奋髯吐舌威见齿。舞其足，前其耳，左顾右

盼喜见尾。虽猛而和盖其戏，置之高堂护燕几。啼呼颠沛走百鬼，嗟乎妙哉古陆子。卷二一

韩幹画马赞

韩幹之马四。其一在陆，骧首奋鬣，若有所望，顿足而长鸣。其一欲涉，尻高首下，择所由济，跼蹐而未成。其二在水，前者反顾，若以鼻语；后者不应，欲饮而留行。以为厩马也，则前无羁络，后无棰策；以为野马也，则隅目耸耳，丰臆细尾，皆中度程。萧然如贤大夫、贵公子，相与解带脱帽，临水而濯缨。遂欲高举远引，友麋鹿而终天年，则不可得矣。盖优哉游哉，聊以卒岁而无营。卷二一

九马图赞　并叙

长安薛君绍彭，家藏曹将军《九马图》，杜子美所为作诗者也，拳毛、师子二骏在焉。作《九马图赞》：

牧者万岁，绘者惟霸。甫为作诵，伟哉九马。姚、宋庙堂，李、郭治兵。帝下毛龙，以驭群英。我思开元，今为几日。筋骨应图，至三万匹。云何寂寥，跬步山川。负盐拘磨，泪湿九泉。牝牡骊黄，自以为至。驳其一毛，弃我千里。蹄啮是乘，脂蜡其鞭。道阻且长，喟其永叹。卷二一

三马图赞　并引

元祐初，上方闭玉门关，谢遣诸将。太师文彦博、宰相吕大

防、范纯仁建遣诸生游师雄行边，饬武备。师雄至熙河，蕃官包顺请以所部熟户除边患，师雄许之，遂禽猾羌大首领鬼章青宜结以献。百官皆贺，且遣使告永裕陵。时西域贡马，首高八尺，龙颅而凤膺，虎脊而豹章。出东华门，入天驷监，振鬣长鸣，万马皆喑。父老纵观，以为未始见也。然上方恭默思道，八骏在庭，未尝一顾。其后圉人起居不以时，马有毙者，上亦不问。明年，羌温溪心有良马，不敢进，请于边吏，愿以馈太师潞国公，诏许之。蒋之奇为熙河帅，西蕃有贡骏马汗血者。有司以为非入贡岁月，留其使与马于边。之奇为请，乞不以时入。事下礼部，轼时为宗伯，判其状云：朝廷方却走马以粪，正复汗血，亦何所用？”事遂寝。于时兵革不用，海内小康，马则不遇矣，而人少安。轼尝私请于承议郎李公麟，画当时三骏马之状，而使鬼章青宜结效之，藏于家。绍圣四年三月十四日，轼在惠州，谪居无事，因阅旧书画，追思一时之事，而叹三马之神骏。乃为之赞曰：

吁鬼章，世悍骄。奔贰师，走嫖姚。今在廷，服虎貂。效天骥，立内朝。八尺龙，神超遥。若将西，燕昆瑶。帝念民，乃下招。箖归云，逝房妖。卷二一

文集卷一百四十

李潭《六马图》赞

六马异态，以似为妍。画师何从，得所以然。相彼痒者，举唇见咽。方其痒时，槁木万钱。络以金玉，非为所便。乌乎！各适其适，以全吾天乎？卷二一

郭忠恕画赞 并叙

右张梦得所藏郭忠恕画山水屋木一幅。忠恕字恕先，以字行，洛阳人。少善属文及史书小学，通九经，七岁举童子。汉湘阴公辟从事，与记室董裔争事，谢去。周祖召为《周易》博士。国初，与监察御史符昭文争忿朝堂，贬乾州司户，秩满，遂不仕。放旷岐、雍、陕、洛间，逢人无贵贱，口称"猫"。遇佳山水，辄留旬日。或绝粒不食，盛夏暴日中无汗，大寒凿冰而浴。尤善画，妙于山水屋木。有求者，必怒而去。意欲画，即自为之。郭从义镇岐下，延止山亭，设绢素粉墨于坐。经数月，忽乘醉就图之一角，作远山数峰而已，郭氏亦宝之。岐有富人子，喜画，日给淳酒，待之甚厚。久乃以情言，且致匹素。恕先为画小童持线车放风鸢，引线数丈满之。富家子大怒，遂绝。时与役夫小民入市肆饮食，曰："吾所与游，皆子类也。"太宗闻其名，召赴阙，馆于内侍省押班窦神兴舍。恕先长髯

而美，忽尽去之。神兴惊问其故，曰："聊以效颦。"神兴大怒。除国子监主簿，出，馆于太学，益纵酒，肆言时政，颇有谤讟。语闻，决杖配流登州。至齐州临清，谓部送吏曰："我逝矣。"因掊地为穴，度可容面，俯窥焉而卒。藁葬道左。后数月，故人欲改葬，但衣衾存焉，盖尸解也。赞曰：

长松搀天，苍壁插水。凭栏飞观，缥缈谁子。空蒙寂历，烟雨灭没。恕先在焉，呼之或出。卷二一

石室先生画竹赞 并叙

与可，文翁之后也。蜀人犹以"石室"名其家，而与可自谓"笑笑先生"。盖可谓与道皆逝，不留于物者也。顾尝好画竹，客有赞之者曰：

先生闲居，独笑不已。问安所笑，笑我非尔。物之相物，我尔一也。先生又笑，笑所笑者。笑笑之余，以竹发妙。竹亦得风，天然而笑。卷二一

文与可画赞

友人文与可既殁十四年，见其遗墨于吕元钧之家。嗟叹之余，辄赞之：

竹寒而秀，木瘠而寿，石丑而文，是为三益之友。粲乎其可接，邈乎其不可囿。我怀斯人，呜呼，其可复觏也！卷二一

文与可画墨竹屏风赞

与可之文，其德之糟粕；与可之诗，其文之毫末。诗不能尽，溢而为书，变而为画，皆诗之余。其诗与文，好者益寡。有好其德如好其画者乎？悲夫！卷二一

戒坛院文与可画墨竹赞

风梢雨箨，上傲冰雹。霜根雪节，下贯金铁。谁为此君，与可姓文。惟其有之，是以好之。卷二一

文与可飞白赞

呜呼哀哉！与可岂其多好，好奇也欤？抑其不试，故艺也？始余见其诗与文，又得见其行草篆隶也，以为止此矣。既没一年，而复见其飞白。美哉多乎，其尽万物之态也！霏霏乎其若轻云之蔽月，翻翻乎其若长风之卷旆也。猗猗乎其若游丝之萦柳絮，袅袅乎其若流水之舞荇带也。离离乎其远而相属，缩缩乎其近而不隘也。其工至于如此，而余乃今知之，则余之知与可者固无几，而其所不知者，盖不可胜计也。呜呼哀哉！卷二一

文与可枯木赞

怪木在廷，枯柯北走。穷猿投壁，惊雀入牖。居者蒲氏，画者文叟。赞者苏子，观者如流。卷二一

李伯时所画沐猴马赞

吾观沐猴，以马为戏。至使此马，窃衔诡辔。沐猴宜马，真虚言尔。卷二一

救月图赞

痴蟆脔肉，睥睨天目。伟哉黑龙，见此蛇服。蟆死月明，龙反其族。乘云上天，雨我百谷。卷二一

捕鱼图赞

荇秀水暖，龟鱼出戏。怒蛙无朋，寂寞鼓吹。孰谓鱼乐，强羸相屠。去是哆口，以完长须。卷二一

偃松屏赞　并引

余为中山守，始食北岳松膏，为天下冠。其木理坚密，瘠而不瘁，信植物之英烈也。谪居罗浮山下，地暖多松，而不识霜雪，如高才胜人生绮纨家，与孤臣孽子有间矣。士践忧患，安知非福？幼子过从我南来，画寒松偃盖为护首小屏。为之赞曰：

燕南赵北，大茂之麓。天僵雪峰，地裂冰谷。凛然孤清，不能无生。生此伟奇，北方之精。苍皮玉骨，硗硗謷謷。方春不知，沍寒秀发。孺子介刚，从我炎荒。霜中之英，以洗我瘴。卷二一

三禽图赞

瓦盎粒食，于何不有？巢林一枝，何苦而斗？
剥啄清音，发于高深。决然惊起，翠羽在林。
俯而饮，仰而咽。海运鹏抟，吾亦无羡。卷二一

采日月华赞

每日采日月华时，不能诵得古人咒语。以意撰数句云：

我性真有，是身本空。四大合成，与天地通。如莲芭蕉，万窍玲珑。无道不入，有光必容。曈曈太阳，凡火之雄。湛湛明月，众水之宗。我尔法身，何所不充。不足则取，有余则供。取予无心，唯道之公。各忘其身，与道俱融。卷二一

石菖蒲赞　并叙

《本草》："菖蒲，味辛温无毒，开心，补五脏，通九窍，明耳目。久服，轻身不忘，延年益心智，高志不老。"注云："生石碛上概节者，良。生下湿地大根者，乃是昌阳，不可服。"韩退之《进学解》云："訾医师以昌阳引年，欲进其稀苓。"不知退之即以昌阳为菖蒲耶，抑谓其似是而非不可以引年也？凡草木之生石上者，必须微土以附其根；如石韦、石斛之类，虽不待土，然去其本处，辄槁死。惟石菖蒲并石取之，濯去泥土，渍以清水，置盆中，可数十年不枯。虽不甚茂，而节叶坚瘦，根须连络，苍然于几案间，久而益可喜也。其轻身延年之功，既非昌阳之所能及；至于忍寒苦，安澹泊，与清泉白

石为伍，不待泥土而生者，亦岂昌阳之所能仿佛哉？余游慈湖山中，得数本，以石盆养之，置舟中。间以文石、石英，璀璨芬郁，意甚爱焉。顾恐陆行不能致也，乃以遗九江道士胡洞微，使善视之。余复过此，将问其安否。赞曰：

清且泚，惟石与水。托于一器，养非其地。瘠而不死，夫孰知其理？不如此，何以辅五藏而坚发齿。卷二一

文勋篆赞

世人篆字，隶体不除。如浙人语，终老带吴。安国用笔，意在隶前。汲冢鲁壁，周鼓秦山。卷二一

小篆《般若心经》赞

草隶用世今千载，少而习之手所安。如舌于言无拣择，终日应对惟所问。忽然使作大小篆，如正行走值墙壁。纵复学之能粗通，操笔欲下仰寻索。譬如鹦鹉学人语，所习则能否则默。心存形声与点画，何暇复求字外意。世人初不离世间，而欲学出世间法。举足动念皆尘垢，而以俄顷作禅律。禅律若可以作得，所不作处安得禅。善哉李子小篆字，其间无篆亦无隶。心忘其手手忘笔，笔自落纸非我使。正使匆匆不少暇，倏忽千百初无难。稽首《般若多心经》，请观何处非般若？卷二一

《黄庭经》赞 并叙

余既书《黄庭内景经》，以赠葆光道师，而龙眠居士复为作经相其前，而画余二人像其后。笔势隽妙，遂为希世之宝，嗟叹不足，故复赞之。

太上虚皇出灵篇，黄庭真人舞胎仙。髯耆两卿相后前，丱妙夹侍清且妍。十有二神服锐坚，巍巍堂堂人中天。问我何修果此缘，是心朝空夕了然，恐非其人世莫传。殿以二士苍鹄骞，南随道师历山渊。山人迎笑喜我还，问谁遣化老龙眠。卷二一

僧伽赞

盲人有眼不自知，忽然见日喜而舞。非谓日月有在亡，实自庆我眼根在。泗滨大士谁不见，而有熟视不见者。彼岂无眼业障故，以知见者皆希有。若能便作希有见，从此成佛如反掌。传摹世间千万亿，皆自大士法身出。麻田供养东坡赞，见者无数悉成佛。卷二一

阿弥陀佛赞

苏轼之妻王氏，名闰之，字季章。年四十六，元祐八年八月一日，卒于京师。临终之夕，遗言舍所受用，使其子迈、迨、过为画阿弥陀像。绍圣元年六月九日，像成，奉安于金陵清凉寺。赞曰：

佛子在时百忧绕，临行一念何由了？口诵南无阿弥陀，如日出地万国晓。何况自舍所受用，画此圆满天日表。见闻随喜悉成

佛，不择人天与虫鸟。但当常作平等观，本无忧乐与寿夭。丈六全身不为大，方寸千佛夫岂小？此心平处是西方，闭眼便到无魔娆。卷二一

药师琉璃光佛赞　并引

佛弟子苏籥，与其妹德孙，病久不愈。其父过、母范氏供养祈祷药师琉璃光佛，遂获痊损。其大父轼，特为造画尊像，敬拜稽首，为之赞曰：

我佛出现时，众生无病恼。世界悉琉璃，大地皆药草。我今众稚孺，仰佛如翁媪。面颐既圆平，风末亦除扫。弟子籥与德，前世衲衣老。敬造世尊像，寿命仗佛保。卷二一

傅大士赞

善慧执板，南泉作舞。借我门槌，为君打鼓。卷二一

应梦观音赞

稽首观音，宴坐宝石。忽忽梦中，应我空寂。观音不来，我亦不往。水在盆中，月在天上。卷二一

观音赞　并引

兴国浴室院法真大师慧汶，传宝禅月大师贯休所画十六大阿

罗汉，左朝散郎、集贤校理欧阳棐为其女为轼子妇者舍所服用装新之。轼亦家藏庆州小孟画观世音，舍为中尊，各作赞一首，为亡者追福灭罪。

众生堕八难，身心俱丧失。惟有一念在，能呼观世音。火坑与刀山，猛兽诸毒药。众苦萃一身，呼者常不痛。呼者若自痛，则必不能呼。若其了不痛，何用呼菩萨。当自救痛者，不烦观音力。众生以二故，一身受众苦。若能真不二，则是观世音。八万四千人，同时俱赴救。卷二一

静安县君许氏绣观音赞

太岳之裔，邑于静安。学道求心，妙湛自观。观观世音，凛不违颜。三年之后，心法自圆。闻思修王，如日现前。心识其容，口莫能言。发于六用，以所能传。自手达针，自针达线。为针几何，巧历莫算。针若是佛，佛当千万。若其非佛，此相曷缘？孰融此二，为不二门？拜手敬赞，东坡老人。卷二一

绣佛赞

凡作佛事，各以所有。富者以财，壮者以力。巧者以技，辩者以言。若无所有，各以其心。见闻随喜，礼拜赞叹。曾未及彼，一针之劳。而其获报，等无有二。若复缘此，得度成佛。则此绣者，乃是导师。卷二一

兴国寺浴室院六祖画赞　并叙

予嘉祐初举进士，馆于兴国浴室老僧德香之院。浴室之南有古屋，东西壁画六祖像。其东，刻木为楼阁堂宇以障之，不见其全；而西壁三师，皆神宇靖深，中空外夷，意非知是道者不能为此。书其上曰："蜀僧令宗笔。"予初不闻宗名，而家有伪蜀待诏丘文播笔，画相似，殆不可辨。曰："宗岂师播者耶？"已而问诸蜀父老，曰："文播，汉州人，弟曰文晓，而令宗其异父弟，或曰其表弟也。"皆善画山水人物竹石，其品在黄筌、句龙爽之间。而文播之子仁庆，尤长于花实羽毛，蜀人赵昌所师者。予去三十一年，而中书舍人彭君器资，亦馆于是。予往见之，则院中人无复识予者。独主僧惠汶，盖当时堂上侍者，然亦老矣。导予观令宗画，则三祖依然尚在荫翳间。予与器资相顾太息。汶曰："嘻！去是也，何有？"乃徙置所谓楼阁堂宇者，北向而出之，六师相视，如言如笑，如以法相授。都人闻之，观者日众，汶乃作栏楯以护之。而器资请余为赞之，曰：

少林傢壁，不以为碍。弥天同辇，不以为泰。稽首六师，昔晦今明。不去不来，何损何增！俯仰屈信，三十一年。我虽日化，其孰能迁之？卷二一

题王霭画如来出山相赞

头鬅鬙，耳卓朔。适从何处来，碧色眼有角。明星未出万家闲，外道天魔犹奏乐。错不错，安得无上菩提，成正等觉？卷二二

东林第一代广惠禅师真赞

忠臣不畏死，故能立天下之大事；勇士不顾生，故能立天下之大名。是人于道亦未也，特以义重而身轻，然犹所立如此；而况于出三界，了万法，不生不老，不病不死，应物而无情者乎？堂堂总公，僧中之龙，呼吸为云，噫欠为风。且置是事，聊观其一戏。盖将拊掌谈笑不起于坐，而使庐山之下，化为梵释龙天之宫。卷二二

罗汉赞十六首

第一尊者

正坐敛眉，扼腕立拂。问此大士，为言为默？默如雷霆，言如墙壁。非言非默，百祖是式。

第二尊者

旃檀非烟，火亦五香。是从何生，俯仰在亡。弹指赞叹，善思念之。是一炷香，是天人师。

第三尊者

我观西方，度无量国。诸佛陀耶，在我掌握。右顾睥然，汝则皆西。随我所印，识道不迷。

第四尊者

袖手不言，跏趺终日。两眉虽举，六用皆寂。寂不为身，动不为人。天作时雨，山川出云。

第五尊者

掌中浮图，舍利所宅。放大光明，照十方刹。椟而藏之，了无见闻。众所发心，与佛皆存。

第六尊者

手中竹根，所指如意。云何不动？无意可指。食已宴坐，便腹果然。是中空洞，以受世间。

第七尊者

梵书旁行，俯首注视。不知有经，而况字义？佛子云何，饱食昼眠。勤苦功用，诸佛亦然。

第八尊者

众生颠倒，为物所转。我转是珠，以一贯万。过现不住，未则未来。举珠示人，孰为轮回？

第九尊者

柏子庭际，正觉妙慧。悟最上乘，了第一义。为大摩尼，传鸡足衣。示现虚寂，端坐俯眉。

第十尊者

半肩磨衲，为谁缓颊。彼以诚叩，此缘问答。佛意玄微，有觉无为。肉眼执着，捧函捕龟。

第十一尊者

幻体有累，法身无着。幻法两忘，圆明寥廓。以大愿力，援诸有情。见闻悉人，真妄一真。

第十二尊者

长江皎洁，可鉴毛发。师心水心，一般奇绝。目寓波中，意若扰龙。真机掣电，微妙玄通。

第十三尊者

默坐无说，是名妙说。月槃芹献，花开子结。宝锡一枝，中含真机。悟此机者，处士泉飞。

第十四尊者

摄衣跏趺，观此烟穗。与我定香，本无内外。贝叶琅函，三乘指南。胡人捧立，云谁启缄。

第十五尊者

何去何从，叩应感通。如响答声，声寂还空。诉者谁衅，皆有佛性。去尔嗔恚，随处清净。

第十六尊者

一般心眼，两般见解。将人我矿，烹炼沙汰。廓然圆明，超悟上乘。示现慈悲，授诸有情。卷二二

自海南归，过清远峡宝林寺，敬赞禅月所画十八大阿罗汉

第一宾度罗跋啰堕尊者

白氎在膝，贝多在巾。目视超然，忘经与人。面颅百皱，不受刀䇲。无心扫除，留此残雪。

第二迦诺迦代蹉尊者

耆年何老，粲然复少。我知其心，佛不妄笑。瞋喜虽幻，笑则非瞋。施此无忧，与无量人。

第三迦诺迦跋梨随暗尊者

扬眉注目，拊膝横拂。问此大士，为言为默？默如雷霆，言如墙壁。非言非默，百祖是式。

第四苏频陀尊者

聃耳属肩，绮眉覆颧。佛在世时，见此耆年。开口诵经，四十余齿。时闻雷雹，出一弹指。

第五诺矩罗尊者

善心为男，其室法喜。背痒孰爬？有木童子。高下适当，轻重得宜。使真童子，能如兹乎？

第六跋陁罗尊者

美狠恶婉，自昔所闻。不圆其辅，有圆者存。现六极相，代众

生报。使诸佛子，具佛相好。

第七迦理迦尊者

佛子三毛，发眉与须。既去其二，一则有余。因以示众，物无两遂。既得无生，则无生死。

第八代暗罗弗多尊者

两眼方用，两手自寂。用者注经，寂者寄膝。二法相忘，亦不相捐。是四句偈，在我指端。

第九戒博迦尊者

一劫七日，刹那三世。何念之勤，屈指默计。屈者已往，伸者未然。孰能住此，屈伸之间。

第十半托迦尊者

垂头没肩，俯目注视。不知有经，而况字义！佛子云何，饱食昼眠。勤苦功用，诸佛亦然。

第十一罗怙罗尊者

面门月满，瞳子电烂。示和猛容，作威喜观。龙象之姿，鱼鸟所惊。以是幻身，为护法城。

第十二那伽犀那尊者

以恶辘物，如火自热。以信入佛，如水自湿。垂眉捧手，为谁虔恭。大师无德，水火无功。

第十三因揭陁尊者

捧经持珠，杖则倚肩。植杖而起，经珠乃闲。不行不立，不坐不卧。问师此时，经杖何在？

第十四伐那婆斯尊者

六尘既空，出入息灭。松摧石陨，路迷草合。逐兽于原，得箭忘弓。偶然汲水，忽然相逢。

第十五阿氏多尊者

劳我者晳，休我者黔。如晏如岳，鲜不僻淫。是哀骀它，澹台灭明。各妍于心，得法眼正。

第十六注茶半托迦尊者

以口说法，法不可说。以手示人，手去法灭。生灭之中，自然真常。是故我法，不离色声。

第十七庆友尊者

以口诵经，以手数法。是二道场，各自起灭。孰知毛窍，八万四千。皆作佛事，说法炽然。

第十八宾头卢尊者

右手持杖，左手拊右。为手持杖？为杖持手？宴坐石上，安以杖为？无用之用，世人莫知。卷二二

文集卷一百四十一

罗汉赞

左手持经，右手引带。为卷为开，是义安在？已读则卷，未读则开。我无所疑，其音如雷。卷二二

唐画罗汉赞

东坡居士告悟清师："昔绍远上人宝持唐画十六大阿罗汉，如护眼目。远上人亡，今此罗汉在黄梅山常欢喜所。子往，为我致问常公，欲求是画，当可得否？若彼常公爱而不舍，则不可得；舍而不爱，则不可取。不爱不舍，则取以来。"旬有八日，清师复命，且以画来。居士升堂，普告大众，烧香作礼，为远上人追福灭罪。众问居士："是画罗汉，有何胜相？供养赞叹，得何功德？当以何等，报酬常公？"居士言："是画实无胜相，亦无功德。彼与我者，即以报之。"乃作赞云：

五更粥熟闻鱼鼓，起对孤灯与谁语？溪边洗钵月中归，还君罗汉君收取。卷二二

水陆法像赞 并引

盖闻净名之钵，属餍万口；宝积之盖，遍覆十方。若知法界本造于心，则虽凡夫皆具此理。在昔梁武皇帝，始作水陆道场，以十六名，尽三千界。用狭而施博，事约而理详。后生莫知，随世增广。若使一二而悉数，虽至千万而靡周。惟我蜀人，颇存古法。观其像设，犹有典刑。虔召请于三时，分上下者八位。但能起一念于慈悲之上，自然抚四海于俯仰之间。轼敬发愿心，具严绘事，而大檀越张侯敦礼，乐闻其事，共结胜缘。请法云寺法涌禅师善本，善择其徒，修营此会，永为无碍之施，同守不刊之仪。轼拜手稽首，各为之赞，凡十六首。

上八位

一切常住佛陀耶众

谓此为佛，是事理障。谓此非佛，是断灭相。事理既融，断灭亦空。佛自现前，如日之中。

一切常住达摩耶众

以意为根，是谓法尘。以佛为体，是谓法身。风止浪静，非有别水。放为江河，汇为沼沚。

一切常住僧伽耶众

佛既强名，法亦非真。神而明之，存乎其人。惟佛法僧，非三非一。如云出雨，如水现日。

一切常住大菩萨众

神智无方，解脱无碍。以何因缘，得大自在？障尽愿满，反于自然。无始以来，亡者复存。

一切常住大辟支迦众

现无佛处，如第二乘。如日入时，膏火为灯。我说三乘，如应病药。敬礼辟支，即大圆觉。

一切常住大阿罗汉众

大不可知，山随线移。小入无间，澡身军持。我虽不能，能设此供。知一切人，具此妙用。

一切五通神仙众

孰云飞仙，高举违世？湛然神凝，物不疵疠。为同为异，本自无同。契我无生，长生之宗。

一切护法龙神众

外道坏法，如刀截风。坏者既妄，护者亦空。伟兹龙神，威而不怒。示有四友，佛之御侮。

下八位

一切官僚吏从众

至难者君，至忧者臣。以众生故，现宰官身。以难为易，以忧为乐。乐兼万人，祸倍众恶。

一切天众

苦极则修，乐极则流。祸福无穷，纠缠相求。遂超欲色，至非非想。不如一念，真发无上。

一切阿修罗众

正念淳想，则为飞行。毫厘之差，遂堕战争。以此为道，穴胸陨首。是真作家，当师子吼。

一切人众

地狱天宫，同一念顷。涅槃生死，同一法性。抱宝号穷，钻穴索空。今夕何夕，当选大雄。

一切地狱众

汝一念起，业火炽然。非人燔汝，乃汝自燔。观法界性，起灭电速。知惟心造，是破地狱。

一切饿鬼众

说食无味，涎流妄咽。真食无火，中虚妄见。美从妄生，恶亦幻成。如幻即离，既饱且宁。

一切畜生众

欲人不知，心则有负。此念未成，角尾已具。集我道场，一洗濯之。尽未来劫，愧者勿为。

一切六道外者众

陋劣之极，荡于眇冥。胎卵湿化，莫从而生。闻吾法音，飙起雷动。如梦觉人，不复见梦。卷二二

马祖庞公真赞

南岳坐下一马，四蹄踏杀天下。马后复一老庞，一口吸尽西江。天下是老师脚，西江即渠侬口。不知谁踏谁杀，何缘自吸自受？昙秀作六偈，述庞公事，东坡读而首肯之，为书此赞。卷二二

五祖山长老真赞

问道白云端，踏着自家底。万心八捧禅，一月千江水。路逢魔登伽，石上漫浇水。赤土画簸箕，也有第一义。谁言川藞苴，具相三十二。卷二二

磨衲赞　并叙

长老佛印大师了元游京师，天子闻其名，以高丽所贡磨衲赐

之。客有见而叹曰："呜呼，善哉！未曾有也。尝试与子摄其斋衽，循其钩络：举而振之，则东尽嵎夷，西及昧谷，南放交趾，北属幽都，纷然在吾箴孔线蹊之中矣。"佛印听然而笑曰："甚矣！子言之陋也。吾以法眼视之，一一箴孔有无量世界，满中众生所有毛窍，所衣之衣箴孔线蹊，悉为世界。如是展转，经八十反，吾佛光明之所照，与吾君圣德之所被，如以大海注一毛窍，如以大地塞一箴孔，曾何嵎夷昧谷交趾幽都之足云乎？当知此衲，非大非小，非短非长，非重非轻，非薄非厚，非色非空。一切世间，折胶堕指，此衲不寒；铄石流金，此衲不热；五浊流浪，此衲不垢；劫火洞然，此衲不坏。云何以有思惟心，生下劣想？"于是蜀人苏轼，闻而赞之曰：

匣而藏之，见衲而不见师；衣而不匣，见师而不见衲。惟师与衲，非一非两。眇而视之，虮虱龙象。卷二二

金山长老宝觉师真赞

望之俨然，即之也温。是惟宝觉，大士之像。因是识师，是则非师。因师识道，道亦如是。卷二二

资福白长老真赞

是是是，是资福，白老子。身如空，我如尔。无一事，长欢喜。东坡有，老居士。见此真，欲拟议。未开口，落第二。有一语，略相似。门如市，心如水。卷二二

净因净照臻老真赞

净故能照，为照故净。亦如是身，孰知其正。四大是假，此反为真。从古圣贤，所莫能分。视彼如此，凡贼皆子。喜甲怒乙，虽子犹贼。人方自我，物固相物。是故东坡，即此为实。卷二二

葆光法师真赞

嗟夫法师，行年四十有四，而不知牝牡之欲；身居京邑，而不营利欲之私。体无威容，口无文词。头如蓬荜，性如鹿麋。意之所向，虽金石莫隔，而鬼神莫逆。此所以陟降天门，睥睨帝所，而终莫能疑者耶？卷二二

东莞资福堂老柏再生赞

生石首肯，奘松肘回。是心苟真，金石为开。堂去柏枯，其留复生。此柏无我，谁为枯荣？方其枯时，不枯者存。一枯一荣，皆方便门。人皆不闻，瓦砾说法。今闻此柏，炽然常说。卷二二

湜长老真赞

道与之貌，天与之形。虽同乎人，而实无情。彼真清隐，何殊丹青？日照月明，雷动风行。夫孰非幻，忽然而成。此画清隐，可谒雨晴。卷二二

海月辩公真赞　并引

钱塘佛者之盛，盖甲天下。道德才智之士，与夫妄庸巧伪之人，杂处其间，号为难齐。故于僧职正副之外，别补都僧正一员。簿帐案牒奔走将迎之劳，专责正副以下，而都师总领要略，实以行解表众而已。然亦通号为僧官。故高举远引山栖绝俗之士，不屑为之，惟清通端雅，外涉世而中遗物者，乃任其事。盖亦难矣。余通守钱塘时，海月大师惠辩者，实在此位。神宇澄穆，不见愠喜，而缁素悦服，予固喜从之游。时东南多事，吏治少暇，而余方年壮气盛，不安厥官。每往见师，清坐相对，时闻一言，则百忧冰解，形神俱泰。因悟庄周所言东郭顺子之为人，人貌而天虚，缘而葆真，清而容物，物无道正，容以悟之，使人之意也消，盖师之谓也欤？一日，师卧疾，使人请余入山。适有所未暇，旬余乃往，则师之化四日矣。遗言须余至乃阖棺，趺坐如生，顶尚温也。余在黄州，梦至西湖上，有大殿，榜曰“弥勒下生”，而故人辩才、海月之流，皆行道其间。师没后二十一年，余谪居惠州，天竺净惠师属参寥子以书遗余曰：“檀越许与海月作真赞，久不偿此愿，何也？”余矍然而起，为说赞曰：

人皆趋世，出世者谁？人皆遗世，世谁为之？爰有大士，处此两间。非浊非清，非律非禅。惟是海月，都师之式。庶复见之，众缚自脱。我梦西湖，天宫化城。见两天竺，宛如平生。云披月满，遗象在此。谁其赞之？惟东坡子。卷二二

辩才大师真赞

余顷年尝闻妙法于辩才老师，今见其画像，乃以所闻者赞之：

即之浮云无穷，去之明月皆同。欲知明月所在，在汝唾雾之中。卷一四

参寥子真赞

东坡居士曰：维参寥子，身寒而道富。辩于文而讷于口，外尫柔而中健武。与人无竞，而好刺讥朋友之过。枯形灰心，而喜为感时玩物不能忘情之语。此余所谓参寥子有不可晓者五也。卷二二

无名和尚传赞

道无分成，佛无灭生。如影外光，孰在孰亡？如井中空，孰虚孰盈？无名和尚，盖名无名。卷二二

清都谢道士真赞

谢道士，生丙子。真一存，长不死。欲识清都面目，一江春水东流。滔滔直入沧海，大至蓬莱顶头。卷二二

醴泉观真靖崇教大师真赞

北方有神君，出内冈与民。被发拊剑驭两灵，国之东南福其庭。注然天醪涌其泠，汰选妙士守籥扃。翛然真靖有典刑，眉间三出杳而清，何必控鲤浮南溟。卷二二

光道人真赞 字晏然

海口山颧,犀颅鹤肩。定眼水止,秀眉月弦。自一而两,至百亿千。即妄而真,是真晏然。卷二二

玉岩隐居阳行先真赞

道不二,德不孤。无人所有,有人所无。世之所争者五,天啬其三,而畀其二。是以日计之不足,岁计之有余也。卷二二

送僧应纯偈

苏寿明、巢榖、僧应纯与东坡居士,皆眉人也。会于黄冈。纯将之庐山,作偈送之:一般口眼,两般肚肠。认取乡人,闻早归去。卷二二

灵感观音偈 并引

或问居士:“佛无不在,云何僧荣,所常供养,观世音像,独称灵感?”居士答言:“譬如静夜,天清无云,我目无病,未有举头,而不见月,今此画像,方其画时,工适清净。又此僧荣,方供养时,秉心端严,不入诸相,无有我人,众生寿者,则观世音,廓然自现。”尔时居士,作此言已,心开形解,随其所得,而说偈言:

夫物芸芸,各升其英。为天苍苍,为日月星。无在不在,容光则明。矧我大士,渊兮净神。妙湛生光,即光为形。亭亭空中,靡

所倚凭。眷此幻身，如鬼如氓。生则圊物，轩昂权衡。地所不载，而能空行。灭则荡空，附离四生。不可控抟，矧此亭亭。涕泪请救，搏颊顿缨。如月下照，著心寒清。不因修为，得法眼净。碎身微尘，莫报圣灵。卷二二

无名和尚颂观音偈　徐因饶州人

我观诸佛及菩萨，皆以六尘作佛事。虽有妙智如观音，根性亦自闻思复。佛子流荡无始劫，未空言语文字性。譬如多财石季伦，知财为害不早散。手挥金宝弃沟壑，不如施与贫病者。累累三百五十珠，持与观音作缨络。卷二二

送寿圣聪长老偈　并叙

佛说作、止、任、灭，是谓四病。如我所说，亦是诸佛四妙法门。我今亦作、亦止，亦任、亦灭。灭则无作，作则无止，止则无任，任则无灭。是四法门，更相扫除，火出木尽，灰飞烟灭。如佛所说，不作不止，不任不灭。是则灭病，否即任病。如我所说，亦作亦止，亦任亦灭。是则作病，否即止病。我与佛说，既同是法，亦同是病。昔维摩诘，默然无语，以对文殊。而舍利弗，亦复默然，以对天女。此二人者，何有差别。我以是知，苟非其人，道不虚行。时长老聪师，自筠来黄，复归于筠。东坡居士为说偈言：

珍重圣寿师，听我送行偈。愿闵诸有情，不断一切法。人言眼睛上，一物不可住。我谓如虚空，何物住不得？我亦非然我，而不然彼义。然而两皆然，否则无然者。卷二二

朱寿昌梁武忏赞偈 并叙

我观世间，诸得道者，多因苦恼。苦恼之极，无所告诉，则呼父母。父母不闻，仰而呼天。天不能救，则当归命，于佛世尊。佛以大悲，方便开示。令知诸苦，以爱为本。得爱则喜，犯爱则怒。失爱则悲，伤爱则惧。而此爱根，何所从生？展转观察，爱尽苦灭，得安乐处。诸佛亦言，爱别离苦。父母离别，其苦无量。于离别中，生离最苦。有大长者，曰朱寿昌。生及七岁，而母舍去。长大怀思，涕泣追求。刺血写经，礼佛忏悔。四十余年，乃见其母。念报佛恩，欲度众苦。观诸教门，切近周至。莫如梁武，所说忏悔。文既繁重，旨亦渊秘。一切众生，有不能了。乃以韵语，谐诸音律。使一切人，歌咏赞叹，获福无量。时有居士，蜀人苏轼。见闻随喜，而说偈曰：

长者失母，常自念言：母本生我，我生母去，有我无母，不如无我。誓以此身，出生入死，母若不见，我亦随尽。在众人中，犹如狂人，终日皇皇。四十余年，乃见其母。我初不记，母之长短，大小肥瘠。云何一见，便知是母？母子天性，自然冥契，如磁石针，不谋而合。我未见母，不求何获；既见母已，即无所求。诸佛子等，歌咏忏文，既忏罪已，当求佛道，如我所说，作求母观。卷二二

玉石偈

嘻嘻呀呀三伏中，草木生烟地生火。遗君玉石百有八，愿君置之白石盆。注以碧芦井中泉，遗君肝肺凉如水。热恼既除心自定，当观热相无去来。寒至折胶热流金，是我法身二呼吸。寒人者冰热者火，冰火初不自寒热。一切世间我四大，毕竟谁受寒热者。愿以法水浸摩尼，当观此石如瓦砾。卷二二

文集卷一百四十二

地狱变相偈

我闻吴道子，初作酆都变。都人惧罪业，两月罢屠宰。此画无实相，笔墨假合成。譬如说食饱，何从生怖汗。乃知法界性，一切惟心造。若人了此言，地狱自破碎。卷二二

十二时中偈

十二时中，常切觉察，遮个是什么。十二月二十日，自泗守席上回，忽然梦得个消息。乃作偈曰：

百滚油铛里，恣把心肝煤。遮个在其中，不寒亦不热。似则是似，是则未是。不唯遮个不寒热，那个也不寒热。咄！甚叫做遮个、那个！卷二二

无相庵偈

出庵见庵，入庵见圆。问此圆相，何所因起？非土非木，亦非虚空。求此圆相，了不可得。乃至无有，无有亦无。是中有相，名大圆觉。是佛心地，是诸魔种。卷二二

送海印禅师偈 并引

海印禅师纪公，将赴峨眉，往别太子少保赵公于三衢。公以三诗赠行，而禅师复枉道过某于齐安，亦求一偈。公以元臣大老功成而归，某以非才窃禄得罪而去；禅师道眼，了无分别。乃知法界海惠，照了万殊，大小从横，不相留碍。

直从巴峡逢僧宴，道到东坡别纪公。当时半破峨眉月，还在平羌江水中。

请以此偈附于三诗之末。元丰四年九月十五日。卷二二

南屏激水偈

水激之高，如所从来。屈伸相报，报尽而止。止不失平，于以观法。卷二二

观藏真画布袋和尚像偈

柱杖指天，布袋着地。掉却数珠，好一觉睡。卷二二

木峰偈

元丰七年腊月朔日，东坡居士过临淮，谒普照王塔，过襄师房，观所藏佛骨舍利。舍山木一峰供养，乃说偈言：

枵然无根，生意永断。劫火洞然，为君作炭。卷二二

寒热偈

今岁大热，八十余日。物我同病，是热非虚。方其热时，谓不复凉；及其既凉，热复安在？凡此寒热，更相显见。热既无有，凉从何立？令我又复，认此为凉。后日更凉，此还是热。毕竟寒热，为无为有？如此分别，皆是众生。客尘浮想，以此为达。无有是处，使谓为迷。则又不可，如火烧木。从木成炭，从炭成灰。为灰不已，了无一物。当以此偈，更问子由。

仆在黄州戏书，为江夏李乐道持去。后七年，复相见京师，出此书，茫然如梦中语也。元祐戊辰三年三月三日。卷二二

佛心鉴偈

轼第三子过，蓄乌铜鉴，圜径数寸，光明洞澈。元丰八年十一月二日，游登州延洪禅院，院僧文泰方造释迦文像，乃舍为佛心鉴，且说偈云：

鉴中面像热时灾，无我无造无受者。心花发明照十方，还度如是常法众。

眉山苏轼元祐元年三月一日立石。卷二二

戏答佛印偈

百千灯作一灯光，尽是恒沙妙法王。是故东坡不敢惜，借君四大作禅床。卷二二

养生偈

闲邪存诚，炼气养精。一存一明，一炼一清。清明乃极，丹元乃生。坎离乃交，梨枣乃成。中夜危坐，服此四药。一药一至，到极则处，几费千息。闲之廓然，存之卓然，养之郁然，炼之赫然。守之以一，成之以久。功在一日，何迟之有！

《易》曰："闲邪存其诚。"详味此字，知邪中有诚，无非邪者，闲亦邪也。至于无所闲，乃见其诚者，幻灭灭故，非幻不灭。卷二二

王晋卿前生图偈

前梦后梦真是一，彼幻此幻非有二。正好长松水石间，更忆前生后生事。卷二二

东坡居士过龙光，求大竹作肩舆，得两竿。时南华珪首座方受请为此山长老，乃留一偈院中，须其至授之，以为他时语录中第一问

斫得龙光竹两竿，持归岭北万人看。竹中一滴曹溪水，涨起西江十八滩。卷二二

南华长老宠示四颂，事忙，只还一偈

恶业相缠五十年，常行八棒十三禅。却著衲衣归玉局，自疑

身是五通仙。卷二二

自画背面图并赞

元祐罪人，写影示迈。《式古堂书画汇考·画》卷一三

定光师赞

定光石佛，不显其光。古锥透穿，大千为囊。卧像出家，西峰参道。亦俗亦真，一体三宝。南安石窟，开甘露门。异类中住，无天中尊。彼逆我顺，彼顺我逆。过即追求，虚空鸟集。驱使草木，教诲蛇虎。愁霖出日，枯旱下雨。无男得男，无女得女。法法如是，谁夺谁与。令若威怒，免我伽梨。既而释之，遂终白衣。寿帽素履，发鬓皤皤。寿八十二，与世同波。穷崖草木，枯腊风雨。七闽香火，家以为祖。萨埵御天，宋有万姓。乃锡象服，名曰“定应”。《永乐大典》卷七八九五

武肃王像赞

大人虎变，君子龙潜。承家开国，骏德惟玄。我瞻王颜，乔岳泰山。俎豆吴越，亿万斯年。眉山苏轼敬赞。《钱氏家书》卷二

诸葛武侯画像赞

密如神鬼，疾若风雷。进不可当，退不可追。昼不可攻，夜不可

袭。多不可敌，少不可欺。前后应会，左右指挥。移五行之性，变四时之令。人也？神也？仙也？吾不知之，真卧龙也。《忠武志》卷七

赵清献公像赞

志在伯夷，其清维圣。顽懦闻风，百世增敬。若清献公，实嗣其正。处乎乡闾，力学笃行。立乎朝端，面折廷诤。玉拟其洁，冰拟其莹。饫乎圣经，本乎天性。自初登第，至于还政。毅然一节，始终惟令。我辱公爱，日相亲近。世有公像，如月在水。表而出之，后学仰止。光绪重刊康熙《衢州府志》卷六《清献书院》引

谒圣庙文 元祐八年

轼以诸生进位于朝，久忝侍从，出典方面。莅事之始，祇见庙下，居敬行简，以临其民。轼虽不敏，请事斯语。

嗟嗟元王，三代之英。言不见用于一君，而为无穷之遗教；身不宠利于当时，而有不朽之余荣。嗟嗟元王，以道而鸣。肆笔成书，吐词为经。炳然不沦，言若丹青。久而愈盈，声飞雷霆。瞽者可使剔目以骇视，聋者可使应耳以奔惊。奈何车辙遍天下，卒老于行？载空言于典籍，示后世之仪型。回狂澜于既倒，支大厦于将倾。揭日月之昭昭，披阴气之冥冥。嗟乎！一气之委和，万象之至精，或为淮夷之蠙珠，或为云汉之华星。虽光辉之成彩，未离乎散聚以流形。岂若王之道德，愈久而弥明？晔晔而晖，涵涵而渟。融而在天者为云汉之文章，结而在地者为山岳之元灵。诡然如龙翔凤跃，纯乎玉振而金声。嗟嗟元王，德博难名。轼奉王命，俯临边

城。亩有滞穗，境无交兵。鸣玉载道，纷袍在庭。有喜笾豆，有丰粢盛。敢用时荐，飨于克诚。民国二十三年刻本《定县志》卷一九

告颜子文

志不行于时而能驱世以归仁，泽不加于民而能显道于终身。德无穷通，古难其人。唯公能之，遁世离伦。富贵不义，视之如云。饮止一瓢，不忧其贫。受教孔子，门人益亲。血食万世，配享惟神。敢不昭荐，公平有闻。民国二十三年刻本《定县志》卷一九

后稷像赞

惟天降生，出类异常。志如巨人，岐嶷轩昂。务农种树，稼穑备尝。民皆则效，累世呈祥。思其文德，克配彼苍。封之有邰，万福无疆。苏轼拜赞。民国二十二年简阳四知路文垂石印社印《吴氏族谱》

文集卷一百四十三

陈公弼传

公讳希亮，字公弼，姓陈氏，眉之青神人。其先京兆人也，唐广明中始迁于眉。曾祖延禄，祖琼，父显忠，皆不仕。公幼孤，好学。年十六，将从师。其兄难之，使治息钱三十余万。公悉召取钱者，焚其券而去。学成，乃召其兄之子庸、谕使学，遂与俱中天圣八年进士第。里人表其闾曰“三隽坊”。

始为长沙县。浮屠有海印国师者，交通权贵人，肆为奸利，人莫敢正视。公捕置诸法，一县大耸。去为雩都。老吏曾腆侮法粥狱，以公少年易之。公视事之日，首得其重罪，腆扣头出血，愿自新。公戒而舍之。会公筑县学，腆以家财助官，悉遣子弟入学，卒为善吏，而子弟有登进士第者。巫觋岁敛民财祭鬼，谓之“春斋”，否则有火灾。民讹言有绯衣三老人行火。公禁之，民不敢犯，火亦不作。毁淫祠数百区，勒巫为农者七十余家。及罢去，父老送之出境，遣去不可，皆泣曰：“公舍我去，绯衣老人复出矣！”以母老，乞归蜀，得剑州临津。以母忧去官。服除，为开封府司录。福胜塔火，官欲更造，度用钱三万万。公言陕西方用兵，愿以此馈军，诏罢之。先赵元昊未反，青州民赵禹上书论事，且言元昊必反。宰相以禹为狂言，徙建州，而元昊果反。禹自建州逃还京师，上书自理。宰相怒，下禹开封府狱。公言禹可赏，不可罪，与宰相争不已。上卒用公言，以禹为徐州推官，且欲以公为御史。会外戚沈氏子以奸盗杀人事下狱，未服。公一问得其情，惊仆立死，沈氏诉之。诏御史劾公及诸掾史。公曰："杀此贼者，独我耳。"遂自引罪坐废。

期年，盗起京西，杀守令，富丞相荐公可用。起知房州。州素无兵备，民凛凛欲亡去。公以牢城卒杂山河户得数百人，日夜部勒，声振山南。民恃以安，盗不敢入境。而殿侍雷甲以兵百余人，逐盗至竹山，甲不能戢士，所至为暴。或告有大盗入境且及门，公自勒兵阻水拒之。身居前行，命士持满无得发。士皆植立如偶人，甲射之不动，乃下马拜，请死，曰："初不知公官军也。"吏士请斩甲以徇。公不可，独治为暴者十余人，劳其余而遣之，使甲以捕盗自赎。时剧贼党军子方张，转运使使供奉官崔德赟捕之。德赟既失党军子，则以兵围竹山民贼所尝舍者，曰向氏，杀其父子三人，枭首南阳市，曰："此党军子也。"公察其冤，下德赟狱。未服，而党军子获于商州。诏赐向氏帛，复其家，流德赟通州。或言华阴人张元走夏州，为元昊谋臣，诏徙其族百余口于房，讥察出入，饥寒且死。公曰："元事虚实不可知。使诚有之，为国者终不顾家，徒坚其为贼耳。此又皆其疏属，无罪。"乃密以闻，诏释之。老幼哭庭下，曰："今当还故乡，然奈何去父母乎？"至今，张氏画像祠焉。

代还，执政欲以为大理少卿。公曰："法吏守文，非所愿，愿得一郡以自效。"乃以为宿州。州跨汴为桥，水与桥争，率常坏舟。公始作飞桥，无柱，至今沿汴皆飞桥。移滑州。奏事殿上，仁宗皇帝劳之曰："知卿疾恶，无惩沈氏子事。"未行，诏提举河北便籴。都转运使魏瓘劾奏公擅增损物价。已而瓘除龙图阁学士、知开封府，公乞廷辩。既对，上直公，夺瓘职，知越州。且欲用公。公言："臣与转运使不和，不得为无罪。"力请还滑。会河溢，鱼池埽且决。公发禁兵捍之，庐于所当决。吏民涕泣更谏，公坚卧不动，水亦渐去。人比之王尊。是岁盗起宛句，执濮州通判井渊。上以为忧，问执政谁可用者？未及对。上曰："吾得之矣。"乃以公为曹州。不逾月，悉禽其党。

淮南饥，安抚、转运使皆言寿春守王正民不任职，正民坐免。诏公乘传往代之。转运使调里胥米而蠲其役，凡十三万石，谓之折役米。米翔贵，民益饥。公至，则除之，且表其事。旁郡皆得除。又言正民无罪，职事办治。诏复以正民为鄂州，徙知庐州。虎翼军士屯寿春者以谋反诛，而迁其余不反者数百人于庐。士方自疑不安。一日，有窃入府舍将为不利者。公笑曰："此必醉耳。"贷而流之，尽以其余给左右使令，且以守仓库。人为公惧，公益亲信之。士皆指心，誓为公死。

提点刑狱江东，又移河北，入为开封府判官，改判三司户部勾院，又兼开拆司。荣州煮盐凡十八井，岁久澹竭，而有司责课如初。民破产籍没者三百一十五家。公为言，还其所籍，岁蠲三十余万斤。三司簿书不治，其滞留者，自天禧以来，朱帐六百有四；明道以来，生事二百一十二万。公日夜课吏凡九月，而去其三之二。

会接伴契丹使还，自请补外。乃以为京西转运使。石塘河役兵叛，其首周元，自称"周大王"，震动汝、洛间。公闻之，即日轻骑出按。吏请以兵从，公不许。贼见公轻出，意色闲和，不能测，则相与列诉道周。公徐问其所苦，命一老兵押之，曰："以是付叶县，听吾命。"既至，令曰："汝已自首，皆无罪。然必有首谋者。"众不敢隐，乃斩元以徇，而流军校一人，其余悉遣赴役如初。

迁京东转运使。潍州参军王康赴官，道博平。博平大猾有号"截道虎"者，殴康及其女几死，吏不敢问。博平隶河北。公移捕甚急，卒流之海岛，而劾吏故纵，坐免者数人。山东群盗为之屏息。徐州守陈昭素以酷闻，民不堪命，他使者不敢按。公发其事，徐人至今德之。

移知凤翔。仓粟支十二年，主者以腐败为忧。岁饥，公发十二万石以贷。有司忧恐，公以身任之。是岁大熟，以新易陈，官民皆便之。于阗使者入朝，过秦州，经略使以客礼享之。使者骄甚，留月余，坏传舍什物无数，其徒入市掠饮食，人户昼闭。公闻之，谓其僚曰："吾尝主契丹使，得其情，虏人初不敢暴横，皆译者教之。吾痛绳以法，译者惧，则虏不敢动矣，况此小国乎！"乃使教练使持符告译者曰："入吾境，有秋毫不如法，吾且斩若。"取军令状以还。使者亦素闻公威名，至则罗拜庭下，公命坐两廊饮食之，护出诸境，无一人哗者。始，州郡以酒相饷，例皆私有之，而法不可。公以遗游士之贫者，既而曰："此亦私也。"以家财偿之。且上书自劾，求去不已。坐是分司西京。

未几，致仕卒，享年六十四。仕至太常少卿，赠工部侍郎。娶程氏。子四人：忱，今为度支郎中；恪，卒于滑州推官；恂，今为大理寺丞；慥，未仕。公善著书，尤长于《易》，有集十卷，《制器尚象论》十二篇，《辨钩隐图》五十四篇。

为人清劲寡欲。长不逾中人，面瘦黑。目光如冰，平生不假人以色。自王公贵人，皆严惮之。见义勇发，不计祸福，必极其志而后已。所至，奸民猾吏易心改行，不改者必诛。然实出于仁恕，故严而不残。以教学养士为急，轻财好施，笃于恩义。少与蜀人宋辅游，辅卒于京师，母老子少，公养其母终身，而以女妻其孤端平，使与诸子游学，卒与忱同登进士第。当荫补子弟，辄先其族人，卒不及其子慥。

公于轼之先君子，为丈人行。而轼官于凤翔，实从公二年。方是时，年少气盛，愚不更事，屡与公争议，至形于言色，已而悔之。窃尝以为古之遗直，而恨其不甚用，无大功名，独当时士大夫能言其所为。公没十有四年，故人长老日以衰少，恐遂就湮没，欲私记其行事，而恨不能详，得范景仁所为公墓志，又以所闻见补之，为公传。轼平生不为行状墓碑，而独为此文，后有君子得以考览焉。

赞曰：闻之诸公长者，陈公弼面目严冷，语言确讱，好面折人。士大夫相与燕游，闻公弼至，则语笑寡味，饮酒不乐，坐人稍稍引去。其天资如此。然所立有绝人者。谏大夫郑昌有言："山有猛兽，藜藿为之不采。"淮南王谋反，论公孙丞相"若发蒙耳"，所惮独汲黯。使公弼端委立于朝，其威折冲于千里之外矣！卷一三

方山子传

方山子，光、黄间隐人也。少时慕朱家、郭解为人，闾里之侠皆宗之。稍壮，折节读书，欲以此驰骋当世，然终不遇。晚乃遁于光、黄间，曰岐亭。庵居蔬食，不与世相闻。弃车马，毁冠服，徒步往来山中，人莫识也。见其所著帽，方耸而高，曰："此岂古方山冠之遗像乎？"因谓之方山子。

余谪居于黄，过岐亭，适见焉。曰："呜呼！此吾故人陈慥季常也，何为而在此？"方山子亦矍然问余所以至此者。余告之故。俯而不答，仰而笑，呼余宿其家。环堵萧然，而妻子奴婢皆有自得之意。余既耸然异之。独念方山子少时使酒好剑，用财如粪土。前十有九年，余在岐下，见方山子从两骑、挟二矢，游西山。鹊起于前，使骑逐而射之，不获。方山子怒马独出，一发得之。因与余

马上论用兵及古今成败，自谓一世豪士，今几日耳，精悍之色，犹见于眉间，而岂山中之人哉！然方山子世有勋阀，当得官，使从事于其间，今已显闻。而其家在洛阳，园宅壮丽与公侯等。河北有田，岁得帛千匹，亦足以富乐。皆弃不取，独来穷山中，此岂无得而然哉！

余闻光、黄间多异人，往往阳狂垢污，不可得而见。方山子傥见之与？卷一三

率子廉传

率子廉，衡山农夫也。愚朴不逊，众谓之“率牛”。晚隶南岳观，为道士。

观西南七里，有紫虚阁，故魏夫人坛也。道士以荒寂，莫肯居者，惟子廉乐之。端默而已，人莫见其所为。然颇嗜酒，往往醉卧山林间，虽大风雨至，不知，虎狼过其前，亦莫害也。故礼部侍郎王公祐出守长沙，奉诏祷南岳，访魏夫人坛。子廉方醉，不能起，直视公曰：“村道士爱酒，不能常得，得辄径醉。官人恕之。”公察其异，载与俱归。居月余，落漠无所言。复送还山，曰：“尊师韬光内映，老夫所不测也，当以诗奉赠。”既而忘之。一日昼寝，梦子廉来索诗，乃作二绝句，书板置阁上。众道士惊曰：“率牛何以得此？”太平兴国五年六月十七日，忽使谓观中人曰：“吾将有所适，阁不可无人，当速遣继成我者。”众道士自得王公诗，稍异之矣。及是，惊曰：“天暑如此，率牛安往？”狼狈往视，则死矣。众始大异之，曰：“率牛乃知死日耶？”葬之岳下。未几，有南台寺僧守澄自京师还，见子廉南薰门外，神气清逸。守澄问何故出山？笑曰：“闲游耳。”寄书与山中人。澄归，乃知其死。验其书，则死日也。发其冢，杖

屦而已。

东坡居士曰："士中有所挟，虽小技，不轻出也，况至人乎！至人固不可得，识至人者，岂易得哉！王公非得道，不能知率牛之异也。"居士尝作《三槐堂记》，意谓公非独庆流其子孙，庶几身得道者。及见率子廉事，益信其然。公诗不见全篇，书以遗其曾孙巩，使求之家集而补之，或刻石置紫虚阁上云。卷一三

僧圆泽传

洛师惠林寺，故光禄卿李憕居第。禄山陷东都，憕以居守死之。子源，少时以贵游子豪侈善歌，闻于时。及憕死，悲愤自誓，不仕不娶不食肉，居寺中五十余年。寺有僧圆泽，富而知音，源与之游，甚密，促膝交语竟日，人莫能测。一日，相约游蜀青城峨眉山。源欲自荆州溯峡，泽欲取长安斜谷路。源不可，曰："吾已绝世事，岂可复道京师哉！"泽默然久之，曰："行止固不由人。"遂自荆州路。舟次南浦，见妇人锦裆负罂而汲者，泽望而泣曰："吾不欲由此者，为是也。"源惊问之。泽曰："妇人姓王氏，吾当为之子。孕三岁矣，吾不来，故不得乳。今既见，无可逃者。公当以符咒助我速生。三日浴儿时，愿公临我，以笑为信。后十三年中秋月夜，杭州天竺寺外，当与公相见。"源悲悔，而为具沐浴易服，至暮，泽亡而妇乳。三日，往视之，儿见源果笑。具以语王氏，出家财葬泽山下。源遂不果行，反寺中，问其徒，则既有治命矣。

后十三年，自洛适吴，赴其约。至所约，闻葛洪川畔有牧童扣牛角而歌之，曰："三生石上旧精魂，赏月吟风不要论。惭愧情人远相访，此身虽异性长存。"呼问："泽公健否？"答曰："李公真信士，

然俗缘未尽，慎勿相近。惟勤修不堕，乃复相见。”又歌曰：“身前身后事茫茫，欲话因缘恐断肠。吴越山川寻已遍，却回烟棹上瞿塘。”遂去，不知所之。后二年，李德裕奏源忠臣子，笃孝，拜谏议大夫，不就，竟死寺中，年八十。卷一三

杜处士传[①]

杜仲，郁里人也。天资厚朴，而有远志。闻黄环名，从之游。因陈曰：“愿辅子半夏，幸仁悯焉，使得旋复自古扬榷。”环曰：“子言匪实。宜蚤休，少从容，将诃子矣。”仲曰：“人之相仁，虽不百合，亦自然同，况吐新意以前乎？吾闻夫子雌黄冠众，故求决明于子，今子微衔吾，为其非侪乎？”曰：“吾如贫者，食无余粮，独活久矣。子今屑就，何以充蔚子乎！苟迹子之素狂，若所请亦大激矣。试闻子之志也。”曰：“敢问士何以益智？行何以非廉？先王不留行者何事也？”曰：“此匪子解也。夫得所托者，犹之射干临于层城也。居非地者，犹之困于蒺藜也。今子宛如《易》之所谓‘井渫不食’也。非扬淘之而欲其中空清，是坐恒山而望扶桑耳，势不可及已。使投垢熟艾以求别当世，则与之无名异矣。某蒙甚，愿子白之。”曰：“吾自通微，预知子高良，故谩矜子以短而欲乱子言，子能详微意，知所激刺，亦无患子矣。虽然，泽兰必馨。今王明苟起子为赤车使者，且将封子，子甘从之乎？”曰：“吾大则欲伏神以安息，小者吾殊于众而已矣。虽登文石摩螭头，不愿也。古人有三聘而起松萝者，迫实用也。余将杜衡门以居之，为一白头翁。虽五加皮

① 此传及以下五传或疑非东坡作，姑存以备考。

币于我,如水萍耳,岂当归之哉!”环曰:“然。世有阴险以求石斛之禄者,五味子之言可也,虽吾,亦续随子矣。”或斥之曰:“船破须筎,酒成于曲,犹君之录英才也。彼贪禄角进者,可诮之也。若夫踯躅而还乡,甘遂意于丁沉,则吾之所谓独行之民,可使君子怀宝,乌久居此为哉!”

余爱仲善依人,而嘉环能发其心,故录之为传。卷一三

万石君罗文传

罗文,歙人也。其上世常隐龙尾山,未尝出为世用。自秦弃诗书,不用儒学。汉兴,萧何辈又以刀笔吏取将相,天下靡然效之,争以刀笔进,虽有奇产,不暇推择也。以故罗氏未有显人。及文,资质温润,缜密可喜,隐居自晦,有终焉之意。里人石工猎龙尾山,因窟入见,文块然居其间。熟视之,笑曰:“此所谓邦之彦也,岂得自弃于岩穴耶?”乃相与定交。磨砻成就之,使从诸生学,因得与士大夫游,见者咸爱重焉。

武帝方向学,喜文翰,得毛颖之后毛纯为中书舍人。纯一日奏曰:“臣幸得收录,以备任使。然以臣之愚,不能独大用。今臣同事,皆小器顽滑,不足以置左右,愿得召臣友人罗文以相助。”诏使随计吏入贡。蒙召见文德殿,上望见,异焉。因玩弄之曰:“卿久居荒土,得被漏泉之泽,涵濡浸渍久矣,不自枯槁也。”上复叩击之,其音铿铿可听。上喜曰:“古所谓玉质而金声者,子真是也。”使待诏中书。久之,拜舍人。

是时墨卿、楮先生,皆以能文得幸,而四人同心,相得欢甚。时人以为文苑四贵。每有诏命典策,皆四人谋之。其大约虽出于

上意，必使文润色之，然后琢磨以墨卿，谋画以毛纯，成，以受楮先生，使行之四方远夷，无不达焉。上尝叹曰："是四人者，皆国宝也。然重厚坚贞，行无瑕玷，自二千石至百石吏，皆无如文者。"命尚方以金作室，以蜀文锦为荐褥赐之。其后于阗进美玉，上使以玉作小屏风赐之，并赐高丽所献铜瓶为饮器。亲爱日厚，如纯辈不敢望也。

上得群才用之，遂内更制度，修律历，讲郊祀，治刑狱，外征伐四夷，诏书符檄礼文之事，皆文等预焉。上思其功，制诏丞相、御史曰："盖闻议法者常失于太深，论功者常失于太薄，有功而赏不及，虽唐虞不能以相劝。中书舍人罗文，久典书籍，助成文治，厥功茂焉。其以歙之祁门三百户封文，号万石君，世世勿绝。"文为人有廉隅，不可犯，然搏击非其任，喜与老成知书者游。常曰："吾与儿辈处，每虑有玷缺之患。"其自爱如此。以是小人多轻疾之。或谗于上曰："文性贪墨，无洁白称。"上曰："吾用文掌书翰，取其便事耳。虽贪墨，吾固知；不如是，亦何以见其才。"自是左右不敢复言。文体有寒疾，每冬月侍书，辄面冰不可运笔，上时赐之酒，然后能书。

元狩中，诏举贤良方正。淮南王安举端紫，以对策高第，待诏翰林，超拜尚书仆射，与文并用事。紫虽乏文采，而令色尤可喜，以故常在左右，文浸不用。上幸甘泉，祠河东，巡朔方，紫常扈从，而文留守长安禁中。上还，见文尘垢面目，颇怜之。文因进曰："陛下用人，诚如汲黯之言，后来者居上耳。"上曰："吾非不念尔，以尔年老，不能无少圆缺故也。"左右闻之，以为上意不悦，因不复顾省。文乞骸骨伏地，上诏使驸马都尉金日磾翼起之。日磾胡人，初不知书，素恶文所为，因是挤之殿下，颠仆而卒。上悯之，令宦者瘗于南山下。子坚嗣。

坚资性温润，文采缜密，不减文，而器局差小。起家为文林郎，侍书东宫。昭帝立，以旧恩见宠。帝春秋益壮，喜宽大博厚者，顾坚器小，斥不用。坚亦以落落难合于世，自视与瓦砾同。昭帝崩，大将军霍光以帝平生玩好器用、后宫美人置之平陵。坚自以有旧恩，乞守陵，拜陵寝郎。后死葬平陵。自文生时，宗族分散四方，高才奇特者，王公贵人以金帛聘取为从事舍人，其下亦与巫医书算之人游，皆有益于其业，或因以致富焉。

赞曰：罗氏之先无所见，岂左氏所称罗国哉？考其国邑，在江汉之间，为楚所灭，子孙疑有散居黟、歙间者。呜呼！国既破亡，而后世犹以知书见用，至今不绝，人岂可以无学术哉！卷一三

江瑶柱传

生姓江，名瑶柱，字子美，其先南海人。十四代祖媚川，避合浦之乱，徙家闽越。闽越素多士人，闻媚川之来，甚喜，朝夕相与探讨，又从而镌琢之。媚川深自晦匿，尝喟然谓其孙子曰："匹夫怀宝，吾知其罪矣。尚子平何人哉！"遂弃其孥，浪迹泥涂中，潜德不耀，人莫知其所终。媚川生二子，长曰添丁，次曰马颊。始来鄞江，今为明州奉化人。瑶柱，世孙也。性温平，外悫而内淳。稍长，去襮颣，颀长而白皙，圆直如柱，无丝发附丽态。父友庖公异之，且曰："吾阅人多矣。昔人梦资质之美有如玉川者，是儿亦可谓瑶柱矣。"因以名之。生寡欲，然极好滋味合口，不论人是非，人亦甘心焉。独与峨眉洞车公、清溪遐丘子、望湖门章举先生善，出处大略相似，所至一坐尽倾。然三人者，亦自下之，以谓不可及也。

生亦自养，名声动天下，乡闾尤爱重之。凡岁时节序，冠婚庆贺，合亲戚，燕朋友，必延为上客。一不至，则慊然皆云无江生不乐。生颇厌苦之，间或逃避于寂寞之滨，好事者虽解衣求之不惮也。至于中朝达官名人游宦东南者，往往指四明为善地，亦屡属意于江生。惟扶风马太守，不甚礼之。生浸不悦，跳身武林，道感温风，得中干疾。为亲友强起，置酒高会。座中有合氏子，亦江淮间名士也，辄坐生上。众口叹美之曰："闻客名旧矣。盖乡曲之誉，不可尽信，韩子所谓面目可憎语言无味者，非客耶？客第归，人且不爱客而弃之海上，遇逐臭之夫，则客归矣，尚何与合氏子争乎！"生不能对，大惭而归，语其友人曰："吾弃先祖之戒，不能深藏海上，而薄游樽俎间。又无馨德，发闻惟腥，宜见摈于合氏子，而府公贬我，固当从吾子游于水下。苟不得志，虽粉身亦何憾！吾去子矣。"已而果然。其后族人复盛于四明，然声誉稍减云。

太史公曰：里谚有云："果蓏失地则不荣，鱼龙失水则不神。"物固且然，人亦有之。嗟乎瑶柱，诚美士乎！方其为席上之珍，风味蔼然，虽龙肝凤髓，有不及者。一旦出非其时而丧其真，众人且掩鼻而过之。士大夫有识者，亦为品藻而置之下。士之出处，不可不慎也。悲夫！卷一三

黄甘陆吉传

黄甘、陆吉者，楚之二高士也。黄隐于泥山，陆隐于萧山。楚王闻其名，遣使召之。陆吉先至，赐爵左庶长，封洞庭君，尊宠在群臣右。久之，黄甘始来，一见拜温尹、平阳侯，班视令尹。吉起隐士，与甘齐名，入朝久，尊贵用事。一旦吉位居上，甘心衔之，群臣

皆疑之。会秦遣苏轸、锺离意使楚，楚召燕章华台。群臣皆与，甘坐上坐。吉咈然谓之曰："请与子论事。"甘曰："唯唯。"吉曰："齐、楚约西击秦，吾引兵逾关，身犯霜露，与枳棘最下者同甘苦，率家奴千人，战季洲之上，拓地至汉南而归。子功孰与甘？"曰："不如也。"曰："神农氏之有天下也，吾剥肤剖肝，怡颜下气，以固蒂之术献上，上喜之，命注记官陶弘景状其方略，以付国史。出为九江守，宣上德泽，使童儿亦怀之。子才孰与甘？"曰："不如也。"吉曰："是二者皆出吾下，而位吾上，何也？"甘徐应之曰："君何见之晚也。每岁太守劝驾乘传，入金门，上玉堂，与虞荔、申梠、梅福、枣嵩之徒列侍上前，使数子者口呿舌缩，不复上齿牙间。当此之时，属之于子乎？属之于我乎？"吉默然良久，曰："属之于子矣。"甘曰："此吾之所以居子之上也。"于是群臣皆服。岁终，吉以疾免。更封甘子为穰侯，吉之子为下邳侯。穰侯遂废不显，下邳以美汤药，官至陈州治中。

太史公曰：田文论相吴起说，相如回车廉颇屈，侄欲弊衣尹姬悔。甘、吉亦然。传曰："女无好丑，入宫见妒；士无贤不肖，入朝见嫉。"此之谓也。虽美恶之相辽，嗜好之不齐，亦焉可胜道哉！卷一三

叶嘉传[1]

叶嘉，闽人也。其先处上谷。曾祖茂先，养高不仕，好游名山，至武夷，悦之，遂家焉。尝曰："吾植功种德，不为时采，然遗香

---

①陈善《扪虱新话》谓此文为陈元规作。

后世，吾子孙必盛于中土，当饮其惠矣。”茂先葬郝源，子孙遂为郝源民。至嘉，少植节操。或劝之业武。曰：“吾当为天下英武之精。一枪一旗，岂吾事哉！”因而游见陆先生。先生奇之，为著其行录传于时。方汉帝嗜阅经史，时建安人为谒者侍上，上读其行录而善之，曰：“吾独不得与此人同时哉！”曰：“臣邑人叶嘉，风味恬淡，清白可爱，颇负其名，有济世之才，虽羽知犹未详也。”上惊，敕建安太守召嘉，给传遣诣京师。

郡守始令采访嘉所在，命赍书示之。嘉未就，遣使臣督促。郡守曰：“叶先生方闭门制作，研味经史，志图挺立，必不屑进，未可促之。”亲至山中，为之劝驾，始行登车。遇相者，揖之曰：“先生容质异常，矫然有龙凤之姿，后当大贵。”嘉以皂囊上封事。天子见之，曰：“吾久饫卿名，但未知其实尔，我其试哉！”因顾谓侍臣曰：“视嘉容貌如铁，资质刚劲，难以遽用，必槌提顿挫之乃可。”遂以言恐嘉曰：“砧斧在前，鼎镬在后，将以烹子，子视之如何？”嘉勃然吐气，曰：“臣山薮猥士，幸惟陛下采择至此。可以利生，虽粉身碎骨，臣不辞也。”上笑，命以名曹处之，又加枢要之务焉。因诫小黄门监之。有顷，报曰：“嘉之所为，犹若粗疏然。”上曰：“吾知其才，第以独学，未经师耳。”嘉为之屑屑就师，顷刻就事，已精熟矣。

上乃敕御史欧阳高、金紫光禄大夫郑当时、甘泉侯陈平三人与之同事。欧阳疾嘉初进有宠，曰：“吾属且为之下矣。”计欲倾之。会天子御延英，促召四人，欧但热中而已，当时以足击嘉，而平亦以口侵陵之。嘉虽见侮，为之起立，颜色不变。欧阳悔曰：“陛下以叶嘉见托，吾辈亦不可忽之也。”因同见帝，阳称嘉美而阴以轻浮訾之。嘉亦诉于上。上为责欧阳，怜嘉，视其颜色，久之，曰：“叶嘉真清白之士也。其气飘然，若浮云矣。”遂引而宴之。少选间，上鼓舌欣然，曰："始吾见嘉未甚好也，久味其言，令人爱之，朕之精魄，不觉洒然而醒。《书》曰：'启乃心，沃朕心。'嘉之谓也。"于是封嘉钜合侯，位尚书，曰："尚书，朕喉舌之任也。"由是宠爱日加。朝廷宾客遇会宴享，未始不推于嘉。上日引对，至于再三。

后因侍宴苑中，上饮逾度，嘉辄苦谏。上不悦，曰："卿司朕喉舌，而以苦辞逆我，余岂堪哉！"遂唾之，命左右仆于地。嘉正色曰："陛下必欲甘辞利口然后爱耶！臣虽言苦，久则有效。陛下亦尝试之，岂不知乎！"上顾左右曰："始吾言嘉刚劲难用，今果见矣。"因含容之，然亦以是疏嘉。嘉既不得志，退去闽中，既而曰："吾未如之何也，已矣。"上以不见嘉月余，劳于万机，神苶思困，颇思嘉。因命召至，喜甚，以手抚嘉曰："吾渴见卿久矣。"遂恩遇如故。

上方欲南诛两越，东击朝鲜，北逐匈奴，西伐大宛，以兵革为事。而大司农奏计国用不足，上深患之，以问嘉。嘉为进三策。其一曰：榷天下之利，山海之资，一切籍于县官。行之一年，财用丰赡。上大悦。兵兴有功而还。上利其财，故榷法不罢，管山海之利，自嘉始也。

居一年，嘉告老，上曰："钜合侯，其忠可谓尽矣。"遂得爵其子。又令郡守择其宗支之良者，每岁贡焉。嘉子二人，长曰抟，有父风，故以袭爵。次子挺，抱黄白之术，比于抟，其志尤淡泊也。尝散其资，拯乡闾之困，人皆德之。故乡人以春伐鼓，大会山中，求之以为常。

赞曰：今叶氏散居天下，皆不喜城邑，惟乐山居。氏于闽中者，盖嘉之苗裔也。天下叶氏虽夥，然风味德馨为世所贵，皆不及闽。闽之居者又多，而郝源之族为甲。嘉以布衣遇天子，爵彻侯，位八座，可谓荣矣。然其正色苦谏，竭力许国，不为身计，盖有以取之。夫先王用于国有节,取于民有制,至于山林川泽之利,一切与民。嘉为策以榷之,虽救一时之急,非先王之举也,君子讥之。或云:管山海之利,始于盐铁丞孔僅、桑弘羊之谋也,嘉之策未行于时,至唐赵赞,始举而用之。卷一三

温陶君传

石中美,字信美,中牟人也。本姓麦氏,既破,随母罗氏去其夫而适石氏,因冒其姓。始中美之生也,其父太卜氏以《连山》筮之,遇师䷆之爻,是谓师之革䷰,曰:生乎土,成乎水,而变乎火;坎以鞣之,坤以布之,釜以熟之,口以内之,腹以藏之;美在其中,而畅于四支。能者乐之以为大腹,不能者伤之以为心病,众所说也,善孰大焉。故因以名字之。中美幼轻躁疏散,与物不合,得其乡人储子之意,因使从滏水汤先生游。既熟,遂陶而成之。为人白皙而长,温厚柔忍,在诸石中最有名。储子因秦故,司马错、李斯、子由、赵高、阎乐,并荐于秦王,得与圃田蔡甲、肥乡羊奭、内黄韩音子俱召见。是时王方省览文书,日昃未食,见之甚喜,曰:"卿等向者安在?何相见之晚也。'未见君子,惄如调饥。'卿等之谓也。"由是皆得进见,充上心腹。赐爵土,更上食,典御旦夕召对。所献纳时或粗疏,上未尝不尽善也。秦王以嫪毐事出文信侯而迁太后,怒恚,数日不食。中美赐爵彻侯,食温、定陶二县,号"温陶君"。

中美既被任用,凡有造作,自丞相以下,莫不是之。其为人柔和,有以塞谗人之口故也。他日秦王坐朝,日旰,意有所思,亟召中美,将虚以纳之。中美不熟计以进,其说颇刚鲠,志不快之者累日。有博士单轸说上曰:"为其所伤矣!宜有以下之,即无患。"因进其弟

子已升、元华于上，上意稍平，然自是遂疏中美，不得为尚食矣。中美曰："吾为尚食，日夕自谓不素餐兮者。今吾与羊生辈皆不得进，纵复有用者，将诛辱乎？昔也得充心腹，而今也遽不信，是有不善我之心，虽使时或思我，彼将不尽矣。"遂称疾，以侯就第。其后子孙生郡郭者，散居四方，自号浑氏、扈氏、索氏、石氏，为四族云。卷一三

蔡使君传

使君讳道恭，字怀俭，南阳冠军人也。父讳那，宋益州刺史。使君少宽厚，有大量，仕齐为西中郎中兵参军加辅国将军。梁武帝起兵，萧颖胄以使君素著威略，专任以事。齐和帝即位，为右卫将军，出为司州刺史。梁天监初，论功封汉寿县伯，进号平北将军。三年，魏围司州，时城中众不满五千，食裁半岁。魏人攻之昼夜不息，作大车载土，四面俱前，欲以填堑。使君于堑内作艨艟斗舰以待之，魏人不得进，潜作伏道以决堑水，使君以土豘塞之。相持百余日，前后斩获不可胜计。魏人大造梯冲，攻围日急。使君用四石乌漆大弓射之，所中皆洞甲饮羽，一发或贯两人，魏人望弓皆靡。又于城内起土山，多作大矟，长二丈五尺，施长刃，使壮士执以刺魏人。魏人将退。会使君病笃，乃呼兄子僧勰、从弟灵恩及将帅，谓曰："吾所苦势不能久，汝等当以死固节，无令吾没有遗恨。"又令取所持节授僧勰曰："禀命出疆，既不得奉以还朝，意欲与之俱逝，可以是殉我。"众皆流涕。其年五月卒。魏人知使君没，攻之愈急。初，朝廷遣郢州刺史曹景宗援之，景宗不前。八月粮尽，城陷。赠镇西将军，且购其丧。八年，魏人归其丧，葬襄阳。传国至孙固。固早卒，国除。卷一三

文集卷一百四十四

司马温公行状

曾祖政，赠太子太保。曾祖母薛氏，赠温国太夫人。祖炫，试秘书省校书郎，知耀州富平县事，赠太子太傅。祖母皇甫氏，赠温国太夫人。父池，尚书吏部郎中，充天章阁待制，赠太师，追封温国公。母聂氏，赠温国太夫人。公讳光，字君实，其先河内人，晋安平献王孚之后。王之裔孙征东大将军阳，始葬今陕州夏县涑水乡，子孙因家焉。自高祖、曾祖，皆以五代衰乱不仕。富平府君始举进士，没于县令。皆以气节闻于乡里。而天章公以文学行义事真宗、仁宗，为转运使，御史知杂事，三司副使，历知凤翔、河中、同、杭、虢、晋六州，以清直仁厚闻于天下，号称一时名臣。

公自儿童，凛然如成人。七岁闻讲《左氏春秋》，大爱之，退为家人讲，即了其大义。自是手不释书，至不知饥渴寒暑。年十五，书无所不通。文辞醇深，有西汉风。天章公当任子，次及公，公推与二从兄，然后受补郊社斋郎，再奏将作监主簿。年二十，举进士甲科。改奉礼郎。以天章公在杭，辞所迁官，求签书苏州判官事以便亲，许之。未上，丁太夫人忧。未除，丁天章公忧。执丧累年，毁瘠如礼。服除，签书武成军判官事，改大理评事，为国子直讲，迁本寺丞。

故相庞籍名知人，始与天章公游，见公而奇之。及是为枢密副使，荐公召试馆阁校勘，同知太常礼院。中官麦允言死，诏以允言有军功，特给卤簿。公言："孔子不以名器假人，繁缨以朝，且犹不可。允言近习之臣，非有元勋大劳，而赠以三公之官，给以一品卤簿，其为繁缨，不亦大乎？"故相夏竦卒，诏赐谥文正。公言："谥之美者，极于文正。竦何人，可以当此！"书再上，改谥文庄。迁殿中丞，除史馆检讨，修日历，改集贤校理。

庞籍为郓州，徙并州，皆辟公通判州事。公感籍知己，为尽力。时赵元昊始臣，河东贫甚，官苦贵籴，而民疲于远输。麟州、窟野、河西多良田，皆故汉地，公私杂耕。天圣中，始禁田河西者，虏乃得稍蚕食其地，俯窥麟州，为河东忧。籍请公按视。公为画五策："宜因州中旧兵，益禁兵三千，厢兵五百，筑二堡河西，可使堡外三十里虏不敢田，则州西六十里无虏矣。募民有能耕麟州闲田者，复其税役十五年；能耕窟野、河西者，长复之，耕者必众。官虽无所得，而籴自贱，可以渐纾河东之民。"籍移麟州，如公言。而兵官郭恩勇且狂，夜开城门，引千余人渡河，载酒食，不为战备，遇敌死之。议者归罪于籍，罢节度使，知青州。公守阙，三上书，乞独坐其事，不报。籍初不以此望公，而公深以自咎。籍既没，升堂拜其妻如母，抚其子如昆弟，时人两贤之。

改太常博士，祠部员外郎，直秘阁、判吏部南曹，迁开封府推官，赐五品服。交阯贡异兽，谓之"麟"。公言："真伪不可知。使其真，非自然而至，不足为瑞；若伪，为远夷笑。愿厚赐其使，而还其兽。"因奏赋以讽。迁度支员外郎，判句院。擢修起居注，五辞而后受。判礼部。有司奏六月朔，日当食。公言："故事，食不满分，或京师不见，皆贺。臣以为，日食四方见京师不见，天意人君为阴邪所蔽；天下皆知，而朝廷独不知，其为灾当益甚，皆不当贺。"

诏从之。后遂以为常。迁起居舍人,同知谏院。苏辙举直言策,入第四等,而考官以为不当收。公言:“辙于同科四人中,言最切直,有爱君忧国之心,不可不收。”时宰相亦以为当黜,仁宗不许。曰:“求直言,以直弃之,天下其谓朕何!”公遂与谏官王陶同上疏:“愿为宗庙社稷自重,却罢燕饮,安养神气。后宫嫔御,进见有度;左右小臣,赐予有节。厚味腊毒,无益奉养者,皆不宜数御。”上嘉纳之。

初,至和三年,仁宗始不豫,国嗣未立,天下寒心而不敢言,惟谏官范镇首发其议。公时为并州通判,闻而继之。上疏言:“《礼》大宗无子,则小宗为之后。为之后者,为之子也。愿陛下择宗室贤者,使摄储贰,以待皇嗣之生,退居藩服。不然,则典宿卫、尹京邑,亦足以系天下之望。”疏三上,其一留中,其二付中书。公又与镇书:“此大事,不言则已,言一出,岂可复反!愿公以死争之。”于是镇言之益力。及公为谏官,复上疏,且面言:“臣昔为并州通判,所上三章,愿陛下果断而力行之。”时仁宗简默不言,虽执政奏事,首肯而已。闻公言,沉思久之,曰:“得非欲选宗室为继嗣者乎?此忠臣之言,但人不敢及耳。”公曰:“臣言此,自谓必死。不意陛下开纳。”上曰:“此何害?古今皆有之。”因令公以所言付中书。公曰:“不可,愿陛下自以意喻宰相。”是日,公复言江淮盐事,诣中书白之。宰相韩琦问公,今日复何所言。公默计此大事,不可不使琦知,思所以广上意者,即曰:“所言宗庙社稷大计也。”琦喻意,不复言。后十余日,有旨令公与御史里行陈洙同详定行户利害。洙与公屏语曰:“日者大飨明堂,韩公摄太尉,洙为监祭。公从容谓洙:闻君与司马君实善,君实近建言立嗣事,恨不以所言送中书,欲发此议,无自发之。行户利害,非所以烦公也,欲洙见公达此意耳。”

时嘉祐六年闰八月也。

至九月，公复上疏面言："臣向者进说，陛下欣然无难，意谓即行矣。今寂无所闻。此必有小人言陛下春秋鼎盛，子孙当千亿，何遽为此不祥之事？小人无远虑，特欲仓猝之际，援立其所厚善者耳。唐自文宗以后，立嗣皆出于左右之意，至有称定策国老、门生天子者。此祸岂可胜言哉！"上大感悟，曰："送中书。"公至中书，见琦等曰："诸公不及今定议，异日夜半禁中出寸纸以某人为嗣，则天下莫敢违。"琦等皆唯唯，曰："敢不尽力。"后月余，诏英宗判宗正寺，固辞不就职。明年遂立为皇子，称疾不入。公复上疏言："凡人争丝毫之利，至相争夺，今皇子辞不赀之富，至三百余日不受命，其贤于人远矣。有识闻之，足以知陛下之圣，能为天下得人。然臣闻：父召无诺，君命召不俟驾而行；礼，使者受命不受辞。皇子不当辞避，使者不当徒反。凡召皇子，内臣皆乞责降，且以臣子大义责皇子，宜必入。"英宗遂受命。兖国公主下嫁李玮，以骄恣闻。公上疏言："太宗时，姚坦为兖王翊善，有过必谏，左右教王诈疾。逾月，太宗召王乳母入，问起居状。母曰：'王无疾，以姚坦故，郁郁成疾耳。'太宗怒曰：'王年少，不知为此，汝辈教之。'杖乳母数十，召坦慰勉之。齐国献穆大长公主，太宗之子，真宗之妹，陛下之姑，而谦恭率礼，天下称其贤。愿陛下教子以太宗为法，公主事夫以献穆为法。"已而公主不安于李氏，诏玮出知卫州，公主入居禁中，而玮母杨归其兄璋，散遣其家人。公言："陛下追念章懿太后，故使玮尚主。今乃母子离析，家事流落，陛下独无雨露之感，凄恻之心乎？玮既责降，公主亦不得无罪。"上感悟，诏公主降封沂国，待李氏恩礼不衰。

判检院，权判国子监，除知制诰，力辞至八九。改授天章阁待制，兼侍讲，赐三品服，仍知谏院。上疏言："经略安抚使以便宜从事，出于兵兴权制，非永世法。及将相大臣典州者，多以贵倨自恃，凌忽转运使，使不得举职。朝廷务省事，专行姑息之政。至于胥史讙哗而逐御史中丞，辇官悖慢而退宰相，卫士凶逆而狱不穷奸，泽加于旧，军人詈三司使而法官以为非犯阶级，于用法有疑。其余，一夫流言于道路，而为之变法推恩者多矣。皆陵迟之渐，不可以不正。"充媛董氏薨，追赠婉仪，又赠淑妃，辍朝成服，百官奉慰，定谥行册礼，葬给卤簿。公言："董氏秩本微，病革之日，方拜充媛。古者妇人无谥，近制惟皇后有之；卤簿本以赏军功，未尝施于妇人，惟唐平阳公主有举兵佐高祖定天下之功，乃得给。至韦庶人，始令妃主葬日皆给鼓吹，非令典，不足法。"时有司新定后宫封赠法，皇后与妃皆赠三代。公言："别嫌明微，妃不当与后同。袁盎引却慎夫人坐，正为此耳。天圣亲郊，太妃止赠二代，而况妃乎！"知嘉祐八年贡举。

仁宗崩，英宗以哀毁致疾，慈圣光献太后同听政。公首上疏言："章献明肃太后，保佑先帝进贤退奸，有大功于赵氏，特以亲用外戚小人，故负谤天下。今太后初摄大政，大臣忠厚如王曾，清纯如张知白，刚正如鲁宗道，质直如薛奎者，当信用之。鄙猥如马季良、谗谄如罗崇勋者，当疏远之，则天下服。"又上疏英宗，言："汉宣帝为昭帝后，终不追尊卫太子、史皇孙。光武起布衣，得天下，自以为元帝后，亦不追尊钜鹿都尉、南顿君。惟哀、安、桓、灵，皆自旁亲入继大统，追尊其父祖，天下非之。愿以为戒。"时公所得仁宗遗赐珠、金，直百余万，率同列三上章，言："国有大忧，中外窘乏，不可专用乾兴故事。若遗赐不可辞，则宜许侍从以上进金钱，佐山陵费。"不许。公乃以所得珠为谏院公使钱，金以遗其舅氏，义不藏于家。

英宗疾既平，皇太后还政。公上疏言："治身莫先于孝，治国莫先于公。"其言切至，皆母子间人所难言者。时有司立法，皇太后有所取用，有司奏覆，得御宝乃供。公极论以为不可，当直下合同司移所属立供，如上所取；已乃具数奏太后，以防矫伪。曹佾除使相，两府皆迁。公言："佾无功而得使相，陛下以慰母心耳。今两府皆迁，无名，若以还政为功，则宿卫将帅、内侍小臣，必有觊望。"已而都知任守忠等皆迁。公复争之，因论："守忠大奸。陛下为皇子，非守忠意，沮坏大策，离间百端，赖先帝不听。及陛下嗣位，反覆革面，交构两宫。国之大贼，人之巨蠹，乞斩于都市以谢天下。"诏以守忠为节度副使，蕲州安置，天下快之。

时有诏陕西刺民兵号"义勇"，公上疏极论其害，云："康定、庆历间籍陕西民为乡弓手，已而刺为保捷指挥，民被其毒，兵终不可用，遇敌先北，正兵随之，每致崩溃。县官知其坐食无用，汰遣归农，而惰游之人，不能复反南亩，强者为盗，弱者转死，父老至今流涕也。今'义勇'何以异此！"章六上，不从。乞罢谏官，不许。王广渊除直集贤院。公言："广渊奸邪，不可近。昔汉景帝为太子，召上左右饮，卫绾独称疾不行，及即位，待绾有加。周世宗镇澶渊，张美为三司吏，掌州之钱谷，世宗私有求假，美悉力应之，及即位，薄其为人，不用。今广渊当仁宗之世，私自结于陛下，岂忠臣哉！愿黜之以厉天下。"

执政建言濮安懿王德盛位隆，宜有尊礼。诏太常礼院与两制议，翰林学士王珪等相顾不敢先，公独奋笔立议曰："为之后者为之子，不敢复顾其私亲。今日所以崇奉濮安懿王，典礼宜一准先朝封赠期亲尊属故事，高官大爵，极其尊荣。"议成，珪即敕吏，以公手稿为案。至今存焉。时中外汹汹，御史吕诲、傅尧俞、范纯仁、吕大防、赵鼎、赵瞻等皆争之，相继降黜。公上疏乞留之，不可；则乞与之皆贬。

初，西戎遣使致祭，而延州指使高宜押伴，傲其使者，侮其国主。使者诉于朝，公与吕诲乞加宜罪，不从。明年西戎犯边，杀略吏士。赵滋为雄州，专以猛悍治边，公亦论其不可。至是契丹之民，有捕鱼界河、伐柳白沟之南者。朝廷以知雄州李中祐为不材，选将代之。公言："国家当戎狄附顺时，好与之计较末节，及其桀骜，又从而姑息之。近者西戎之祸，生于高宜，北狄之隙，起于赵滋。朝廷方贤此二人，故边臣皆以生事为能。今若选将代中祐，则来者必以滋为法，而以中祐为戒，渐不可长。宜敕边吏，疆埸细故，徐以文檄往反，若轻以矢刃相加者，坐之。"京师大水，公上疏论三事，皆尽言无所隐讳。除龙图阁直学士，判流内铨，改右谏议大夫，知治平四年贡举。

神宗即位，首擢公为翰林学士，公力辞，不许。上面谕公："古之君子，或学而不文，或文而不学，惟董仲舒、扬雄兼之。卿有文学，何辞为？"公曰："臣不能为四六。"上曰："如两汉制诏可也。"公曰："本朝故事不可。"上曰："卿能举进士，取高等，而云不能四六，何也？"公趋出，上遣内臣到阁门，强公受告，拜而不受。趣公入谢，曰："上坐以待公。"公入，至廷中。以告置公怀中，不得已乃受。遂为御史中丞。

初，中丞王陶论宰相不押常朝班为不臣，宰相不从，陶争之力，遂罢。公既继之，言："宰相不押班，细故也，陶言之过。然爱礼存羊，则不可已。自顷宰相权重，今陶复以言宰相罢，则中丞不可复为。臣愿候宰相押班，然后就职。"上曰："可。"陶既出知陈州，谢章诋宰相不已。执政议再贬陶,公言:“陶诚可罪,然陛下欲广言路,屈己受陶,而宰相独不能容乎?”乃已。公上疏,论修心之要三,曰仁、曰明、曰武;治国之要三,曰官人、曰信赏、曰必罚。其说甚备。且曰:“臣昔为谏官,即以此六言献仁宗,其后以献英宗,今以献陛下。平生力学所得,尽在是矣。”

公在英宗时,与吕诲同论祖宗之制:“句当御药院常用供奉官以下,至内殿崇班,则出。近岁居此位者,皆暗理官资,食其廪给,非祖宗本意。又故事,年未五十,不得为内侍省押班,今除张茂则,止四十八,不可。”至是,又言之。因论高居简奸邪,乞加远窜。章五上,上为尽罢寄资内臣,居简亦补外。未几,复留陈承礼、刘有方二人,公复争之。又言:“近者王中正往陕西,知泾州,刘涣等谄事中正,而鄜延钤辖吴舜臣,违失其意。已而涣等进擢,舜臣降黜,权归中正,谤归陛下。是去一居简,得一居简。”上手诏问公所从知。公曰:“臣得之宾客,非一人言。事之有无,惟陛下知之。若无,臣不敢避妄言之罪;万一有之,不可不察。”诏用宫邸直省官郭昭选等四人为阁门祗候。公言:“国初草创,天步尚艰,故即位之始,必以左右旧人为腹心耳目,谓之‘随龙’,非平日法也。阁门祗候在文臣为馆职,岂可使厮役为之!”英宗山陵,公为仪仗使,赐金五十两,银合三百两。三上章辞,从之。

边吏上言:“西戎部将嵬名山,欲以横山之众,取谅祚以降。”诏边臣招纳其众。公上疏极论,以为:“名山之众,未必能制谅祚。幸而胜之,灭一谅祚生一谅祚,何利之有?若其不胜,必引众归我,不知何以待之?臣恐朝廷不独失信于谅祚,又将失信于名山矣。若名山余众尚多,还北不可,入南不受,穷无所归,必将突据边城以救其命,陛下独不见侯景之事乎?”上不听,遣将种谔发兵迎之,取绥州，费六十万万。西方用兵，盖自是始矣。

兼翰林侍读学士。登州有不成婚妇，谋杀其夫伤而不死者。吏疑问即承，知州事许遵谳之。有司当妇绞而诏贷之。遵上议，准律，因犯杀伤而自首者，得免所因之罪；妇当减三等，不当绞。诏公与王安石议之，安石是遵议。公言："谋杀犹故杀也，皆一事，不可分为二。若谋为所因与杀为二，则故与杀亦可为二耶？"自宰相文彦博以下，皆附公议，然卒用安石言，至今天下非之。权知审官院。百官上尊号，公当答诏。上疏言："先帝亲郊，不受尊号，天下莫不称颂。末年有建言者，国家与契丹有往来书信，彼有尊号而我独无，以为深耻。于是群臣复以非时上尊号。昔汉文帝时，单于自称'天地所生日月所置匈奴大单于'，不闻文帝复为大名以加之也。愿陛下追用先帝本意，不受此名。"上大悦，手诏答公："非卿，朕不闻此言。善为答词，使中外晓然，知朕至诚，非欺众邀名者。"遂终身不复受尊号。

执政以河朔灾伤，国用不足，乞今岁亲郊，两府不赐金帛。送学士院取旨。公言："两府所赐，以匹两计止二万，未足以救灾。宜自文臣两省、武臣、宗室、刺史以上，皆减半。"公与学士王珪、王安石同对。公言："救灾节用，宜自贵近始。可听两府辞赐。"安石曰："常衮辞赐馔，时议以为衮自知不能，当辞位不当辞禄。且国用不足，非当今之急务也。"公曰："衮辞禄，犹贤于持禄固位者。国用不足，真急务。安石言非是。"安石曰："不足者，以未得善理财者故也。"公曰："善理财者，不过头会箕敛以尽民财，民穷为盗，非国之福。"安石曰："不然。善理财者，不加赋而上用足。"公曰："天下安有此理？天地所生财货百物，止有此数，不在民则在官。譬如雨泽，夏涝则秋旱。不加赋而上用足，不过设法阴夺民利，其害甚于加赋。此乃桑洪羊欺汉武帝之言，太史公书之，以见武帝不明耳。至其末年，盗贼蜂起，几至于乱。若武帝不悔祸，昭帝不变法，则汉几亡。”争议不已。王珪进曰：“救灾节用，宜自贵近始，司马光言是也。然所费无几，恐伤国体，王安石言亦是。惟明主裁择。”上曰：“朕意与光同。然姑以不允答之。”会安石当制，遂引常衮事责两府，两府亦不复辞。

兼史馆修撰。上问公可为谏官者，公荐吕诲，诲以天章阁待制知谏院。诏公与张茂则同相视二股河及土堤利害。公用都水监丞宋昌言策，乞于二股之西置土堤，约水东流；若东流日深，北流自浅，薪刍渐备，乃塞其北，放出御河、胡卢河下流，以纾恩、冀、深、瀛以西之患。时议者多不同。公于上前反覆论难，甚苦，卒从之。后皆如公言，赐诏奖谕。

王安石始为政，创立制置三司条例司，建为青苗、助役、水利、均输之政，置提举官四十余员，行其法于天下，谓之新法。公上疏，逆陈其利害，曰：“后当如是。”行之十余年，无一不如公言者。天下传诵，以公为真宰相，虽田父野老，皆号公司马相公，而妇人孺子，知其为君实也。迩英进读，至萧何、曹参事。公曰：“参不变何法，得守成之道。故孝惠、高后时，天下晏然，衣食滋殖。”上曰：“汉守萧何之法，不变可乎？”公曰：“何独汉也？使三代之君，常守禹、汤、文、武之法，虽至今存，可也。武王克商，曰：‘乃反商政，政由旧。’然则虽周亦用商政也。《书》曰：‘无作聪明，乱旧章。’汉武帝用张汤言，取高帝法纷更之，盗贼半天下。元帝改宣帝之政，而汉始衰。由此言之，祖宗之法，不可变也。”

后数日，吕惠卿进讲，因言：“先王之法，有一年而变者，‘正月始和，布法象魏’是也；有五年一变者，巡狩考制度是也；有三十年一变者，'刑法世轻世重'是也；有百年不变者，父慈子孝兄友弟恭是也。前日光言非是，其意以讽朝廷，且讥臣为条例司官耳。"上问公："惠卿言何如？"公曰："布法象魏，布旧法也，何名为变？若四孟月朔属民读法，为时变月变耶？诸侯有变礼易乐者，王巡狩则诛之，王不自变也。刑新国用轻典，乱国用重典，平国用中典，是为世轻世重，非变也。且治天下，譬如居室，敝则修之，非大坏不更造也。大坏而更造，非得良匠美材不成。今二者皆无有，臣恐风雨之不庇也。公卿侍从皆在此，愿陛下问之。三司使掌天下财，不才而黜可也，不可使两府侵其事。今为制置三司条例司，何也？宰相以道佐人主，安用例？苟用例而已，则胥史足矣。今为看详中书条例司，何也？"惠卿不能对，则诋公曰："光为侍从，何不言？言而不从，何不去？"公作而答曰："是臣之罪也。"上曰："相与论是非耳，何至是！"

讲毕，赐坐户外。将出，上命徙坐户内，左右皆避去。上曰："朝廷每更一事，举朝汹汹，何也？"王珪曰："臣疏贱，在阙门之外，朝廷之事不能尽知。借使闻之道路，又不知其虚实也。"上曰："闻则言之。"公曰："青苗出息，平民为之，尚能以蚕食下户，至饥寒流离，况县官法度之威乎？"惠卿曰："青苗法，愿取则与之，不愿不强也。"公曰："愚民知取债之利，不知还债之害，非独县官不强，富民亦不强也。臣闻：作法于凉，其弊犹贪；作法于贪，弊将若之何！昔太宗平河东，立和籴法，时米斗十余钱，草束八钱，民乐与官为市。其后物贵而和籴不解，遂为河东世世患。臣恐异日之青苗，犹河东之和籴也。"上曰："陕西行之久矣，民不以为病。"公曰："臣陕西人也，见其病不见其利。朝廷初不许也，而有司尚能以病民，况立法许之乎？"上曰："坐仓籴米何如？"坐者皆起曰："不便。上已罢之，幸甚。”上曰：“未罢也。”公曰：“京师有七年之储，而钱常乏。若坐仓钱益乏，米益陈，奈何？”惠卿曰：“坐仓得米百万斛，则省东南百万之漕，以其钱供京师，何患无钱？”公曰：“东南钱荒而米狼戾，今不籴米而漕钱，弃其有余，取其所无，农末皆病矣。”侍讲吴申起曰：“光言，至论也。”公曰：“此皆细事，不足烦人主，但当择人而任之。有功则赏，有罪则罚，此则陛下职也。”上曰：“然。‘文王罔攸兼于庶言、庶狱、庶慎，惟有司之牧夫。’”公趋出。上曰：“卿得无以惠卿之言不乐乎？”公曰：“不敢。”

韩琦上疏论青苗之害，上感悟，欲罢其法。安石称疾求去。会拜公枢密副使，公上章力辞，至六七。曰：“上诚能罢制置条例司，追还提举官，不行青苗、助役等法，虽不用臣，臣受赐多矣。不然，终不敢受命。”上遣人谓公：“枢密，兵事也。官各有职，不当以他事为词。”公言：“臣未受命，则犹侍从也，于事无不可言者。”安石起视事，青苗法卒不罢，公亦卒不受命。则以书喻安石，三往反，开喻苦至，犹幸安石之听而改也。且曰：“巧言令色鲜矣仁。彼忠信之士，于公当路时，虽龃龉可憎，后必徐得其力；谄谀之人，于今诚有顺适之快，一旦失势，必有卖公以自售者。”意谓吕惠卿。对宾客，辄指言之曰：“覆王氏者，必惠卿也。小人本以利合。势倾利移，何所不至！”其后六年，而惠卿叛安石，上书告其罪，苟可以覆王氏者，靡不为也。由是天下服公先知。

公求补外，上犹欲用公，公不可。以端明殿学士出知永兴军。朝辞进对，犹乞免本路青苗、助役。宣抚使下令，分义勇四番，欲以更戍边；选诸军骁勇，募闾里恶少为奇兵；调民为干粮麸饭；虽内郡不被边，皆修城池楼橹如边郡；且遣兵就粮长安、河中、邠，三辅骚然。公上疏，极言：“方凶岁，公私困弊，不可举事，而永兴一路城池楼橹皆不急；干粮麨饭昔尝造，后无用腐弃之。宣抚司令，臣皆未敢从。若乏，军兴，臣坐之。”于是一路独得免。顷之，诏移知许州，不赴，遂乞判西京留司御史台以归。自是绝口不论事。以祀明堂恩，加上柱国。至熙宁七年，上以天下旱、蝗，诏求直言。公读诏泣下，欲默不忍，乃复陈六事：“一青苗，二免役，三市易，四边事，五保甲，六水利，此尤病民者，宜先罢。”又以书责宰相吴充：“天子仁圣如此，而公不言，何也？”元丰五年，公忽得语涩疾，自疑当中风，乃豫作遗表，大略如六事加详尽。感慨亲书，缄封置卧内，且死，当以授所善范纯仁、范祖禹使上之。凡居洛十五年，再任留司御史台，四任提举崇福宫。官制行，改太中大夫加资政殿学士。

神宗崩，公赴阙临。卫士见公入，皆以手加额，曰：“此司马相公也。”民遮道呼曰：“公无归洛，留相天子、活百姓。”所在数千人聚观之。公惧，会放辞谢，遂径归洛。太皇太后闻之，诘问主者，遣使劳公。问所当先者，公言：“近岁士大夫以言为讳，闾阎愁苦于下，而上不知；明主忧勤于上，而下无所诉。此罪在群臣，而愚民无知，归怨先帝。宜下诏首开言路。”从之，下诏榜朝堂。而当时有不欲者，于诏语中设六事以禁切言者，曰：“若阴有所怀，犯非其分，或扇摇机事之重，或迎合已行之令，上以观望朝廷之意以侥幸希进，下以眩惑流俗之情以干取虚誉；若此者，必罚无赦。”太皇太后封诏草以问公。公曰：“此非求谏，乃拒谏也。人臣惟不言，言则入六事矣。”时太府少卿宋彭年、水部员外郎王谔皆应诏言事，有欲借此二人以惩天下者，皆以非职而言，赎铜三十斤。公具论其情，且请改赐诏书，行之天下。从之。于是四方吏民言新法不便者数千人。公方草具所当行者，而太皇太后已有旨，散遣修京城役夫，罢减皇城内觇者，止御前工作，出近侍之无状者三十余人，戒敕中外无敢苛刻暴敛，废导洛司物货场，及民所养户马宽保马限；皆从中出，大臣不与。公上疏谢："当今急务，陛下略已行之矣。小臣稽慢，罪当万死。"诏除公知陈州，且过关入见，使者劳问，相望于道。至则拜门下侍郎，公力辞，不许。数赐手诏："先帝新弃天下，天子冲幼，此何时，而君辞位耶？"公不敢复望，以覃恩迁通议大夫。

初，神宗皇帝以英伟绝人之资，励精求治，凛凛乎汉宣帝、唐太宗之上矣。而宰相王安石用心过当，急于功利，小人得乘间而入，吕惠卿之流以此得志。后者慕之，争先相高，而天下病矣。先帝明圣，独觉其非，出安石金陵，天下欣然，意法必变，虽安石亦自悔恨。其去而复用也，欲稍自改，而惠卿之流，恐法变身危，持之不肯改。然先帝终疑之，遂退安石，八年不复召，而惠卿亦再逐不用。

元丰之末，天下多故，及二圣嗣位，民日夜引领以观新政，而进说者以为三年无改于父之道，欲稍损其甚者，毛举数事以塞人言。公慨然争之曰："先帝之法，其善者，虽百世不可变也。若安石、惠卿等所建，为天下害，非先帝本意者，改之，当如救焚拯溺，犹恐不及。昔汉文帝除肉刑，斩右趾者弃市，笞五百者多死，景帝元年即改之。武帝作盐铁、榷酤、均输等法，昭帝罢之。唐代宗纵宦官，公求赂遗，置客省，拘滞四方之人；德宗立未三月，罢之。德宗晚年为宫市，五坊小儿暴横，盐铁使月进羡余；顺宗即位，罢之。当时悦服，后世称颂，未有或非之者也。况太皇太后以母改子，非子改父。"众议乃定。

公以为："治乱之机，在于用人，邪正一分，则消长之势自定。每论事，必以人物为先，凡所进退，皆天下所谓当然者，然后朝廷清明，人主始得闻天下利害之实。"遂罢保甲团教，依义勇法，岁一阅。保马不复买，见在者还监牧、给诸军。废市易法，所储物皆鬻之，不取息，而民所欠钱皆除其息。京东铸铁钱，河北、江西、福建、湖南盐及福建茶法，皆复其旧。独川、陕茶，以边用，未即罢，遣使相视，去其甚者。户部左右曹钱谷，皆领之尚书。凡昔之三司使事，有散隶五曹及寺监者，皆归户部，使尚书周知其数，量入以为出。于是天下释然，曰："此先帝本意也。非吾君之子，不能行吾君之意。"时独免役、青苗、将官之法犹在，而西戎之议未决也。山陵毕，迁公正议大夫。公自以不与顾命，不敢当，诏不许。

元祐元年正月，公始得疾。诏公与尚书左丞吕公著朝会，与执政异班再拜而已，免舞蹈。公疾益甚，叹曰："四患未除，吾死不瞑目矣。"乃力疾上疏，论免役五害，乞直降敕罢之，率用熙宁以前法。有未便，州县监司节级以闻，为一路一州一县法。诏即日行之。又论西戎，大略以和戎为便，用兵为非。时异议者甚众，公持之益坚。其后太师文彦博议与公合，众不能夺。又论将官之害，诏诸将兵皆隶州县，军政委守令通决之。又乞废提举常平司，以其事归之转运使及提点刑狱。公谓监司多新进少年，务为刻急，天下病之；乞自太中大夫、待制以上，于郡守中举转运使、提点刑狱，于通判中举转运判官。又以文学、德行、吏事、武略等为十科，以求天下遗才，命文臣升朝以上，岁举经明行修一人，以为进士高选。皆从之。拜左仆射。疾稍间，将起视事，诏免朝觐，许以肩舆，三日一入都堂或门下尚书省。公不敢当，曰："不见君，不可以视事。"诏公肩舆到内东门，子康扶入，对小殿，且曰毋拜。公惶恐入对延和殿，再拜。遂罢青苗钱，专行常平粜籴法，以岁上中下熟为三等，谷贱及下等则增价籴，贵及上等则减价粜，惟中等则否；及下等而不籴，及上等而不粜，皆坐之。时二圣恭俭慈孝，视民如伤，虚己以听公。公知无不为，以身任天下之责。

数月复病，以九月丙辰朔，薨于西府，享年六十八。太皇太后闻之恸，上亦感涕不已。时方躬祀明堂，礼成不贺，二圣皆临其丧，哭之哀甚，辍视朝三日。赠太师、温国公，襚以一品礼服，赙银三千两，绢四千匹，赐龙脑水银以敛。命户部侍郎赵瞻入内，内侍省押班冯宗道护其丧，归葬夏县，官其亲族十人。

公忠信孝友，恭俭正直，出于天性。自少及老，语未尝妄，其好学如饥渴之嗜饮食，于财利纷华，如恶恶臭，诚心自然，天下信之。退居于洛，往来陕郊，陕洛间皆化其德，师其学，法其俭。有不善，曰："君实得无知之乎！"博学无所不通，音乐、律历、天文、书数，皆极其妙。晚节尤好礼，为冠婚丧祭法，适古今之宜。不喜释、老，曰："其微言不能出吾书，其诞吾不信。"不事生产，买第洛中，仅庇风雨。有田三顷，丧其夫人，质田以葬。恶衣菲食，以终其身。自以为遭遇圣明，言听计从，欲以身徇天下，躬亲庶务，不舍昼夜。宾客见其体羸，曰："诸葛孔明二十罚以上皆亲之，以此致疾，公不可以不戒。"公曰："死生，命也。"为之益力。病革，谆谆不复自觉，如梦中语，然皆朝廷天下事也。既没，其家得遗奏八纸上之，皆手札论当世要务。京师民画其像，刻印鬻之，家置一本，饮食必祝焉。四方皆遣人购之京师，时画工有致富者。

有《文集》八十卷，《资治通鉴》二百九十四卷，《考异》三十卷，《历年图》七卷，《通历》八十卷，《稽古录》二十卷，《本朝百官公卿表》六卷，《翰林词草》三卷，《注古文孝经》一卷，《易说》三卷，《注系辞》二卷，《注老子道德论》二卷，《集注太玄经》八卷，《大学中庸义》一卷，《集注扬子》十三卷，《文中子传》一卷，《河外谘目》三卷，《书仪》八卷，《家范》四卷，《续诗话》一卷，《游山行记》十二卷，《医问》七篇。其文如金玉谷帛药石也，必有适于用，无益之文，未尝一语及之。初，公患历代史繁重，学者不能综，况于人主。遂约战国至秦二世，如左氏体，为《通志》八卷以进。英宗悦之，命公续其书，置局秘阁。以其素所贤者刘攽、刘恕、范祖禹为属官，凡十九年而成。起周威烈王，讫五代，上下一千三百六十二载。其是非疑似之间，皆有辩论，一事而数说者，必考合异同而归之，作《考异》以志之。神宗尤重其书，以为贤于荀悦，亲为制叙，赐名《资治通鉴》，诏迩英读其书，赐颍邸旧书二千四百二卷。书成，拜资政殿学士，赐金帛甚厚。

娶张氏，礼部尚书存之女，封清河郡君。先公卒，追封温国夫人。子三人：童、唐，皆早亡；康，今为秘书省校书郎。孙二人：植、桓，皆承务郎。

公历事四朝，皆为人主所敬，然神宗知公最深。公思有以报之，常摘孟子之言曰："责难于君谓之恭，陈善闭邪谓之敬，谓吾君不能谓之贼。故虽议论违忤，而神宗识其意，待之愈厚。及拜资政殿学士，盖有意复用公也。夫复用公者，岂徒然哉？将必行其所言。公亦识其意，故为政之日，自信而不疑。呜呼！若先帝可谓知人矣，其知之也深。公可谓不负所知矣，其报之也大。

轼从公游二十年，知公平生为详，故录其大者为行状。其余非天下所以治乱安危者，皆不载。谨状。卷一六

苏廷评行状

公讳序，字仲先，眉州眉山人，其先盖赵郡栾城人也。曾祖讳釿，祖讳祐，父讳杲。三世不仕，皆有隐德。自皇考行义好施，始有闻于乡里，至公而益著，然皆自以为不及其父祖矣。皇祖生于唐

末，而卒于周显德。是时王氏、孟氏相继王蜀，皇祖终不肯仕。尝以事游成都，有道士见之，屏语曰："少年有纯德，非我莫知子。我能以药变化百物，世方乱，可以此自全。"因以面为蜡。皇祖笑曰："吾不愿学也。"道士曰："吾行天下，未尝以此语人，自以为至矣。子又能不学，其过我远甚。"遂去，不复见。

公幼疏达不羁，读书，略知其大义，即弃去。谦而好施，急人患难，甚于为己。衣食稍有余，辄费用，或以予人，立尽。以此穷困，厄于饥寒者数矣，然终不悔。旋复有余，则曰："吾固知此不能果困人也。"益不复爱惜。凶年，鬻其田以济饥者。既丰，人将偿之，公曰："吾固自有以鬻之，非尔故也。"人不问知与不知，径与欢笑造极，输发府藏。小人或侮欺之，公卒不惩，人亦莫能测也。李顺反，攻围眉州。公年二十有二，日操兵乘城。会皇考病没，而贼围愈急，居人相视涕泣，无复生意，而公独治丧执礼，尽哀如平日。太夫人忧甚，公强施施解之曰："朝廷终不弃蜀，贼行破矣。"庆历中，始有诏州郡立学，士欢，言朝廷且以此取人，争愿效职学中。公笑曰："此好事卿相以为美观耳。"戒子孙，无与人争入学。郡吏素暴苛，缘是大扰，公作诗并讥之。以子涣登朝，授大理评事。庆历七年五月十一日终于家，享年七十有五。以八年二月某日，葬于眉山县修文乡安道里先茔之侧。累赠职方员外郎。娶史氏，夫人先公十五年而卒，追封蓬莱县太君。

生三子。长曰澹，不仕，亦先公卒。次曰涣，以进士得官。所至有美称，及去，人常思之，或以比汉循吏。终于都官郎中利州路提点刑狱。季则轼之先人讳洵，终于霸州文安县主簿。涣尝为阆州，公往，视其规画措置良善，为留数日，见其父老贤士大夫。阆人亦喜之。晚好为诗，能自道，敏捷立成，不求甚工。有所欲言，一发于诗。比没，得数千首。女二人，长适杜垂裕，幼适石扬言。孙七人：位、佾、不欺、不疑、不危、轼、辙。

闻之，自五代崩乱，蜀之学者衰少，又皆怀慕亲戚乡党，不肯出仕。公始命其子涣就学，所以劝导成就者，无所不至。及涣以进士得官西归，父老纵观以为荣，教其子孙者皆法苏氏。自是眉之学者日益，至千余人。然轼之先人少时独不学，已壮，犹不知书。公未尝问。或以为言，公不答，久之，曰："吾儿当忧其不学耶？"既而果自愤发力学，卒显于世。公之精识远量，施于家、闻于乡闾者如此。使少获从事于世者，其功名岂少哉！不幸汩没，老死无闻于时。然古之贤人君子，亦有无功名而传者，特以世有知之者耳。公之无传，非独其僻远自放终身，亦其子孙不以告人之过也。故条录其始终行事大略，以告当世之君子。谨状。卷一六

文集卷一百四十五

表忠观碑

熙宁十年十月戊子，资政殿大学士右谏议大夫知杭州军州事臣抃言：“故吴越国王钱氏坟庙及其父祖妃夫人子孙之坟，在钱塘者二十有六，在临安者十有一，皆芜废不治，父老过之，有流涕者。谨按故武肃王镠，始以乡兵破走黄巢，名闻江淮。复以八都兵讨刘汉宏，并越州，以奉董昌，而自居于杭。及昌以越叛，则诛昌而并越，尽有浙东西之地。传其子文穆王元瓘。至其孙忠献王仁佐，遂破李景兵，取福州。而仁佐之弟忠懿王俶，又大出兵攻景，以迎周世宗之师。其后卒以国入觐。三世四王，与五代相终始。天下大乱，豪杰蜂起，方是时，以数州之地盗名字者，不可胜数。既覆其族，延及于无辜之民，罔有孑遗。而吴越地方千里，带甲十万，铸山煮海，象犀珠玉之富，甲于天下，然终不失臣节，贡献相望于道。是以其民至于老死不识兵革，四时嬉游歌鼓之声相闻，至于今不废。其有德于斯民甚厚。皇宋受命，四方僭乱以次削平。而蜀、江南负其崄远，兵至城下，力屈势穷，然后束手。而河东刘氏，百战守死以抗王师，积骸为城，酾血为池，竭天下之力，仅乃克之。独吴越不待告命，封府库，籍郡县，请吏于朝。视去其国，如去传舍，其有功于朝廷甚大。昔窦融以河西归汉，光武诏右扶风修理其父祖坟茔，祠以太牢。今钱氏功德，殆过于融，而未及百年，坟庙不治，行道伤嗟，甚非所以劝奖忠臣慰答民心之义也。臣愿以龙山废佛祠曰妙因院者为观，使钱氏之孙为道士曰自然者居之。凡坟庙之在钱塘者以付自然，其在临安者以付其县之净土寺僧曰道微，岁各度其徒一人，使世掌之。籍其地之所入，以时修其祠宇，封殖其草木，有不治者，县令、丞察之，甚者易其人。庶几永终不坠，以称朝廷待钱氏之意。臣抃昧死以闻。”制曰：“可。其妙因院改赐名曰‘表忠观’。”铭曰：

天目之山，苕水出焉。龙飞凤舞，萃于临安。笃生异人，绝类离群。奋挺大呼，从者如云。仰天誓江，月星晦蒙。强弩射潮，江海为东。杀宏诛昌，奄有吴越。金券玉册，虎符龙节。大城其居，包络山川。左江右湖，控引岛蛮。岁时归休，以燕父老。晔如神人，玉带毬马。四十一年，寅畏小心。厥篚相望，大贝南金。五朝昏乱，罔堪托国。三王相承，以待有德。既获所归，弗谋弗咨。先王之志，我维行之。天胙忠孝，世有爵邑。允文允武，子孙千亿。帝谓守臣，治其祠坟。毋俾樵牧，愧其后昆。龙山之阳，岿焉新宫。匪私于钱，唯以劝忠。非忠无君，非孝无亲。凡百有位，视此刻文。卷一七

宸奎阁碑

皇祐中，有诏庐山僧怀琏住京师十方净因禅院，召对化成殿，问佛法大意。奏对称旨，赐号大觉禅师。是时北方之为佛者，皆留于名相，囿于因果，以故士之聪明超轶者皆鄙其言，诋为蛮夷下俚之说。琏独指其妙与孔、老合者，其言文而真，其行峻而通，故一时士大夫喜从之游，遇休沐日，琏未盥漱，而户外之屦满矣。仁宗皇

帝以天纵之能，不由师傅，自然得道。与琏问答，亲书颂诗以赐之，凡十有七篇。至和中上书，乞归老山中。上曰："山即如如体也。将安归乎？"不许。治平中，再乞，坚甚。英宗皇帝留之不可，赐诏许自便。琏既渡江，少留于金山、西湖，遂归老于四明之阿育王山广利寺。四明之人相与出力，建大阁，藏所赐颂诗，榜之曰"宸奎"。时京师始建宝文阁，诏取其副本藏焉。且命岁度僧一人。琏归山二十有三年，年八十有三。臣出守杭州，其徒使来告曰："宸奎阁未有铭。君逮事昭陵，而与吾师游最旧，其可以辞！"

臣谨按：古之人君号知佛者，必曰汉明、梁武，其徒盖常以藉口，而绘其像于壁者。汉明以察为明，而梁武以弱为仁。皆缘名失实，去佛远甚。恭惟仁宗皇帝在位四十二年，未尝广度僧尼，崇侈寺庙；干戈斧锧，未尝有所私贷。而升遐之日，天下归仁焉。此所谓得佛心法者，古今一人而已。琏虽以出世法度人，而持律严甚。上尝赐以龙脑钵盂，琏对使者焚之，曰："吾法以坏色衣，以瓦铁食，此钵非法。"使者归奏，上嘉叹久之。铭曰：

巍巍仁皇，体合自然。神耀得道，非有师传。维道人琏，逍遥自在。禅律并行，不相留碍。於穆颂诗，我既其文。惟佛与佛，乃识其真。咨尔东南，山君海王。时节来朝，以谨其藏。卷一七

上清储祥宫碑

元祐六年六月丙午，制诏臣轼："上清储祥宫成，当书其事于石。"臣轼拜手稽首，言曰："臣以书命待罪北门，记事之成，职也。然臣愚不知宫之所以废兴，与凡财用之所从出，敢昧死请。"乃命

有司具其事以诏臣轼。

始，太宗皇帝以圣文神武佐太祖定天下。既即位，尽以太祖所赐金帛作上清宫朝阳门之内，旌兴王之功，且为五代兵革之余遗民赤子，请命上帝。以至道元年正月宫成，民不知劳，天下颂之。至庆历三年十二月，有司不戒于火，一夕而烬。自是为荆棘瓦砾之场，凡三十七年。元丰二年二月，神宗皇帝始命道士王太初居宫之故地，以法箓符水为民禳禬，民趋归之，稍以其力修复祠宇。诏用日者言，以宫之所在为国家子孙地，乃赐名上清储祥宫。且赐度牒与佛庙神祠之遗利，为钱一千七百四十七万，又以官田十四顷给之，刻玉如汉张道陵所用印，及所被冠佩剑履以赐太初，所以宠之者甚备。宫未成者十八，而太初卒，太皇太后闻之，喟然叹曰："民不可劳也，兵不可役也，大司徒钱不可发也，而先帝之意不可以不成。"乃敕禁中供奉之物，务从约损，斥卖珠玉以巨万计，凡所谓以天下养者，悉归之储祥。积会所赐，为钱一万七千六百二十八万，而宫乃成。内出白金六千三百余两，以为香火瓜华之用。召道士刘应贞嗣行太初之法，命入内供奉官陈衍典领其事。起四年之春，讫六年之秋，为三门两庑，中大殿三，旁小殿九，钟经楼二，石坛一，建斋殿于东，以待临幸，筑道馆于西，以居其徒，凡七百余间。雄丽靖深，为天下伟观，而民不知、有司不与焉。呜呼，其可谓至德也已矣！

臣谨按：道家者流，本出于黄帝、老子。其道以清净无为为宗，以虚明应物为用，以慈俭不争为行，合于《周易》"何思何虑"、《论语》"仁者静寿"之说，如是而已。自秦、汉以来，始用方士言，乃有飞仙变化之术、《黄庭》《大洞》之法，太上、天真、木公、金母之号，延康、赤明、龙汉、开皇之纪，天皇、太一、紫微、北极之祀；下至于丹药奇技、符箓小数，皆归于道家，学者不能必其有无。然臣尝窃论之。黄帝、老子之道，本也。方士之言，末也。修其本而末自应。故仁义不施，则《韶濩》之乐，不能以降天神；忠信不立，则射乡之礼，不能以致刑措。汉兴，盖公治黄、老，而曹参师其言，以谓治道贵清静，而民自定。以此为政，天下歌之曰："萧何为法，讲若画一。曹参代之，守而勿失。载其清静，民以宁壹。"其后文景之治，大率依本黄、老，清心省事，薄敛缓狱，不言兵而天下富。

臣观上与太皇太后所以治天下者，可谓至矣。检身以律物，故不怒而威；捐利以予民，故不藏而富；屈己以消兵，故不战而胜；虚心以观世，故不察而明。虽黄帝、老子，其何以加此！本既立矣，则又恶衣菲食，卑宫室，陋器用，斥其赢余，以成此宫，上以终先帝未究之志，下以为子孙无疆之福。宫成之日，民大和会，鼓舞讴歌，声闻于天，天地喜答，神祇来格，祝史无求，福禄自至，时万时亿，永作神主。故曰"修其本而末自应"，岂不然哉！臣既书其事，皇帝若曰："大哉太祖之功，太宗之德，神宗之志，而圣母成之。汝作铭诗，而朕书其首曰'上清储祥宫碑'。"臣轼拜手稽首献铭曰：

天之苍苍，正色非耶？其视下也，亦若斯耶？我筑上清，储祥之宫。无以来之，其肯我从。元祐之政，媚于上下。何修何营，曰是四者。民怀其仁，吏服其廉。鬼畏其正，神予其谦。帝既子民，维子之视。云何事帝，而瘠其子。允哲文母，以公灭私。作宫千柱，人初不知。於皇祖宗，在帝左右。风马云车，从帝来狩。阅视新宫，察民之言。佑我文母，及其孝孙。孝孙来飨，左右耆耇。无竞惟人，以燕我后。多士为祥，文母所培。我膺受之，笃其成材。千石之钟，万石之虡。相以铭诗，震于四海。卷一七

淮阴侯庙碑

应龙之所以为神者，以其善变化而能屈伸也。夏则天飞，效其灵也；冬则泥蟠，避其害也。当嬴氏刑惨网密，毒流海内，销锋镝，诛豪俊，将军乃辱身污节，避世用晦，志在鹊起豹变。食全楚之租，故受馈于漂母；抱王霸之略，蓄英雄之壮图。志轻六合，气盖万夫，故忍耻跨下。洎乎山鬼反璧，天亡秦族。遇知己之英主，陈不世之奇策。崛起蜀汉，席卷关辅。战必胜，攻必克，扫强楚，灭暴秦。平齐七十城，破赵二十万。乞食受辱，恶足累大丈夫之功名哉！然使水行未殒，火流犹潜。将军则与草木同朽、麋鹿俱死，安能持太阿之柄，云飞龙骧，起徒步而取侯王？噫！自古英伟之士，不遇机会，委身草泽，名堙灭而无称者，可胜道哉！乃碑而铭之。铭曰：

书轨新邦，英雄旧里。海雾朝翻，山烟暮起。宅临旧楚，庙枕清淮。枯松折柏，废井荒台。我停单车，思人望古。淮阴少年，有目无睹。不知将军，用之如虎。卷一七

伏波将军庙碑

汉有两伏波，皆有功德于岭南之民。前伏波，邳离路侯也；后伏波，新息马侯也。南越自三代不能有，秦虽稍通置吏，旋复为夷。邳离始伐灭其国，开九郡。然至东汉，二女子侧、贰反岭南，震动六十余城。世祖初平天下，民劳厌兵，方闭玉关、谢西域，况南荒何足以辱王师？非新息苦战，则九郡左衽至今矣。由此论之，两伏波庙食于岭南者，均也。古今所传，莫能定于一。自徐闻渡海，适朱崖，南望连山，若有若无，杳杳一发耳。舣舟将济，眩栗丧魄。海上有

伏波祠，元丰中诏封忠显王，凡济海者必卜焉。曰："某日可济乎？"必吉而后敢济。使人信之，如度量衡石，必不吾欺者。呜呼，非盛德其孰能然！自汉以来，朱崖、儋耳，或置或否。扬雄有言："朱崖之弃，捐之之力也，否则介鳞易我衣裳。"此言施于当时可也。自汉末至五代，中原避乱之人，多家于此。今衣冠礼乐，盖斑斑然矣，其可复言弃乎！四州之人，以徐闻为咽喉。南北之济者，以伏波为指南，事神其敢不恭？轼以罪谪儋耳三年，今乃获还海北，往返皆顺风，念无以答神贶者，乃碑而铭之。铭曰：

至崄莫测海与风，至幽不仁此鱼龙。至信可恃汉两公，寄命一叶万仞中。自此而南洗汝胸，抚循民夷必清通。自此而北端汝躬，屈信穷达常正忠。生为人英没愈雄，神虽无言意我同。卷一七

昭灵侯庙碑

昭灵侯南阳张公讳路斯，隋之初，家于颍上县仁社村。年十六，中明经第。唐景龙中，为宣城令，以才能称。夫人石氏，生九子。自宣城罢归，常钓于焦氏台之阴。一日，顾见钓处有宫室楼殿，遂入居之。自是夜出旦归，归辄体寒而湿。夫人惊问之。公曰："我，龙也。蓼人郑祥远者，亦龙也。与我争此居，明日当战，使九子助我。领有绛绡者我也，青绡者郑也。"明日，九子以弓矢射青绡者中之，怒而去，公亦逐之。所过为溪谷，以达于淮。而青绡者，投于合淝之西山以死，为龙穴山。九子皆化为龙，而石氏葬关洲。公之兄为马步使者，子孙散居颍上，其墓皆存焉。事见于唐布衣赵耕之文，而传于淮颍间父老之口，载于欧阳文忠公之《集古

录》云。

自景龙以来，颍人世祠之于焦氏台。乾宁中，刺史王敬荛始大其庙。有宋乾德中，蔡州大旱，其刺史司超闻公之灵，筑祠于蔡。既雨，翰林学士承旨陶縠为记其事。盖自淮南至于蔡、许、陈、汝，皆奔走奉祠。景德中，谏议大夫张秉奉诏益新颍上祠宇。而熙宁中司封郎中张徽奏乞爵号，诏封公昭灵侯，石氏柔应夫人。庙有穴五，往往见变异、出云雨。或投器穴中，则见于池，而近岁有得蜕骨于池者，金声玉质，轻重不常，今藏庙中。元祐六年秋，旱甚。郡守龙图阁学士左朝奉郎苏轼，迎致其骨于西湖之行祠，与吏民祷焉，其应如响。乃益治其庙，作碑而铭之。铭曰：

维古至人，泠然乘风。变化往来，不私其躬。道本于仁，仁故能勇。有杀有生，以仁为终。相彼幻身，何适不通？地行为人，天飞为龙。惠于有生，我则从之。淮颍之间，笃生张公。跨历隋、唐，显于有宋。上帝宠之，先帝封之。昭于一方，万灵宗之。哀我颍民，处瘠而穷。地倾东南，潦水所钟。忽焉归壑，千里一空。公居其间，拯溺吊凶。救疗疾疠，驱攘螟虫。开阖抑扬，孰知其功。坎坎击鼓，巫师老农。斗酒只鸡，四簋其馐。度公之居，贝阙珠宫。揆公之食，琼醴玉饔。何以称之，我愧于中。公之所飨，惟诚与恭。诚在爱民，无伤农工。恭不在外，洗濯厥胸。以此事神，神听则聪。敢有不然，上帝之恫。卷一七

潮州韩文公庙碑

匹夫而为百世师，一言而为天下法。是皆有以参天地之化，

关盛衰之运。其生也有自来，其逝也有所为。故申吕自岳降，傅说为列星，古今所传，不可诬也。孟子曰："吾善养吾浩然之气。是气也，寓于寻常之中，而塞乎天地之间。"卒然遇之，则王公失其贵，晋、楚失其富，良、平失其智，贲、育失其勇，仪、秦失其辩。是孰使之然哉？其必有不依形而立，不恃力而行，不待生而存，不随死而亡者矣。故在天为星辰，在地为河岳，幽则为鬼神，而明则复为人。此理之常，无足怪者。自东汉以来，道丧文弊，异端并起，历唐贞观、开元之盛，辅以房、杜、姚、宋而不能救，独韩文公起布衣，谈笑而麾之，天下靡然从公，复归于正，盖三百年于此矣。文起八代之衰，而道济天下之溺；忠犯人主之怒，而勇夺三军之帅。岂非参天地，关盛衰，浩然而独存者乎！盖尝论天人之辨，以谓人无所不至，惟天不容伪。智可以欺王公，不可以欺豚鱼；力可以得天下，不可以得匹夫匹妇之心。故公之精诚，能开衡山之云，而不能回宪宗之惑；能驯鳄鱼之暴，而不能弭皇甫镈、李逢吉之谤；能信于南海之民，庙食百世，而不能使其身一日安于朝廷之上。盖公之所能者，天也；所不能者，人也。

始，潮人未知学，公命进士赵德为之师。自是潮之士皆笃于文行，延及齐民，至于今，号称易治。信乎孔子之言："君子学道则爱人，小人学道则易使也。"潮人之事公也，饮食必祭，水旱疾疫，凡有求，必祷焉。而庙在刺史公堂之后，民以出入为艰。前守欲请诸朝作新庙，不果。元祐五年，朝散郎王君涤来守是邦，凡所以养士治民者，一以公为师。民既悦服，则出令曰："愿新公庙者听。"民趋之。卜地于州城之南七里，期年而庙成。或曰："公去国万里，而谪于潮，不能一岁而归。没而有知，其不眷恋于潮，审矣。"轼曰："不然。公之神在天下者，如水之在地中，无所往而不在也。而潮人独信之深，思之至，焄蒿凄怆，若或见之。譬如凿井得泉，而曰水专在是，岂理也哉！"元丰七年，诏封公昌黎伯，故榜曰"昌黎伯韩文公之庙"。潮人请书其事于石，因作诗以遗之，使歌以祀公。其词曰：

公昔骑龙白云乡，手抉云汉分天章，天孙为织云锦裳。飘然乘风来帝旁，下与浊世扫秕糠。西游咸池略扶桑，草木衣被昭回光。追逐李杜参翱翔，汗流籍湜走且僵，灭没倒景不可望。作书诋佛讥君王，要观南海窥衡湘，历舜九疑吊英皇。祝融先驱海若藏，约束蛟鳄如驱羊。钧天无人帝悲伤，讴吟下招遣巫阳。犦牲鸡卜羞我觞，於粲荔丹与蕉黄。公不少留我涕滂，翩然被发下大荒。卷一七

峻灵王庙碑

古者王室及大诸侯国皆有宝。周有琬琰大玉，鲁有夏后氏之璜，皆所以守其社稷，镇抚其人民也。唐代宗之世，有比丘尼若梦恍惚见上帝者，得八宝以献诸朝，且传帝命曰："中原兵久不解，腥闻于天，故以此宝镇之。"则改元宝应。以是知天亦分宝以镇世也。自徐闻渡海，历琼至儋，又西至昌化县西北二十里，有山秀峙海上，石峰巉然，若巨人冠帽西南向而坐者，俚人谓之"山胳膊"。而伪汉之世，封其山神为镇海广德王。五代之末，南夷有知望气者，曰："是山有宝气，上达于天。"舣舟其下，斫山发石以求之。夜半，大风，浪驾其舟空中，碎之石峰下，夷皆溺死。儋之父老，犹有及见败舟山上者，今独有碇石存焉耳。天地之宝，非人所得睥睨者。晋张华使其客雷焕发酆城狱，取宝剑佩之，华终以忠遇祸，坐

此也夫！今此山之上，上帝赐宝以奠南极，而贪冒无知之夷，欲以力取而己有之，其诛死，宜哉！皇宋元丰五年七月，诏封山神为峻灵王，用部使者承议郎彭次云之请也。绍圣四年七月，琼州别驾苏轼，以罪谴于儋，至元符三年五月，有诏徙廉州。自念谪居海南三岁，饮咸食腥，陵暴飓雾而得生还者，山川之神实相之。谨再拜稽首，西向而辞焉，且书其事，碑而铭之。山有石池，产紫鳞鱼，民莫敢犯，石峰之侧多荔支、黄柑，得就食，持去，则有风雹之变。其铭曰：

琼崖千里块海中，民夷错居古相容。方壶蓬莱此别宫，峻灵独立秀且雄。为帝守宝甚严恭，庇荫嘉谷岁屡丰。小大逍遥远鰕龙，鹓鹍安栖不避风。我浮而西今复东，铭碑晔然照无穷。卷一七

司马温公神道碑

上即位之三年，朝廷清明，百揆时叙，民安其生，风俗一变。异时薄夫鄙人，皆洗心易德，务为忠厚，人人自重，耻言人过。中国无事，四夷稽首请命。惟西羌夏人，叛服不常，怀毒自疑，数入为寇。上命诸将按兵不战，示以形势。不数月，生致大首领鬼章青宜结阙下。夏人十数万寇泾原，至镇戎城下，五日无所得，一夕遁去。而西羌兀征声延以其族万人来降。黄河始决曹村，既筑灵平，复决小吴，横流五年，朔方骚然。而今岁之秋，积雨弥月，河不大溢，及冬，水入地益深，有北流赴海复禹旧迹之势。凡上所欲，不求而获，而其所恶，不麾而去。天下晓然知天意与上合，庶几复见至治之成，家给人足，刑措不用，如咸平、景德间也。

或以问臣轼："上与太皇太后安所施设而及此？"臣轼对曰："在《易·大有》：'上九，自天祐之，吉，无不利。'孔子曰：'天之所助者，顺也；人之所助者，信也。履信思乎顺，又以尚贤也。是以自天祐之，吉无不利。'今二圣躬信顺以先天下，而用司马公以致天下士，应是三德矣。且以臣观之，公，仁人也。天相之矣。""何以知其然也？"曰："公以文章名于世，而以忠义自结人主。朝廷知之可也，四方之人何自知之？士大夫知之可也，农商走卒何自知之？中国知之可也，九夷八蛮何自知之？方其退居于洛，眇然如颜子之在陋巷，累然如屈原之在陂泽，其与民相忘也久矣，而名震天下如雷霆，如河汉，如家至而日见之。闻其名者，虽愚无知如妇人孺子，勇悍难化如军伍夷狄，以至于奸邪小人，虽恶其害已仇而疾之者，莫不敛衽变色，咨嗟太息，或至于流涕也。元丰之末，臣自登州入朝，过八州以至京师，民知其与公善也，所在数千人，聚而号呼于马首曰：'寄谢司马丞相，慎毋去朝廷。厚自爱，以活百姓。'如是者，盖千余里不绝。至京师，闻士大夫言，公初入朝，民拥其马，至不得行，卫士见公，擎跽流涕者不可胜数。公惧而归洛。辽人、夏人遣使入朝，与吾使至虏中者，虏必问公起居，而辽人敕其边吏曰：'中国相司马矣，慎毋生事，开边隙。'其后公薨，京师之民罢市而往吊，鬻衣以致奠，巷哭以过车者，盖以千万数。上命户部侍郎赵瞻、内侍省押班冯宗道护其丧归葬。瞻等既还，皆言民哭公哀甚，如哭其私亲。四方来会葬者，盖数万人。而岭南封州父老相率致祭，且作佛事以荐公者，其词尤哀。炷芗于手顶以送公葬者，凡百余人，而画像以祠公者，天下皆是也。此岂人力也哉？天相之也！匹夫而能动天，亦必有道矣。非至诚一德，其孰能使之？《记》曰："惟天下之至诚，为能尽其性，能尽其性，则能尽人之性；能尽人之性，则能尽物之性；能尽物之性，则可以赞天地之化育矣。'《书》曰：'惟尹躬暨汤，咸有一德，克享天心。'又曰：'德惟一，动罔不吉。德二三，动罔不凶。'或以千金与人而人不喜，或以一言使人而人死之者，诚与不诚故也。稽天之潦，不能终朝，而一线之溜，可以达石者，一与不一故也。诚而一，古之圣人不能加毫末于此矣，而况公乎！故臣论公之德，至于感人心，动天地，巍巍如此，而蔽之以二言，曰诚、曰一。"

公讳光，字君实。其先河内人，晋安平献王孚之后，王之裔孙征东大将军阳，始葬今陕州夏县涑水乡，子孙因家焉。曾祖讳政，以五代衰乱不仕，赠太子太保。祖讳炫，举进士，试秘书省校书郎，终于耀州富平县令，赠太子太傅。考讳池，宝元、庆历间名臣，终于兵部郎中、天章阁待制，赠太师温国公。曾祖妣薛氏，祖妣皇甫氏，妣聂氏，皆封温国太夫人。

公始以进士甲科事仁宗皇帝，至天章阁待制，知谏院。始发大议，乞立宗子为后，以安宗庙，宰相韩琦等因其言，遂定大计。事英宗皇帝为谏议大夫，龙图阁直学士，论陕西刺义勇为民患，及内侍任守忠奸蠹，乞斩以谢天下，守忠竟以谴死。又论濮安懿王当准先朝封赠期亲尊属故事，天下韪之。事神宗皇帝为翰林学士、御史中丞。西戎部将嵬名山欲以横山之众降，公极论其不可纳，后必为边患，已而果然。劝帝不受尊号，遂为万世法。及王安石为相，始行青苗、助役、农田水利，谓之新法，公首言其害，以身争之。当时士大夫不附安石，言新法不便者，皆倚公为重。帝以公为枢密副使，公以言不行，不受命。乃以为端明殿学士，出知永兴军，遂以留司御史台及提举崇福宫，退居于洛十有五年。及上即位，太皇太后摄政，起公为门下侍郎，迁正议大夫，遂拜左仆射。公首更诏书以开言路，分别邪正，进退其甚者十余人。旋罢保甲、保马、市易及诸道新行盐铁茶法，最后遂罢助役、青苗。方议取士，择守令监司以养民，期于富而教之，凛凛乎向至治矣。而公卧病，以元祐元年九月丙辰朔薨于位，享年六十八。太皇太后闻之恸，上亦感涕不已。时方祀明堂，礼成不贺。二圣皆临其丧，哭之哀甚，辍视朝。赠太师温国公，襚以一品礼服，谥曰文正。官其亲属十人。公娶张氏，礼部尚书存之女，封清河郡君，先公卒，追封温国夫人。子三人：童、唐，皆早亡；康，今为秘书省校书郎。孙二人：植、桓，皆承奉郎。以元祐三年正月辛酉，葬于陕之夏县涑水南原之晁村。上以御篆表其墓道，曰"忠清粹德之碑"，而其文以命臣轼。

臣盖尝为公行状，而端明殿学士范镇取以志其墓矣，故其详不复再见，而独论其大概。议者徒见上与太皇太后进公之速，用公之尽，而不知神宗皇帝知公之深也。自士庶人至于卿大夫，相与为宾师朋友，道足以相信，而权不足以相休戚，然犹同己则亲之，异己则疏之，未有闻过而喜，受诲而不怒者也，而况于君臣之间乎？方熙宁中，朝廷政事与公所言无一不相违者。书数十上，皆尽言不讳，盖自敌以下所不能堪，而先帝安受之，非特不怒而已，乃欲以为左右辅弼之臣，至为叙其所著书，读之于迩英阁。不深知公，而能如是乎？二圣之知公也，知之于既同；而先帝之知公也，知之于方异。故臣以先帝为难。昔齐神武皇帝寝疾，告其子世宗曰："侯景专制河南十四年矣，诸将皆莫能敌，惟慕容绍宗可以制之。我故不贵，留以遗汝。"而唐太宗亦谓高宗："汝于李勣无恩，我今责出之，汝当授以仆射。"乃出勣于叠州都督。夫齐神武、唐太宗，虽未足以比隆先帝，而绍宗与勣，亦非公之流，然古之人君所以为其子孙长计远虑者，类皆如此。宁其身亡受知人之名，而使其子孙专享得贤之利。先帝知公如此，而卒不尽用，安知其意不出于此乎？臣既书其事，乃拜手稽首而作诗曰：

於皇上帝，子惠我民。孰堪顾天，惟圣与仁。圣子受命，如尧之初。神母诏之，匪亟匪徐。圣神无心，孰左右之。民自择相，我兴授之。其相惟何，太师温公。公来自西，一马二童。万人环之，如渴赴泉。孰不见公，莫如我先。二圣忘己，惟公是式。公亦无我，惟民是度。民曰乐哉，既相司马。尔贾于途，我耕于野。士曰时哉，既用君实。我后子先，时不可失。公如麟凤，不鸷不搏。羽毛毕朝，雄狡率服。为政一年，疾病半之。功则多矣，百年之思。知公于异，识公于微。匪公之思，神考是怀。天子万年，四夷来同。荐于清庙，神考之功。卷一七

赵清献公神道碑

故太子少师清献赵公，既薨之三年，其子岏除丧，来告于朝曰："先臣既葬，而墓隧之碑无名与文，无以昭示来世。敢以请。"天子曰："嘻！兹予先正，以惠术扰民如郑子产，以忠言摩上如晋叔向。"乃以"爱直"名其碑，而又命臣轼为之文。

臣轼逮事仁宗皇帝，盖尝窃观天地之盛德，而窥日月之末光矣。未尝行也，而万事莫不毕举；未尝视也，而万物莫不毕见。非有他术也，善于用人而已。惟清献公擢自御史。是时将用谏官御史，必取天下第一流，非学术才行备具为一世所高者不与，用之至重。故言行计从，有不十年而为近臣者；言不当，有不旋踵而黜者。是非明辨，而赏罚必信，故士居其官者少妄，而天子穆然无为，坐视其成，奸宄消亡，而忠良全安。此则清献公与其僚之功也。

公讳抃，字阅道。其先京兆奉天人。唐德宗世，植为岭南节度使。植生隐，为中书侍郎。隐生光逢、光裔，并掌内外制，皆为唐闻人。五代之乱，徙家于越。公则植之十世从孙也。曾祖讳昙，深州司户参军。祖讳湘，庐州庐江尉，始家于衢，遂为西安人。考讳亚才，广州南海主簿。公既贵，赠曾祖太子太保，妣陈氏安国太夫人；祖司徒，妣袁氏崇国太夫人，俞氏光国太夫人；考开府仪同三司，封荣国公，妣徐氏魏国太夫人，徐氏越国太夫人。

公少孤且贫，刻意力学，中景祐元年进士乙科，为武安军节度推官。民有伪造印者，吏皆以为当死。公独曰："造在赦前，而用在赦后。赦前不用，赦后不造，法皆不死。"遂以疑谳之，卒免死。一府皆服。阅岁，举监潭之粮料。岁满，改著作佐郎，知建州崇安县，徙通判宜州。卒有杀人当死者，方系狱，病痈未溃，公使医疗之，得不瘐死。会赦以免。公爱人之周，类如此。未几以越国丧，庐于墓三年，不宿于家。县榜其所居里为"孝弟"，处士孙处为作孝子传。终丧，起知泰州海陵，复知蜀州江原。还，通判泗州。泗守昏不事事，监司欲罢遣之，公独左右其政，而晦其所以然，使若权不己出者。守得以善去。濠守以廪赐不如法，士卒谋欲为变，或以告。守恐怖，日未夕，辄闭门不出。转运使徙公治濠。公至，从容如平日，濠以无事。

曾公亮为翰林学士，未识公，而以台官荐，召为殿中侍御史。弹劾不避权幸，京师号公"铁面御史"。其言常欲朝廷别白君子小人。以谓小人虽小过，当力排而绝之，后乃无患；君子不幸而有诖误，当保持爱惜，以成就其德。故言事虽切，而人不厌。温成皇后方葬，始命参知政事刘沆监护其役，及沆为相而领事如故。公论其当罢，以全国体。复言宰相陈执中不学无术，且多过失。章十二上，执中卒罢去。王拱辰奉使契丹还，为宣徽使。公言拱辰平生所为及奉使不如法事，命遂寝。复言枢密使王德用、翰林学士李淑不称职，皆罢去。是时邵必为开封推官，以前任常州失入徒罪自举，遇赦而犹罢，监邵武酒税。吴充、鞠真卿发礼院吏代书事，吏以赎论，而充、真卿皆出知军。吕景初、马遵、吴中复弹奏梁适，适以罢相，而景初等随亦被逐。冯京言吴充、鞠真卿、刁约不当以无罪黜，而京亦夺修起居注。公皆力言其非是，必以复职知军。充、真卿、约、景初、遵皆召还京中，复皆许补故阙。先是，吕溱出守徐，蔡襄守泉，吴奎守寿，韩绛守河阳；已而欧阳修乞蔡，贾黯乞荆南。公即上言："近日正人贤士，纷纷引去，忧国之士为之寒心，侍从之贤，如修辈无几。今皆欲请郡者，以正色立朝，不能谄事权要，伤之者众耳。"修等由此不去，一时名臣赖之以安。仁宗晚岁不豫，而太子未定，中外恟惧。及上既康复，公请择宗室贤子弟教育于宫中，封建任使，以示天下大本。

已而求郡，得睦。睦岁为杭市羊，公为移文却之。民籍有茶税而无茶地，公为奏蠲之，民至今称焉。移充梓州路转运使，未几移益。两蜀地远而民弱，吏恣为不法，州郡以酒食相馈饷，衙前治厨传，破家相属也。公身帅以俭，不从者请以违制坐之，蜀风为之一变。穷城小邑，民或生而不识使者，公行部，无所不至，父老惊喜相慰，奸吏亦竦。以右司谏召，论事不折如前。入内副都知邓保信引退兵董吉，以烧炼出入禁中，公言："汉文成、五利，唐普思、静能、李训、郑注，多依宦官以结主，假药术以市奸者也，其渐不可启。"宋庠为枢密使，选用武臣多不如旧法，至有诉于上前者。公陈其不可。陈升之除枢密副使，公与唐介、吕诲、范师道同言升之交结宦官，进不以道，章二十余上，不省，即居家待罪。诏强起之，乃乞补外，二人皆相次去位，公与言者亦罢。公得虔州，地远而民好讼，人谓公不乐。公欣然过家上冢而去。既至，遇吏民简易，严而不苛。悉召诸县令告之，为令当自任事，勿以事诿郡，苟事办而民悦，吾一无所问。令皆喜，争尽力，虔事为少，狱以屡空。改修盐法，疏凿赣石，民赖其利。虔当二广之冲，行者常自虔易舟而北。公间取余材造舟，得百艘，移二广诸郡，曰："仕宦之家，有父兄没而不能归者，皆移文以遣，当具舟载之。"至者既悉授以舟，复量给公使物，归者相继于道。朝廷闻公治有余力，召知御史杂事。不阅月，为度支副使。

英宗即位，奉使契丹，还，未至，除天章阁待制、河北都转运使。时贾昌朝以使相判大名府。公欲按视府库，昌朝遣其属来告，曰："前此，监司未有按视吾事者。公虽欲举职，恐事有不应法，奈何？"公曰："舍大名，则列郡不服矣。"即往视之，昌朝初不说也。前此有诏，募义勇，过期不足者徒二年，州郡不时办，官吏当坐者八百余人。公被旨督其事，奏言："河朔频岁丰熟，故募不如数。请宽其罪，以俟农隙。"从之。坐者得免，而募亦随足。昌朝乃愧服曰："名不虚得矣。"旋除龙图阁直学士、知成都。公以宽治蜀，蜀人安之。初，公为转运使，言蜀人有以妖祀聚众为不法者，其首既死，其为从者宜特黥配。及为成都，适有此狱，其人皆惧，意公必尽用法。公察其无它，曰："是特坐樽酒至此耳。"刑其为首者，余皆释去。蜀人愈爱之。会荣諲除转运使，陛辞，上面谕曰："赵某为成都，中和之政也。"

神宗即位，召知谏院。故事，近臣自成都还，将大用，必更省府，不为谏官。大臣为言。上曰："用赵某为谏官，赖其言耳。苟欲用之，何伤！"及谢，上谓曰："闻卿匹马入蜀，以一琴一龟自随。为政简易，亦称是耶？”公知上意将用其言。即上疏，论吕诲、傅尧俞、范纯仁、吕大防、赵瞻、赵鼎、马默皆骨鲠敢言，久谴不复，无以慰缙绅之望。上纳其说。郭逵除签书枢密院事，公议不允。公力言之，即罢。居三月，擢右谏议大夫，参知政事。感激思奋，面议政事，有不尽者，辄密启闻。上手诏嘉之。公与富弼、曾公亮、唐介同心辅政，率以公议为主。会王安石用事，议论不协，既而司马光辞枢密副使，台谏侍从多以言事求去。公言：“朝廷事有轻重，体有大小，财利于事为轻，而民心得失为重；青苗使者于体为小，而禁近耳目之臣用舍为大。今不罢财利而轻失民心，不罢青苗使者而轻弃禁近耳目，去重而取轻，失大而得小，非宗庙社稷之福。臣恐天下自此不安矣。”言入，即求去，四上章，不许。

熙宁三年四月，复五上章，除资政殿学士、知杭州。公素号宽厚，杭之无赖子弟以此逆公，皆骈聚为恶。公知其意，择重犯者率黥配他州，恶党相帅遁去。未几，徙青州。因其俗朴厚，临以清净。时山东旱蝗，青独多麦，蝗自淄、齐来，及境遇风，退飞堕水而尽。

五年，成都以戍卒为忧，朝廷择遣大臣为蜀人所爱信者，皆莫如公，遂以大学士知成都。然意公必辞。及见，上曰：“近岁无自政府复往者，卿能为我行乎？”公曰：“陛下有言，即法也。岂顾有例哉！”上大喜。公乞以便宜行事，即日辞去。至蜀，默为经略，而燕劳闲暇如他日，兵民晏然。一日，坐堂上，有卒长在堂下。公好谕之曰：“吾与汝，年相若也。吾以一身入蜀，为天子抚一方，汝亦宜清慎畏戢以帅众。比戍还，得余赀，持归为室家计可也。”人知公有善意，转相告语，莫敢复为非者。剑州民李孝忠集众二百余人，私造符牒，度人为僧。或以谋逆告，狱具。公不畀法吏，以意决之，处孝忠以私造度牒，余皆得不死。喧传京师，谓公脱逆党。朝廷取具狱阅之，卒无以易也。茂州蕃部鹿明玉等蜂聚境上，肆为剽掠。公亟遣部将帅兵讨之，夷人惊溃乞降，愿杀婢以盟。公使喻之，曰："人不可用，用三牲可也。"使至，已縶婢引弓，将射心取血。闻公命，欢呼以听。事讫，不杀一人。

居二岁，乞守东南，为归老计，得越州。吴越大饥，民死者过半，公尽所以救荒之术，发廪劝分，而以家资先之，民乐从焉。生者得食，病者得药，死者得藏。下令修城，使民食其力。故越人虽饥而不怨。复徙治杭。杭旱与越等，其民尤病。既而朝廷议欲筑其城。公曰："民未可劳也。"罢之。钱氏纳国，未及百年，而坟庙堙圮，杭人哀之。公奏因其所在，岁度僧、道士各一人，收其田租，为岁时献享营缮之费。从之，且改妙因院为表忠观。

公年未七十，告老于朝，不许。请之不已，元丰二年二月，加太子少保致仕，时年七十二矣。退居于衢。有溪石松竹之胜，东南高士多从之游。朝廷有事郊庙，再起公侍祠，不至。岘通判温州，从公游天台、雁荡，吴越间荣之。岘代还，得见。上顾问公，甚厚。以岘提举浙东常平，以便其养。岘复侍公游杭。始，公自杭致仕，杭人留公不得行，公曰："六年当复来。"至是适六岁矣。杭人德公，逆者如见父母。以疾还衢，有大星陨焉。二日而公薨，实七年八月癸巳也。讣闻，天子辍视朝一日，赠太子少师。十二月乙酉，葬于西安莲华山，谥曰"清献"。

公娶徐氏，东头供奉官度之女，封东平郡夫人，先公十年卒。子二人：长曰岏，终杭州於潜县令；次即岘也，今为尚书考功员外郎。

公平生不治产业，嫁兄弟之女以十数，皆如己女。在官，为人嫁孤女二十余人。居乡，葬暴骨及贫无以敛且葬者，施棺给薪，不知其数。少育于长兄振，振既没，思报其德。将迁侍御史，乞不迁，以赠振大理评事。

公为人，和易温厚，周旋曲密，谨绳墨，蹈规矩，与人言，如恐伤之。平生不畜声伎，晚岁习为养气安心之术，翛然有高举意。将薨，晨起如平时。屼侍侧，公与之诀，词色不乱，安坐而终。不知者以为无意于世也。然至论朝廷事，分别邪正，慨然不可夺。宰相韩琦尝称赵公真世人标表，盖以为不可及也。

公为吏，诚心爱人，所至崇学校，礼师儒，民有可与与之，狱有可出出之。治虔与成都，尤为世所称道。神宗凡拟二郡守，必曰："昔赵某治此，最得其术。"冯京相继守成都，事循其旧，亦曰："赵公所为，不可改也。"要之以惠利为本。然至于治杭，诛锄强恶，奸民屏迹不敢犯。盖其学道清心，遇物而应，有过人者矣。铭曰：

> 萧望之为太傅，近古社稷臣，其为冯翊，民未有闻。黄霸为颍川，治行第一，其为丞相，名不逌昔。孰如清献公，无适不宜。邦之司直，民之父师。其在官守，不专于宽，时出猛政，严而不残。其在言责，不专于直，为国爱人，掩其疵疾。盖东郭顺子之清，孟献子之贤，郑子产之政，晋叔向之言，公兼而有之，不几于全乎！卷一七

文集卷一百四十六

富郑公神道碑

宋兴百三十年，四方无虞，人物岁滋。盖自秦、汉以来，未有若此之盛者。虽所以致之非一道，而其要在于兵不用，用不久，常使智者谋之而仁者守之，虽至于无穷可也。契丹自晋天福以来，践有幽、蓟，北鄙之警，略无宁岁，凡六十有九年。至景德元年，举国来寇，攻定武，围高阳，不克，遂陷德清以犯天雄。真宗皇帝用宰相寇准计，决策亲征。既次澶渊，诸道兵大会行在，虏既震动。兵始接，射杀其骁将顺国王挞览。虏惧，遂请和。时诸将皆请以兵会界河上，邀其归，徐以精甲蹑其后，歼之。虏惧，求哀于上。上曰："契丹、幽、蓟，皆吾民也，何多以杀为！"遂诏诸将按兵勿伐，纵契丹归国。虏自是通好守约，不复盗边者三十有九年。

及赵元昊叛，西方转战连年，兵久不决。契丹之臣有贪而喜功者，以我为怯，且厌兵，遂教其主设词以动我，欲得晋高祖所与关南十县。庆历二年，聚重兵境上，遣其臣萧英、刘六符来聘。兵既压境，而使来非时，中外忿之。仁宗皇帝曰："契丹，吾兄弟之国，未可弃也。其有以大镇抚之。"命宰相择报聘者。时虏情不可测，群臣皆莫敢行。宰相举右正言、知制诰富公，公即入对便殿，叩头曰："主忧臣辱，臣不敢爱其死。"上为动色，乃以公为接伴。英等入境，上遣中使劳之。英托足疾不拜，公曰："吾尝使北，病卧车中，闻命辄起拜。今中使至而公不起，此何礼也？”英矍然起拜。公开怀与语，不以夷狄待之。英等见公倾盖，亦不复隐其情，遂去左右，密以其主所欲得者告公，且曰：“可从，从之；不可从，更以一事塞之。”公具以闻。上命御史中丞贾昌朝馆伴，不许割地，而许增岁币，且命公报聘。

既至，六符馆之，反往十数，皆论割地必不可状。及见虏主，问故。虏主曰：“南朝违约，塞雁门，增塘水，治城隍，籍民兵。此何意也？群臣请举兵而南，寡人以谓不若遣使求地，求而不获，举兵未晚也。”公曰：“北朝忘章圣皇帝之大德乎？澶渊之役，若从诸将言，北兵无得脱者。且北朝与中国通好，则人主专其利，而臣下无所获。若用兵，则利归臣下，而人主任其祸。故北朝诸臣争劝用兵者，此皆其身谋，非国计也。”虏主惊曰：“何谓也？”公曰：“晋高祖欺天叛君，而求助于北，末帝昏乱，神人弃之。是时中国狭小，上下离叛，故契丹全师独克。虽虏获金币，充牣诸臣之家，而壮士健马，物故太半，此谁任其祸者？今中国提封万里，所在精兵以百万计，法令修明，上下一心，北朝欲用兵，能保其必胜乎？”曰：“不能。”公曰：“胜负未可知。就使其胜，所亡士马，群臣当之欤？抑人主当之欤？若通好不绝，岁币尽归人主，臣下所得，止奉使者岁一二人耳，群臣何利焉！”虏主大悟，首肯者久之。公又曰：“塞雁门者，以备元昊也。塘水始于何承矩，事在通好前。地卑水聚，势不得不增。城隍皆修旧，民兵亦旧籍，特补其缺耳，非违约也。晋高祖以卢龙一道赂契丹，周世宗复伐取关南，皆异代事。宋兴已九十年，若各欲求异代故地，岂北朝之利也哉！本朝皇帝之命使臣，则有词矣。曰：‘朕为祖宗守国，必不敢以其地与人。北朝所欲，不过利其租赋耳。朕不欲以地故，多杀两朝赤子，故屈己增币，以代赋入。若北朝必欲得地，是志在败盟，假此为词耳。朕亦安得独避用兵乎？澶渊之盟，天地鬼神实临之。今北朝首发兵端，过不在朕。天地鬼神，岂可欺也哉！'"虏大感悟，遂欲求婚。公曰："婚姻易以生隙，人命修短不可知，不若岁币之坚久也。本朝长公主出降，赍送不过十万缗，岂若岁币无穷之获哉？"虏主曰："卿且归矣。再来，当择一授之，卿其遂以誓书来。"公归复命。

再聘，受书及口传之词于政府，既行次乐寿，谓其副曰："吾为使者而不见国书，万一书词与口传者异，则吾事败矣。"发书视之，果不同。乃驰还都，以晡入见，宿学士院一夕，易书而行。既至，虏不复求婚，专欲增币，曰："南朝遗我书当曰'献'，否则曰'纳'。"公争不可。虏主曰："南朝既惧我矣，何惜此二字，若我拥兵而南，得无悔乎？"公曰："本朝皇帝兼爱南北之民，不忍使蹈锋镝，故屈己增币，何名为惧哉？若不得已而至于用兵，则南北敌国，当以曲直为胜负，非使臣之所忧也。"虏主曰："卿勿固执，自古亦有之。"公曰："自古惟唐高祖借兵于突厥，故臣事之。当时所遗，或称'献''纳'，则不可知。其后颉利为太宗所擒，岂复有此礼哉！"公声色俱厉，虏知不可夺，曰："吾当自遣人议之。"于是留所许增币誓书，复使耶律仁先及六符以其国誓书来，且求为"献""纳"。公奏曰："臣既以死拒之，虏气折矣。可勿复许，虏无能为也。"上从之，增币二十万，而契丹平。北方无事，盖又四十八年矣。契丹君臣至今诵其语，守其约不忍败者，以其心晓然知通好、用兵利害之所在也。故臣尝窃论之，百余年间，兵不大用者，真宗、仁宗之德，而寇准与公之功也。

公讳弼，字彦国，河南人。曾大父内黄令讳处谦，大父商州马步使讳令荀，考尚书都官员外郎讳言，皆以公贵，赠太师、中书令、尚书令,封邓、韩、秦三国公。曾祖母刘氏,祖母赵氏,母韩氏,封鲁、韩、秦三国太夫人。

公幼笃学,有大度,范仲淹见而识之,曰:“此王佐才也。”怀其文以示王曾、晏殊,殊即以女妻之。仁宗复制科,仲淹谓公曰:“子当以是进。”天圣八年,公以茂材异等中第,授将作监丞,知河南府长水县。用李迪辟,签书河阳节度判官事。丁秦国公忧。服除,会郭后废,范仲淹等争之,贬知睦州。公上言:“朝廷一举而获二过。纵不能复后,宜还仲淹,以来忠言。”通判绛州。景祐四年,召试馆职,迁太子中允、直集贤院。从王曾辟,通判郓州。

宝元初,赵元昊反。公上疏陈八事,且言:“元昊遣使求割地邀金帛,使者部从仪物如契丹,而词甚倨,此必元昊腹心谋臣自请行者。宜出其不意,斩之都市。”又言:“夏守赟,庸人也,平时犹不当用,而况艰难之际,可为枢密乎!”议者以为有宰相气。召还,为开封府推官,擢知谏院。康定元年,日食正旦。公言请罢燕彻乐,虽虏使在馆,亦宜就赐饮食而已。执政以为不可。公曰:“万一北虏行之,为朝廷羞。”后使虏还者云:“虏中罢燕。”如公言。仁宗深悔之。初,宰相恶闻忠言,下令禁越职言事。公因论日食,以谓应天变莫若通下情,遂除其禁。

元昊寇鄜延,杀二万人,破金明,擒李士斌,延帅范雍、钤辖卢守勤闭门不救,中贵人黄德和引兵先走,刘平、石元孙战死,而雍、守勤归罪于通判计用章、都监李康伯,皆窜岭南。德和诬奏平降贼,诏以兵围守其家。公言:“平自环庆引兵来援,以奸臣不救,故败。竟骂贼不食而死,宜恤其家。守勤、德和皆中官,怙势诬人,冀以自免,宜竟其狱。”枢密院奏方用兵,狱不可遂。公言:“大臣附下罔上,狱不可不竟。”时守勤男昭序为御药,公奏乞罢之,德和竟坐腰斩。

延州民二十人诣阙告急，上召问，具得诸将败亡状。执政恶之，命边郡禁民擅赴阙者。公言："此非陛下意，宰相恶上知四方有败耳。民有急，不得诉之朝，则西走元昊，北走契丹矣。"夏守赟为陕西都总管，又以入内都知王守忠为都钤辖。公言："用守赟既为天下笑，而守忠钤辖乃与唐中官监军无异，将吏必怨惧。卢守勤、黄德和覆车之辙，可复蹈乎？"诏罢守忠。时又用观察使魏昭昞为同州，郑守忠为殿前都指挥使，高化为步军都指挥使。公言："昭昞乳臭儿，必败事；守忠与化故亲事官，皆驽才小人，不可用。"诏遣侍御史陈洎往陕西督修城，且城潼关。公言："天子守在四夷。今城潼关，自关以西为弃之耶？"语皆侵执政。

自用兵以来，吏民上书者甚众，初不省用。公言："知制诰本中书属官，可选二人置局。中书考其所言，可用用之。"宰相以付学士，公言："此宰相偷安，欲以天下是非尽付他人。"乞与廷辩。又言："边事系国安危，不当专委枢密院。周宰相魏仁浦兼枢密使，国初范质、王溥亦以宰相参知枢密院事。今兵兴，宜使宰相以故事兼领。"仁宗曰："军国之务，当尽归中书，枢密非古官。"然未欲遽废，内降令中书同议枢密院事，且书其检。宰相以内降纳上前，曰："恐枢密院谓臣夺权。"公曰："此宰相避事耳，非畏夺权也。"时西夏首领吹同乞砂、吹同乞山各称伪将相来降，补借奉职，羁置荆湖。公言："二人之降，其家已族矣。当厚赏以劝来者。"上命以所言送中书。公见宰相，论之，宰相初不知也。公叹曰："此岂小事而宰相不知耶？"更极论之，上从公言，以宰相兼枢密使。

除盐铁判官，迁太常丞、史馆修撰，奉使契丹。二年，改右正言、知制诰，纠察在京刑狱。时有用伪牒为僧者，事觉，乃堂吏为之。开封按余人而不及吏。公白执政，请以吏付狱。执政指其坐曰："公即居此，无为近名。"公正色不受其言，曰："必得吏乃止。"执政滋不悦，故荐公使契丹，欲因事罪之。欧阳修上书，引颜真卿使李希烈事留公，不报。使还，除吏部郎中、枢密直学士，恳辞不受。始受命，闻一女卒，再受命，闻一男生，皆不顾而行。得家书，不发而焚之，曰："徒乱人意。"寻迁翰林学士。公见上力辞，曰："增岁币，非臣本志也。特以朝廷方讨元昊，未暇与虏角，故不敢以死争，其敢受赏乎！"

庆历三年三月，遂命公为枢密副使，辞之愈力。改授资政殿学士兼翰林侍读学士。七月，复除枢密副使。公言："虏既通好，议者便谓无事，边备渐弛，虏万一败盟，臣死且有罪。非独臣不敢受，亦愿陛下思夷狄轻侮中原之耻，卧薪尝胆，不忘修政。"因以告纳上前而罢。逾月，复除前命。时元昊使辞，群臣班紫宸殿门，上俟公缀枢密院班，乃坐，且使宰相章德象谕公曰："此朝廷特用，非以使虏故也。"公不得已，乃受。时晏殊为相，范仲淹为参知政事，杜衍为枢密使，韩琦与公副之，欧阳修、余靖、王素、蔡襄为谏官，皆天下之望。鲁人石介作《庆历圣德诗》，历颂群臣，皆得其实。曰："维仲淹、弼，一夔一契。"天下不以为过。

公既以社稷自任，而仁宗责成于公与仲淹，望太平于期月之间，数以手诏督公等条具其事。又开天章阁召公等，公等坐，且给笔札，使书其所欲为者，遣中使二人更往督之，且命仲淹主西事，公主北事。公遂与仲淹各上当世之务十余条。又自上河北安边十三策，大略以进贤退不肖、止侥幸、去宿弊为本，欲渐易诸路监司之不才者，使澄汰所部吏。于是小人始不悦矣。

元昊遣使以书来，称"男"而不臣。公言："契丹臣元昊而我不臣，则契丹为无敌于天下。不可许。”乃却其使，卒臣之。四年七月，契丹来告，举兵讨元昊。十二月，诏册元昊为夏国主，使将行而止之，以俟虏使。公曰：“若虏使未至而行，则事自我出。既至，则恩归契丹矣。”从之。是岁契丹受礼云中，且发兵，会元昊伐呆儿族，于河东为近。上问公曰：“虏得无与元昊袭我乎？”公曰：“虏自得幽、蓟，不复由河东入寇者，以河北平易富饶，而河东崄瘠，且虞我出镇定，捣燕蓟之虚也。今兵出无名，契丹大国，决不为此。就使妄动，当出我不意，不应先言受礼云中也。元昊本与契丹约，相左右以困中国，今契丹背约，结好于我，独获重币，元昊有怨言，故虏筑威塞州以备之。呆儿屡杀威塞人，虏疑元昊使之，故为是役，安能合而寇我哉！”或请调发为备。公曰：“虏虽不来，犹欲以虚声困我，若调发，正堕其计。臣请任之。虏若入寇，臣为罔上且误国。”上乃止，虏卒不动。

公谓契丹异日作难，必于河朔。既上十三策，又请守一郡行其事。小人怨公不已，而大臣亦有以飞语谗公者。上虽不信，公惧，因保州贼平，求为河北宣抚使以避之。使将还，除资政殿学士、知郓州兼京东西路安抚使，谗者不已，罢安抚使。岁余，谗不验。加给事中，移知青州，兼京东东路安抚使。河朔大水，民流京东。公择所部丰稔者五州，劝民出粟，得十五万斛，益以官廪，随所在贮之。得公私庐舍十余万区，散处其人，以便薪水。官吏自前资待阙、寄居者，皆给其禄，使即民所聚，选老弱病瘠者廪之。山林河泊之利，有可取以为生者，听流民取之，其主不得禁。官吏皆书其劳，约为奏请，使他日得以次受赏于朝。率五日，辄遣人以酒肉糗饭劳之。出于至诚，人人为尽力。流民死者，为大冢葬之，谓之“丛冢”，自为文祭之。明年，麦大熟，流民各以远近受粮而归，凡活五十余万人。募而为兵者又万余人。上闻之,遣使劳公,即拜礼部侍郎。公曰:“救灾,守臣职也。”辞不受。前此救灾者,皆聚民城郭中,煮粥食之,饥民聚为疾疫,及相蹈藉死,或待次数日不食,得粥皆僵仆,名为救之而实杀之。自公立法,简便周至,天下传以为法,至于今,不知所活者几千万人矣。

王则据贝州叛,齐州禁兵马达、张青与奸民张握等得剑印于妖师,欲以其众叛,将屠城以应则。握之婿杨俊诣公告之。齐非公所部,恐事泄变生。时中贵人张从训衔命至青,公度从训可使,即以事付从训,使驰至郡,发吏卒取之,无得脱者。且自劾擅遣中使罪,仁宗嘉之。再除礼部侍郎。公又恳辞不受。迁资政殿大学士,以明堂恩,除礼部侍郎,徙知郑州,又徙蔡州,加观文殿学士,知河阳,迁户部侍郎,除宣徽南院使,判并州兼河东经略安抚使。

至和二年,召拜同中书门下平章事、集贤殿大学士,与文彦博并命。宣制之日,士大夫相庆于朝,仁宗密觇知之。欧阳修奏事殿上,上具以语修,且曰:“古之求相者,或得于梦卜。今朕用二相,人情如此,岂不贤于梦卜也哉!”修顿首称贺。仁宗弗豫,大臣不得见,中外忧恐。文彦博与公等直入问疾,内侍止之,不可。因以监视禳祷为名,乞留宿内殿,事皆关白而后行,禁中肃然。嘉祐三年,加礼部尚书、昭文馆大学士,监修国史。公之为相,守格法,行故事,而附以公议,无心于其间,故百官任职,天下无事。以所在民力困弊,赋役不均,遣使分道相视裁减,谓之宽恤民力。又弛茶禁,以通商贾,省刑狱,天下便之。六年,丁秦国太夫人忧,诏为罢春燕。故事:执政遇丧皆起复,公以谓金革变礼,不可用于平世。仁宗待公而为政,五遣使起之,卒不从命,天下称焉。

英宗即位,拜枢密使、同中书门下平章事,迁户部尚书。逾年，以足疾，求解机务。章二十上，拜镇海军节度使、同中书门下平章事、判河阳，封祁国公。公五上章，辞使相，且言："真宗以前，不轻以此授人。仁宗即位之初，执政欲自为地，故开此例。终仁宗之世，宰相、枢密使罢者皆除使相，至不称职、有罪者亦然，天下非之。今陛下初即位，愿立法自臣始。"不从。

神宗即位，改镇武宁军，进封郑国公。公又乞罢使相，乃以为尚书左仆射、观文殿大学士、集禧观使，召赴阙。公以足疾固辞，复判河阳。熙宁元年移汝州，且诏入觐。以公足疾，许肩舆至殿门，上特为御内东门小殿见之。令男绍隆入扶，且命无拜，坐语从容，至日昃，赐绍隆五品服。再对，上欲留公为集禧观使，力辞赴郡。明年二月，除司空兼侍中、昭文馆大学士，赐甲第一区，皆辞不受。复拜左仆射、门下侍郎、同中书门下平章事。公既至，未见。有于上前言灾异皆天数，非人事得失所致者。公闻之，叹曰："人君所畏惟天。若不畏天，何事不可为者。去乱亡无几矣！此必奸臣欲进邪说，故先导上以无所畏，使辅拂谏诤之臣无所复施其力，此治乱之机也。吾不可以不速救。"即上书数千言，杂引《春秋》《洪范》及古今传记、人情物理，以明其决不然者。群臣请上尊号及作乐，上以久旱不许。群臣固请作乐，公又言："故事：有灾变皆彻乐，恐上以同天节虏使当上寿，故未断其请。臣以为此盛德事，正当以示夷狄，乞并罢上寿。"从之。即日而雨。公又上疏，愿益畏天戒，远奸佞，近忠良。上亲书答诏，曰："义忠言亲，理正文直。苟非意在爱君，志存王室，何以臻此？敢不置之枕席，铭诸肺腑，终老是戒。更愿公不替今日之志，则天灾不难弭，太平可立俟也。"公既上疏谢，复申戒不已，愿陛下待群臣不以同异为喜怒，不以喜怒为用舍。公始见上，上问边事。公曰："陛下即位之始，当布德行惠，愿二十年口不言兵。”因以九事为戒。八月，以疾辞位，拜武宁军节度使、同中书门下平章事，判河南。复以公请，改亳州。时方行青苗息钱法，公以谓此法行则财聚于上，人散于下，且富民不愿请，愿请者皆贫民，后不可复得，故持之不行。而提举常平仓赵济劾公以大臣格新法，法行当自贵近者始，若置而不问，无以令天下。乃除左仆射，判汝州。公言：“新法臣所不晓，不可以复治郡，愿归洛养疾。”许之，寻请老。拜司空，复武宁节度及平章事，进封韩国公，致仕。

公虽居家，而朝廷有大利害，知无不言。交趾叛，诏郭逵等讨之。公言：“海峤崄远，不可以责其必进。愿诏逵等择利进退，以全王师。”契丹来争河东地界，上手诏问公。公言：“熙河诸郡皆不足守，而河东地界，决不可许。”元丰三年，官制行，改授开府仪同三司。是岁，故参知政事王尧臣之子同老上言：至和三年仁宗弗豫，其父尧臣尝与文彦博、刘沆及公同决大策，乞立储嗣，仁宗许之；会翊日有瘳，故缓其事，人无复知者。以其父尧臣所撰诏草上之。上以问彦博，彦博言与同老合。上嘉公等勋绩如此，而终不自言，下诏以公为司徒，且以其子绍京为閤门祗候。六年闰六月丙申，薨于洛阳私第之正寝，享年八十。手封遗表，使其子上之，世莫知其所言者。上闻讣震悼，为辍视朝。内出祭文，遣使致奠所，以赙恤其家者甚厚。赠太尉，谥曰“文忠”。十一月庚申，葬于河南府河南县金谷乡南张里。

公之配曰周国夫人晏氏，后公四年卒。子男三人：曰绍庭，朝奉郎；曰绍京，供备库副使，后公十月卒；曰绍隆，光禄寺丞，早卒。女四人：长适保宁军节度使北京留守冯京，卒；又以其次继室，封安化郡夫人；次适承议郎范大琮；次适宣德郎范大珪。孙男三人：定方，承事郎；直清，承奉郎；直亮，假承务郎。

公性至孝，恭俭好礼，与人言，虽幼贱必尽敬，气色穆然，终身不见喜愠。然以单车入不测之虏廷，诘其君臣，折其口而服其心，无一语少屈，所谓大勇者乎！其好善疾恶，盖出于天资。常言："君子小人如冰炭，决不可以同器。若兼收并用，则小人必胜；薰莸杂处，终必为臭。"其为宰相及判河阳，最后请老居家，凡三上章，皆言："天子无职事，惟辨君子小人而进退之，此天子之职也。君子与小人并处，其势必不胜。君子不胜，则奉身而退，乐道无闷；小人不胜，则交结构扇，千岐万辙，必胜而后已。小人复胜，必遂肆毒于善良，无所不为。求天下不乱，不可得也。"

其为文章，辩而不华，质而不俚。有《文集》八十卷，《天圣应诏集》十一卷，《谏垣集》二卷，《制草》五卷，《奏议》十三卷，《表章》三十卷，《河北安边策》一卷，《奉使录》四卷，《青州振济策》三卷。

平生所荐甚众，尤知名者十余人，如王质与其弟素、余靖、张瑰、石介、孙复、吴奎、韩维、陈襄、王鼎、张昷之、杜杞、陈希亮之流，皆有闻于世，世以为知人。

元祐元年六月，有诏以公配享神宗皇帝庙廷。明年，以明堂恩，加赠太师。绍庭请于朝曰："先臣墓碑未立，愿有以宠绥之。"上为亲篆其首，曰"显忠尚德之碑"，且命臣轼撰次其事。谨拜手稽首而献言曰：世未尝无贤也，自尧舜三代以至于今，有是君则有是臣。故仁宗、英宗至于神考，咸有一德，克享天心，则天畀以人，光明伟杰有如公者。观公之行事，而味其平生，则三宗之盛德，可不问而知也。古之人臣，功高则身危，名重则谤生，故命世之士，罕能以功名终始者。臣观三宗所以待公，全其功名而保其终始，盖可谓至矣。方契丹求割地，上命宰相历问近臣孰能为朕使虏者，皆以事辞免。公独慨然请行。使事既毕，上欲用公，公逡巡退避不敢居，而向之辞免者，自耻其不行，则惟公之怨，比而谗公，无所不至。及石介为《庆历圣德诗》，天下传诵，则大臣疾公如仇，构以飞语，必欲致之死地。仁宗徐而察之，尽辨其诬，卒以公为相。及英宗、神宗之世，公已老矣，勋在史官，德在生民。天子虚己听公，西戎、北狄视公进退，以为中国轻重。然一赵济敢摇之，惟神宗日月之明，知公愈深。公虽请老，有大政事必手诏访问。又追论定策之勋，以告天下，宠及其子孙，然后小人不敢复议。雍容进退，卒为宗臣。古人有言曰："为君难，为臣不易。"岂不然哉！公既配食清庙，宜有颂诗，以昭示来世。其词曰：

五代八姓，十有二君。四十四年，如丝之棼。以人为嬉，以杀为傫。兵交两河，腥闻于天。上帝厌之，命我祖宗。畀尔炉椎，往销其锋。孰谓民远，我闻其呻。宁尔小忍，无残我民。六圣受命，惟一其心。敕其后人，帝命是承。勿劓刖人，矧敢好兵？百三十年，讳兵与刑。惟彼北戎，谓帝我骄。帝闻其言，折其萌芽。笃生莱公，尺棰笞之。既服既驯，则扰绥之。堂堂韩公，与莱相望。再聘于燕，北方以宁。景德元祀，始盟契丹。公生是岁，天命则然。公之在母，秦国寤惊。旌旗鹤雁，降充其庭。云有天赦，已而生公。天欲赦民，公启其衷。北至燕然，南至于河。亿万维生，公手抚摩。水潦荐饥，散流而东。五十万人，仰哺于公。公之在内，自泉流濒。其在四方，自叶流根。百官维人，百度惟正。相我三宗，重华协明。帝谓公来，陨星其堂。有坟其丘，公岂是藏。维岳降神，今归不留。臣轼作颂，以配《崧高》。卷一八

赵康靖公神道碑 代张文定公作

宋有天下百二十有五年，六圣相师，专用一道曰“仁”，不杂他术。刑以不杀为能，兵以不用为功，财以不聚为富，人以不作聪明为贤。虽有绝人之材，而德不至，终不大用。六圣一心，守之不移。故自建隆以来至于今，卿相大臣，号多长者，记人之功，忘人之过，含垢匿瑕，犯而不校，以为常德。是以四方乂安，兵革不试，民之戴宋，有死无二。自汉以来，未有如今日之盛者。此六圣之德，而众长者之助也。《易》曰：“师贞，丈人吉。”《诗》曰：“虽无老成人，尚有典刑。”《书》曰：“如有一介臣，断断猗无他技，其心休休焉，其如有容：人之有技，若已有之；人之彦圣，其心好之，不啻若自其口出。是能容之，以保我子孙黎民。”故太子少师赵公，服事三朝四十余年，其德合于《易》之所谓“丈人”、《诗》之所谓“老成”、《书》之所谓“一介臣”者。

公讳槩，字叔平，其先河朔人也，徙于宋之虞城七世矣。曾祖著，后唐国子《毛诗》博士，赠太师、中书令；妣刘氏，楚国太夫人。祖惠，宋州楚丘令，赠太师、中书令兼尚书令、韩国公；妣李氏，燕国太夫人。父幹，尚书驾部员外郎，赠太师、中书令兼尚书令、鲁国公；妣张氏，鲁国太夫人，高氏，唐国太夫人。

公七岁而孤，笃学自力。年十七，举进士。当时闻人刘筠、戚纶、黄宗旦皆称其文词必显于时，而其器识宏远，则皆自以为不及。当赴礼部试，楚守胡令仪醵黄金以赠之，公不受。天圣五年，擢进士第三人，授将作监丞，通判海州。归见父老故人，幅巾徒步，人人至其家。召试学士院，除著作郎、集贤校理，出知涟水军。公为进士时，邓余庆守涟水，馆公于官舍，以教其子。余庆所为多不法，公谢去。数月，余庆以赃败。及公为守，将至，或榜其所馆曰“豹隐堂”，赋者三十余人。岁饥，公劝诱富民，得米万石，所活不可胜数。涟水有鱼池，利入公帑，岁杀鱼十余万，公始罢之，作《放生碑》池上。

移守通州，入为开封府推官。奏事殿中，赐五品服，且欲以为直集贤院。宰相以例不可，出知洪州。属吏有郑陶、饶奭者，挟持郡事，肆为不法，前守莫能制。州有归化兵，皆故盗贼配流已而选充者。奭与郡人胡顺之共造飞语以动公，曰：“归化兵得廪米陈恶，有怨言。不更给善米，且有变。”公笑不答。会归化卒有自容州戍所逃还犯夜者，公即斩以徇，收陶下狱，得其奸赃，且奏徙奭歙州，一郡股栗。城西南隅，当大江之冲，水岁为民患。公建为石堤，高丈五尺，长二百丈，用石九千段，取之有方，民不以为劳。明年夏，堤成而水大至，度与城平，恃堤以全，至于今赖之。

迁刑部员外郎、同知宗正寺，出知青州，改直集贤院。赋税未入中限，敕县不得辄催科。是岁，夏税先一月办。坐失举张诰，夺官罢归。起监密州酒，徙楚州粮料院，以郊赦还官职，知滁州。山东大贼李小二过境上，告人曰：“我东人也。公尝为青州，东人爱之如父母，我不忍犯。”遂寇庐、寿，犬牙不入境。召修起居注，朝廷欲用修玉牒。久之，除欧阳修起居注。朝廷欲骤用修而难于躐公，公闻之，乃请郡自便。以为天章阁待制，赐三品服，纠察在京刑狱；迁兵部员外郎，遂知制诰、勾当三班院。会郊礼，当进阶封，且任一子京官，乞以母封郡太君。宰相谓公学士拟封不久矣，公曰：“母年八十二，朝夕不可期，愿及今以为荣。”许之。后遂以为例。

改知审官院，判秘阁，与高若讷同判流内铨。若讷言：往尝知贡举，闻母病不得出，几不能生。公矍然，即请郡以便亲。宰相谓公曰："旦夕为学士，可少待也。"公不听，遂除苏州。明年，丁母忧。服除，召入翰林为学士，知贡举。馆伴契丹泛使，遂报聘焉。会猎于兴云山之西，请公赋诗。诗成，契丹主亲酌玉杯以劝公，且以素扇授其近臣刘六符，写公诗，置之怀袖。使还，加侍读学士，历右司郎中、中书舍人、提举在京诸司库务。奸人冷清诈称皇子，迁之江南。公曰："清言不妄，不可迁；若诈，亦不可不诛。"诏公与包拯杂治之，得其实，乃诛清。李参为河北转运使，职事办治，进秩二等，且官其一子。郭申锡为谏官，争之曰："参职事所当办，无功，不可赏。"上怒，欲罪申锡。公言："陛下始面谕申锡，毋面从吾过。今黜之，何以示天下？"乃止。以龙图阁学士、礼部侍郎知郓州，徙南京留守，拜御史中丞。中官邓保吉引剩员董吉烧银禁中，公力言其不可，遂出之。又言："张茂实不宜典兵卫。"未行。会公拜枢密副使，复言之，乃出茂实知曹州。拜参知政事。方是时，皇嗣未立，天下以为忧。仁宗始命英宗领宗正，公言宗正未足为重，遂与执政建言，宜立为皇太子。从之。

英宗即位，迁户部侍郎，又迁吏部。熙宁初，迁左丞，公年七十矣，求去位，不许。章数上，乃以为观文殿学士、吏部尚书，知徐州。遂请老不已，以太子少师致仕。居睢阳十五年，犹以读书著文、忧国爱君为事。集古今谏争为《谏林》一百二十卷，奏之，上甚喜，赐诏曰："士大夫请老而去者，皆以声问不至朝廷为高。得卿所奏书，知有志爱君之士，虽退休山林，未尝一日忘也。当置坐右，以时省阅。"上祠南郊明堂，率尝召公陪祀，每辞以老疾。间尝一至都下，亦以足疾辞不入见。诏中贵人抚问，二府就所馆宴劳之。累阶至特进，勋上柱国，封天水郡开国公，赐号推忠保德翊戴功臣。元丰初，省功臣号。三年，官制改，解特进。六年正月十五日，薨于永安坊里第，享年八十八。辍视朝一日，赠太师，谥“康靖”。前作遗范以戒子孙，纤悉必具。以某年月日，葬于宋城县天巡乡，地与日皆公所自卜也。

娶李氏，封汝阴郡夫人，先公二十五年卒于郓州。子荣绪，殿中丞，敦绪，将作监主簿，皆早亡；元绪，宣德郎；公绪，校书郎。女二人：长适光禄寺丞王力臣，幼适朝奉大夫程嗣恭。孙男四人：嗣徽，通直郎；嗣真，宣德郎；嗣贤，试校书郎；嗣光，未命。曾孙男六人：锌，太庙斋郎，余未名。

公为人乐易深中，恢然伟人也。平生与人，实无所怨怒，非特不形于色而已。专务掩恶扬善，以德报怨，出于至诚，非勉强者。天下称之，庶几汉刘宽、唐娄师德之徒云。始，欧阳修躐公为知制诰，人意公不能平。及修坐累对诏狱，人莫敢为言，公独抗章言修无罪，为仇人所中伤，陛下不可以天下法为仇人报怨。上感悟，修以故得全。公既老，修亦退居汝南。公自睢阳往从之游，乐饮旬日。苏舜钦为进奏院，以群饮得罪。公言与会者皆一时名人，若举而弃之，失士大夫望，非朝廷福。张诰以赃败窜海上，公坐贬累年，而怜诰终不衰，间使人至海上劳问赒给之。代冯浩为郓州，吏举按浩侵用公使钱三十万，当以浩职田租偿官。公曰：“浩，吾同年也，且知其贫，不可。”以己俸偿之。公所为大略如此。至于敦尚契旧，葬死养孤，盖不可胜数。

余于公为里人，少相善也，退而老于乡，日从公游，盖知之详矣。元绪以墓碑为请，义不可以辞。铭曰：

维古仁人，仁义是图。仁近于弱，义近于迂。课其功利，岁计有余。在汉孝文，发政之初。欲以利口，登进啬夫。有臣释之，实矢厥谟。世谓长者，绛侯、相如。皆讷于言，有口若无。岂效此子，喋喋巧谀。帝用感悟，老成是亲。清净无为，鉴于暴秦。历祀四百，世载其仁。赫赫我宋，以圣继神。於穆仁宗，如岁之春。招延朴忠，屏远佞人。岂独左右，刑于庶民。维时赵公，含德不发。如圭如璧，如金如锡。置之不愠，用之不怿。帝嘉其心，长者之杰。遂授以政，历佐三叶。济于艰难，不疐不跋。公在朝廷，靖恭寡言。不忮不求，孰知其贤。望其容貌，有耻而悛。薄夫以敦，鄙夫以宽。今其亡矣，吾谁与存。作此铭诗，以诏后昆。卷一八

文集卷一百四十七

范景仁墓志铭

熙宁、元丰间，士大夫论天下贤者，必曰君实、景仁。其道德风流，足以师表当世；其议论可否，足以荣辱天下。二公盖相得欢甚，皆自以为莫及，曰："吾与子生同志，死当同传。"而天下之人亦无敢优劣之者。二公既约更相为传，而后死者则志其墓。故君实为《景仁传》，其略曰："吕献可之先见，景仁之勇决，皆予所不及也。"轼幸得游二公间，知其平生为详，盖其用舍大节，皆不谋而同。如仁宗时论立皇嗣，英宗时论濮安懿王称号，神宗时论新法，其言若出一人，相先后如左右手。故君实常谓人曰："吾与景仁，兄弟也，但姓不同耳。"然至于论钟律，则反复相非，终身不能相一。君子是以知二公非苟同者。君实之没，轼既状其行事以授景仁，景仁志其墓，而轼表其墓道。今景仁之墓，其子孙皆以为"君实既没，非子谁当志之，且吾先君子之益友也，其可以辞"！

公姓范氏，讳镇，字景仁。其先自长安徙蜀，六世祖隆，始葬成都之华阳。曾祖讳昌祐，妣索氏。祖讳璲，妣张氏。累世皆不仕。考讳度，赠开府仪同三司。妣李氏，赠荥国太夫人；庞氏，赠昌国太夫人。开府以文艺节行，为蜀守张咏所知。有子三人：长曰镃，终陇城令；次曰锴，终卫尉寺丞；公其季也。

四岁而孤，从二兄为学。薛奎守蜀，道遇镃，求士可客者，镃以公对。公时年十八，奎与语，奇之，曰："大范恐不寿。其季，廊庙人也。"还朝，与公俱。或问奎入蜀所得，曰："得一伟人，当以文学名于世。"时故相宋庠与弟祁名重一时，见公称之，祁与为布衣交。由是名动场屋，举进士，为礼部第一。故事：殿廷唱第过三人，则礼部第一人者必越次抗声自陈，因擢置上第。公不肯自言，至第七十九人乃出拜，退就列，无一言。廷中皆异之。

释褐为新安主簿。宋绶留守西京，召置国子监，使教诸生。秩满，又荐诸朝，为东监直讲。用参知政事王举正荐，召试学士院，除馆阁校勘，充编修《唐书》官。当迁校理，宰相庞籍言公有异材，恬于进取，特除直秘阁，为开封府推官，擢起居舍人、知谏院，兼管句国子监。上疏论民力困弊，请约祖宗以来官吏兵数，酌取其中为定制，以今赋入之数十七为经费，而储其三以备水旱非常。又言："古者冢宰制国用，唐以宰相兼盐铁转运，或判户部度支。今中书主民，枢密主兵，三司主财，各不相知，故财已匮而枢密益兵无穷，民已困而三司取财不已。请使中书、枢密通知兵民财利大计，与三司同制国用。"葬温成皇后。太常议礼，前谓之园，后谓之园陵；宰相刘沆前为监护使，后为园陵使。公言："尝闻法吏舞法矣，未闻礼官舞礼也。请诘问前后议异同状。"又请罢焚瘗锦绣珠玉以纾国用，从之。时有敕，凡内降不如律令者，令中书、枢密院及所属执奏。未及一月，而内臣无故改官者，一日至五六人。公乞正大臣被诏故违不执奏之罪。石全斌以护温成葬，除观察使。凡治葬事者，皆迁两官。公言章献、章懿、章惠三太后之葬，推恩皆无此比，乞追还全斌等告敕。文彦博、富弼入相，百官郊迎，时两制不得诣宰相居第，百官不得间见。公言："隆之以虚礼，不若开之以至诚；乞罢郊迎而除谒禁，以通天下之情。"议减任子及每岁取士，皆公发之。又乞令宗室属疏者补外官。仁宗曰："卿言是也，顾恐天下谓朕不能睦族耳。"公曰："陛下甄别其贤者显用之，不没其能，乃所以睦族也。"虽不行，至熙宁初，卒如公言。仁宗性宽容，言事者务讦以为名，或诬人阴私。公独引大体，略细故。时陈执中为相，公尝论其无学术，非宰相器。及执中嬖妾笞杀婢，御史劾奏，欲逐去之。公言："今阴阳不和，财匮民困，盗贼滋炽，狱犴充斥，执中当任其咎。闺门之私，非所以责宰相。"识者韪之。

仁宗即位三十五年，未有继嗣。嘉祐初得疾，中外危恐，不知所为。公独奋曰："天下事尚有大于此者乎？"即上疏曰："太祖舍其子而立太宗，此天下之大公也。周王既薨，真宗取宗室子养之宫中，此天下之大虑也。愿陛下以太祖之心行真宗故事，择宗室贤者，异其礼物，而试之政事，以系天下心。"章累上，不报。因阖门请罪。会有星变，其占为急兵。公言："国本未立，若变起仓卒，祸不可以前料。兵孰急于此者乎？今陛下得臣疏，不以留中而付中书，是欲使大臣奉行也。臣两至中书，大臣皆设辞以拒臣。是陛下欲为宗庙社稷计，而大臣不欲也。臣窃原其意，特恐行之而陛下中变耳。中变之祸不过于死，而国本不立，万一有如天象所告急兵之忧，则其祸岂独一死而已哉！夫中变之祸，死而无愧；急兵之忧，死且有罪。愿以此示大臣，使自择而审处焉。"闻者为之股栗。除兼侍御史知杂事。公以言不从，固辞不受。执政谓公，上之不豫，大臣尝建此策矣，今间言已入，为之甚难。公复移书执政，曰："事当论其是非，不当问其难易。速则济，缓则不及，此圣贤所以贵机会也。诸公言今日难于前日，安知他日不难于今日乎？"凡见上面陈者三，公泣，上亦泣，曰："朕知卿忠，卿言是也。当更俟三二年。"凡章十九上，待罪百余日，须发为白，朝廷不能夺。乃罢知谏院，改集贤殿修撰，判流内铨，修起居注，除知制诰。公虽罢言职，而无岁不言储嗣事。以仁宗春秋益高，每因事及之，冀以感动上心。及为知制诰，正谢上殿，面论之曰："陛下许臣，今复三年矣。愿早定大计。"明年，又因袷享献赋以讽。其后韩琦卒定策立英宗。迁翰林学士充史馆修撰，改右谏议大夫。

英宗即位，迁给事中，充仁宗山陵礼仪使。坐误迁宰臣官，改翰林侍读学士，复为翰林学士。中书奏请追尊濮安懿王，下两制议，以为宜称皇伯，高官大国，极其尊荣；非执政意，更下尚书省集议。已而台谏争言其不可，乃下诏罢议，令礼官检详典礼以闻。公时判太常寺，率礼官上言："汉宣帝于昭帝为孙，光武于平帝为祖，则其父容可以称皇考。然议者犹非之，谓其以小宗而合大宗之统也。今陛下既考仁宗，又考濮安懿王，则其失非特汉宣、光武之比矣。凡称帝若皇若皇考，立寝庙，论昭穆，皆非是。"于是具列仪礼及汉儒论议、魏明帝诏为五篇奏之。以翰林侍读学士出知陈州。陈饥，公至三日，发库廪三万贯石。以贷不及奏，监司绳之急，公上书自劾，诏原之。是岁大熟，所贷悉还，陈人至今思之。

神宗即位，迁礼部侍郎，召还，复为翰林学士兼侍读、群牧使、句当三班院、知通进银台司。公言："故事：门下封驳制敕，省审章奏，纠举违滞，著于所授敕。其后刊去，故职寖废。请复之，使知所守。"从之。纠察在京刑狱。王安石为政，始变更法令，改常平为青苗法。公上疏曰："常平之法，始于汉之盛时，视谷贵贱发敛，以便农末，最为近古，不可改。而青苗行于唐之衰乱，不足法。且陛下疾富民之多取而少取之，此正百步与五十步之间耳。今有二人坐市贸易，一人下其直以相倾夺，则人皆知恶之。其可以朝廷而行市道之所恶乎！"疏三上，不报。迩英阁进读，与吕惠卿争论上前。

因论旧法预买绸绢亦青苗之比，公曰："预买亦敝法也。若陛下躬节俭，府库有余，当并预买去之，奈何更以为比乎？"韩琦上疏，极论新法之害，安石使送条例司疏驳之；谏官李常乞罢青苗钱，安石令常分析，公皆封还其诏书。诏五下，公执如初。司马光除枢密副使。光以所言不行，不敢就职，诏许辞免，公再封还之。上知公不可夺，以诏直付光，不由门下。公奏："由臣不才，使陛下废法，有司失职，乞解银台司。"许之。会有诏举谏官，公以轼应诏，而御史知杂谢景温弹奏轼罪。公又举孔文仲为贤良。文仲对策，极论新法之害。安石怒，罢文仲归故官。公上疏争之，不报。时年六十三。即上言："臣言不行，无颜复立于朝，请致仕。"疏五上，最后指言安石以喜怒赏罚事，曰："陛下有纳谏之资，大臣进拒谏之计；陛下有爱民之性，大臣用残民之术。"安石大怒，自草制，极口诋公。落翰林学士，以本官致仕。闻者皆为公惧。公上表谢，其略曰："虽曰乞身而去，敢忘忧国之心？"又曰："望陛下集群议为耳目，以除壅蔽之奸；任老成为腹心，以养和平之福。"天下闻而壮之。安石虽诋之深，人更以为荣焉。

公既退居，专以读书赋诗自娱。客至，辄置酒尽欢。或劝公称疾杜门。公曰："死生祸福，天也。吾其如天何！"同天节乞随班上寿，许之。遂著为令。久之归蜀，与亲旧乐饮，赈施其贫者，期年而后还。轼得罪，下御史台狱，索公与轼往来书疏文字甚急，公犹上书救轼不已。朝廷有大事，辄言之。官制行，改正议大夫。今上即位，迁光禄大夫。初，英宗即位，祔仁宗主而迁僖祖。及神宗即位，复还僖祖而迁顺祖。公上言："太祖起宋州，有天下，与汉高祖同，僖祖不当复还。乞下百官议。"不报。及上即位，公又言乞迁僖祖，正太祖东向之位，时年几八十矣。韩维上言：公"在仁宗朝，首开建储之议，其后大臣继有论奏。先帝追录其言，存没皆推恩，而镇未尝以语人，人亦莫为言者。虽颜子不伐善，介之推不言禄，不能过也”。悉以公十九疏上之。拜端明殿学士，特诏长子清平县令百揆改宣德郎，且起公兼侍读提举中太一宫。诏语有曰：“西伯善养，二老来归。汉室卑词，四臣入侍。为我强起，无或惮勤。”公固辞不起，天下益高之。改提举嵩山崇福宫。公仲兄之孙祖禹，为著作郎，谒告省公于许。因复赐诏，及龙茶一合，存问甚厚。数月，复告老，进银青光禄大夫，再致仕。

初，仁宗命李照改定大乐，下王朴乐三律。皇祐中，又使胡瑗等考正，公与司马光皆与。公上疏，论律尺之法。又与光往复论难，凡数万言，自以为独得于心。元丰三年，神宗诏公与刘几定乐。公曰：“定乐当先正律。”上曰：“然。虽有师旷之聪，不以六律，不能正五音。”公作律尺、籥、合、升、斗、豆、区、鬴、斛，欲图上之，又乞访求真黍以定黄钟。而刘几即用李照乐，加用四清声而奏乐成。诏罢局，赐赉有加。公谢曰：“此刘几乐也，臣何与焉？”及提举崇福宫，欲造乐献之，自以为嫌，乃先请致仕。既得谢，请太府铜为之，逾年乃成。比李照乐，下一律有奇。二圣御延和殿，召执政同观，赐诏嘉奖；以乐下太常，诏三省、侍从、台阁之臣皆往观焉。时公已属疾，乐奏三日而薨。实元祐三年闰十二月癸卯朔，享年八十一。讣闻，辍视朝一日，赠右金紫光禄大夫，谥曰“忠文”。公虽以上寿贵显，考终于家，无所憾者，而士大夫惜其以道德事明主，阅三世，皆以刚方难合，故虽用而不尽。及上即位，求人如不及，厚礼以起公，而公已老，无意于世矣。故闻其丧，哭之皆哀。

公清明坦夷，表里洞达，遇人以诚，恭俭慎默，口不言人过。及临大节，决大议，色和而语壮，常欲继之以死，虽在万乘前无所屈。笃于行义，奏补先族人而后子孙。乡人有不克婚葬者，辄为主之。客其家者常十余人，虽僦居陋巷，席地而坐，饮食必均。兄镃卒于陇城，无子，闻其有遗腹子在外，公时未仕，徒步求之两蜀间，二年乃得之，曰："吾兄异于人，体有四乳，是儿亦必然。"已而果然。名之曰"百常"。以公荫，今为承议郎。公少受学于乡先生庞直温，直温之子昉卒于京师，公娶其女为孙妇，养其妻子终身。

其学本于六经仁义，口不道佛老申韩异端之说。其文清丽简远，学者以为师法。凡三入翰林，知嘉祐二年、六年、八年及治平二年贡举，门生满天下，贵显者不可胜数。诏修《唐书》《仁宗实录》《玉牒日历类篇》。凡朝廷有大述作、大议论，未尝不与。契丹、高丽皆知诵公文赋。少时尝赋"长啸却胡骑"，及奉使契丹，虏相目曰："此长啸公也。"其后兄子百禄亦使虏，虏首问公安否。有《文集》一百卷，《谏垣集》十卷，《内制集》三十卷，《外制集》十卷，《正言》三卷，《乐书》三卷，《国朝韵对》三卷，《国朝事始》一卷，《东斋记事》十卷，《刀笔》八卷。积勋柱国，累封蜀郡开国公，食邑加至二千六百户，实封五百户。

娶张氏，追封清河郡君。再娶李氏，封长安郡君。子男五人：长曰燕孙，未名而卒；次百揆，宣德郎监中岳庙；次百嘉，承务郎，先公一年卒；次百岁，太康主簿，先公六年卒；次百虑，承务郎。女一人，尝适左司谏吴安诗，复归以卒。孙男十人：祖直，襄州司户参军；祖朴，长社主簿；祖野、祖平，假承务郎；祖封，右承奉郎；祖耕，承务郎；祖淳、祖舒、祖京、祖恩。孙女六人，曾孙女三人。

公晚家于许，许人爱而敬之。其薨也，里人皆出涕。以元祐四年八月己未，葬于汝之襄城县汝安乡推贤里，夫人李氏祔。

公始以诗赋为名进士，及为馆阁侍从，以文学称。虽屡谏争及论储嗣事，朝廷信其忠，然事颇秘，世亦未尽知也。其后议濮安懿王称号，守礼不回，而名益重。及论熙宁新法，与王安石、吕惠卿辨论，至废黜不用，然后天下翕然师尊之。无贵贱贤愚，谓之景仁而不敢名，有为不义，必畏公知之。公既得谢，轼往贺之，曰："公虽退而名益重矣。"公愀然不乐，曰："君子言听计从，消患于未萌，使天下阴受其赐，无智名，无勇功。吾独不得为此，命也夫。使天下受其害，而吾享其名，吾何心哉！"轼以是愧公。铭曰：

凡物之生，莫累于名。人顾趋之，以累为荣。神人无名，欲知者希。人顾忧之，以希为悲。熙宁以来，孰擅兹器？嗟嗟先生，名所不置。君实在洛，公在颍昌。皆欲忘民，民不汝忘。君实既来，遁归于洛。絷而维之，莫之胜脱。为天相君，为君牧民。道远年徂，卒徇以身。公独坚卧，三诏不起。遂解天刑，竟以乐死。世皆谓公，贵身贱名。孰知其功，圣人之清。贪夫以廉，懦夫以立。不尸其功，无丧无得。君实之用，出而时施。如彼水火，宁除渴饥。公虽不用，亦相其行。如彼山川，出云相望。公维蜀人，乃葬于汝。子孙不忘，尚告来者。卷一四

张文定公墓志铭

仁宗皇帝在位四十二年，蒐揽天下豪杰，不可胜数。既自以为股肱心膂，敬用其言，以致太平，而其任重道远者，又留以为三世子孙百年之用，至于今赖之。孔子曰："惟天为大，惟尧则之。"天下未尝一日无士，而仁宗之世，独为多士者，以其大也。贾谊叹细德之崄微，知凤鸟之不下，闵沟渎之寻常，知吞舟之不容，伤时无是

大者以容己也。故尝窃论之：天下，大器也，非力兼万人，其孰能举之！非仁宗之大，其孰能容此万人之英乎！盖即位八年，而以制策取士，一举而得富弼，再举而得公。

公姓张氏，讳方平，字安道。其先宋人也，后徙扬州。高祖克，唐末为亳州刺史。曾祖文熙，亳州军事推官，赠太师；娶苏氏，追封武功郡太夫人。祖峤，以进士及第，太宗尝召对，选知郓州，赐亲扎，给全俸，终于尚书都官员外郎；娶刘氏，追封沛国太夫人。考尧卿，生而端默寡言，有出世间意，以父命勉娶，非其意也。父没，遂居一室，家人莫得见其面者十有七年。与祖考皆赠太师、开府仪同三司，皆封魏国公。娶嵇氏，追封谯国太夫人。

公年十三，入应天府学，颖悟绝人。家贫无书，尝就人借三史，旬日辄归之，曰："吾已得其详矣。"凡书皆一阅，终身不再读。属文未尝起草。宋绶、蔡齐见之曰："天下奇材也。"与范讽皆以茂材异等荐之。以景祐元年中选，授校书郎，知昆山县。蒋堂为苏州，得公所著《刍荛论》五十篇，上之，以贤良方正能直言极谏荐公，射策优等，迁著作佐郎，通判睦州。

时赵元昊欲叛而未有以发，则为嫚书求大名以怒朝廷，规得谴绝以激使其众。公以谓："朝廷自景德以来，既与契丹盟，天下忘备，将不知兵，士不知战，民不知劳，盖三十年矣。若骤用之，必有丧师蹶将之忧；兵连民疲，必有盗贼意外之患。当含垢匿瑕，顺适其意，使未有以发。得岁月之顷，以其间选将厉士，坚城除器，为不可胜以待之。虽元昊终于必叛，而兵出无名，吏士不直其上，难以决胜。小国用兵三年而不见胜负，不折则破，我以全制其后，必胜之道也。"是时士大夫见天下全盛，而元昊小丑，皆欲发兵诛之，惟公与吴育同议。议者不深察，以二人之论为出于姑息，遂决用兵，天下骚动。

公献《平戎十策》，大略以边城千里，我分而贼专，虽屯兵数十万，然贼至常以一击十，必败之道也。既败而图之，则老师费财，不可为已。宜及民力之完，屯重兵河东，示以形势。贼入寇，必自延、渭而兴州，巢穴之守必虚，我师自麟、府渡河，不十日可至。此所谓攻其所必救，形格势禁之道也。宰相吕夷简见之，谓宋绶曰："君能为国得人矣。"然不果用其策。召对，赐五品服，直集贤院，迁太常丞，知谏院。首论祖宗以来，虽分中书、枢密院，而三圣英武独运，断归于一。今陛下谦德，仰成二府，不可以不合。仁宗嘉之。会富弼亦论此，遂命宰相兼枢密使。

方元昊之叛也，禁兵皆西，而诸路守兵，多拣赴阙，郡县无备，乃命调额外弓手。公在睦州，条上利害八事。及是，有旨遣使于陕西、河东、京东西路刺弓手为宣毅、保捷指挥。公连上疏，争之甚力，不从。宣毅十四万人，保捷九万人，皆市人不可用，而宣毅骄甚，所在为寇。自是民力大困，国用一空。识者以不从公言为恨。时夏竦并护四路，刘平、石元孙、任福之败，皆贬主帅，而竦独不问。贼围麟、府，诏竦出兵牵制。竦逗留不出，使贼平丰州、夷灵远而去。公极言之，诏罢竦节制。自是四路各得专达，人人自效，边备修完，贼至无所得。

及庆历元年，西方用兵，盖六年矣。上既厌兵，而贼亦困弊，不得耕牧休息，虏中匹布至十余千，元昊欲自通，其道无由。公慨然上疏曰："陛下犹天地父母也，岂与此犬豕豺狼较胜负乎？愿因今岁郊赦，引咎示信，开其自新之路；申敕边吏，勿绝其善意。若犹不悛，亦足以怒我而怠彼。虽天地鬼神，必将诛之。"仁宗喜曰："是吾心也。"命公以疏付中书。吕夷简读之，拱手曰："公之及此，是社稷之福也。”是岁，赦书开谕如公意。明年，元昊始请降。自元昊叛，公谋无遗策，虽不尽用，然西师解严，公有力焉。

修起居注，假起居舍人、知制诰使契丹。戎主雅闻公名，与其母后族人微行观公于范阳门外。及燕，亲诣前酌玉卮以饮公，顾左右曰：“有臣如此，佳哉！”骑而击球于公前，以其所乘马赐公。朝廷知之，自是虏使挟事至者，辄命公馆之。寻召试知制诰，迁右正言，赐三品服。诰命简严，四方诵之。兼史馆修撰。章得象监国史，以日历自乾兴至庆历废不修，以属公，于是粲然复完。权知开封府。府事至繁，为尹者皆书板以记事。公独不用，默记数百人，以次决遣，不遗毫厘。吏民大惊，以为神，不敢复欺。拜翰林学士，领群牧使。牧事久不治，公始整齐之。

元昊遣使求通，已在境上，而契丹与元昊构隙，使来约我，请拒绝其使。时议者欲遂纳元昊，故为答书曰：“元昊若尽如约束，则理难拒绝。”仁宗以书示公与宋祁。公上议曰：“书词如此，是拒契丹而纳元昊，得新附之小羌，失久和之强虏也。若已封册元昊，而契丹之使再至，能终不听乎？若不听，契丹之怨，必自是始；听而绝之，则中国无复信义，永断招怀之理矣。是一举而失二虏也。宜赐元昊诏曰：‘朝廷纳卿诚款，本缘契丹之请，今闻卿招诱契丹边户，失舅甥之欢，契丹遣使为言，卿宜审处其事。但嫌隙朝除，则封册暮行矣。’如此于西北为两得。”时人伏其精识。

拜谏议大夫，为御史中丞。中外之事，知无不言，至于宫妾宦官，滥恩横赐，皆力争裁抑之。寻知贡举。士方以游词崄语为高。公上疏，以谓文章之变，实关盛衰，不可长也。诏以公言晓谕学者。宰相贾昌朝与参知政事吴育忿争上前。公将对，昌朝使人约公，当以代育。公怒叱遣曰：“此言何为至于我哉！”既对，极论二人邪正曲直。然育卒罢，高若讷代之。

时当郊而费用未具，中外以为忧。宰相欲以是危公，复拜翰林学士，为三司使。公领使未几，以办闻，仁宗大喜。至于今，计司先郊告办，盖自公始。前三司使王拱辰请榷河北盐，既立法矣，而未下。公见上问曰："河北再榷盐，何也？"仁宗惊曰："始立法，非再也。"公曰："周世宗榷河北盐，犯辄处死。世宗北伐，父老遮道泣诉，愿以盐课均之两税钱而弛其禁，世宗许之，今两税盐钱是也，岂非再榷乎？且今未榷也，而契丹常盗贩不已，若榷之则盐贵，虏盐益售，是为我敛怨而虏获利乎？虏盐滋多，非用兵莫能禁也。边隙一开，所获利能补用兵之费乎？"仁宗大悟曰："卿与宰相立罢之。"公曰："法虽未下，民已户知之，当直以手诏罢，不可自有司出也。"仁宗大喜，命公密撰手诏下之。河朔父老，相率拜迎于澶州，为佛老会七日，以报上恩。且刻诏书北京，至今父老过其下，必稽首流涕。

南京鸿庆宫成，奉安三圣像，当遣柄臣，特命公为礼仪使，乡党荣之。仁宗遂欲用公，而公以目疾求去甚力，乃加端明殿学士归院，判尚书都省，兼领银台司、审刑院、太常寺事。庆历中，卫士夜逾宫垣为变。仁宗旦语二府，以贵妃张氏有扈跸之功，枢密使夏竦倡言宜讲求所以尊异贵妃之礼，宰相陈执中不知所为。公见执中，言："汉冯婕妤身当猛兽，不闻有所尊异。且皇后在而尊贵妃，古无是礼。若果行之，天下谤议必大萃于公，终身不可雪也。"执中耸然，敬从公言而罢。修宗正寺玉牒，补缀失亡，为书数百卷。

自陕右用兵，公私困乏，士大夫争言丰财省费之道，然多不得其要。公自为谏官、御史中丞、三司使，皆为上精言之。一日，仁宗御资政殿，召两府、侍从赐坐，手诏问天下事。公退直禁林，是日有旨锁院。公既草制书，又条对所问数千言，夜半与制书皆上。仁宗惊异，又手诏独策公。明日复出数千言，大略以谓："太祖定天下，用兵不过十五万，今百余万，而更言不足。自祥符以来，万事堕弛，务为姑息，渐失祖宗之旧。取士、任子、磨勘、迁补之法既坏，而任将养兵，皆非旧律。国用既窘，则政出一切，大商奸民，乘隙射利，而茶盐香矾之法乱矣。此治乱盛衰之本，不可以不急治。"公既明习历代损益，又周知祖宗法度，悉陈其本末赢虚所以然之状，及当今所宜救治施行之略。而其末乃论："古今治乱，在上下离合之间。比年已来，朝廷颇引轻崄之人，布之言路，违道干誉，利口为贤。内则台谏，外则监司，下至胥吏僮奴，皆可以构危其上，自将相公卿宿贵之人，皆争屈体以收礼后辈。有不然者，则谤毁随之。惴惴焉惟恐不免，何暇展布心体，为国立事哉！此风不革，天下无时而治也。"上益异之，书"文儒"二字以赐。月余，御迎阳门，召两制近侍，复赐问目曰："朕之阙失，国之奸蠹，朝之俭谀，皆直言其状。"独引公近御榻，密访之，且有大用语。公叹曰："暴人之私、迫人于俭而攘之，我不为也。"终无所言。公既刚简自信，不恤毁誉，故小人思有以中之。会三司判官杨仪以请求得罪，公坐与仪厚善，遂罢职，出知滁州。不数月，上悟，还端明殿学士，知江宁府。明年，加龙图阁学士，迁给事中，知杭州。

公平生学道，虚一而静，故所至皆不言而治。既去，人必思之。自杭丁太夫人忧，服除，以旧职还朝，判流内铨。建言畿内税重，非所以示天下。是岁郊赦，减畿内税三分，遂为定制。秦州叛羌断古渭路，帅张昪发兵讨贼，而副总管刘涣不受命，皆罢之。拜公侍读学士、知秦州。公力辞不拜，曰："涣与昪有阶级，今互言而两罢，帅不可为也。"昪以故得不罢。以公为礼部侍郎，知滑州，改户部侍郎，移镇西蜀。始，李顺以甲午岁叛，蜀人记之，至是方以为忧。而转运使摄守事，西南夷有邛部川首领者，妄言蛮贼侬智高在南诏，欲来寇蜀。摄守妄人也，闻之大惊，移兵屯边郡，益调额外弓手，发民筑城，日夜不得休息。民大惊扰，争迁居城中，男女昏会，不复以年，贱粥谷帛市金银，埋之地中。朝廷闻之，发陕西步骑戍蜀，兵仗络绎相望于道。诏促公行，且许以便宜从事。公言："南诏去蜀二千余里，道崄不通，其间皆杂种，不相役属，安能举大兵为智高寇我哉？此必妄也。臣当以静镇之。"道遇戍卒兵仗，辄遣还。入境，下令邛部川曰："寇来，吾自当之。妄言者斩。"悉归屯边兵，散遣弓手，罢筑城之役。会上元观灯，城门皆通夕不闭，蜀遂大安。已而得邛部川之译人始为此谋者，斩之，枭首境上，而配流其余党于湖南，西南夷大震。先是，朝廷获智高母子留不杀，欲以招智高，至是乃伏法。复以三司使召还。奏罢蜀横赋四十万，减铸铁钱十余万，蜀人至今纪之。

初，主计京师，有三年粮，而马粟倍之。至是马粟仅足一岁，而粮亦减半。因建言："今之京师，古所谓陈留，天下四通五达之郊，非如雍、洛有山河形胜足恃也，特依重兵以立国耳。兵恃食，食恃漕运，汴河控引江淮，利尽南海。天圣以前，岁发民浚之，故河行地中。有张君平者，以疏导京东积水，始辍用汴夫。其后浅妄者，争以裁减费役为功，河日以堙塞。今仰而望河，非祖宗之旧也。"遂画漕运十四策。宰相富弼读公奏上前，昼漏尽十刻，侍卫皆跛倚，仁宗太息称善。弼曰："此国计大本，非常奏也。"悉如所启施行。退谓公曰："自庆历以来，公论食货详矣，朝廷每有所损益，必以公奏为议本。凡除主计，未尝敢先公也。"其后未期年，而京师有五年之蓄。

迁吏部侍郎，复以目疾请郡，迁尚书左丞知南京。未几，以工部尚书知秦州。时亮祚方骄僭，阅士马，筑堡筚篥城之西，压秦境上，属户皆逃匿山林。公即料简将士，声言出塞，实按军不动。贼既不至，言者因论公无贼而轻举。宰相曾公亮昌言于朝，曰："兵不出塞，何名为轻举？张公岂轻者哉！贼所以不至者，以有备故也。有备而贼不至，则以轻举罪之，边臣自是不敢为先事之备也。"议者乃服。初，命公秦州，有旨再任，当除宣徽使。议者欲以是沮挠之，公笑曰："吾于死生祸福，未尝择也，宣徽使于我何有哉！"力请解，复知南京。封清河郡公。

英宗即位，迁礼部尚书，知陈州。过都，留判尚书都省，请知郓州。陛辞论天下事，英宗叹曰："学士其可以去其朝廷哉！"公力请行，加侍读学士，徙定州，乞归养，改徐州。英宗屡欲召还，而左右无助公者。一日谓执政曰："吾在藩邸时，见其《刍荛论》及所对策，近者代言之臣，未尝副吾意。若使居典诰之任，亦国华也。"执政乃始奉诏，拜翰林学士承旨。问治道体要，公以简易诚明为对，言近而指远。不觉前席曰："吾昔奉朝请，望侍从大臣，以谓皆天下选人。今乃不然，闻学士之言，始知有人矣。"胡宿罢枢密副使，上欲以公代之，而执政请用郭逵。英宗以语公。公曰："自庆历以后，擢任二府，必参之中书，臣知事君而已。"迁刑部尚书。英宗不豫，学士王珪当直不召，召公赴福宁殿。上凭几不言，赐公坐。出书一幅，八字，曰："来日降诏，立皇太子。"公抗声曰："必颍王也。嫡长而贤，请书其名。"上力疾书以付公。公既草制，寻充册立皇太子礼仪使。

神宗即位，召见侧门。公曰："仁宗崩，厚葬过礼，公私骚然，请损之。"上曰："奉先，可损乎？"公曰："遗制固云。以先志行之，天子之孝也。”上叹曰：“是吾心也。”公又奏百官迁秩，恩已过厚，若锡赉复用嘉祐近比，恐国力不能支，乞追用乾兴例足矣。从之，省费十七八。迁户部尚书。御史中丞王陶击宰相，参知政事吴奎与之辨，上欲罢奎。公适对，上曰：“奎罢，当以卿代。”公力辞。上曰：“卿历三朝，无所阿附，左右莫为先容，可谓独立杰出矣。先帝已欲用卿，今复何辞！”公曰：“韩琦久在告，意保全奎，奎免，必不复起。琦勋在王室，愿陛下复奎位，手诏谕琦，以全始终之分。”上嗟叹久之，继出小纸曰：“奎位执政而击中司，谓朕手诏为内批，持之三日不下，不去可乎？”公复论如初。上从之，赐琦诏，如公言。久之，琦求去坚甚。夜召公议，公复申前论。上曰：“琦志不可夺也。”公遂建议宜宠以两镇节钺，且虚府以示复用，从之。面命公为参知政事，以亲疾辞。上曰：“受命以慰亲意，庶有瘳也。”是夕，复诏知制诰郑獬内东门别殿，谕以用公意，制词皆出上旨。制出，公以亲疾在告。召对，押赴中书。御史中丞缺，曾公亮欲用王安石，公极论安石不可用。不数日，魏公捐馆，上叹息不已。命近珰及内司宾存问日至，虚位以待公。寻诏起复，四上章乃免。服除，以安石不悦，拜观文殿学士，留守西京。入觐，请南京留台，上欲以为宣徽使，修国史，不可，则欲以为提举集禧观、判都省。所以留公者百方，公皆力辞，遂知陈州。时方置条例司，行新法，大率欲丰财而强兵。公因陛辞，极论其害，皆深言危语。曰：“水所以载舟，亦所以覆舟，兵犹火也，不戢当自焚。若行新法不已，其极必有覆舟、自焚之忧。”上雅敬公，不甚其言，曰：“能复少留乎？”公曰：“退即行矣。”上亦怅然。

至陈。陕西方用兵，卒叛庆州，声摇关辅。京西漕檄捕盗官以兵会所属州，白刃横野，民大惶骇，公收其檄不行而奏之。上谓执政曰："守臣不当尔耶？临事乃见人。"诏京西各归其旧。吏方以苛察为能，小不中意，辄置司推治，一州至数狱，追逮数千里，死者甚众。公以事闻。诏立条约下诸路。时监司皆新进，趋时兴利，长吏初不与闻。公曰："吾衰矣。雅不能事人，归欤！以全吾志。"即力请留台而归。未几，复知陈州。暇日坐西轩，闻外板筑喧甚，曰："民筑嘉应侯张太尉庙。"公曰："巢贼乱天下，赵犨以孤城力战，保此邦、捍大患者也。此而不祀，张侯何为者哉！"命夷其庙，立赵侯祠佛舍中。

未几，改南京，且命入觐。不待次，对前殿。曰："先帝尝言卿不立交党，退朝掩关，终日无一客。"命坐赐茶。寻拜宣徽北院使、检校太尉，判应天府。公曰："宣徽使非寄任不除。臣求乡郡自便而得之，恐启侥幸路。"上曰："朕未之思。"改判青州，告免。延和殿赐坐，问："祖宗御戎之策孰长？"公曰："太祖不勤远略，如夏州李彝兴、灵武冯晖、河西折御卿，皆因其酋豪，许以世袭，故边圉无事。董遵诲捍环州，郭进守西山，李汉超保关南，皆十余年，优其禄赐，宽其文法，而少遣兵。诸将财力丰而威令行，间谍精审，吏士用命，贼所入辄先知，并兵御之，战无不克。故以十五万人而获百万之用。终太祖之世，边鄙不耸，天下安乐。及太宗平并州，欲遂取燕、蓟，自是岁有契丹之虞。曹彬、刘廷谦、傅潜等数十战，各亡士卒十余万。又内徙李彝兴、冯晖之族，继迁之变，三边皆扰，而朝廷始旰食矣。真宗之礼赵德明纳款，及澶渊之克，遂与契丹盟，至今人不识兵革，可谓盛德大业。祖宗之事，大略如此，亦可以鉴矣。近岁边臣建开拓之议，皆行崄侥幸之人，欲以天下安危试之一掷，事成则身蒙其利，不成则陛下任其患，不可听也。"上曰："庆历以来，卿知之乎！元昊初臣，何以待之？"公曰："臣时为学士，誓诏封册，皆臣所草。”具言本末。上惊曰：“尔时已为学士，可谓旧德矣。”

时契丹遣泛使萧禧来，上问：“虏意安在？”公曰：“虏自与中国通好，安于豢养，吏士骄惰，实不欲用兵。昔萧英、刘六符来，仁宗命二府置酒殿庐，与语，英颇泄其情，六符色目之，英归，竟以此得罪。今禧黠虏，愿如故事，令大臣与议，无屈帝尊与虏交口。”上曰：“朕念庆历再和之后，中国不复为善后之备，故修戎事为应兵耳。”公曰：“应兵者，兵祸之已成者也。消变于未成，善之善者也。”公每辞去，上辄迁延之，三易其期。遂诏公归院供职。萧禧至，以河东疆事为辞，上复以问公。公曰：“嘉祐二年，虏使萧扈尝言之，朝廷讨论之详矣。命馆伴王洙诘之，扈不能对。录其条目，付扈以归。”因以洙稿上之。禧当辞，偃蹇卧驿中不起，执政未知为言。公班次二府，因朝，谓枢密使吴充曰：“禧不即行，使主者日致馈而勿问，且使边吏以其故檄虏中可也。”充启用其说，禧即日行。除中太一宫使。进对礼秩，凡皆与执政同。

公在朝，虽不任职，然多建明。上数欲废易汴渠。公曰：“此祖宗建国之本，不可轻议。饷道一梗，兵安所仰食？则朝廷无置足之地矣。非老臣，谁敢言此！”自王安石为政，始罢铜禁。奸民日销钱为器，边关海舶，不复讥钱之出，故中国钱日耗，而西南北三虏皆山积。公极论其害，请诘问安石：“举累朝之令典所以保国便民者，一旦削而除之，其意安在？”有星孛于轸，诏求直言。公上疏论所以致变之故，人皆为恐栗。上皆优容之。求去愈力。上曰：“卿在朝，岂有所好恶者欤？何欲去之速也？”公曰：“臣平生未尝与人交恶，但欲归老耳。”上知不可留，乃以为宣徽南院使、检校太傅、判应天府。上曰：“朕初欲卿与韩绛共事，而卿论政不同。又欲除枢密使，而卿论兵复异。卿受先帝末命，卒无以副朕意乎？”因泫然泣下，赐带如尝任宰相者。高丽使过南京，长吏当送迎。公言臣班视二府，不可为陪臣屈。诏独遣少尹。使者见公恐栗，不敢仰视。师征安南，公以谓举西北壮士健马，弃之南方，其患有不可胜言者。若社稷之福，则老师费财，无功而还。因论交趾风俗与诸夷不类，自建隆以来，吴昌文、丁部、黎桓、李公缊，四易姓矣，皆以大校篡立，有唐末五代藩镇倾夺之风，此可以计破者也。遂条上九事，习知蛮事者皆服其精炼。师还，如公言。新法既鬻坊场河渡，司农又并祠庙鬻之，官既得钱，听民为贾区。庙中侮慢秽践，无所不至。公言：“宋，王业所基也，而以火王。阏伯封于商丘，以主大火，微子为宋始封。此二祠者，独不可免于鬻乎？”上震怒，批出曰：“慢神辱国，莫甚于斯！”于是天下祠庙皆不得鬻。

公自念将老，无以报上，论事益切，至于论兵起狱，尤为反复深言，曰：“老臣且死，见先帝地下，有以藉口矣。”上为感动。至永乐之败，颇思其言。公请老不已，拜东太一宫使，就第；章数十上，拜太子少师，以宣徽使致仕。官制行，罢宣徽院，独命公领使如旧。今上即位，执政辄罢公使，以太子太保致仕。元祐六年，诏复置宣徽使，乃命公复南院。章四上，不拜，玺书嘉之。以其年十二月二日薨，享年八十五。讣闻，辍视朝一日，特赠司空，制服苑中。官其亲属五人。太皇太后对辅臣嗟叹其忠正。公遗令不请谥，尚书右丞苏辙为请，诏有司议，谥曰“文定”。

娶马氏，太常少卿绛之女，追封永嘉郡夫人。四子：邦彦，大理评事；邦直、邦杰，太常寺太祝，皆先公卒；恕，今为右朝散郎、通判应天府，信厚敦敏笃学，朝廷数欲用之，以公老不忍去左右，诏听之。三女：长适殿中丞蔡天申，次适右朝奉郎王巩，其季已嫁而复归。孙男四人：钦咨、钦亮、钦弼、钦宪。孙女三人，并幼。

公晚自谓“乐全居士”，有《乐全集》四十卷，《玉堂集》二十卷，《注仁宗乐书》一卷。神宗尝赐亲札，曰：“卿文章典雅，焕然有三代之风。《书》之典诰，无以加焉，西汉所不及也。”

所与交者，范仲淹、吴育、宋祁三人，皆敬惮之。曰：“不动如山，安道有焉。”晚与轼先大夫游，论古今治乱及一时人物，皆不谋而同。轼与弟辙以是皆得出入门下。轼尝论次其文曰：“孔北海志大而论高，功烈不见于世，然英伟豪杰之气，自为一时所宗；其论盛孝章、郗鸿豫书，慨然有烈丈夫之风。诸葛孔明不以文章自名，而开物成务之姿，总练名实之意，自见于言语。至《出师表》，简而尽，直而不肆，大哉言乎！与《伊训》《说命》相表里，非秦汉已来以事君为说者所能至也。常恨二人之文，不见其全，公其庶几乎？乌乎！士不以天下之重自任久矣。言语非不工也，政事文学非不敏且博也，然至于临大事，鲜不忘其故、失其守者，其器小也。公为布衣，则颀然已有公辅之望。自少出仕，至老而归，未尝以言徇物，以色假人，虽对人主，必同而后言。毁誉不动，得丧若一，真孔子所谓‘大臣以道事君’者。世远道散，虽志士仁人，或少贬以求用，公独以迈往之气，行正大之言，曰：‘用之则行，舍之则藏。’上不求合于人主，故虽贵而不用，用而不尽；下不求合于士大夫，故悦公者寡，不悦公者众。然至言天下伟人，则必以公为首。”世以轼为知言。

公始为谏官，荐刘夔、王质自代，即日擢用。及贝州军叛，上欲遣公出征，举明镐自代，即以为将，而贝州平。熙宁中，轼将往见公于陈。宰相曾公亮谓轼曰：“吾受知张公，所以至此者，公恩也。”轼以问公。公怅然久之，曰：“吾密荐公亮，人无知者。岂仁宗以语之乎?”轼以是知公虽不偶于世,而人主信之盖如此。

公性与道合,得佛老之妙。属纩之日,凛然如平生,有星陨于北牖。及薨,赤气自寝而升,里人望而惊焉。以七年八月九日庚申,葬于宋城县永安乡仁孝里。其子恕,以王巩之状来求铭。铭曰:

大道之行,士贵其身。维人求我,匪我求人。秦汉以来,士贱君肆。区区仆臣,以得为喜。功利之趋,谤毁是逃。我观其身,夏畦之劳。纷纭丛脞,千载一律。帝闵下俗,异人乃出。是生我公,龙章凤姿。翔于千仞,世挽留之。浩然直前,有碍则止。放为江河,汇为沼沚。穆穆三圣,如天如渊。前席惟谊,见黯必冠。岂不用公,道有不契。出其绪余,则已惊世。公之所能,我不敢知。乘云驭风,与汗漫期。噫天何时,复生此杰。我作铭诗,以诏王国。卷一四

文集卷一百四十八

故龙图阁学士滕公墓志铭 代张文定公作

神宗英文烈武圣孝皇帝初临海内，厉精为治，旁求天下，以出异人，得英伟大度之士。滕公元发始见知于英祖，而未及用，书其姓名藏于禁中，帝以是知之。既见公，姿度雄爽，问天下所以治乱。不思而对曰："治乱之道，如黑白东西，所以变色易位者，朋党乱之也。"帝曰："卿知君子小人之党乎？"公曰："君子无党。譬之草木，绸缪相附者必蔓草，非松柏也。朝廷无朋党，虽中主可以济，不然，虽上圣不治。"帝太息曰："天下名言也。"遂以右正言、知制诰、谏院、开封府，拜御史中丞、翰林学士，且大用矣。而公性疏达不疑，在帝前论事，如家人父子，言无文饰，洞见肝鬲。帝知其诚尽，事无巨细，人无亲疏，辄以问公。或中夜降手诏，使者旁午，公随事解答，不自嫌外。而执政方立新法，天下汹汹，恐公有言而帝信之，故相与造事谤公。帝虽不疑，然亦出公于外，以翰林侍读学士知郓州，移定与青，留守南都，徙齐、邓二州，用公之意盖未衰也。而公之妻党有犯法至大不道者，小人因是出力挤公，必欲杀之。帝知其无罪，落职，知池州。徙蔡，未行，改安州。既罢，入朝，未对。而左右不悦者，又中以飞语，复贬筠州。士大夫为公危栗，或以为且有后命。公谈笑自若，曰："天知吾直，上知吾忠，吾何忧哉！"乃上书自明，帝览之释然，即以为湖州。方且复用，而帝升遐。公读遗诏，僵仆顿绝。久之乃苏，曰："已矣！吾无所自尽矣。"今上即位，徙公为苏、扬二州，除公龙图阁直学士，复以为郓州，徙真定、河东。治边凛然，威行西北，号称名将。而宦官为走马者，诬公病不任职，诏徙许州。御史论公守边奇伟之状，且言其不病，诏复留河东。而公已老，盖年七十有一矣，即力求淮南。上不得已，乃以龙图阁学士知扬州，未至而薨。盖元祐五年十月二十四日也。方平历事三宗，逮与天圣、景祐间贤公卿游。公虽为晚进，而开济之资，迈往之气，盖有前人风度。以先帝神武英断，知公如此，而终不大用。每进，小人辄谗之。公尝上章自讼，有曰："乐羊无功，谤书满箧；即墨何罪，毁言日闻。"天下闻而悲之。呜呼，命也夫！

公讳甫，字元发。其后避高鲁王讳，以字为名，而字达道。东阳人也。滕氏出周文王之子错，封于滕，所谓滕叔绣者。十一代祖令琮为唐国子司业，令琮生太常博士翼，翼生赠户部侍郎伉，伉生赠礼部侍郎盖，盖生户部侍郎赠右仆射珣，珣生太中大夫睦州刺史迈，迈生越州观察推官绰，绰生祠部郎中文规，文规生公之曾祖讳仁俊，为温州永嘉令。祖讳鉴，不仕。皇考讳高，赠中大夫。曾祖母、祖母皆范氏，继祖母陈氏。皇妣王氏，追封太原郡君。生公之夕，梦虎行月中而堕其室。

九岁能赋，敏捷过人。范希文，皇考舅也，见公而奇之，教以为文。希文为苏州，而安定胡先生瑗居于苏，公往从之，门人以千数，第其文，公常为首。尝举进士，试于庭。宋子京奇其文，擢为第三人，而以声韵不中法，罢之。其后八年，复中第第三，授大理评事，通判湖州。时孙元规守钱塘，一见公曰："名臣也，后当为贤将。"授以治剧守边之要。召试学士院，充集贤校理，判吏部南曹，除开封府推官，三司盐铁、户部判官，同修起居注，判户部勾院。公在馆阁,未尝就第见执政,故宰相不悦,不迁者十年。既遇知神宗,为谏官,知无不言。然御史中丞王陶论宰相不押班为跋扈,上以问公。公曰:“宰相固有罪,然以为跋扈,则臣为欺天陷人矣。”为开封府。三狱皆满,公视事之日,理出数百人,决遣殆尽,京师翕然称之。

为御史中丞,中书、密院议边事多不合。赵明与西人战,中书赏功,而密院降约束;郭逵修堡,枢密院方诘之,而中书已下褒诏矣。公言:“战守,大事也,安危所寄。今中书欲战,密院欲守,何以令天下!愿敕大臣,凡战守除帅,议同而后下。”上善之。谏官杨绘言宰相不当以其子判鼓院。上曰:“绘不习朝廷事。鼓院传达而已,何与于事?”公曰:“人有诉宰相者,使其子传达之可乎?且天下见宰相子在是,岂敢复诉事?”上悟,为罢之。种谔擅筑绥州,且与薛向发诸路兵,环、庆、保安皆出剽掠,西人复诱杀将官杨定。公上疏,极言亮祚已纳款,不当失信,边隙一开,兵连民疲,必为内忧。

京师、郡国地震,公三上疏指陈致灾之由。大臣不悦,出公知秦州。上面谓曰:“秦州非朕意也。”留不遣。诏馆伴契丹使。前此馆伴非其人,使者议神塔子事,往复纷然。是岁,契丹遣萧林牙、杨兴公来聘,朝廷忧之。公见兴公,开怀与语,问其家世父祖事,委曲详尽。兴公惊且喜,不复论去岁事。将去,与公马上泣别。林牙谓兴公曰:“君与滕公善,岂将留此乎?”上闻之,大喜。因公奏事殿中,叹曰:“朕欲擢卿执政。卿逾月不对,而大臣力荐用唐介矣。”公曰:“臣恨未有死所报陛下知遇,岂爱官职者?”唐淑问、孙觉言公短,上不信,悉以其言示公,所以慰劳公者甚厚。公顿首曰:“陛下无所疑,臣无所愧,足矣。”

河朔地大震,涌沙出水,坏城池庐舍,命公为安抚使。官吏皆幄寝,居民恐惧,弃家而茇舍。公独卧屋下,曰:“民恃吾以生,屋摧民死，吾当以身同之。”民始归，安其室。乃命葬死者，食饥者，除田税，察惰吏，修堤防，缮甲兵，督盗贼，河朔遂安。使还，大臣将除公并州。上复留公开封府。民有王颖者，为邻妇隐其金，阅数尹不能辨。颖愤闷至病，伛杖而诉于公。公呼邻妇，一问得其情，取金还颖。颖奋身仰谢，失伛所在，投杖而出，一府大骇。

除翰林学士。夏国主秉常被篡，公言：“继迁死时，李氏几不立矣，当时大臣不能分建诸豪，乃以全地王之，至今为患。今秉常失位，诸将争权，天以此遗陛下。若再失此时，悔将无及。请择一贤将，假以重权，使经营分裂之，可不劳而定，百年之计也。”上奇其策，然不果用。欲以公为三司使，力辞，已而除公瀛洲安抚使。公入，顿首曰：“臣知事陛下而已，不能事党人。愿陛下少回昔日之眷，无使臣为党人所快，则天下皆知事君为得，而事党人为无益矣。”上为改容。公以皇考讳，辞高阳关，乃除郓州。治盗有方，不独用威猛，时有所纵舍，盗为屏息。

移定州，许入觐，力言新法之害，曰：“臣始以意度其不可耳。今为郡守，亲见其害民者。”具道所以然之状。至定州，以上巳宴郊外，有报契丹入寇，边民来逃者，将吏大骇，请起治兵。公笑曰：“非尔所知也。”益置酒作乐。遣人谕逃者曰：“吾在此，虏不敢动。”使各归业。明日问之，果妄。诸将以是服公。韩忠彦使契丹，杨兴公迎劳，问公所在，且曰：“滕公可谓开口见心矣。”忠彦归奏，上喜，进公礼部侍郎，使再任。诏曰：“宽严有体，边人安焉。”公因作堂，以“安边”名之。公去国既久，而心在王室，著书五篇，一曰《尊主势》，二曰《本圣心》，三曰《校人品》，四曰《破朋党》，五曰《赞治道》，上之。其略曰：“陛下圣神文武，自足以斡运六合，譬之青天白日，不必点缀，自然清明。”识者韪其言。天下大旱，诏求直言。公上疏曰:“新法害民者,陛下既知之矣。但下一手诏,应熙宁二年以来所行新法,有不便者悉罢,则民气和而天意解矣。”

富彦国之守青州也,尝置教阅马步军九指挥,彦国既去,军稍缺不补。公至青,复完之,至溢额数千。其后朝廷屡发诸路兵,或丧失不还,惟青州兵至今为盛。

其谪守池、安,皆以静治闻,饮酒赋诗,未尝有迁谪意。侍郎韩丕,旅殡于安五十年矣;学士郑獬,安人也,既没十年,贫不克葬。公皆葬之。著作佐郎木炎居丧以毁卒,公既助其葬,又为买田赒之。敕使谢谔市物于安,因缘为奸,民被其毒。公密疏奸状,上为罢黜谔。自安定先生之亡,公常割俸以赒其子,及为湖州,祭其墓,哭之恸,东南之士归心焉。

自扬徙郓,岁方饥,乞淮南米二十万石为备。郓有剧贼数人,公悉知其所舍,遣吏掩捕,皆获,吏民不知所出。郡学生食不给,民有争公田二十年不决者,公曰:“学无食,而以良田饱顽民乎!”乃请以为学田,遂绝其讼。学者作《新田诗》以美之。时淮南、京东皆大饥,公独有所乞米为备,召城中富民,与约曰:“流民且至,无以处之,则疾疫起,并及汝矣。吾得城外废营地,欲为席屋以待之。”民曰:“诺。”为屋二千五百间,一夕而成。流民至,以次授地,井灶器用皆具。以兵法部勒,少者炊,壮者樵,妇女汲,老者休,民至如归。上遣工部郎中王古按视之,庐舍道巷,引绳棋布,肃然如营阵。古大惊,图上其事,有诏褒美。盖活五万人云。

徙真定,乞以便宜除盗,许之。然讫公之去,无一人死法外者。秋大熟,积饥之民,方赖以生,而有司争籴,谷贵;公奏边廪有余,请罢籴二年,从之。

徙知太原府,河东兵劳民贫,而土豪将吏皆利于有警,故喜作边事，民不堪命。公始至，蕃族来贺，令曰："谨斥候，无开边隙。有寇而失备，与无寇而生事者，皆斩。"自军司马、沿边安抚以下，皆勒以军法。西人猎境上，河外请益兵。公曰："寇来则死之，吾不出一兵也。"河东十二将，其四以备北，其八以备西，八将更休，为上下番。是岁八月，边郡称有警，请八将皆上，谓之"防秋"。公曰："贼若并兵犯我，虽八将不敌也。若其不来，四将足矣。"卒遣更休。而将吏惧甚，扣阁争之。公指其颈曰："吾已舍此矣，颈可断，兵不可出。"卒无寇，省刍粟十五万。河东之所患者，盐与和籴也。公稍更其法，明著税额，而通盐商；配率粮草，视物力高下，而不以占田多少为差，民以为便。阳曲县旧治城西，汾决，徙城中，县废为荒田。公奏还之，使县治堤防如黄河，民复成市。诸将驻列城者，长吏或不欲，捃诬以事，有至死者。公奏立法，将有罪，徙他郡讯验。诸将闻之，喜曰："公保吾生，当报以死。"西夏请复故地，诏赐以四寨，而葭芦隶河东。公曰："取城易，弃城难。昔弃啰凡，西人袭我不备，丧金帛不赀，且为夷狄笑。"乃命部将訾虎、萧士元以兵护迁，号令严整，寇不能近，无一瓦之失。将赐寨，公请先画界而后弃，不从。西人已得地，则请凡画界以绥德城为法，从之。公曰："若法绥德以二十里为界，则吴堡去葭芦百二十里，为失百里矣。兵家以进退尺寸为强弱，今一举而失百里，不可。"力争之。已而谍者得西人之谋曰："吾将出劲兵于义、吴二寨之间，劫汉，使不得出兵，则二寨亦弃矣。"公遂复前议，章九上，至数万言。议者谓近世名将无及公者。

公为文与诗，英发妙丽，每出一篇，学者争诵之。笃于行义，事父母，抚诸弟，以孝友闻。临大事，决大义，毅然不计死生。至于己私，则小心庄栗，惟恐有过。其事上及与人交，驭将吏，待妻子奴婢，一以至诚。仕自大理评事至右光禄大夫，职至龙图阁学士，勋至上柱国，爵至南阳郡开国侯，食邑至一千六百户，实封至八百户，赠银青光禄大夫。有文集二十卷。

娶李氏，唐御史大夫栖筠之后，晋卿之女，累封建安郡君，先公卒，赠永宁郡君。子三人：祐、祁皆承奉郎，裕尚幼。女五人：长适朝请郎、知楚州何洵直；次适宣德郎、秘书省正字王炳，早卒；次适宣德郎、太学博士王涣之；次复适王炳；季适方平之子朝散郎、南京通判恕。孙男六人。

将以元祐七年八月二十二日癸酉，葬于苏州长洲县彭华乡阳山之栗坞。铭曰：

天之降材，千夫一人。人之逢时，千载一君。生之既难，得之岂易。而彼谗人，曾不少置。昔在帝尧，甚畏巧言。谗说震惊，虽尧亦然。伟哉滕公，廊庙之具。帝欲用公，将起辄仆。赖帝之明，虽仆复兴。小试于边，戎狄是膺。日月逝矣，岁不我与。老成云亡，吾谁与处。若古有训，无竞维人。公之治边，折冲精神。猛虎在山，藜藿茂遂。及其既亡，樵牧所易。公官三品，以寿考终。我铭之悲，夫岂为公。卷一五

王子立墓志铭

子立讳適，赵郡临城人也。始予为徐州，子立为州学生，知其贤而有文，喜怒不见，得丧若一，曰："是有类子由者。"故以其子妻之。与其弟遹子敏皆从余于吴兴，学道日进，东南之士称之。余得罪于吴兴，亲戚故人皆惊散，独两王子不去，送余出郊，曰："死生祸福，天也。公其如天何！"返取余家，致之南都。而子立又从子由谪于高安、绩溪，同其有无，赋诗弦歌，讲道著书于席门茅屋之下者五

年，未尝有愠色。余与子由有六男子，皆以童子从子立游，学文有师法，人人自重，不敢嬉宕，子立实使然。元祐四年冬，自京师将适济南。未至，卒于奉高之传舍，盖十月二十五日也。享年三十五。

曾祖讳璘，赠中书令；妣田氏，楚国夫人。祖覈，工部侍郎、知枢密院，赠太尉，谥忠穆；妣宋氏，仁寿郡夫人。考讳正路，比部郎中、知濮州，赠光禄大夫；妣李氏，寿安县君。一女初晬，有遗腹子裔。文集十五卷。其学长于礼服。子由谓其文"朱弦疏越，一唱而三叹"者也。七年十一月五日，其兄蘧子开葬于临城龙门乡两口村先茔之侧。铭曰：

知性以为存，不寿非其怨也。知义以为荣，不贵非其羡也。而未能忘于文，则犹有意于传也。呜呼！百世之后，其姓名与我皆隐显也。卷一五

宝月大师塔铭

宝月大师惟简，字宗古，姓苏氏，眉之眉山人，于余为无服兄。九岁，事成都中和胜相院慧悟大师。十九得度，二十九赐紫，三十六赐号。其同门友文雅大师惟庆为成都僧统，所治万余人，鞭笞不用，中外肃伏。庆博学通古今，善为诗，至于持律总众，酬酢事物，则师密相之也。凡三十余年，人莫知其出于师者。

师清亮敏达，综练万事，端身以律物，劳己以裕人。人皆高其才、服其心，凡所欲为，趋成之。更新其精舍之在成都与郫者，凡一百七十三间，经藏一，卢舍那阿弥陀弥勒大悲像四，砖桥二十七。皆谈笑而成，其坚致可支一世。师于佛事虽若有为，譬之农夫畦而种之，待其自成，不数数然也。故余尝以为修三摩钵提者。蜀守与

使者皆一时名公卿，人人与师善。然师常罕见寡言，务自却远，盖不可得而亲疏者。喜施药，所活不可胜数。少时，瘠黑如梵僧，既老而晳，若复少者。或曰："是有阴德发于面，寿未可涯也。"

绍圣二年六月九日，始得微疾，即以书告于往来者，敕其子孙皆佛法大事，无一语私其身。至二十二日，集其徒问日蚤暮。及辰，曰："吾行矣。"遂化，年八十四。是月二十六日，归骨于城东智福院之寿塔。弟子三人：海慧大师士瑜先亡；次士隆；次绍贤，为成都副僧统。孙十四人：悟迁、悟清、悟文、悟真、悟缘、悟深、悟微、悟开、悟通、悟诚、悟益、悟权、悟缄。曾孙三人：法舟、法荣、法原。以家法严，故多有闻者。师少与蜀人张隐君少愚善，吾先君宫师亦深知之，曰："此子才用不减澄观。若事，当有立于世，为僧亦无出其右者。"已而果然。余谪居惠州，舟实来请铭。铭曰：

大师宝月，古字简名。出赵郡苏，东坡之兄。自少洁齐，老而弥刚。领袖万僧，名闻四方。寿八十四，腊六十五。莹然摩尼，归真于土。锦城之东，松柏森森。子孙如林，蔽芾其阴。卷一五

陆道士墓志铭

道士陆惟忠，字子厚，眉山人，家世为黄冠师。子厚独狷洁精苦，不容于其徒，去之远游。始见余黄州，出所作诗，论内外丹指略，盖自以为决不死者。然余尝告之曰："子神清而骨寒，其清可以仙，其寒亦足以死。"其后十五年，复来见余惠州，则得瘦疾，骨见衣表，然诗益工，论内外丹益精。曰："吾真坐寒而死矣。每从事于养生，辄有以败之，类物有害吾生者。"余曰："然。子若死，必复为

道士，以究此志。”余时适得美石如黑玉，曰：“当以是志子墓。”子厚笑曰：“幸甚。”久之，子厚去余之河源开元观，客于县令冯祖仁，而余亦谪海南。是岁五月十九日，竟以疾卒，年五十。祖仁葬之观后，盖绍圣四年也。铭曰：

> 呜呼多艺此黄冠，诗棋医卜内外丹。无求于世宜坚完，龟饥鹤瘦终难安。哀哉六巧坐一寒，祝子复来少宏宽，毋复清诗助痟酸。龙虎允成无或奸，往驾赤螭骖青鸾。卷一五

李太师墓志

李氏之先，世有德人。使皆好学，忠信而文。则其成材，五季得之。崎岖兵间，亦何所为。世养于蒙，以待承平。允文太师，发迹于经。人知诵之，公蹈用之。其言皆经，其行中之。仁致麟凤，自不覆巢。使公逢时，凤鸣其郊。公为狱官，遇囚如子。视囚出入，如己生死。以德报怨，世有或然。任其不叛，仁人所难。是心惟微，实闻于帝。无疆之休，以来本世。笃生三子，其幼益隆。如谊、仲舒，乌阳是逢。始葬于魏，物不称德。河流墓改，襚以冕服。公之令闻，追配太丘。子孙公卿，有进无羞。安安之原，太行之麓。有或兆之，匪筮匪卜。卷一五

朱亥墓志

崔嵬高丘，其下为谁。惟魏烈士，朱亥是依。时惟布衣，不震不惊。晋鄙在师，孔严不孤。进承其颐，视如豚猳。昔其在屠，谁养其威。鼓刀市人，谁者畏之。世之勇夫，杀人如蒿。及其所难，

或失其刀。惟是贫贱，无以自豪。贱而能豪，是谓真勇。士之布衣，其亦在养。有或不养，临事而恐。惟是屠者，其养可取。卷一五

刘夫人墓志铭 代韩持国作

夫人姓刘氏，开封人。曾大父处士讳岩，大父大理寺丞讳惟吉，考赠右金吾卫将军讳达。夫人年十七，归于武功苏子翁。翁讳舜元，参知政事讳易简之孙，赠工部侍郎讳耆之子也。少与弟子美、圣阚皆有盛名。苏氏既大家，而姑王夫人，太尉文正公之息女也，严重有识，素贤其子，自为择妇，甚难之，久乃得夫人。夫人事其姑，能委曲顺其意。尝侍疾，不解衣累月。凡姑所欲，不求而获；所不欲，无一至前者。既愈，谓家人曰："微是妇，吾不起矣。"命诸女拜之而弗答也。子美、圣阚皆早世，夫人待二姒、抚诸孤，恩礼甚厚。子美，正献杜公婿也。杜公闻而贤之，曰："可以为女师。"夫人既老，二子涓、澥更守寿春。已而涓守襄阳，澥复按本道刑狱，夫人皆就养焉。及涓徙平阳，道京师，子注为尚书郎，拜觐门外，士大夫荣之。涓侍夫人至管城，以疾不起，注逆以归京师。夫人悼涓不已，后涓四十五日，元丰八年十月五日，以疾卒于私第，享年八十一。

夫人孝友慈俭，薄于奉身，而厚于施人；严于教子，而宽于御下。姻族中有悍妒者见之，辄惭而化。性不蓄财，浣衣菲食以终其身。涓自蜀还，以重锦二十两以献夫人。夫人喜曰："可以适吾意之所欲与者。"命刀尺以亲疏散之，一日而尽。好诵佛书，受五戒，预为送终具甚备。至疾革，怡然不乱。

始封隆德县君，后为彭城县太君，改仁寿县太君。子翁既显于世矣，而位不充其志，仕至尚书郎，赠光禄大夫。而子男七人，皆

以才显：涓，朝奉大夫，知潞州；澥，朝请郎，京西提点刑狱；注，朝散郎，尚书司勋郎中；洞，右赞善大夫，将作监丞；洪、洎、汶，皆举进士。女二人：长适进士虞大蒙，次适承议郎郭逢原。孙男十三人：之颜，无为军判官；之闵，早卒；之冉，汝州梁县尉；之孟、之偃、之友、之恂、之悌、之邵、之杨、之南、之烈、之点。孙女十三人。曾孙男七人：开、宪、洁、商、若、赤、仕。曾孙女五人。

澥将以元丰八年十二月二十四日，葬夫人于润州丹徒县五老山下才翁之茔，使求乞铭。才翁于余为从母子，而余娶于苏氏，故知夫人为详。铭曰：

> 孝友慈俭，行为女师，笃于教也。轻财乐施，属纩不乱，几于道也。寿考康宁，子孙多贤，不虚报也。我铭孔约，无有愧辞，以信告也。卷一五

亡妻王氏墓志铭

治平二年五月丁亥，赵郡苏轼之妻王氏卒于京师。六月甲午，殡于京城之西。其明年六月壬午，葬于眉之东北彭山县安镇乡可龙里先君先夫人墓之西北八步。轼铭其墓曰：君讳弗，眉之青神人，乡贡进士方之女。生十有六年，而归于轼。有子迈。君之未嫁，事父母；既嫁，事吾先君、先夫人，皆以谨肃闻。其始，未尝自言其知书也。见轼读书，则终日不去，亦不知其能通也。其后轼有所忘，君辄能记之。问其他书，则皆略知之。由是始知其敏而静也。从轼官于凤翔，轼有所为于外，君未尝不问知其详。曰："子去亲远，不可以不慎。"日以先君之所以戒轼者相语也。轼与客言于外，君立屏间听之，退必反覆其言曰："某人也，言辄持两端，惟子意

之所向，子何用与是人言？”有来求与轼亲厚甚者，君曰：“恐不能久。其与人锐，其去人必速。”已而果然。将死之岁，其言多可听，类有识者。其死也，盖年二十有七而已。始死，先君命轼曰：“妇从汝于艰难，不可忘也。他日汝必葬诸其姑之侧。”未期年而先君没，轼谨以遗令葬之。铭曰：

君得从先夫人于九原，余不能。呜呼哀哉！余永无所依怙。君虽没，其有与为妇何伤乎？呜呼哀哉！卷一五

乳母任氏墓志铭

赵郡苏轼子瞻之乳母任氏，名采莲，眉之眉山人。父遂，母李氏。事先夫人三十有五年，工巧勤俭，至老不衰。乳亡姊八娘与轼，养视轼之子迈、迨、过，皆有恩劳。从轼官于杭、密、徐、湖，谪于黄。元丰三年八月壬寅，卒于黄之临皋亭，享年七十有二。十月壬午，葬于黄之东阜黄冈县之北。铭曰：

生有以养之，不必其子也。死有以葬之，不必其里也。我祭其从与享之，其魂气无不之也。卷一五

保母杨氏墓志铭

先夫人之妾杨氏，名金蝉，眉山人。年三十始隶苏氏，颓然顺善也。为弟辙子由保母。年六十八，熙宁十年六月己丑，卒于徐州，属纩不乱。子由官于宋，载其柩殡于开元寺。后八年，轼自黄迁汝过宋，葬之于宋东南三里广寿院之西，实元丰八年二月壬午也。铭曰：

百世之后，陵谷易位，知其为苏子之保母，尚勿毁也。卷一五

朝云墓志铭

东坡先生侍妾曰朝云，字子霞，姓王氏，钱塘人。敏而好义，事先生二十有三年，忠敬若一。绍圣三年七月壬辰，卒于惠州，年三十四。八月庚申，葬之丰湖之上栖禅山寺之东南。生子遯，未期而夭。盖常从比丘尼义冲学佛法，亦粗识大意。且死，诵《金刚经》四句偈以绝。铭曰：

浮屠是瞻，伽蓝是依。如汝宿心，惟佛之归。卷一五

徐忠愍圹铭

翳赣江之南下兮，于豫章而寝鸿。伟西山之卓异兮，列圣灵之仙踪。世一乱而一治兮，隐则仙而出则贤。忆公之肖灵于山川兮，奚其质之全也。方少壮之嗜学兮，尝博览而周游也。历中途之顿悟兮，乃独潜神而内修摄也。饵以颠危垂陷之地兮，所以粹公之节义也。火欲焰而先烟兮，物固有否而后泰也。夫何不幸而从干戈之死也？呜呼哀哉！人寿百岁兮，其久须臾。惟公忠心所激兮，万古不渝。西山秀兮水清，鲂鳜肥兮香芬。灵仙所都兮，可与飞升。魂乎来归兮，结草为期。涧水不息兮，视我铭诗。同治《义宁州志》卷三〇

文集卷一百四十九

太皇太后祭奠故夏国主祭文 元祐元年十一月十六日

乃眷外臣，嗣守西服。袭累世之忠顺，荷先朝之宠光。惟天难忱，锡命不永。讣音遽至，闵悼良深。特遣使车，往陈奠币。庶此恩礼，贯于幽明。卷四四

故皇叔祖昭信军节度使检校司空开府仪同三司汉东郡王宗瑗堂祭文

惟王之生，令德孝恭。云何不淑，罹此闵凶。无复会朝，载恻予衷。往奠其寝，维以饰终。卷四四

故皇叔祖昭信军节度使检校司空开府仪同三司汉东郡王宗瑗下事祭文

呜呼！死生之变，贤愚莫逃。日月有时，义当即远。哀荣之极，礼以告终。来举奠觞，往安窀穸。卷四四

皇叔故魏王启殡祭文

惟灵袭累朝之余庆，兼天下之达尊。祖送之仪，哀荣斯极。永惟宅兆之卜，未逢岁月之良。参酌时宜，迁神郊馆。启殡之始，寓哀斯文。卷四四

皇叔故魏王外殡前一夕夜祭文

惟王之生，孝友仁慈。既没元身，举国怀思。矧予冲眇，义兼父师。天不我遗，日月如驰。出次近郊，寓此仁祠。亲奠莫及，宁知我悲。卷四四

皇叔故魏王下事祭文

惟灵出就外邸，二年于兹。一日不见，企予望思。矧此告终，月逝日远。虽云近郊，宁复旋返。筑室祠宫，既固既完。虽非永归，亦可少安。呜呼哀哉！卷四四

故赠太师追封温国公司马光安葬祭文

呜呼！元丰之末，天步惟艰。社稷之卫，中外所属。惟是一老，屏予一人。名高当世，行满天下。措国于太山之安，下令于流水之源。岁月未周，纪纲略定。天若相之，又复夺之。殄瘁不哀，古今所共。知之者神考，用之者圣母。驯致其道，太平可期。长为宗臣，以表后世。往奠其葬，庶知予怀。卷四四

故渭州防御使宗孺出殡一夕祭文

惟灵饬躬寡过，秉德不回。莫克永年，遂即长夜。哀荣之典，国有故常。死丧之戚，予惟恻怆。卷四四

故渭州防御使宗孺下事祭文

呜呼！宗枝之秀，罹此降灾。日月有时，礼当即远。奄临窀穸，肆设几筵。往致予哀，来歆此奠。卷四四

故听宣刘氏堂祭文

奉侍有年，肃雍靡懈。今其亡矣，良用恻然。没而有知，来举此奠。卷四四

故听宣刘氏坟所祭文

尽瘁内职，归全近郊。既掩诸幽，往致斯奠。贲其窀穸，极尔哀荣。卷四四

故尚宫吴氏坟所祭文

惟尔之生，服勤乃事。逢日之吉，归全于郊。式荣其终，往致斯奠。卷四四

故尚服刘氏堂祭文 六月八日下院

惟灵选备禁廷，服勤内职。逮兹沦谢，良用愍伤。馈奠之仪，哀荣兼至。卷四四

故尚服刘氏坟所祭文 六月八日下院

惟灵服勤有年，罹命不淑。窀穸之事，日月有时。念尔永归，歆予一奠。卷四四

祭欧阳文忠公文

呜呼哀哉！公之生于世，六十有六年。民有父母，国有蓍龟，斯文有传，学者有师，君子有所恃而不恐，小人有所畏而不为。譬如大川乔岳，不见其运动，而功利之及于物者，盖不可以数计而周知。今公之没也，赤子无所仰芘，朝廷无所稽疑，斯文化为异端，而学者至于用夷，君子以为无为为善，而小人沛然自以为得时。譬如深渊大泽，龙亡而虎逝，则变怪杂出，舞鳅鳝而号狐狸。昔其未用也，天下以为病；而其既用也，则又以为迟。及其释位而去也，莫不冀其复用；至其请老而归也，莫不惆怅失望。而犹庶几于万一者，幸公之未衰。孰谓公无复有意于斯世也，奄一去而莫予追。岂厌世溷浊，洁身而逝乎？将民之无禄，而天莫之遗？昔我先君，怀宝遁世，非公则莫能致。而不肖无状，因缘出入受教于门下者，十有六年于兹。闻公之丧，义当匍匐往救，而怀禄不去，愧古人以忸怩。缄词千里，以寓一哀而已矣。盖上以为天下恸，而下以哭其私。呜

呼哀哉！卷六三

祭魏国韩令公文

天生元圣，必作之配。有神司之，不约而会。既生尧舜，禹稷自至。仁宗龙飞，公举进士。妙龄秀发，秉笔入侍。公于是时，仲舒、贾谊。方将登庸，盗起西夏。四方骚然，帝用不赦。授公铁钺，往督西旅。公于是时，方叔、召虎。入赞兵政，出殿大邦。恩威并行，春雨秋霜。兵练民安，四夷屈降。公于是时，临淮、汾阳。帝在明堂，欲行王政。群后奏功，罔底于成。召自北方，付之枢衡。公于是时，萧、曹、魏、邴。二帝山陵，天下悸恟。呼吸之间，有雷有风。有存有亡，有兵有戎。公于是时，伊尹、周公。功成而退，三镇偃息。天下嗷然，曷日而复。毕公在外，心在王室。房公且死，征辽是恤。呜呼哀哉！六月甲寅。人之无禄，丧我宗臣。我有黎民，谁与教之？我有子孙，谁与保之？巍巍堂堂，宁复有之？公之云亡，我无日矣。恸哭涕流，何嗟及矣。昔我先子，没于东京。公为二诗，以祖其行。文追典诰，论极皇王。公言一出，孰敢改评。施及不肖，待以国士。非我自知，公实见谓。父子昆弟，并出公门。公不责报，我岂怀恩。惟此涕泣，实哀斯人。有肉在俎，有酒在樽。公归在天，宁闻我言。呜呼哀哉！卷六三

祭柳子玉文

猗欤子玉，南国之秀。甚敏而文，声发自幼。从横武库，炳蔚文囿。独以诗鸣，天锡雄咮。元轻白俗，郊寒岛瘦。嘹然一吟，众

作卑陋。凡今卿相，伊昔朋旧。平视青云，可到宁骤。孰云坎轲，白发垂脰。才高绝俗，性疏来诟。谪居穷山，遂侣猩狖。夜衾不絮，朝甑绝馏。慨然怀归，投弃缨绶。潜山之麓，往事神后。道味自饴，世芬莫齅。凡世所欲，有避无就。谓当乘除，并畀之寿。云何不淑，命也谁咎。顷在钱塘，惠然我觏。相从半岁，日余醇酎。朝游南屏，莫宿灵鹫。雪窗饥坐，清阕间奏。沙河夜归，霜月如昼。纶巾鹤氅，惊笑吴妇。会合之难，如次组绣。翻然失去，覆水何救。维子耆老，名德俱茂。嗟我后来，匪友惟媾。子有令子，将大子后。颀然二孙，则谓我舅。念子永归，涕如悬霤。歌此奠诗，一樽往侑。卷六三

祭单君贶文

呜呼维君，笃孝自天。展如闵子，人莫间言。内齐于家，外敏于官。民谓父兄，吏莫容奸。信于朋友，人得其欢。博学工诗，数术精研。人涉其一，君有其全。寿考富贵，人谁不然。君独何辜，所向奇偏。志不一遂，怅莫归怨。念我孤甥，生逢百艰。既嫔于君，谓永百年。云何不吊，衔痛重泉。何以慰君，千里一樽。人生如梦，何促何延。厄穷何陋，宦达何妍。命也奈何，追配牛颜。呜呼哀哉！卷六三

祭胡执中郎中文

胡君执中之灵：君少在蜀，从先府君。凡蜀之士，事贤友仁。我之知君，固不待见。从事于岐，始识君面。相从之欢，倾盖百年。

见其孺子，驹骏雏鹓。非罪失官，君则先去。我徂华州，见君逆旅。淫雨弥旬，道淖没车。他人为泣，君乐有余。其后七年，君掾计省。虽获一笑，欢不逾顷。又复七年，我守北徐。君从其子，徐狱是书。雏骞而翔，驹亦千里。惟我与君，宛其老矣。老人无徒，相见益亲。凡昔在岐，今存几人。谓君仁人，虽疾当寿。云何而然，命也难究。呜呼执中，人谁不死。如君之贤，不云止此。百炼之刚，日脍千牛。匣而不用，非我之羞。孺子肖君，世有令问。送君一觞，永归无恨。卷六三

祭任钤辖文

嗟君结发，从事于兵。四十余年，公侯干城。更尝世故，练达物情。佐我治军，既严且平。吏士肃然，时靡有争。汴泗横流，郛堞圮倾。风埃雾露，奔走经营。舆疾而归，犹莫敢宁。奄忽不救，闻者叹惊。子孙如林，布褐藜羹。生知其勤，死知其清。酹觞告诀，与涕俱零。卷六三

祭欧阳仲纯父文

仲纯父之灵曰：呜呼哀哉！文忠公之盛德，子孙千亿，与宋无极，人惟曰不足。仲纯父之贤，寿考百年，一岁九迁，人惟曰当然。奈何官止于一命，寿不登四十。谁其尸之，百不偿一。呜呼哀哉！此不足云也。仲纯父之生也，不以进退得丧有望于人；岂其死也，乃以死生寿夭有责于神。人徒知其文章之世其家，操行之称其门，而不知其志气之豪健，议论之刚果。使之临大事，立大节，不难于

杀身以成仁。则夫造物者之挟其死生之权也，岂能病君也哉！虽然，往者见君于颍水之上，去岁君来见我于国门之东。携被夜语，达旦不穷。凡所以谋道忧世而教我以保身远祸者，凛乎其有似于文忠。今也奄兮忽焉而不复见也，能不长号而屡恸乎？道之难行，盖难其人。岂无其人，利害易之。如仲纯父不畏不慕，独立不惧，则死及之。呜呼哀哉！卷六三

祭王君锡丈人文

公之皇祖，孝著闾里。迨兹百年，世济其美。少相弟长，老相慈诲。肃雍无间，施及娣姒。颀然四人，厥德罔二。轼始婚媾，公之犹子。允有令德，夭阏莫遂。惟公幼女，嗣执罍篚。恩厚义重，报宜有以。云何不淑，契阔生死。敛不拊棺，葬不亲襚。岂不怀归，眷此微仕。缄词望哭，以致奠馈。惟此哀诚，一念千里。卷六三

祭文与可文

维元丰二年，岁次己未，□□□□朔，五日甲辰，从表弟朝奉郎、尚书祠部员外郎、直史馆、权知徐州军州事骑都尉苏轼，谨以清酌庶羞之奠，致祭于故湖州文府君与可之灵曰：呜呼哀哉！与可，能复饮此酒也夫？能复赋诗以自乐，鼓琴以自侑也夫？呜呼哀哉！余尚忍言之。气噎悒而填胸，泪疾下而淋衣。忽收泪以自问，非夫人之为恸而谁为乎？道之不行，哀我无徒。岂无友朋，逝莫告余。惟余与可，匪亟匪徐，招之不来，麾之不去，不可得而亲，其可得而疏之耶？呜呼哀哉！孰能惇德秉义如与可之和而正乎？

孰能养民厚俗如与可之宽而明乎？孰能为诗与楚词如与可之婉而清乎？孰能齐宠辱、忘得丧如与可之安而轻乎？呜呼哀哉！余闻赴之三日，夜不眠而坐喟。梦相从而惊觉，满茵席之濡泪。念有生之归尽，虽百年其必至。惟有文为不朽，与有子为不死。虽富贵寿考之人，未必皆有此二者也。然余尝闻与可之言，是身如浮云，无去无来，无亡无存。则夫所谓不朽与不死者，亦何足云乎？呜呼哀哉！卷六三

黄州再祭文与可文

从表弟苏轼，昭告于亡友湖州府君与可学士文兄之灵：呜呼哀哉！我官于岐，实始识君。方口秀眉，忠信而文。志气方刚，谈词如云。一别五年，君誉日闻。道德为膏，以自濯薰。艺学之多，蔚如秋蕡。脱口成章，粲莫可耘。驰骋百家，错落纷纭。使我羞叹，笔砚为焚。再见京师，默无所云。杳兮清深，落其华芬。昔蓺我黍，今熟其馈。啜漓歌呼，得淳而醺。天力自然，不施胶筋。坐了万事，气回三军。笑我皇皇，独违垢纷。俯仰三州，眷恋桑枌。仁施草木，信及麕麇。昂然来归，独立无群。俯焉复去，初无戚欣。大哉死生，凄怆焄蒿。君没谈笑，大钧徒勤。丧之西归，我窜江渍。何以荐君，采江之芹。相彼日月，有朝必曛。我在茫茫，凡几合分。尽此一觞，归安于坟。呜呼哀哉！卷六三

祭刁景纯墓文

嗟我少君，四十二岁。君不我少，谓我昆弟。今我已老，鬓须

苍然。君之永归，不为无年。我独何憾，过期而哭。人之云亡，哀此风俗。涉江而东，宛其山川。顾瞻万松，蔚乎苍芊。尚想松下，幅巾杖屦。迎我于门，抵掌笑语。岂其忽焉，敛兹一坟。俯仰空山，草木再春。平生故人，几半天下。纷然日中，掉臂莫夜。我非至人，心有往来。斗酒只鸡，聊写我哀。卷六三

祭张子野文

子野郎中张丈之灵曰：仕而忘归，人所共蔽。有志不果，日月其逝。惟余子野，归及强锐。优游故乡，若复一世。遇人坦率，真古恺悌。庞然老成，又敏且艺。清诗绝俗，甚典而丽。搜研物情，刮发幽翳。微词宛转，盖诗之裔。坐此而穷，盐米不继。啸歌自得，有酒辄诣。我官于杭，始获拥篲。欢欣忘年，脱略苛细。送我北归，屈指默计。死生一诀，流涕挽袂。我来故国，实五周岁。不我少须，一病遽蜕。堂有遗像，室无留嬖。人亡琴废，帐空鹤唳。酹觞再拜，泪溢两眦。卷六三

祭陈令举文

呜呼哀哉！天之生令举，初若有意厚其学术，而多其才能，盖已兼百人之器。既发之以科举，又辅之以令名，使取重于天下者，若将畀之以位。而令举亦能因天之所予而日新之，慨然将以身任天下之事。夫岂独其自任，将世之士大夫，识与不识，莫不望其如是。是何一奋而不顾，以至于斥。一斥而不复，以至于死。呜呼哀哉！天之所付，为偶然而无意耶？将亦有意，而人之所以周旋委曲

辅成其天者不至耶？将天既生之以畀斯人而人不用，故天复夺之而自使耶？不然，令举之贤，何为而不立？何立而不遂？使少见其毫末，而出其余弃，必有惊世而绝类者矣。予与令举别二年而令举没，既没三年，而予乃始一哭其殡而吊其子也。呜呼哀哉！卷六三

祭任师中文

年月日，眉阳陈慥、苏轼，犍为王齐愈、弟齐万，黄州进士潘丙、古耕道致祭于故泸州太守任大夫师中之灵曰：允义大夫，维蜀之珍。《诗》之老成，《易》之丈人。去我十年，其德日新。庶一见之，遽没元身。惟慥与轼，匪友则亲。自丙以降，昔惟州民。旅哭于庭，恻焉酸辛。祸福之来，孰知其因。自寿自夭，自屈自信。天莫为之，矧凡鬼神。生荣死哀，自昔所难。持此令名，归于九原。卷六三

祭刘原父文

呜呼！古称益友，多闻谅直。有一而已，罔全其德。惟公兼之，霈然有余。惟其至明，以有众无。譬如鉴然，物至而受。罔有不照，斯以为富。先民之言，久远绝微。继以百家，其多如茨。众人劬劳，有不能获。公徐收之，其赢则百。潴之为渊，放之为川。抽之无穷，循之无端。有听其言，茫然自失。如江河注，漂荡汩潏。有读其书，释然解颐。纷纭杂乱，咸得其归。其博无际，其辩无偶。既博既辩，又以约守。昔公在朝，议论绝伦。挺然不回，其气以振。谈笑所排，讽论所及。大夫士庶，敛衽以服。自公之亡，未几于兹。

学失本原，邪说并驰。大言滔天，诡论蔑世。不谓自便，曰固其理。岂不自有，人或叹嘻。孰能诵言，以告其非。公自平昔，灼见隐伏。指擿讥诮，俾不克立。公归于原，谁与正之。酌以告哀，莫知我悲。卷六三

祭韩献肃公文

在昔仁祖，清净养民。维时忠献，秉国之钧。盛大蕃衍，启其后人。公暨叔季，文武彬彬。公相神宗，重厚有体。心存社稷，辅以《诗》《礼》。博陆堂堂，扶阳济济。公将于外，戚钺雕戈。虔共匪懈，柔惠不苛。韩侯奕奕，申伯番番。大明既升，克绍圣考。介圭来朝，黄发元老。帝曰汝留，王躬是保。公勇于退，连章告归。三公就第，大政是咨。五福具有，谓当期颐。天弗憖遗，哲人其萎。哀动两宫，士夫涕洟。维此僚寀，拜公京师。从容暇日，引陪燕私。话言在耳，已哭于帷。在公已矣，邦国之悲。灵辅启行，宅兆有期。寓焉涂车，立列参差。举觞一恸，与公长辞。卷六三

祭徐君猷文

故黄州太守朝请徐公君猷之灵：惟公蚤厌绮纨，富以三冬之学；晚分符竹，蔼然两郡之声。家世名臣，始终循吏。追继襄阳之耆旧，绰有建安之风流。无鬼高谈，常倾满坐；有功阴德，何止一人。轼顷以蠢愚，自贻放逐。妻孥之所窃笑，亲友几于绝交。争席满前，无复十浆而五馈；中流获济，实赖一壶之千金。曾报德之未皇，已兴哀于永诀。平生仿佛，尚陈中圣之觞；厚夜渺茫，徒挂初心

之剑。拊棺一恸，呜呼哀哉！卷六三

祭陈君式文

故致政大夫君式之灵：猗欤大夫，匪直也人。矫然不随，以屈莫信。大夫安之，有命在天。十年躬耕，以娱其亲。亲亡泣血，几以丧明。免丧复仕，哀哉为贫。从政于黄，急吏缓民。食黄之薇，饮其水泉。我以重罪，窜于江滨。亲旧摈疏，我亦自憎。君独愿交，日造我门。我不自爱，恐子垢纷。君笑绝缨，陋哉斯言。忧患之至，期与子均。示我数诗，萧然绝尘。去黄而归，即安丘园。澹然无求，抱洁没身。猗欤大夫，有死有生。如影之随，如环之循。富贵贫贱，忽如浮云。孰皆有子，如二子贤。千里一觞，侑以斯文。卷六三

祭蔡景繁文

呜呼哀哉！子之为人，清厉孤峻。经以仁义，纬以忠信。才兼百夫，敛以静顺。子之事君，悃款倾尽。挺然不倚，视退如进。持其本心，不负尧舜。子之从政，果艺清慎。缓民急吏，不肃而震。纷纭满前，理解迎刃。子之为文，秀整明润。工于造语，耻就余馂。诗尤所长，锵然玉振。寿以配德，天亦何吝。有如子贤，五十而陨。我迁于黄，众所远摈。惟子之故，不我籍辚。孰云此来，乃拊其榇。万生扰扰，寄此一瞬。富贵无能，俯仰埃烬。子有贤子，汗血之骏。幼亦颀然，颖发龆龀。天哀子穷，以是馈赆。我困于旅，愧莫子赈。歌此奠诗，以和虞殡。呜呼哀哉！卷六三

祭欧阳伯和父文

呜呼哀哉！文忠之子，譬之孔门，则其高第。其材不同，而皆有得，公之一体。惟伯和父，得公之学，甚敏且艺。罔罗幽荒，掎摭遗逸，驰骋百世。有求则应，取之左右，不择巨细。如汉伯喈，如晋茂先，余子莫继。公薨一纪，门人凋丧，我老又废。退而讲论，放失旧闻，日月其逝。欲操简牍，从伯和父，解发疑蔽。今其亡矣，谁助我者，投笔掩袂。斯文日化，蹑风系景，安所止戾。子独确然，求之度数，断以凡例。抱其孤学，将以安适，凿不谋枘。归从文忠，与仲纯父，孰曰非计。而我何为，寓词千里，继以泣涕。呜呼哀哉！卷六三

祭石幼安文

嗟我去蜀，十有八年。梦还故乡，亲爱满前。觉而无有，泪下迸泉。窜流江湖，只影自怜。闻人蜀音，回首粲然。矧如夫子，又戚且贤。忧乐同之，义不我捐。我行过宿，子病已缠。顾我而笑，自云少痊。念子仁人，寿骨隐颧。携手同归，相视华颠。孰云此来，拊膺号天。同驱并驰，俯仰而迁。行即此路，皇分后先。哀哉若人，令德世传。才子文孙，森然比肩。天不吾欺，后将蝉联。永归无憾，举我一筵。呜呼哀哉！卷六三

祭司马君实文

左仆射赠太师温公之灵：呜呼！百世一人，千载一时。惟时与人，鲜偶常奇。公事仁宗，百未一施。独发大议，惟天我知。厚

陵之初，先事而规。帝欲得民，一尊无私。母子之间，莫如孝慈。人所难言，我则易之。神宗知公，敬如蓍龟。专谈仁义，辅以《书》《诗》。枉尺直寻，愿公少卑。公曰天子，舜禹之姿。我若言利，非天谁欺。退居于洛，四海是仪。化及豚鱼，名闻乳儿。二圣见公，曰予得师。付以衡石，惟公所为。公亦何为，视民所宜。有莠则锄，有疾则医。问疾所生，师老民疲。和戎上策，决用无疑。此计一定，太平可基。譬如农夫，既辟既菑。投种未粒，刈获而炊。宾客满门，公以疾辞。不见十日，入哭其帷。天为雨泣，路人垂洟。画像于家，饮食必祠。矧我众僚，左右畴咨。共载一舟，丧其楫维。终天之诀，宁复来思。歌此奠章，以侑一卮。呜呼哀哉！卷六三

祭王宜甫文

维元祐二年，岁次丁卯，九月庚戌朔，十九日戊辰，具位苏轼，谨以酒果之奠，昭告于故比部郎中、赠光禄大夫王公宜甫亲家翁之灵：呜呼宜父，笃厚宽中。德世其家，而位莫充。非不能充，知有天命。直己而行，不充何病。三公之子，所乏非财。风雨散之，如振浮埃。百年梦幻，其究何获。不与皆亡，令名令德。公虽耆旧，我尚同时。不识其人，想见其姿。婚姻之好，义贯黄壤。有愧古人，不祖其往。往谓赵人，子孙其昌。莳其墓槚，我言不忘。呜呼哀哉！卷六三

祭范蜀公文

呜呼！仁宗在位，四十二年。畦而种之，有得皆贤。既历三

世，悉为名臣。今如晨星，存者几人。孰如我公，硕大光明。导日而升，灿焉长庚。死生契阔，公独寿考。天实耆之，以殿诸老。二圣嗣位，仁义是施。公昔所言，略行无遗。维乐未和，公寝不宁。乐成而薨，公往则瞑。凡百君子，愿公无极。胡不万年，以重王国。责难之忠，爱莫助之。嗟我后来，谁复似之。吾先君子，秉德不耀。与公弟兄，一日之少。穷达不齐，欢则无间。岂以闾里，忠义则然。先君之终，公时在陈。宵梦告行，晨起讣闻。先友尽矣，我亦白发。闻公之丧，方食哽噎。堂堂我公，岂其云亡。望公凛然，犹举我觞。

卷六三

祭黄幾道文

幾道大夫年兄之灵：呜呼幾道！孝友烝烝。人无间言，如闵与曾。天若成之，付以百能。超然骥德，风骛云腾。入为御史，以直自绳。身为玉雪，不污青蝇。出按百城，不缓不絚。奸民惰吏，实畏靡憎。帝亦知之，因事屡称。谋之左右，有问莫应。君闻不悛，与道降升。吾岂羽毛，为人所鹰。抱默以老，终然不矜。环堵萧然，大布疏缯。妻子脱粟，玉食友朋。我迁淮南，秋谷五登。坐阅百吏，锥刀相仍。有斐君子，传车是乘。穆如春风，解此阴凌。尚有典刑，紫髯垂膺。鲁无君子，斯人安承。纳币请昏，义均股肱。别我而东，衣袂仅胜。一卧永已，吾将安凭。寿夭在天，虽圣莫增。君赵魏老，老于薛滕。天亦愧之，其世必兴。举我一觞，归安丘陵。

卷六三

文集卷一百五十

祭张文定公文　一

维元祐六年，岁次辛未，十一月乙卯朔，八日壬戌，门生龙图阁学士、左朝奉郎、知颍州军州事兼管内劝农使、轻车都尉、赐紫金鱼袋苏轼，谨以清酌庶羞之奠，昭告于故太子太保乐全先生张公之灵：呜呼！道大如天，见存乎人。小智自私，莫识其真。公生而悟，得其全淳。久乃妙物，凛然疑神。初如龙凤，不可扰驯。游于帝郊，尚以其仁。可望可见，而不可亲。师心而行，自屈自信。八十五年，以没元身。我先大夫，古之天民。被褐怀宝，陆沈峨岷。公曰惜哉，王国之珍。此太史公，笔回千钧。独置一榻，不延余宾。时我兄弟，尚未冠绅。得交于公，先子是因。我晚闻道，困于垢尘。每从公谈，弃故服新。顷独怪公，倒廪倾囷。尽发其秘，有怀毕陈。曰再见子，恐无复辰。出户迟迟，默焉衔辛。穆穆昭陵，二三元臣。惟公终始，高节迈伦。一恸永已，山摧川堙。公视富贵，如贱与贫。公视生死，如夕与晨。老不惰偷，疾不嚬呻。有化非亡，有隐非沦。我独何为，涕流于巾。卷六三

祭张文定公文　二

轼于天下，未尝志墓。独铭五人，皆盛德故。伟欤我公，实浮

于声。知公者天，宁俟此铭。今公永归，我留淮海。寓辞千里，濡袂有灌。卷六三

祭张文定公文 三

我游门下，三十八年，如俯仰中。十五年间，六过南都，而五见公。升堂入室，问道学礼，靡求不供。有契于心，如水倾海，如橐鼓风。风水之合，岂特无异，将初无同。孰云此来，恸哭不闻，高堂莫空。敛不拊棺，葬不执绋，我愧于胸。公知我深，我岂不知，公之所从。生不求人，没不求天，自与天通。天不吾欺，寿考之余，报施亦丰。一子四孙，鸾鹄在庭，以华其终。自我先子，逮今三世，为好无穷。以我此心，与此一觞，达于幽宫。卷六三

祭韩忠献公文

维元祐八年，岁次癸酉，十一月初一日乙亥，端明殿学士兼翰林侍读学士、左朝奉郎、定州路安抚使兼马步军都总管、知定州军州事、上轻车都尉、赐紫金鱼袋苏轼，谨以清酌庶羞之奠，昭告于魏国忠献公之灵：呜呼！我生虽晚，尚及昔人。堂堂魏公，河岳之神。四十余年，其德日新。钟鼎有尽，竹帛莫陈。惟其大节，蔽以一言。忠以事君，允也上臣。我与弟辙，来自峨岷。公罔罗之，若获凤麟。契阔艰难，手书见存。勿以大匠，笑彼汗颜。援手拯溺，期我于仁。岂知无用，既老益顽。意广才疏，将归丘园。上未忍弃，畀之中山。公治此邦，没食其民。我独何幸，敬践后尘。公惟人杰，而不自贤。堂名“阅古”，以古律身。况我小生，罕见寡闻。敢不师公，治民与

军。虽无以报，不辱其门。卷六三

祭柳仲远文 一

呜呼哀哉！我生多故，愈老愈艰。亲朋几人，日化日迁。逝者如风，讣来逾年。一恸海徼，摧胸破肝。痛我令妹，天独与贤。德如《召南》，寿甫见孙。矧我仲远，孝友恭温。天若成之，从政有闻。富以学术，又昌以言。久而不试，理岂其然。崎岖有求，凡以为亲。虽不负米，实劳且勤。知止于此，不如归闲。哀我孤甥，孝如闵、颜。衔痛远诉，谁抚谁存。逝者已矣，存者何冤。慎勿致毁，以全汝门，以慰我仲远永归之魂。呜呼哀哉！卷六三

祭柳仲远文 二

我厄于南，天降罪疾。方之古人，百死有溢。天不我亡，亡其朋戚。如柳氏妹，夫妇连璧。云何两逝，不憖遗一。我归自南，宿草再易。哭堕其目，泉壤咫尺。闳也有立，气贯金石。我穷且老，似舅何益。易其墓侧，可置万室。天定胜人，此语其必。卷六三

祭吴子野文

朝奉郎、提举成都府玉局观苏轼，谨以清酌庶羞之奠，告于故吴子野远游先生之灵：呜呼子野！道与世违。寂默自求，阖门垂帏。兀尔坐忘，有似子微。或似壶子，杜气发机。遍交公卿，靡所求希。急人缓己，忘其渴饥。道路为家，惟义是归。卒老于行，终

不自非。送我北还，中道弊衣。有疾不药，但却甘肥。问以后事，一笑而麾。飘然脱去，云散露晞。我独何为，感叹歔欷。一酹告诀，逝舟东飞。卷六三

祭欧阳文忠公夫人文

呜呼！文忠之薨，十有八年。士无所归，散而自贤。我是用惧，日登师门。既友诸子，入拜夫人。望之愀然，有穆其言。简肃之肃，文忠之文。虽无老成，典刑则存。何以嗣之，使世不忘。诸子惟追，好学而刚。夫人实使，兄弟吾孙。徼福文忠，及我先君。出守东南，往违其颜。病不能见，卒以讣闻。自敛及葬，馈奠莫亲。匪愧于今，有靦昔人。寓词千里，侑此一樽。卷六三

祭欧阳文忠公夫人文　颍州

维元祐六年，岁次辛未，九月丙戌朔，从表侄具位苏轼，谨以清酌肴果之奠，昭告于故太师兖国文忠公安康郡夫人之灵：呜呼！轼自龆龀，以学为嬉。童子何知，谓公我师。昼诵其文，夜梦见之。十有五年，乃克见公。公为拊掌，欢笑改容。此我辈人，余子莫群。我老将休，付子斯文。再拜稽首，过矣公言。虽知其过，不敢不勉。契阔艰难，见公汝阴。多士方哗，而我独南。公曰子来，实获我心。我所谓文，必与道俱。见利而迁，则非我徒。又拜稽首，有死无易。公虽云亡，言如皎日。元祐之初，起自南迁。叔季在朝，如见公颜。入拜夫人，罗列诸孙。敢以中子，请婚叔氏。夫人曰然，师友之义。凡二十年，再升公堂。深衣庙门，垂涕失声。白发苍颜，复见颍人。

颍人思公，曰此门生。虽无以报，不辱其门。清颍洋洋，东注于淮。我怀先生，岂有涯哉。卷六三

祭滕大夫母杨夫人文

维元祐九年，岁次甲戌，三月壬申朔，端明殿学士兼翰林侍读学士、左朝奉郎、知定州军州事苏轼，谨以清酌庶羞之奠，昭告于近故长安县太君杨氏之灵：呜呼！士盛庆历，如汉武、宣。用兵西方，故西多贤。惟时滕公，实显于西。文武殿邦，尹、范是齐。功名不终，有命有义。我时童子，知为公喟。四十余年，墓木十围。乃识其子，倾盖不疑。忠厚且文，前人是似。秉心平反，慈训则尔。仰止德人，如冈如陵。升堂而拜，我愧未能。岂其微疾，一恸永已。胡不百年，以慰其子。寿禄在天，考终非亡。《鹊巢》之应，子孙其昌。卷六三

祭范夫人文

惟夫人妇德茂于闺门，母仪形于里闬。笃生贤子，绰有令名。将期百年，兼享五福。而天不亮孝子之志，神不祐善人之门。变故之来，旬日相继。尚有余庆，钟于后昆。某忝与外姻，局于官守。聊驰薄奠，远致哀诚。卷六三

大行太皇太后灵驾发引文　定州

因山告成，同轨毕至。玉衣永閟，风驭莫追。万国山河，尚凭于坤载；四方老稚，遽失于母慈。欲强名言，难形德化。积此九年

之泽，辅成百世之安。乃眷中山，控临朔野。华戎异服，涕慕同声。目断东朝，永绝帟帷之望；神驰西洛，想闻笳鼓之音。臣等各守边垂，莫亲馈奠。徒因僚吏，以致攀号。卷六三

祭老泉焚黄文 元丰元年

乃者熙宁七年、十年，上再有事于南郊，告成之庆，覃及幽显，我先君中允赠太常博士累赠都官员外郎。轼、辙当奔走兆域，以致天子之命。王事有程，不敢言私。谨遣人赍告黄二轴，集中外亲，择日焚纳，西望陨涕之至。卷六三

祭伯父提刑文 治平元年

呜呼！昔我先祖之后，诸父诸姑，森如雁行。三十年间，死生契阔，惟编礼与伯父，千里相望。宦游东西，奔走四海，去家如忘。至有生子成童而不识者，兹言可伤。方约退居卜筑，相与终老，逍遥翱翔。呜呼伯父！一旦舍去，有志弗偿。辛丑之秋，送伯西郊。淫雨萧萧，河水滔滔。言别于槁，屡顾以招。孰知此行，乃隔幽明。呜呼伯父！生竟何为。勤苦食辛，以律厥身。知以为民，不知子孙。今其云亡，室如悬筐。布衣练裙，冬月负薪。谁为优孟，悲歌叔孙。惟有斯文，以告不泯。卷六三

祭堂兄子正文

维元丰五年，岁次壬戌，正月癸未朔，三日乙酉，弟责授黄州

团练副使轼,谨以家馔酒果之奠,昭告于故子正中舍大兄之灵:昔我先伯父,内行饬修,闾里之师。不刚不柔,允武且文,喜愠莫窥。历官十一,民到于今,涕泣怀思。遇其所立,仁者之勇,雷霆不移。笃生我兄,和扰而毅,甚似不衰。与人之周,肃雍谨洁,喜见于眉。人各有心,酸咸异嗜,丹素相訾。穆穆我兄,尊贤容众,无适不宜。天若不僭,富贵寿考,舍兄畀谁。云何不淑,而止于是,命也可疑。我迁于南,老与病会,归耕无期。敛不抚棺,葬不执绋,永恨何追。瘖寐东山,两茔相望,拱木参差。诸父父子,平生之好,相从岁时。兄死而同,我生而异,斯言孔悲。千里一樽,兄实临我,尚釂勿辞。呜呼哀哉!卷六三

祭亡妹德化县君文

呜呼!宫傅之孙,十有六人。契阔死生,四人仅存。维我令妹,慈孝温文。事姑如母,敬夫如宾。玉立二甥,实华我门。一秀不实,何辜于神。谓当百年,观此腾振。云何俯仰,一噘再呻。救药靡及,奄为空云。万里海涯,百日讣闻。拊棺何在,梦泪濡茵。长号北风,寓此一樽。卷六三

祭亡妻同安郡君文

维元祐八年,岁次癸酉,八月丙午朔,初二日丁未,具位苏轼谨以家馔酒果,致奠于亡妻同安郡君王氏二十七娘之灵:呜呼!昔通义君,没不待年。嗣为兄弟,莫如君贤。妇职既修,母仪甚敦。三子如一,爱出于天。从我南行,菽水欣然。汤沐两郡,喜不见颜。

我曰归哉，行返丘园。曾不少须，弃我而先。孰迎我门，孰馈我田。已矣奈何，泪尽目乾。旅殡国门，我实少恩。惟有同穴，尚蹈此言。呜呼哀哉！卷六三

祭迨妇欧阳氏文

昔先君与太师文忠公恩义之重，宜结婚姻，以永世好。故予以中子迨求婚于汝。自汝之归，夫妇如宾，娣姒谐睦，事上接下，动有家法。谓当百年，治我后事。云何奄忽，一旦至此。使我白首，乃反哭汝。命也奈何，呜呼哀哉！以吉月良日殡汝于京城之西惠济之僧舍。汝之魂识，复反于家，尚克朝夕受于奠馈。凡汝服用，皆施佛僧。卷六三

祭大觉禅师文

维年月日，具位苏轼谨以香茶蔬果，致奠故大觉禅师器之之灵：於穆仁祖，威神在天。山陵之成，二十九年。当时遗老，存者几人。矧如禅师，方外之臣。颂诗往来，月璧星珠。昭回之光，下烛海隅。昔本无生，今亦无灭。人怀昭陵，涕泗哽噎。我在壮岁，屡亲法筵。馈奠示别，岂免凄然。卷六三

祭龙井辩才文

呜呼！孔老异门，儒释分宫。又于其间，禅律相攻。我见大海，有北南东。江河虽殊，其至则同。虽大法师，自戒定通。律无

持破，垢净皆空。讲无辩讷，事理皆融。如不动山，如常撞钟。如一月水，如万窍风。八十一年，生虽有终。遇物而应，施则无穷。我初适吴，尚见五公。讲有辩、臻，禅有琏、嵩。后二十年，独余此翁。今又往矣，后生谁宗。道俗欷歔，山泽改容。谁持一杯，往吊井龙。我去杭时，白叟黄童。要我复来，已许于中。山无此老，去将安从。噫参寥子，往奠必躬。岂无他人，莫写我胸。卷六三

惠州祭枯骨文

尔等暴骨于野，莫知何年。非兵则民，皆吾赤子。恭惟朝廷法令，有掩骼之文；监司举行，无吝财之意。是用一新此宅，永安厥居。所恨犬豕伤残，蝼蚁穿穴。但为藁冢，罕致全躯。幸杂居而靡争，义同兄弟；或解脱而无恋，超生人天。卷六三

徐州祭枯骨文

嗟尔亡者，昔惟何人。兵耶氓耶？谁其子孙。虽不可知，孰非吾民。暴骨累累，见之酸辛。为卜广宅，陶穴宽温。相从归安，各反其真。卷六三

祭古冢文

闰十二月三日，予之田客筑室于所居之东南，发一大冢，适及其顶，遽命掩之，而祭之以文。曰：

茫乎忽乎，寂乎寥乎，子大夫之灵也。子岂位冠一时，功逮宇

内，福庆被于子孙，膏泽流于万世，春秋逝尽而托物于斯乎？意者潜光隐耀，却千驷而不顾，禄万钟而不受，岩居而水隐，云卧而风乘，忘身徇义而遗骨于斯乎？岂吾固尝诵子之诗书，慕子之风烈，而不知其谓谁欤？子之英灵精爽，与周公、吕望游于丰、镐之间乎？抑其与巢由、伯夷相从于首阳、箕颍之上乎？砖何为而华乎？圹何为而大乎？地何为而胜乎？子非隐者也，子之富贵，不独美其生，而又有以荣其死也。子之功烈，必有石以志其下，而余莫之敢取也。昔子之姻亲族党，节春秋，悼霜露，云动影从，享祀乎其下。今也仆夫樵人，诛茅凿土，结庐乎其上。昔何盛而今何衰乎？吾将徙吾之宫，避子之舍，岂惟力之不能，独将何以胜夫必然之理乎？安知百岁之后，吾之宫不复为他人之墓乎？今夫一岁之运，阴阳之变，天地盈虚，日星殒食，山川崩竭，万物生死，欻吸飘忽，若雷奔电掣，不须臾留也，而子大夫独能遗骨于其间，而又恶夫人之居者乎？嗟彼此之一时，邈相望于山河。子为土偶，固已归于土矣。余为木偶，漂漂者未知其如何。魂而有知，为余嫽阿。卷六三

李仲蒙哀词

河南李君仲蒙，以司封郎直史馆为记室岐王府，熙宁二年七月丙戌，终于京师。家贫，丧不时举。其僚相与赙之，既敛而归。十月丙申，葬于缑氏柏岖山西。其孤吁使来告。轼曰：呜呼！吾先君友人也，哭之其可无词？昔吾先君始仕于太常，君以博士朝夕往来相好。先君于人少所与，独称君为长者。君为人敦朴恺悌，学博而通，长于毛氏《诗》、司马氏《史》。善与人交，虽见犯不报。尝有与君为姻者，无故决去，闻者为之不平，君恬不以为意。先君以

是称其难。始举进士甲科，为亳、润、邠三郡职官，后为应天府录曹。勤力趋事，长吏有不喜者，欲以事困之而不能。既为博士，议礼，据正不屈。晚入岐府，以经术辅导，笃实不阿，其言多验于后。君讳育，其先河内人。自高祖徙于缑氏。没时年五十。辞曰：

中心乐易，气淑均兮。内外纯一，言可信兮。无怨无恶，善友人兮。学《诗》达礼，敏而文兮。翱翔王藩，仕弗振兮。宜寿黄耇，陨中身兮。两不一获，归怨神兮。我怀先君，涕酸辛兮。顾嗟众人，诞失真兮。矫矫荦荦，自贵珍兮。欺世幻俗，内弗安兮。久而不堪，厌则遁兮。惑者不解，明者哂兮。嗟卒不悟，惟彼贤兮。浑朴简易，弃弗申兮。往者不还，我思君兮。卷六三

钱君倚哀词

大江之南兮，震泽之北。吾行四方而无归兮，逝将此焉止息。岂其土之不足食兮，将其人之难偶。非有食无人之为病兮，吾何适而不可。独裴回而不去兮，眷此邦之多君子。有美一人兮，瞭然而清，颀然而瘦。亮直多闻兮，古之益友。带规矩而蹈绳墨兮，佩芝兰而服明月。载而之世之人兮，世捍坚而不答。虽不答其何丧兮，超彷徉而自得。吾将观子之进退以自卜兮，相行止以效清浊。子奄忽而不返兮，世混混吾焉则？升空堂而挹遗像兮，吊凝尘于几席。苟律我者之信亡兮，吾居此其何益。行彷徨而无徒兮，悼舍此而奚向。岂存者之举无其人兮，辽辽如晨星之相望。吾比年而三哭兮，堂堂皆国之英。苟处世之恃友兮，几如是而吾不亡。临大江而长叹兮，吾不济其有命。卷六三

苏世美哀词

有美一人，长而髯兮。廞歆历落，进趋襜兮。达于从政，敏而廉兮。如求与由，艺果兼兮。魁然丈夫，色悍严兮。奋须抵几，走群纤兮。闻名见像，已痁痁兮。敬事友生，小心谦兮。诲养贫弱，语和甜兮。刚柔适中，畏爱佥兮。孤直无依，众枉嫌兮。何辜于神，寿复歼兮。死无甔石，突不黔兮。孰为故人，孰视恬兮。我窜于黄，岁将淹兮。于后八年，梦复觇兮。曰吾子钧，甘虀盐兮。冬月负薪，衣不缣兮。觉而长吁，涕流沾兮。永言告钧，守穷潜兮。苦心危肠，自磨礛兮。天不吾欺，有速淹兮。岂若人子，老闾阎兮。生欢死忘，我言砭兮。卷六三

王大年哀词

嘉祐末，予从事岐下。而太原王君讳彭，字大年，监府诸军。居相邻，日相从也。时太守陈公弼驭下严甚，威震旁郡，僚吏不敢仰视。君独侃侃自若，未尝降色词，公弼亦敬焉。予始异之，问于知君者，皆曰："此故武宁军节度使讳全斌之曾孙，而武胜军节度观察留后讳凯之子也。少时从父讨贼甘陵，搏战城下，所部斩七十余级，手射杀二人，而奏功不赏。或劝君自言，君笑曰：'吾为君父战，岂为赏哉？'"予闻而贤之，始与论交。君博学精练，书无所不通。尤喜予文，每为出一篇，辄拊掌欢然终日。予始未知佛法，君为言大略，皆推见至隐以自证耳，使人不疑。予之喜佛书，盖自君发之。其后君为将，日有闻，乞自试于边，而韩魏公、文潞公皆以为可用。先帝方欲尽其才，而君以病卒。其子谠，以文学议论有闻于世，亦

从予游。予既悲君之不遇，而喜其有子。于其葬也，作相挽之诗以饯之。其词曰：

君之为将，允武且仁。甚似其父，而辅以文。君之为士，涵咏《书》《诗》。议论慨然，其子似之。奔走四方，豪杰是友。没而无闻，朋友之咎。蘱堕地走，虎生而斑。视其父子，以考我言。卷六三

锺子翼哀词 并引

轼年始十二，先君宫师归自江南，曰："吾南游至虔，有隐君子锺君，与其弟概从吾游，同登马祖岩，入天竺寺，观乐天墨迹。吾不饮酒，君尝置醴焉。"方是时，先君未为时所知，旅游万里，舍者常争席，而君独知敬异之。其后五十有五年，轼自海南还，过赣上，访先君遗迹，而故老皆无在者，君之没盖三十有一年矣。见其子志仁、志行、志远，相持而泣，念无以致其哀者，乃追作此词。君讳棐，字子翼，博学笃行，为江南之秀。欧阳永叔、尹师鲁、余安道、曾子固皆知之，然卒不遇以没。侬智高叛岭南，声摇江西。虔守曹观欲籍民财为战守备，谋之于君。君曰："智高必不能过岭。无事而籍民，民惧且走。"观曰："如缓急何？"君曰："同舟遇风，胡越可使为左右手，况吾民乎？不幸而至于急，则官与民为一家，夫孰非吾财者，何以籍为？"观悟而止，虔人以安。其词曰：

崆峒摩天，章贡激石致两确。高深相临，悍坚相排汹岳岳。是故其民，勇而尚气巧砻斫。而其君子，抗志砺节敏于学。娇娇锺君，泳于德渊自澡濯。贫不怨天，困不求人老愈悫。嘉言一发，排难解纷已残剥。吾先君子，南游万里道阻邈。如金未镕，木未绳墨玉未琢。君于众中，一见定交陈礼乐。曰子不饮，我醪甚甘醽此

浊。览观江山，扣历泉石步荦确。先君北归，君老于虔望南朔。我来易世，池台既平墓木幄。三子有立，移书问道过我数。我亦白首，感伤薰心陨涕渥。是身虚空，俯仰变灭过电雹。何以寓哀，追颂德人诏后觉。卷六三

伤春词 并引

去岁十二月，虞部郎吕君文甫丧其妻安氏。二月，以书遗余曰："安氏甚美而有贤行，念之不忘。思有以为不朽之托者，愿求一言以吊之。"余悲其意，乃为作伤春词云：

佳人与岁皆逝兮，岁既复而不返。付新春于居者兮，独安适而愈远。昼昏昏其如醉兮，夜耿耿而不眠。居兀兀不自觉兮，纷过前之物变。雪霜尽而鸟鸣兮，陂塘泫其流暖。步荒园而访遗迹兮，蓊百草之生满。风泛泛而微度兮，日迟迟而愈妍。眇飞絮之无穷兮，烂夭桃之欲然。燕哓哓而稚娇兮，鸠谷谷其老怨。蝶群飞而相值兮，蜂抱蕊而更欢。善万物之得时兮，痛伊人之罹此冤。众族出而侣游兮，独向壁而永叹。泪荧荧而栖睫兮，花摇目而增眩。昼出门而不敢归兮，畏空室之漫漫。忽入门而欲语兮，嗟犹意其今存。役魂魄于宵梦兮，追仿佛而无缘。访临邛之道士兮，从稠桑之老人。纵可得而复见兮，恐荒忽而非真。求余文以写哀兮，余亦怆恨而不能言。夫既其身之不顾兮，尚安用于斯文。卷六三

祭司马光文

於皇上帝，子惠我民。孰堪顾天？惟圣与仁。圣子受命，如

尧之礽。神母诏之，匪亟匪徐。圣神无心，孰左右之？民百择相，我□授之[①]。其相维何？□师温公[②]。□来自□，□□二童[③]。万人环之，如渴赴泉。□不见公，莫如我先。二圣忘己，惟公是式。公亦无我，惟民是度。民曰乐哉，既相司马。尔贾于途，我耕于野。士曰时哉，既用君实。我后子先，时不可失。公如麟凤，不鸷不搏。羽毛毕朝，雄狡率服。为政一年，疾病半之。功则多矣，百年之思。知公于异，识公于微。匪公之思，神考是怀。天子万事，四夷来同。荐于清庙，神考之功。《西楼帖》

梦中作祭春牛文[④]

元丰六年十二月二十七日，天欲明，梦数吏人持纸一幅，其上题云：请《祭春牛文》。予取笔疾书其上，云："三阳既至，庶草将兴。爰出土牛，以戒农事。衣被丹青之好，本出泥涂；成毁须臾之间，谁为喜愠？"吏微笑曰："此两句复当有怒者。"旁一吏云："不妨，此是唤醒他。"赵刻《志林》卷一

①□：似"兴"字。
②□：似"太"字。
③□□：似"□马"字。
④本书《文集》卷八十五《书梦祭句芒文》与此文略相似，可参。

文集卷一百五十一

皇帝为冬节奏告永裕陵神宗皇帝表本

伏以历纪天正，史书日至。感舒长于测景，增怵惕于履霜。恭惟谥号皇帝，德迈尧仁，功恢禹迹。游衣冠于原庙，徒仰威神；望松柏于桥山，永怀悲慕。卷四三

皇太后殿夫人为冬节往永裕陵酌献神宗皇帝表本

伏以一阳来复，万物怀生。空临观祲之辰，无复称觞之庆。恭惟谥号皇帝，道齐覆载，德冒华夷。从南狩于苍梧，神游已邈；望西陵于铜雀，涕慕空深。卷四三

皇帝为正月一日奏告永裕陵神宗皇帝旦表本

伏以始饯余寒，复兴嗣岁，望寝园而增慕，悼日月之不留。恭惟谥号皇帝，道贯百王，泽涵万宇。永瞻帝所之乐，坐起尧墙之悲。馈奠莫由，驰诚罔极。卷四三

皇太后殿夫人为年节往永裕陵酌献神宗皇帝表本

伏以苇桃在户，徒讲三朝之仪；椒柏称觞，无复万年之寿。恭惟谥号皇帝，功施无外，德洽有生。随鼓漏于寝园，莫亲馈奠；望衣冠于原庙，空极涕流。卷四三

皇帝为三月一日奏告神宗皇帝旦表本

伏以既成春服，时方禊洛之初；祇谒寝园，古有荐鲔之礼。恭惟谥号皇帝，配天立极，如日载阳。仰余泽之旁流，致群生之遂茂。光灵愈远，涕慕空深。卷四三

皇帝为神宗皇帝大祥往永裕陵奏告表本

伏以寝庙告成，永动廓然之感；柏城森列，遽兴拱矣之悲。恭惟谥号皇帝，泽浸函生，庆垂后裔。配天无极，奉谟训以长存；示民有终，怅神游之安在。恭修祥奠，莫诉哀诚。卷四三

皇帝为神宗皇帝大祥内中奏告表本

伏以追号罔极，实抱终身之忧；祥禫有期，盖迫先王之礼。恭惟谥号皇帝，睿明照世，神智自天。虽清庙肃雍，瞻之莫见；而威颜咫尺，凛然常存。悲慕之深，华夷所共。卷四三

皇太后殿夫人为神宗皇帝大祥往永裕陵酌献表本

伏以飙驭上宾，日以远矣。隙驹遄迈，祥而廓然。恭惟谥号皇帝，道始家邦，化刑夷夏。天地之运，固代谢于阴阳；草木何知，徒兴悲于霜露。莫亲馈奠，惟极哀诚。卷四三

十月朔本殿夫人往永裕陵酌献神宗皇帝表本

雨霜陨箨，感闭塞于天时；收潦涤场，思艰难于王业。恭惟尊谥皇帝，禹功纪地，尧则惟天。威加四夷，尚余肃物之凛；仁及万汇，永同挟纩之温。省奉无期，瞻怀靡极。卷四三

永安永昌永熙永裕陵忌辰奏告宣祖太祖太宗神宗皇帝表本　元祐二年十二月二十七日

伏以卜年之永，恩浃于华夷；讳日之临，感深于臣子。恭惟谥号皇帝，文武经世，威灵在天。每更不乐之辰，尚有遗弓之慕。山陵永望，雨露增怀。卷四三

永安永昌永熙陵忌辰奏告昭宪孝惠孝明孝章淑德懿德明德元德章怀章穆章懿章惠章献明肃皇后表本　元祐二年十二月二十七日

伏以周南之化，刑恭俭于多方；渭北之游，极望思于原庙。恭

惟谥号皇后，道应图史，德参圣神。顾明发之永怀，仰徽音之如在。载瞻园寝，想见衣冠。卷四三

皇太后殿内人为神宗皇帝忌辰朝永裕陵表本　元祐二年十二月二十七日

伏以百年之思，化被于无疆；终身之忧，感深于不乐。恭惟谥号皇帝，德齐尧禹，功陋汉唐。道盖始于正家，谋方贻于燕翼。追攀罔极，慨慕徒深。卷四三

永裕陵正月旦表本

伏以宾出日于旸谷，尧历方颁；朝计吏于原陵，汉仪具举。恭惟谥号皇帝，功恢禹迹，德迈汤仁。虽岁月之屡迁，想威神而如在。载瞻园寝，空极望思。卷四三

永裕陵二月旦表本

伏以时方启蛰，礼及献羔。感清衔之协风，怵怀思于濡露。恭惟谥号皇帝，文武纬世，圣灵在天。岱岳泥金，永讲升中之礼；荆山铸鼎，遽成脱屣之游。永望寝园，徒增感慕。卷四三

永裕陵四月旦表本

伏以日躔昴、毕，卦直《乾》《离》。物蒙长养之仁，世载文明

之化。恭惟谥号皇帝，功成不宰，德范无穷。执炎帝之衡，莫追往躅；秩南郊之政，空守成规。祇望寝园，惟增感慕。卷四三

永裕陵十月旦表本

伏以戒寒墐户，倏及于秦正；前晦行陵，祇循于汉礼。恭惟谥号皇帝，懿文纬世，厚德载时。休老劳农，追述养民之政；厉兵讲武，敢忘经国之谋。永望寝园，益增感慕。卷四三

永裕陵十二月旦表本

伏以商正纪历，大吕旋宫。论时令以待来岁之宜，献民力以共宗庙之祀。恭惟谥号皇帝，至仁无外，全德难名。文物声明，但睹乘时之迹；昆虫草木，孰知成岁之功。急景易迁，永怀何极。卷四三

集禧观开启祈雪道场青词　元祐元年二月六日

伏以麦将覆块，雪未掩尘。嗣岁之忧，下民安诉。具严法会，祇欵闷宫。仰冀同云，溥滋新腊。卷四四

景灵宫宣光殿奉安神宗皇帝御容日开启道场青词　元祐二年三月二十四日

伏以天鉴不远，诚感则通。方宝构之肇新，宜神游之降格。具严法席，高咏灵篇。内安清净之居，外锡烝黎之福。卷四四

集禧观开启祈雨道场青词 元祐二年三月二十五日

洞渊龙王，水府圣众。饥馑之患，民流者期年；吁嗟之求，词穷于是日。乃眷阴灵之宅，实为云雨之司。涵濡之功，俄顷而办。罔吝天泽，以答民瞻。卷四四

集禧观洪福殿等处罢散谢雨道场青词

德有愧于动天，敢辞屡请；道无私而应物，岂间微诚。霈一雨以咸周，起三农于既病。仰承灵贶，莫报深仁。卷四四

太皇太后皇太后皇太妃受册奏告景灵宫等处青词 元祐二年七月十九日

伏以祗是亲闱，庶几孝治。配德祖考，既务极于推崇；笃生眇冲，亦敢忘于褒显。将奉宝册，率循旧章。徼福于神，先期以告。卷四四

神宗皇帝御容进发前一日奏告诸宫观等处青词 元祐二年九月二十五日

嵩洛之间，山陵所在。严道释之净宇，奉衣冠之别祠。恭择良辰，启行仙驭。敢徼福于群圣，庶流祉于含生。仰叩真灵，冀垂昭鉴。卷四四

隆祐宫设庆宫醮青词　元祐二年

伏以长乐告成，光动紫宫之像；清都下照，诚通绛阙之仙。祇率多仪，肃陈菲荐。永惟慈孝之本，克享天人之心。介万寿之无疆，锡五福之纯备。无任悬祷之至。卷四四

西岳庙开启祈雨道场青词　元祐三年七月十三日

伏以二华之尊，作镇于西极；兆人所急，望岁于秋成。谷既日滋，雨不时霈。敢以病告，于我有神。闵兹将槁之苗，赐以崇朝之泽。惟神之德，非我敢忘。卷四四

中太一宫真室殿开启天皇九曜消灾集福道场青词

臣以冲眇，嗣承列圣之休；济于艰难，实赖文母之德。临莅四载，勤劳百为。畏天之威，未尝终日而豫怠；视民如子，惟恐一夫之困穷。伏愿上帝降祥，众真垂祐。消禳灾沴，永底寿康。恭陈宝箓之科，仰扣神游之馆。敢祈昭鉴，下察孝心。卷四四

皇太妃宫阁庆落成开启道场青词

伏以良辰袭吉，华构一新。仰荷褒崇之私，得伸鞠育之报。落成告备，法会有严。请命上穹，驰神真圣。庶精诚之必达，锡寿祉于无穷。无任悬祷之至。卷四四

景灵宫宣光殿奉安神宗皇帝御容罢散朱表 元祐二年三月十四日

伏以驭风云阙，既参日月之光；弭节琳宫，尚答臣民之望。爰开法会，庶歆真庭。愿推往圣之心，永锡函生之福。卷四四

集禧观洪福殿罢散谢雨道场朱表

伏以旱暵为灾，祷求屡渎。赖神之赐，霈泽以时。盖至道之无私，岂不德之能致。载陈谢悃，少答灵休。卷四四

中太一宫真室殿为太皇太后消灾集福罢散天皇九曜道场朱表 元祐三年

伏以仁者必寿，信惟天地之心；孝无不通，宜从臣子之欲。虔遵道范，仰叩真庭。庶同海宇之诚，上集慈闱之福。天威咫尺，求聪明于我民；圣寿万年，定子孙于下地。更推博施，普及函生。卷四四

景灵宫罢散奉安神宗皇帝御容道场功德疏文 元祐二年四月七日

伏以肇新宝构，祗奉睟容。修妙供于朱庭，结胜缘于净众。真游永奠，法会告成。普冀含生，悉蒙余祉。谨疏。卷四四

兴龙节功德疏文　一

伏以上帝垂休，真人诞降。乾坤合契，永为庆喜之辰；草木何知，举有欣荣之意。矧惟遭遇，获侍清闲。不缘梵释之因，曷致涓尘之效。伏愿皇帝陛下，受天之禄，如川方增，奄有汉唐之封疆，倍万唐虞之寿考。永均介福，下及函生。卷四四

兴龙节功德疏文　二

伏以三王之乐，固常与天下同；四海之心，莫不欲吾君寿。以兹愿力，扣彼佛乘。仰惟无碍之慈，副我必从之欲。伏愿皇帝陛下，配天而治，如日之中。安乐延年，锡帝龄之无算；寅畏享福，过周历以常新。下及海隅，同跻寿域。卷四四

兴龙节功德疏文　三

伏以候嘉平之腊，协气充流；歌长发之祥，群心踊跃。华夷交庆，草木增荣。矧惟扈从之私，获在封疆之守。敢缘愿力，祇叩佛乘。仰惟无碍之慈，副我必从之欲。伏愿皇帝陛下，配天而治，如日之中。安乐延年，锡帝龄之无算；寅畏享福，过周历以常新。下及海隅，同跻寿域。卷四四

兴龙节功德疏文　四

伏以瑞鳦来翔，共纪生商之兆；群龙下集，适同浴佛之辰。爰

崇胜因，以荐多祉。伏愿皇帝陛下，立民之极，先天不违。福如南山之不骞，寿等西方之无量。集宁海宇，永庇神天。卷四四

兴龙节功德疏文 五

伏以上帝立子，将开太平之基；下民归仁，自享延鸿之寿。不假龙天之会，曷旌臣子之心。伏愿皇帝陛下，受禄无疆，如川方至。五兵不用，同万国之车书；多士克生，达四门之耳目。永均介福，普及函生。卷四四

兴龙节功德疏文 六

伏以明星出而佛前降，黄河清而圣人生。仰企至仁，同符大觉；虔修法会，上祝鸿休。伏愿皇帝陛下，先天不违，顺帝之则。清台考象，候南极之老人；浩劫纪年，配西方之寿佛。更均余祉，普及函生。卷四四

兴龙节功德疏文 七

伏以长发其祥，已诞膺于眷生；至仁者寿，本无待于祷祈。爰假佛慈，以生民颂。伏愿皇帝陛下，上德不德，日新又新。《既醉》陈诗，具太平之五福；《无逸》作监，继迪哲于四人。普愿函生，咸均景福。卷四四

坤成节功德疏文　一

伏以功存社稷，庆钟高密之门；泽及本枝，天胙大任之德。候西风之协应，占南极之嘉祥。特启真坛，仰祈睿算。顺帝之则，固不待于祷求；应地无疆，亦难忘于祝颂。臣无任恳祷激切之至。卷四四

坤成节功德疏文　二

伏以慈俭之化，无得而名；保祐之功，云何可报。仰首云天之望，倾心草木之微。至哉坤元，德既超于载籍；养以天下，福宜冠于古今。敢冀神休，永为民极。臣无任。卷四四

坤成节功德疏文　三

伏以宝俭以慈，地无私载；履信思顺，天且不违。眷惟江海之邦，日蒙雨露之施。民心所祝，神听必临。祈万寿于无疆，庶群生之永赖。臣无任。卷四四

坤成节功德疏文　四

伏以上帝储休，遗宝龟而降圣；群方仰德，执瑞玉以来宾。恪修臣子之诚，虔奉天人之祷。供精蒲塞，文演贝多。致海众之庄严，广潮音之清净。胜因所集，睿算日隆。恭惟太皇太后陛下，伏愿大安大荣，永对无穷之问；时万时亿，独观有道之长。臣无任。卷四四

坤成节功德疏文 五

伏以玉胜发祥，金行正候。合天人之宝运，实华夏之昌辰。已格鸿休，犹资善祷。展祇园之净供，发秘藏之真乘。庶假良因，盖崇睿算。恭惟太皇太后陛下，伏愿威神有截，尽龙象以瞻依；寿考无疆，等乾坤之久大。臣无任。卷四四

坤成节功德疏文 六

伏以神圣在御，天地无可报之恩；臣子何知，佛老有归诚之法。敢缘净供，仰祝遐龄。恭惟太皇太后陛下，伏愿日照月临，海涵岳峙。帝简好生之德，锡寿无疆；民衔既富之仁，保邦何极。臣无任。卷四四

坤成节功德疏文 七

伏以星火西流，方岁功之平秩；夕月既望，昭阴德之致隆。凡我有生，归诚兹日。佛身充满，天鉴聪明。恭惟太皇太后陛下，伏愿享德三灵，齐光两曜。坐俟云来之养，受禄无疆；屡观甲子之周，与民同乐。臣无任。卷四四

太皇太后本命岁功德疏文

伏以天人合契，辅成继照之明；岁月袭祥，允协重坤之象。肇临正旦，寅奉德音。尽海宇之无疆，集缁黄而来会。帝推舜孝，仰

叩佛乘。伏愿太皇太后陛下，下顺民心，仰膺天保。配西方之无量，与南山而不倾。岂独五音六律之旋，再临此岁；将推三统九会之复，以卜其年。永与函生，共兹介福。谨疏。卷四四

景灵宫祈福道场功德疏文

伏以仁心浃物，自然忧乐之同；孝治格天，宜尔感通之速。庶殚精恳，仰叩上真。恭惟太皇太后陛下，保佑圣神，勤劳夙夜。偶倦东朝之御，未复太官之常。爰即珠庭，大陈妙供。法音上达，虽有假于云章；民志下同，自不劳于秘祝。愿膺勿药之喜，永保无疆之休。卷四四

同天节功德疏文

伏以天贻明德，用昭遹骏之声；卦应纯乾，实纪诞弥之日。仗法缘之有感，祈圣寿之无疆。恭惟皇帝陛下，生知尧舜之资，力致商周之业。神功特起，圣治日新。人皆乐生，物亦遂性。惟时庆节，共罄丹诚。用同东土之民，少效华封之祝。伏愿潜凭胜力，坐拥休符。福比冈陵之崇，寿齐箕翼之永。卷四四

代张安道进功德疏文

伏以圣神示化，弃黄屋以上宾；凡庶何知，抱乌号而永叹。不有崇荐，曷伸悃诚。故依妙湛之尊，特设清净之供。庶凭法力，仰导真游。恭惟神宗皇帝陛下，伏愿永证佛乘，圆成道果。储神无

极，逍遥梵释之间；卜世愈延，跨越商周之盛。至于含识，并畅天和。卷四四

冬至福宁殿作水陆道场资荐神宗皇帝斋文

伏以圣神陟降，释梵后先。适更来复之辰，茂荐往生之福。虔修净供，仰导灵游。卷四四

正旦于福宁殿作水陆道场资荐神宗皇帝斋文

伏以乘黄屋以上宾，莫追风驭；抱乌号而永慕，再历春朝。敢仗胜缘，式开净供。仰颂义尧之德，永追梵释之游。卷四四

在京诸宫观开启神宗皇帝大祥道场斋文

伏以密音如昨，新谷再升。望仙驭于帝乡，陈法筵于净宇。人天来会，共修最胜之缘；梵释同游，永锡无疆之庆。卷四四

垂拱殿开启神宗皇帝大祥道场斋文

伏以丧期有数，方叹于壑舟；法海无边，聊资于岸筏。有严秘殿，恭启净筵。时御六龙，徘徊宫阙。永同千佛，陟降人天。卷四四

内中福宁殿下寒节为神宗皇帝作水陆道场斋文

伏以甚雨疾风，感春律之将变；钻燧改火，悼丧期之不留。爰启净筵，以资冥福。愿登大觉，永济函生。卷四四

景灵宫宣光殿奉安神宗皇帝御容日开启道场斋文

伏以祠宫夙启，真室告成。仗胜会于佛僧，导灵游于梵释。更推余祉，旁及含生。卷四四

大相国寺开启祈雨道场斋文

伏以旱暵既久，麦禾将空。仰惟天人之师，宜专云雨之施。庶几慈愍，宽我忧危。卷四四

郑州超化寺祈雨斋文　元祐二年四月九日

伏以常旸为灾，历时愈炽，秋谷未艺，夏苗将空。天意未回，佛慈所愍。愿以不思议智力，大解脱神通，时兴法云，普赐甘泽。卷四四

郑州超化寺谢雨斋文　元祐二年四月九日

等慈应物，不倦于祷求；神智无方，何难于膏泽。旱沴既弭，农民其康。仰惟不宰之功，岂待有为之报。爰修净供，少达纯诚。卷四四

十月一日永裕陵下宫开启资荐神宗皇帝道场斋文　元祐二年九月二十日

桥山永望，莫瞻弓剑之余；阳月载临，徒增霜露之感。招延净众，崇建梵筵；庶集胜因，仰资真驭。卷四四

西京会圣宫应天禅院奉安神宗皇帝御容礼毕开启道场斋文　元祐二年十月

原庙告成，神游既奠。虽圣灵之无碍，对越在天；从世法之有为，归依于佛。普愿幽明之域，悉登净妙之庭。集此胜因，以资仙驭。卷四四

后苑瑶津亭开启祈雨道场斋文　一　元祐三年六月二日

六月徂夏，方金火之争；三农望秋，乏雷雨之施。嗟人何罪，逢岁之艰。自非妙觉之等慈，孰拯疲民于重困。有严禁苑，祗建净筵。念我忧劳，锡之膏泽。非独起焦枯于田野，抑将扫疾疫于里

闾。嘉与含生，永均介福。卷四四

后苑瑶津亭开启祈雨道场斋文　二　元祐三年八月二十日

伏以常旸之沴，历月于兹，近自都畿，远及关辅。岂独西成之害，将为宿麦之忧。仰止觉慈，必垂善救。普集山川之守，来登梵释之筵。罔吝膏濡，以兴焦槁。卷四四

后苑瑶津亭开启谢雨道场斋文　元祐三年六月六日

伏以祗畏之心，格人天于影响；觉慈之力，反水旱于屈伸。周泽载濡，农田告足。既解蕴隆之患，庶无流潦之虞。仰冀能仁，曲垂昭鉴。卷四四

显圣寺寿圣禅院开启太皇太后消灾集福粉坛道场斋文　元祐三年七月二十七日

伏以躬俭节用，本严房闼之风；遗大投艰，猥当庙社之寄。常恐德之弗类，以召灾于厥身。敢即仁祠，肆陈净供。恭延梵释，普施人天。俾寿而康，非独辅安于寡昧；与民同利，固将燕及于华夷。仰冀能仁，曲垂昭鉴。卷四四

景灵宫宣光殿开启神宗皇帝忌辰道场斋文 元祐四年二月五日

伏以至德难名，已立配天之极；孝思永慕，盖有终身之忧。惟是佛乘，庶资冥福。属弓剑上宾之日，就衣冠出游之庭。虔设净筵，俾严胜果；庶超真觉，永庇含生。卷四四

奉宸库翻修圣字等库了毕安慰土地道场斋文 元祐三年七月二十九日

伏以货币所藏，有坏必葺。聪直之鉴，既成乃安。爰仗佛慈，以绥神守。庶期昭格，永底纯熙。卷四四

文集卷一百五十二

奏告天地社稷宗庙宫观寺院等处祈雨雪青词斋祝文

伏以期年以来，水旱作沴。迨兹徂岁，复苦常旸。疾疫将兴，农末俱病。方斋居而默祷，庶精意之登闻。敢祈春腊之交，沛然雨雪之赐。愿均介福，敷锡群生。卷四四

五岳四渎等处祈雪祝文

伏以历冬不雪，两岁之忧。疾疠将兴，麦𪎊就槁。分命守土，告于有神。下民其咨，天听不远。毋爱同云之泽，以成盈尺之祥。苟利于民，敢忘其报。卷四四

内中添盖诸帝后神御殿告迁御容权奉安于慈氏殿祝文

於皇帝考，肇启閟祠。方增筑之未宁，惧格思之有渎。别严净宇，祗奉睟容。式燕圣灵，永绥慈嘏。卷四四

内中慈氏殿告迁神御于新添修殿奉安祝文

伏以增筑告成，闳严有奂。俨衣冠之来复，忾叹息之疑闻。昭格穆清，永绥燕翼。卷四四

景灵宫奉安神宗皇帝御容祝文

伏以恭承仙驭，奄宅珠庭。罄海宇以骏奔，俨人天之景从。愿回日月之照，少答神民之心。乃眷新宫，永垂余庆。卷四四

天章阁权奉安神宗皇帝御容祝文

伏以唐虞稽古，虽绝名言；文武重光，已新崇构。下慰华夷之望，仰摹天日之容。将往宅于灵宫，永怀攀慕；愿少安于秘殿，无尽瞻依。卷四四

内中神御殿张挂奉安神宗皇帝御容祝文

伏以神祭告终，圣灵改御。僾如在位，威不违颜。虽天日之光，固难形似；而神人之奉，永有瞻依。悲慕愈深，照临无极。卷四四

神宗皇帝大祥祭讫彻馔除灵座时皇帝躬亲扶神御别设一祭祝文

伏以俯就终丧，礼当即远。永瞻陵庙，将彻几筵。攀慕若疑，

追怀罔极。卷四四

景灵宫宣光殿奉安神宗皇帝御容毕皇太后亲诣行礼祝文 元祐二年三月十四日

伏以奕奕祠宫，巍巍天像，圣灵虽远，哲命惟新。仰瞻如在之威，永锡无疆之庆。敢祈昭鉴，下烛微诚。卷四四

天地社稷宗庙神庙等处祈雨祝文

惟德弗类，致常旸之灾；斯民何辜，有荐饥之惧。浃旬不雨，麦禾皆空。循省再三，夙夜祗栗。引领云霓之望，援手沟壑之余。既穷之词，其忍弗听。卷四四

五岳四渎等处祈雨祝文 一 元祐二年三月十七日

期年以来，水旱作沴。振廪同食，冠盖相望。已责劝分，公私并竭。惟待一熟之麦，以苏垂死之民。而冬不雨以徂春，苗将秀而不实。顾惟冲昧，有失政刑。感伤阴阳，延及鳏寡。既非下民之罪，亦岂上帝之心。惟神聪明，毋爱膏泽。则民有息肩之渐，神无乏祀之忧。卷四四

五岳四渎等处祈雨祝文 二 元祐二年四月十日

天人之交，应若影响。雨旸不顺，咎在貌言。失之户庭，害及

寰宇。求治虽切，不当天意之中；听言虽多，未闻民病之实。刑罚有过，赋役未平。一人之愆，百姓何罪。避坐彻膳，犹当许其自修；悔祸转灾，庶或救之将坠。于神盖反掌之易，而民免挤壑之忧。仰瞻云霓，待命旦夕。卷四四

五岳四渎等处谢雨祝文 元祐二年四月十日

乃者常旸为灾，历时愈炽。念咎责己，宁丁我躬。求哀吁天，并走群望。果蒙膏泽之赐，一拯流亡之余。我愧于民，敢废无灾之惧；神终其赐，愿必有年之祥。卷四四

神宗皇帝禫祭太皇太后亲行祝文

寒暑之变，忽焉再期；练祥之余，复将三月。勉从即吉之典，莫遂无穷之哀。卷四四

神宗皇帝禫祭皇帝亲行祝文

既祥之余，徙月而吉。迫于先王之礼，徒有终身之忧。瞻仰圣灵，伏深感慕。卷四四

神宗皇帝禫祭皇太后亲行祝文

丧期有数，禫月告终。哀虽未忘，礼弗敢过。追慕之至，中外所同。卷四四

永裕陵修移角堠门户柏窠奏告神宗皇帝祝文

园寝之奉,巡行以时。增植所宜,卜云其吉。先事而告,亦礼之常。卷四四

永裕陵修移角堠门户柏窠祭告土地祝文

园寝之奉,栽植以时。惟尔有神,实严所守。敢祈昭鉴,永底平宁。卷四四

景灵宫天兴殿开淘井眼祭告里域真官祝文

神游之庭,井泥不食。日辰之吉,浚治以时。谂尔明灵,庶无悔吝。卷四四

太皇太后皇太后皇太妃受册奏告太庙并诸陵祝文　元祐二年六月十九日

伏以祇事亲闱,庶几孝治。配德祖考,既务极于推崇;笃生眇冲,亦敢忘于褒显。将奉宝册,率循旧章。涓日甚良,先期以告。卷四四

西京应天禅院会圣宫修神御帐座毕功告迁诸神御祝文　元祐二年八月二日

顷诏有司,恭修幄座,暂安别殿,以作庶工。既匠事之告成,

宜真游之来复。愿垂昭鉴，及此良辰。卷四四

西京应天禅院会圣宫修神御帐座毕功奉安诸神御祝文　元祐二年八月二日

幄坐告成，允协岁时之吉；灵游永奠，复瞻天日之光。庶俾后人，仰蒙余庆。卷四四

西京会圣宫应天禅院奉安神宗皇帝御容前一日奏告永裕陵祝文　元祐二年十月

国家推本汉仪，立郡国之庙；参用唐制，就佛老之祠。乃眷洛都，载瞻园寝；并兴灵宇，以奉神禧。闵惟冲人，恭蹈成宪；谨择良日，临遣近臣。庶回日月之光，少答天人之望。卷四四

神宗皇帝御容至会圣宫并应天禅院前一日奏告诸帝祝文　元祐二年八月

三灵眷命，六圣在天。崧洛之间，仙释所馆。惟兹吉禘之始，当祔出游之庭。念彼元臣，昔皆侑食。一新惟肖之像，永陪如在之神。敢冀威灵，曲垂昭鉴。卷四四

神宗皇帝御容进发前一日奏告天地社稷宗庙等处祝文　元祐二年九月二十五日

祗畏天明，率循祖武。进衣冠之原庙，镇崧洛之灵祠。恭择

良辰，启行仙驭。分遣执事，并告有神。卷四四

生擒西蕃鬼章奏告永裕陵祝文 元祐二年九月五日

大猕获禽，必有指踪之自；丰年高廪，孰知耘耔之劳。昔汉武命将出师，而呼韩来庭，效于甘露；宪宗厉精讲武，而河湟恢复，见于大中。憬彼西戎，古称右臂。自嘉祐末，兀征扰边。至熙宁中，董毡方命。于赫圣考，恭行天诛。非贪尺寸之疆，盖为民除蟊贼。遂建长久之策，不以贼遗子孙。而西蕃大首领鬼章，首犯南川，北连拓拔。申命诸将，择利而行；旋闻偏师，无往不克。吏士用命，争酬未报之恩；圣灵在天，难逃不漏之网。已于八月戊戌，生获鬼章。颉利成擒，初无渭水之耻；郅支授首，聊报谷吉之冤。谨当推本圣心，益修戎略。务在服近而来远，期于偃革以息民。仰冀威神，曲垂昭鉴。卷四四

西京会圣宫应天禅院奉安神宗皇帝御容奏告诸帝祝文 元祐二年九月六日

於穆神考，陟配在天。有严祠宫，从祀我祖。时日协吉，圣灵其安。宠绥后人，永锡纯嘏。卷四四

西京应天禅院会圣宫奉安神宗皇帝神御祝文 元祐二年九月六日

於皇在天，丕冒下土。矧此山陵之近，顾瞻两都；宅于嵩洛之

间，上联五圣。有严净宇，会圣宫改为真馆。祗奉睟颜。愿追梵释之游，会圣宫改为仙圣之游。永答人天之望。卷四四

太皇太后皇太后皇太妃受册礼毕奏谢天地社稷宗庙诸宫观并诸陵祝文

元祐二年十月十日

至哉坤元，政必先于治内；养以天下，孝莫大于尊亲。昔首正于号名，今复严于典册。礼乐既具，神人允谐。分命迩臣，恭致成事。仰祈昭鉴，永锡鸿休。诸神庙"分命迩臣"句改"分命有司"。无任恳祷之至。卷四四

东太一宫翻修殿宇奉告十神太一真君祝文　元祐四年二月二十五日

於穆祠宫，有严春祀。吏以时而按视，工揆日以修完。庶就洁新，永绥灵御。仰祈昭鉴，大庇含生。卷四四

西路阙雨于济渎河渎淮渎庙祈雨祝文

伏以水旱之事，山川所司。农服穑以有秋，天密云而不雨。愧我不德，渎于有神。愿为三日之霖，大慰一方之望。国有常报，我其敢忘。卷四四

永定院修盖舍屋奏告诸帝后祝文

具严净宇，祗奉寝园。眷惟焚燎之余，少缓增修之役。仰祈昭鉴，永底燕宁。卷四四

永定院修盖舍屋祭告土地祝文　元祐二年十二月十日

伏以向因遗烬，延及净祠，爰择良辰，以兴众役。宜兹遣使，昭示有神。卷四四

奉安神宗皇帝御容赴景灵宫导引歌辞

帝城父老，三岁望尧心。天远玉楼深。龙颜仿佛笙箫远，肠断属车音。离宫春色琐瑶林，云阙海沉沉。遗民犹唱当时曲，秋雁起汾阴。卷四四

迎奉神宗皇帝御容赴西京会圣宫应天禅院奉安导引歌辞

经文纬武，十有九年中。遗烈震羌戎。渭桥夹道千君长，犹是建元功。西瞻温洛与神崧，莲宇照琼宫。人间俯仰成今古，流泽自无穷。卷四四

内中御侍以下贺冬至词语三首 元祐二年十月二十日

皇帝

伏以月临天统，首冠于三正；气应黄宫，复来于七日。君道寖长，阳德光亨。恭惟皇帝陛下，清明在躬，仁孝遍物。垂衣南面，天何言而四时成；问学西清，日将旦而群阴伏。裔夷奔走，年谷顺成。岂惟四海之欢心，自识三灵之阴赞。如川方至，受命无疆。妾等待罪掖庭，备员妇职。共庆一阳之节，敢陈万岁之觞。

太皇太后

伏以消长有时，候微阳之来复；贤愚同庆，知君子之汇征。德化所加，神人并应。恭惟太皇太后陛下，睿明天纵，慈俭身先。振河岳以不倾，地无私载；顺阴阳而自化，天且不违。成功已陋于汉唐，论德盖高于任姒。《大有》上吉，方获助于三灵；《既醉》太平，当纯备于五福。妾等职参长御，心奉慈闱。庆阳德之方来，愿天寿之平格。

皇太后

伏以矇瞍奏功，验人和于缇室；日官占物，效岁美于黄云。庆自宫庭，泽均海宇。恭惟皇太后殿下，辅佐内治，仪刑王家。推美国风，夙茂周南之化；考祥羲易，共成坤厚之功。方迎日于三微，敢称觞于万寿。岂独宫闱之愿，实同中外之欢。妾等猥以微躯，被蒙慈渥。仰献冈陵之祝，庶殚草木之诚。卷四五

内中御侍以下贺年节词语三首 元祐二年十二月一日

皇帝

伏以齐七政于玑衡，天人并应；受三朝之图籍，海宇来同。恭惟皇帝陛下，至仁无私，神武不杀。祖述尧帝，历象以授民时；仪刑文王，正家而齐天下。方肇新于岁律，宜向用于神休。妾等幸侍禁严，仰陶化育。愿上万年之寿，永膺百顺之祥。

太皇太后

伏以太簇旋宫，既赞扬而出滞；勾芒司历，方布德以缓刑。恭惟太皇太后陛下，化始六宫，风行九有。捐财振廪，救民沟壑之中；求贤审官，拔士茅茨之下。方履端之资始，膺景福于无疆。妾等幸侍禁严，粗供妇职。愿献冈陵之寿，少输草木之诚。

皇太后

伏以三元资始，磔禳以饯余寒；万宝更新，燔烈以兴嗣岁。恭惟皇太后殿下，道光沩汭，德配周南。辅导两朝，孝慈格于上下；仪形九御，恭俭闻于迩遐。顺履三阳，诞膺百禄。妾等幸班禁掖，久被余光。莫报生成之恩，但祝灵长之算。卷四五

内中御侍已下贺冬至词语三首 元祐三年十月三十日

皇帝

伏以日合天统，时推建子之正；律中黄钟，气验微阳之应。德施自上，惠均于民。伏惟皇帝陛下，道配皇王，化行夷夏。观其来

复，见乎天地之心；静以无为，待此阴阳之定。云物告瑞，宫声协和。岂惟至治之祥，自得上天之祐。一人有庆，万寿无疆。妾等蒙被天光，叨尘妇职。敢献如山之祝，庶同率土之欢。

太皇太后

伏以书奏清台，验历家之邃密；日移黄道，迎化国之舒长。寰宇和平，宫闱欢豫。恭惟太皇太后陛下，教隆阴礼，位正坤仪。嗣太任之徽音，道光千古；衣明德之大练，俭化六宫。体柔静以临朝，配清明而烛物。庆云可望，共占至治之祥；彤史何知，莫赞无为之德。妾等猥参女职，仰奉慈颜。因来复之一阳，祝无疆之万寿。

皇太后

伏以候气葭灰，喜律筒之已应；课功彩线，知宫日之初长。品物向荣，掖廷胥悦。恭惟皇太后殿下，母临四海，妇应东朝。求贤审官，但有忧勤之志；躬俭节用，岂忘浣濯之衣。宜福禄之日康，乐宫闱之无事。妾等滥尘女职，获奉慈颜。愿先柏酒以称觞，更指椿年而献寿。卷四五

紫宸殿正旦教坊词九首　元祐四年

教坊致语

臣闻行夏之时，正莫加于人统；采周之旧，王方在于镐京。惟吉月之布和，休庶工而未作。使华远集，邻好交修。萃簪笏于九门，来车书于万里。将兴嗣岁，以乐太平。恭惟皇帝陛下，躬履至仁，诞膺眷命。法天地四时之运，民日用而不知；传祖宗六圣之心，

我无为而自化。九德咸事，三年有成。始御八音之和，以临元日之会。人神相庆，夷夏来同。臣等忝与贱工，得亲壮观。知舆情之愿颂，顾盛德之难形。不度荒芜，敢进口号。

口号

九霄清跸一声雷，万物欣荣意已开。晓日自随天仗出，春风不待斗杓回。行看莒叶催耕籍，共喜椒花映寿杯。欲识太平全盛事，师师鹓鹭满云台。

勾合曲

东风应律，南籥在庭。饯腊迎春，方庆三朝之会；登歌下管，愿闻九奏之和。上悦天颜，教坊合曲。

勾小儿队

工师奏技，咸踊跃以在庭；稚孺闻音，亦回翔而赴节。方资共乐，岂间微情。上奉宸欢，教坊小儿入队。

队名

仙山来绛节，云海戏群鸿。乐队。

问小儿队

六乐充庭，九宾在列。何彼垂髫之侣，欲陈振袂之能。必有来诚，少前敷奏。

小儿致语

臣闻正月上日，万汇所以更新；群臣嘉宾，四方于是观礼。雪方占于上瑞，风已告于先春。及此良辰，设为高会。恭惟皇帝陛下，子来九有，天覆兆民。焕乎其有文章，昭然若揭日月。安西都护，来输八国之琛；南极老人，出效万年之寿。还圭璋于邻使，受图籍于春朝。击石拊金，奏钧天之广乐；跳毬舞索，戏平乐之都场。臣等沐浴太平，咏歌新岁。鼓舞《咸》《韶》之韵，跄扬鸟兽之间。未敢自专，伏候进止。

勾杂剧

以雅以南，既毕陈于众技；载色载笑，期有悦于威颜。舞缀暂停，优词间作。金丝徐韵，杂剧来欤？

放小儿队

酒阑金殿，既均湛露之恩；漏减铜壶，曲尽流风之妙。望彤墀而申祝，整翠袖以言归。再拜天阶，相将好去。卷四五

文集卷一百五十三

集英殿春宴教坊词十五首

教坊致语　中和化育万寿排场

臣闻人和则气和，故王道得而四时正；今乐犹古乐，故民心悦而八音平。幸此圣朝，陶然化国。饬三农于保介，维莫之春；兴五福于太平，既醉以酒。恭惟皇帝陛下，乘乾有作，出震无私。宪章六圣之典谟，斟酌百王之礼乐。天方祚于舜孝，人已诵于尧言。故得彝伦叙而水土平，北流轨道；壬人退而蛮夷服，西旅在庭。稍宽中昃之忧，一均湛露之泽。方将曲蘖群贤而恶旨酒，鼓吹六艺而放郑声。虽《白雪》《阳春》，莫致天颜之一笑；而献芹负日，各尽野人之寸心。臣猥以贱工，叨尘法部。幸获望云之喜，敢陈《击壤》之音。不揆芜才，上进口号。

口号

万人歌舞乐芳辰，长养恩深第四春。令下风雷常有信，时来草木岂知仁。璇玑已正三阶泰，玉琯初知九奏均。更欲年年同此乐，故应相继得元臣。

勾合曲

太平无象，善万物之得时；和气致祥，喜八风之从律。大合钧天之奏，克谐治世之音。上奉严宸，教坊合曲。

勾小儿队

斑白之老，既无负戴之忧，龆龀之童，亦遂嬉游之乐。行歌道路，联袂阙庭。仰奉宸慈，教坊小儿入队。

队名

初成暮春服，来献太平谣。乐队。

问小儿队

聚戏里闾，岂识九重之奥；成文缀兆，忽随六乐之和。宜近彤墀，悉陈来意。

小儿致语

臣闻春为阳中，生物各遂其性；乐以天下，圣人岂私其身。故饮食尽忠臣心，而游豫为诸侯度。方迟日之无事，矧嗣岁之有年。大启璧门，肃陈燕豆。恭惟皇帝陛下，道隆而德备，质文而性仁。总揽群才，盖天授之神策；澄清庶政，故民献以宝符。顾良辰乐事之难并，宜群臣嘉宾之并集。广场千步，方山立于众工；大乐九成，固海函于杂技。臣等沐浴膏泽，咏歌升平。幸以髫髦之微，得参舞羽之末。敢干宸听，伏俟俞音。

勾杂剧

胪传已久，陛楯将更。宜资载笑之欢，少进群优之技。缓调丝竹，杂剧来欤？

放小儿队

清歌屡奏，盖曲尽于下情；妙舞载陈，示不遗于小物。既毕沛风之和，稍同沂水之归。再拜天阶，相将好去。

勾女童队

燕私之乐，下侍于臣工；靡曼之观，聊同于俚俗。审音而作，振袂稍前。上奉宸欢，两军女童入队。

队名

瑞日明歌扇，仙飙动舞衣。乐队。

问女童队

工师奏技，侍卫耸观。顾游女之何施，集彤庭而有待。欲知来意，宜悉敷陈。

女童致语

妾闻圣人授民以时，王者与众同乐。故仓庚鸣而蚕女出，游鱼跃而灵沼春。盖良辰岂易得哉，亦贤者而后乐此。伏惟皇帝陛下，温恭允塞，缉熙光明。学无常师，文武识其大者；仁能济众，尧舜其犹病诸。齐泰阶之六符，走重译之万里。天人并应，礼乐将兴。岂惟尘土之贱微，敢度乾坤之广大。万舞九奏，虽未象于成功；间歌三终，亦庶几于颂德。欲殚末技，少效寸诚。

勾杂剧

风斜御柳，既穷绮丽之观；日转庭槐，少进诙优之戏。再调丝竹，杂剧来欤?

放女童队

翠袖风回，已尽折旋之妙；文茵霞卷，尚观顾步之余。再拜天墀，相将好去。卷四五

集英殿秋宴教坊词十五首

教坊致语

臣闻天无言而四时成，圣有作而万物睹。清净自化，虽仰则于帝心；恺悌不回，亦俯同于众乐。属此九秋之候，粲然万宝之成。吾王不游，何以劳农而休老？君子如喜，则必大亨以养贤。恭惟皇帝陛下，孝通神明，仁及草木。行尧禹之大道，守成康之小心。华夷来同，天地并应。以谓福莫大于无事，瑞曷加于有年。南极呈祥，候秋分而老人见；西夷慕义，涉流沙而天马来。嘉与臣工，肃陈燕俎。礼元侯于三夏，谐庶尹于九成。宣示御觞，耸近臣之荣观；胪传天语，溢两庑之欢声。臣等幸觏昌辰，叨尘法部。采谣言于击壤，助矇瞍之陈诗。仰奉威颜，敢进口号。

口号

霜霏碧瓦尚生烟，日泛彤庭已集仙。蔼蔼四门多吉士，熙熙万国屡丰年。高秋爽气明宫殿，元祐和声入管弦。菊有芳兮兰有秀，从臣谁和白云篇。

勾合曲

西风入律，间歌秋报之诗；南籥在廷，备举德音之器。弦匏一倡，钟鼓毕陈。上奉宸严，教坊合曲。

勾小儿队

皇慈下逮，罄百执以均欢；众技毕陈，示四方之同乐。宜进垂髫之侣，来修秉翟之仪。上奉威颜，教坊小儿入队。

队名

登歌依颂磬，下管舞成童。乐队。

问小儿队

大君有命，肆陈管磬之音；童子何知，入簉工师之末。欲详来意，宜悉奏陈。

小儿致语

臣闻天行有信，正得秋而万宝成；君德无私，日将旦而群阴伏。清风应律，广乐在庭。占岁事于金穰，望天颜之玉粹。沐浴膏泽，咏歌升平。恭惟皇帝陛下，天纵聪明，日跻圣知。无一物之失所，得万国之欢心。虽击壤之民，固何知于帝力；而后天之祝，亦各抒于下情。臣等幸以龆龀之年，得居仁寿之域。咏舞雩于沂水，久乐圣时；唱《铜鞮》于汉滨，空惭郢曲。愿陈舞缀，少奉宸欢。未敢自专，伏候进止。

勾杂剧

朱弦玉琯，屡进清音；华翟文竿，少停逸缀。宜进诙谐之技，少资色笑之欢。上悦天颜，杂剧来欤？

放小儿队

回翔丹陛，已陈就日之诚；合散广庭，曲尽流风之妙。歌钟告阕，羽籥言旋。再拜天阶，相将好去。

勾女童队

锦荐云舒，来九成之丹凤；霞衣鳞集，隐三叠之灵鼍。上奉宸严，教坊女童入队。

队名

香云浮绣扆，花浪舞彤庭。乐队。

问女童队

清禁深严，方缙绅之云集；仙音单缓，忽簪珥之星陈。徐步香茵，悉陈来意。

女童致语

妾闻钧天广乐，空传帝所之游；阊阖清风，理绝庶人之共。夫何仙圣，靡隔尘凡。仰瞻八采之威，共庆千龄之运。恭惟皇帝陛下，乾健而粹，离明而文。规摹六圣之心，人将自化；仪刑文母之德，天且不违。乐兹大有之年，申以宗慈之会。虞《韶》既毕，夏籥将兴。妾等分缀以须，审音而作；愿俟工歌之阕，少同率舞之欢。

未敢自专,伏取进止。

勾杂剧

弦匏迭奏,干羽毕陈。洽闻舜乐之和,稍进齐谐之技。金丝徐韵,杂剧来欤?

放女童队

羽觞湛湛,方陈《既醉》之诗;鼍鼓渊渊,复奏言归之曲。峨鬟伫立,敛袂却行。再拜天阶,相将好去。卷四五

兴龙节集英殿宴教坊词十五首 元祐二年

教坊致语

臣闻帝武造周,已兆兴王之迹;日符胙汉,实开受命之祥。非天私我有邦,惟圣乃作神主。仰止诞弥之庆,集于建丑之正。瑞玉旅庭,爰讲比邻之好;虎臣在泮,复通西域之琛。式燕示慈,与人均福。恭惟皇帝陛下,睿思冠古,濬哲自天。焕乎有文,日讲六经之训;述而不作,思齐累圣之仁。夷夏宅心,神人协德。卜年七百,方过历以承天;有臣三千,咸一心而戴后。彤庭振万,玉座传觞。诵干戈载戢之诗,作君臣相悦之乐。斯民何幸,白首太平。臣猥以微生,亲逢盛旦。始庆猗兰之会,愿赓击壤之音。下采民言,上陈口号。

口号

凛凛重瞳日月新,四方惊喜识天人。共知若木初升旦,且种

蟠桃莫计春。请吏黑山归属国，给扶黄发拜严宸。紫皇应在红云里，试问清都侍从臣。

勾合曲

祝尧之寿，既罄于欢谣；象舜之功，愿观于备乐。羽旄在列，管磬同音。上奉宸严，教坊合曲。

勾小儿队

鱼龙奏技，毕陈诡异之观；髫龀成童，各效回旋之妙。嘉其尚幼，有此良心。仰奉宸慈，教坊小儿入队。

队名

两阶陈羽籥，万国走梯航。乐队。

问小儿队

工师在列，各怀自献之能；侲子盈庭，必有可观之技。未知来意，宜悉奏陈。

小儿致语

臣闻生民以来，未有祖宗之仁厚；上帝所眷，锡以圣神之子孙。孚佑下民，笃生我后。瞻舜瞳之日月，望尧颡之山河。若帝之初，达四聪于无外；如川方至，倾万宇以来同。恭惟皇帝陛下，齐圣广渊，刚健笃实。识文武之大者，体仁孝于自然。歌《诗·思齐》，见文王之所以圣；诵《书·无逸》，法中宗之不敢康。诞日载临，舆情共祝。神策授万年之筭，洛书开五福之祥。臣等嬉游天街，沐浴皇化。欲陈舞蹈之意，不知手足之随。未敢自专，伏取进止。

勾杂剧

金奏铿纯，既度《九韶》之曲；霓衣合散，又陈八佾之仪。舞缀暂停，伶优间作。再调丝竹，杂剧来欤？

放小儿队

游童率舞，逐物性之熙怡；小技毕陈，识天慈之广大。清歌既阕，叠鼓屡催。再拜天阶，相将好去。

勾女童队

垂鬟在列，敛袂稍前。岂知北里之微，敢献南川之寿。霓旌坌集，金奏方谐。上奉威颜，两军女童入队。

队名

君臣千载遇，歌舞八方同。乐队。

问女童队

掺挝屡作，旌旆前临。顾游女之何能，造彤庭而献技。欲知来意，宜悉奏陈。

女童致语

妾闻瑞虬来翔，共纪生商之兆；群龙下集，适同浴佛之辰。佳气充庭，和声载路。辇出房而雷动，扇交翟以云开。喜动人天，春还草木。恭惟皇帝陛下，凝神昭旷，受命穆清。三后在天，宜兴王之世有；四人迪哲，知享国之无穷。乃眷良辰，欲均景福。庭设九宾之礼，乐歌《四牡》之章。妾等幸觏昌期，获瞻文陛。虽乏流风之妙，愿输率舞之诚。未敢自专，伏候进止。

勾杂剧

清净自化，虽莫测于宸心；诙笑杂陈，示俯同于众乐。金丝再举，杂剧来欤？

放女童队

分庭久立，渐移爱日之阴；振袂再成，曲尽回风之态。龙楼却望，鼍鼓屡催。再拜天阶，相将好去。卷四五

兴龙节集英殿宴教坊词又十五首

教坊致语

臣闻天所眷命，生而神灵。惟三代受命之符，萃于兹日；实万世无疆之福，延及我民。候南极之祥辉，交北邻之瑞节。同趋镐燕，争颂尧封。恭惟皇帝陛下，稽古温文，乘乾刚粹。体生知而犹学，藏妙用于何言。故得六圣承休，三灵眷佑。德隆星晷，齐六符而泰阶平；河行地中，锡九畴而彝伦正。属诞弥之令旦，履长发之嘉祥。夙设九宾于廷，遍舞六代之乐。日无私于临照，葵藿自倾；天有信于发生，勾萌必达。臣等历尘法部，获造彤墀。下采民言，得三万里之谣颂；登歌寿斝，以八千岁为春秋。不度芜音，敢进口号。

口号

风卷云舒合两班，瞳瞳瑞日映天颜。观书已获千秋镜，积德长为万岁山。腊雪未消三务起，壬人不用五兵闲。相逢父老争相贺，却笑华胥是梦间。

勾合曲

笙磬同音，考中声于神鼓；鸟兽率舞，浃和气于敷天。上奉宸欢，教坊合曲。

勾小儿队

众技旅庭，振欢声于无外；游童颂圣，陶至化于自然。上奉皇威，教坊小儿入队。

队名

壤歌皆白发，象舞及青衿。乐队。

问小儿队

跳踉广陌，初疑竹马之游；合散彤墀，忽变惊鸿之状。欲知来意，宜悉敷陈。

小儿致语

臣闻流虹启圣，非人力所致之符；湛露均恩，与天下共享其乐。旁行海宇，外薄戎夷。咸欣载夙之辰，共献无疆之祝。恭惟皇帝陛下，神武不杀，将圣多能。天生德于予，既禀徇齐之质；人乐告以善，辅成经纬之文。法慈俭于东朝，紬诗书于西学。载临诞日，俯答舆情。非为靡曼之观，庶备太平之福。臣等微生齠龀，学乐父师。就列纷纭，虽无殊于鸟兽；赴音俯仰，亦少效于涓尘。未敢自专，伏候进止。

勾杂剧

乐且有仪，方君臣之相悦；张而不弛，岂文武之常行。欲佐欢声，宜陈善谑。金丝徐韵，杂剧来欤？

放小儿队

末技毕陈，下情无壅。既成文于缀兆，犹敛袂以回翔。再拜天阶，相将好去。

勾女童队

飞步寿山，起香尘于罗袜；散花御路，泛回雪于锦茵。上奉宸颜，两军女童入队。

队名

生商来瑞鳦，浴佛降群龙。乐队。

问女童队

玉座天临，虽仙凡之有隔；翠鬟云合，岂草木之无知。密迩天阶，悉陈来意。

女童致语

妾闻千里一曲，变澄澜于浊河；万岁三称，隐欢声于灵岳。天人并应，夷夏来同。虽云北里之微，敢献华封之祝。恭惟皇帝陛下，睿文冠古，神智无方。同尧、舜之性仁，而能济众；陋成、康之刑措，犹待积年。共欣建丑之正，再睹兴龙之会。桑田东海，倾寿斝而未干；汗竹南山，书颂声而无极。妾等幸缘贱艺，获望威颜。振万于庭，欲赴干旄之节；间歌以雅，庶谐笙磬之音。未敢自专，伏候进止。

勾杂剧

舞缀暂停，歌钟少阕。必有应谐之妙，以资载笑之欢。上悦天颜，杂剧来欤？

放女童队

振袂再成，曲尽回风之妙；分庭久立，渐移爱日之阴。再拜天阶，相将好去。卷四五

坤成节集英殿宴教坊词十五首 元祐二年七月十五日

教坊致语

臣闻视履考祥，既占衷月之梦；对时育物，必有继天之功。方大火之西流，属阴灵之既望。帝于是日，诞降仁人；意使斯民，咸归寿域。共庆千年之遇，得生二圣之朝。式宴示慈，与民同乐。恭惟皇帝陛下，文思天纵，睿哲生知。力行禹汤之仁，常恐一夫之不获；躬蹈曾闵之孝，故得万国之欢心。恭惟太皇太后陛下，道契天人，德超载籍。知人则哲，盖帝尧之所难；修己安民，虽虞舜其犹病。风云从而万物睹，日月照而四时行。自然动植之咸安，莫知天地之

何力。三宫交庆，群后骏奔。宝邻通四牡之欢，航海致重译之贶。洞庭九奏，始识《咸池》之音；灵岳三呼，共献后天之祝。臣等叨居法部，辄采民言。上渎宸聪，敢陈口号。

口号

三朝遗老九门前，又见承平大有年。文母忧勤初化俗，曾孙仁孝已通天。史书元祐三千牍，乐奏坤成第一篇。欲采蟠桃归献寿，蓬莱清浅半桑田。

勾合曲

秋风协应，生殿阁之微凉；广乐具陈，韵金丝而间作。欲观鸟兽之率舞，愿闻笙磬之同音。上奉宸颜，教坊合曲。

勾小儿队

朱干玉戚，本以象功；白叟黄童，皆知颂圣。盍命髫髦之侣，来陈舞勺之仪。上侑皇欢，教坊小儿入队。

队名

愿同千岁乐，长奏太平谣。乐队。

问小儿队

镐京广燕，方云集于缙绅；沂水游童，忽凫趋于庭庑。虽云小技，必有可观。咫尺天颜，悉言汝志。

小儿致语

臣闻功存社稷，庆钟高密之门；泽及本枝，天胙太任之德。候西风之入律，蔼瑞气之盈庭。嘉与四方，同称万寿。恭惟皇帝陛下，文思稽古，濬哲在躬。日奉东朝之欢，率用家人之礼。以谓慈俭之化，无德而能名；保祐之功，如天之难报。惟流传于歌舞，庶仿佛其仪刑。臣等虽在弱龄，久陶孝治。敢率垂髫之侣，共陈振万之仪。未敢自专，伏取进止。

勾杂剧

鸾旗日转，雉扇云开。暂回缀兆之文，少进俳谐之技。来陈善戏，以佐欢声。上乐天颜，杂剧来欤？

放小儿队

青衿旅进，虽末技而毕陈；黄屋天临，知下情之无壅。既成文于缀兆，爰整袂以徘徊。再拜天阶，相将好去。

勾女童队

彤壶漏箭，随鸡唱以渐移；绛节彩髦，闻凤箫而自举。宜召散花之侣，来陈回雪之姿。上奉宸欢，两军女童入队。

队名

金风回翠袖，玉琯倚清歌。乐队。

问女童队

凤歌谐律，方资燕俎之欢；鹭羽分庭，忽集寿山之下。低鬟有待，振袂欲前。密迩天阶，悉陈来意。

女童致语

妾闻涂山启夏，来玉帛于万邦；挚仲兴周，胙本枝于百世。嘉辰共乐，壮观一新。恭惟皇帝陛下，舜孝自天，尧仁浃物。膺昊穹之成命，席累圣之诒谋。惟地势坤，永载无疆之德；以天下养，躬持胥乐之觞。六乐在庭，百工奏技。妾等亲逢盛旦，获望严宸。艺虽愧于惊鸿，心已先于仪凤。愿陈舞缀，上奉天颜。未敢自专，伏取进止。

勾杂剧

风清羽盖，日转槐庭。欲资载笑之欢，必有应谐之妙。暂回舞缀，少进诙辞。上悦天颜，杂剧来欤？

放女童队

八音间作，既成皎绎之文；万舞毕陈，曲尽回翔之态。望彤闱而却立，敛翠袂以言归。再拜天墀，相将好去。卷四五

文集卷一百五十四

醮上帝青词　一

臣闻报应如响，天无妄降之灾；恐惧自修，人有可延之寿。敢倾微悃，仰渎大钧。臣两遇祸灾，皆由满溢。早窃人间之美仕，多收天下之虚名。溢取三科，叨临八郡。少年多欲，沉湎以自残；褊性不容，刚愎而好胜。积为咎厉，遘此艰屯。臣今稽首投诚，洗心归命。誓除骄慢，永断贪嗔。幸不死于岭南，得退归于林下。少驻桑榆之暮景，庶几松柏之后凋。卷六二

醮上帝青词　二　代鲜于子骏

切以洪覆至神，固不期于报谢；群生多故，实有赖于祈禳。切输悃愊之私，仰渎高明之听。伏念某遭逢盛际，蒙被余恩。赋形宇宙之中，殆将四纪；窃禄江淮之上，几及二年。身虽曲尽于勤劳，事岂举无于过误。虑愆尤之浸广，恐谴责之阴加。粤自先朝，当聿修于醮事；及兹岁暮，辄谨按于科文。祗建坛场，肃陈香火。伏愿上真保佑，列圣扶持。宦路亨通，无谤伤之横至；私门安燕，绝灾衅之潜生。福逮亲闱，庆延子舍。卷六二

醮上帝青词 三 代陆和叔

伏闻妙道渊微，非尘凡之可测；圆穹杳邈，有诚信之能通。辄伸悃愊之私，上渎高明之德。切念臣叨司三局，从事六官。勤劳更历于岁终，修省每恭于夙夜。昨于正旦，尝启愿心。许大醮之祈禳，乞灵庇之保护。今逢诞日，恭按科文。集道侣于坛场，顶睟容于香火。仰回圣驭，曲享清羞。伏望上帝垂慈，列圣降佑。延偏亲之寿考，茂合族之禧祥。三考书成，祈有更代之庆；百神来相，俾无灾滞之虞。卷六二

醮北岳青词

少年出仕，本有志于救人；晚节倦游，了无心于交物。蠢冥多罪，忧患再罹。飘然流行，靡所归宿。仰止高真之驭，降于乔岳之阳。稽首投诚，斋心悔过。庶一念之清净，洗千劫之尘劳。妙用无方，先解缠身之网；灵光所烛，幸逢出世之师。誓此余生，永依至道。卷六二

凤翔醮土火星青词

呜呼！天之保佑下民罔不至，所资以生罔不蓄。育民既不知德，天亦维不倦。乃朝夕戕取，以厚厥躬。天既不我咎，乃不恭畏于神祇，不修敕厥心，骄淫矜夸，以干上帝威命。帝用不赦，丕降罪疾于下，则惟雨旸，常以讫我黍、稷、禾、菽、麻、麦，我民用荡析陨越。天亦终哀矜，其忍翦弃其命罔孑遗。今秦民既不获于秋，乃十

旬弗雨，曰："其尚克有夏。"走于山川鬼神，亦罔不至。既不获，乃曰："维荧惑镇星次于井，秦民其亦应受多罪。"兹用即于斋宫为坛位，以与百姓请命。呜呼！其庶几哀之。俾克有夏，亦克艺厥秋。民今其栗栗，朝不谋夕。卷六二

徐州祈雨青词

河失故道，遗患及于东方；徐居下流，受害甲于他郡。田庐漂荡，父子流离。饥寒顿仆于沟坑，盗贼充盈于犴狱。人穷计迫，理极词危。望二麦之一登，救饥民于垂死。而天未悔祸，岁仍大荒。水未落而旱已成，冬无雪而春不雨。烟尘蓬勃，草木焦枯。今者麦已过期，获不偿种。禾未入土，忧及明年。臣等恭循旧章，并走群望。意水旱之有数，非鬼神之得专。是用稽首告哀，吁天请命。若其赋政多辟，以谪见于阴阳；事神不恭，以获戾于上下。臣实有罪，罚其敢辞？小民无知，大命近止。愿下雷霆之诏，分敕山川之神。朝隮寸云，暮洽千里。使岁得中熟，则民犹小康。卷六二

诸宫观等处祈雨青词　元祐二年

饥馑之患，民流者期年；吁嗟之求，词穷于是日。仰惟至道之助，推广上天之仁。召呼群龙，时赐霈泽。罔以不德，而废其言。卷一

南华寺六祖塔功德疏

朝奉郎提举成都府玉局观苏轼，先于绍圣之初，谪往惠州，过

南华寺，上谒六祖普觉大鉴禅师而后行。又谪过海南，遇赦放还。今蒙恩受前件官，再过祖师塔下。全家瞻礼，饭僧设浴，以致感恩念咎之意，为禳灾集福之因。具疏如后。

伏以窜流岭海，前后七年；契阔死生，丧亡九口。以前世罪业，应堕恶道；故一生忧患，常倍他人。今兹北还，粗有生望。伏愿六祖普觉真空大鉴禅师，示大慈愍，出普光明。怜幼稚之何辜，除其疾恙；念余年之无几，赐以安闲。轼敢不自求本心，永离诸障；期成道果，以报佛恩。卷六二

代毛正仲军衙厅成庆土道场疏

揆日灼龟，既鼎新而改造；伐林度土，遂云集以经营。丁丁而勇于运斤，索索而劳于缩版。虽不经于众口，虑有取于神恫。幸销覆压之虞，允获跻宁之愿。原其所赐，敢昧于神。是用命海角之禅那，资大雄之妙荫。宣此五福之教，庆乎百堵之成。伏愿天雨千花，薰大和于一切；佛尘万里，精遐福于无边。百谷丰登，群生恬泰。上祝河沙之圣寿，永瞻慧日之祥光。式罄诚心，庶祈灵鉴。卷六二

荐苏子容功德疏

伏以自昔先君以来，常讲宗盟之好。俯仰之间，四十余年。在熙宁初，陪公文德殿下，已为三舍人之冠；及元祐际，缀公迩英阁前，又为五学士之首。虽凌厉高躅，不敢言同；而出处大概，无甚相愧。敢缘薄物，以荐一哀。伏惟三宝证明。云云。卷六二

密州请皋长老疏

安化军据霍郎中、陈郎中、褚郎中、宋驾部、傅虞部、乔太傅及莒县百姓侯方等状，乞请沂州马鞍山福寿禅院长老惠皋住持本县石城院开堂说法者。右伏以山东耆宿，言不足而道有余；胶西士民，信虽深而悟者少。当有达识，为开群迷。长老皋上人，德宇深醇，慧身清净。一瓶一钵，本来自在随缘；万水千山，所至皆非住处。愿体众心之切，毋辞数舍之遥。翻然肯来，慰此勤想。谨疏。卷六二

齐州请确长老疏

盖闻为一大事因缘，优昙时现；传吾正法眼藏，达磨西来。直指心源，不立文字。悟道虽由于自得，投机必赖于明师。齐有灵岩，世称王刹。实先圣启封之国，乃至人建化之方。图志具存，丛林为盛。久虚法席，学者何依？旁采舆言，守臣有请。特降睿旨，慎择主僧。询于众中，无如师者。宜念传衣之嘱，敬仰佛恩；勿忘利物之心，上资圣化。不烦固避，以称宠休。谨疏。卷六二

修通济庙疏

南国大川，洞庭极险；上游群祝，通济最灵。实能关机阴阳，宰制生死。盛吸江吞海之气，有分风擘流之权。舟横中流，如幕上之巢燕；人依大庇，若仰德之婴儿。自非无知，孰敢不敬。而此庙结构，已久理葺。正烦大招开济之徒，肇兴重荣之役。期成功于不日，共徼福于来今。卷六二

修法云寺浴室疏

浴为净因，佛所深赞。以一念顷破尘垢缘，于三际中获妙湛乐。永惟悉达，尝感此以受生；爰逮跋陀，亦因之而悟法。本院规摹素陋，年祀寖多。方澡雪乎精神，或震凌乎风雨。升堂入室，未称真游；运水搬柴，殊淹妙用。新以革故，今正是时。施及受人，亦俱功德。卷六二

杭州请圆照禅师疏

大道无为，入之必假闻见；一毫顿悟，得之乃离聪明。惟自在门，真无碍法。天降一雨，遍浃群生；佛无二门，并归真谛。恭惟本师长老，脱离常见，洒落孤风。其为己也，如月行空，无迹可践；其为人也，如金入范，随注皆圆。既不滞于一方，岂肯违于众欲。而况净慈古刹，钱氏福田。代不乏传，人所信向。闵矜善俗，久靳真驭以来临；恻隐慈心，愿顺群诚之再请。卷六二

苏州请通长老疏

指衣冠以命儒，盖儒之衰；认禅律以为佛，皆佛之粗。本来清净，何教为律；一切解脱，宁复有禅！而世之惑者，禅律相殊，儒佛相笑。不有正觉，谁开众迷？成都通法师，族本缙绅，实西州之望；业通诗礼，为上国之光。爰自幼龄，绰有远韵。辞君亲于方壮，弃轩冕于垂成。自儒为佛，而未始业儒；由律入禅，而居常持律。报恩寺水陆禅院，四众之渊薮，三吴之会通。愿振法音，以助道化。

所为者大，无事于谦。卷六二

散庆土道场疏

百神有相，致大厦之斯成；一国观新，洁盛仪而图报。因命祇园之侣，广宣呗竺之文。音涌海潮，花纷天雨。今则诚心已格，妙果斯圆。祈法力之有加，保皇图而永固。物无疵疠，民用平康。仰惟在上之尊，垂鉴由中之信。卷六二

忏经疏

如来大藏，起于《四十二章》；过去妙心，流出万五千卷。前言俱在，后句分明。纵有古佛六通，难转老婆一半。念我夙昔，见此本原。悟万善之同归，岂一法之敢舍。遍参重译，尽发秘函。全见摩尼珠，悉证贝多叶。作此大事，示诸有情。稽首双林之轮，不负三圣之偈。卷六二

请净慈法涌禅师入都疏

京师禅学之盛，发于本、秀二公。本既还山，秀复入寂。驸马都尉张君予来聘法涌，继扬宗风；东坡居士适在钱塘，实为敦劝。太丘道广，广则难周；仲举性峻，峻则少通。法涌童子画沙，已具佛智；维摩无语，犹涉二门。虽吾先师，不异是说；质之孔子，盖有成言。不为穿窬，仁义不可胜用；博施济众，尧舜其犹病诸。愿法涌广大慈悲，印宗仁得仁之侣；深严峻峙，诃未证谓证之人。本自不

然，伏惟珍重。卷六二

散净狱道场疏

民知荣辱，自消五福之疵；政格平和，遂弛万人之狱。今者国家闲暇，囹圄空虚。虽仰荷于帝仁，亦阴资于神听。是用集祇园众，启大法筵。荡涤余氛，拔升宿滞。此则妙音普赞，胜果大圆。振九泉冤枉之魂，作万古清凉之地。扉生茂草，气召太和。岁常获于丰登，民永跻于仁寿。卷六二

装背罗汉荐欧阳妇疏

大觉现身，本无实相；应真随感，分化他方。指安养之归途，破阿鼻之疾苦。当五代末，有禅月大师，以诗句为佛事，以丹青为道场。名高身隐，寓西蜀以杜门；道契神交，梦天台之飞锡。故留真迹，以镇净方。今有礼部员外郎欧阳学士，为其亡女十四娘舍所服用，重别装新；礼部尚书苏端明，亲制颂文，更加题赞。伏愿亡女欧阳氏，善根不坠，恶趣永离。冤亲两忘，福慧双证。卷六二

惠州荐朝云疏

千佛之后，二圣为尊，号曰“楼至如来”，又曰“师子吼佛”。以薄伽梵力，为执金刚身。护化诸方，大济群品。为悯海隅之有罪，久住河源之栖禅。屡显神通，以警愚浊。今兹别院，实在丰湖。像设具严，威灵如在。轼以罪责，迁于炎荒。有侍妾王朝云，一生

辛勤，万里随从。遭时之疫，遘病而亡。念其忍死之言，欲托栖禅之下。故营幽室，以掩微躯。方负浼渎精蓝之愆，又虞惊触神祇之罪。而既葬三日，风雨之余，灵迹五踪，道路皆见。是知佛慈之广大，不择众生之细微。敢荐丹诚，躬修法会。伏愿山中一草一木，皆被佛光；今夜少香少花，遍周法界。湖山安吉，坟墓永坚。接引亡魂，早生净土。不论幽显，凡在见闻。俱证无上之菩提，永脱三界之火宅。卷六二

荐鸡疏

罪莫大于杀命，福无过于诵经。某以业缘，未忘肉味；加之老病，困此蒿藜。每翦血毛，以资口腹。惧罪修善，施财解冤。爰念世无不杀之鸡，均为一死；法有往生之路，可济三涂。是用每月之中，斋五戒道者庄悟空两日，转经若干卷，救援当月所杀鸡若干只。伏望佛慈，下悯微命。令所杀鸡，永离汤火，得生人天。卷六二

虔州法幢下水陆道场荐孤魂滞魄疏

苦海弥天，佛为彼岸；业风鼓浪，法是慈航。诸佛子等，久坠三涂，备尝万苦。不遇善友，永无出期。今者各于佛前，同发此愿：愿除无始以来贪嗔恶念，愿发今日以后清净善心，愿行行坐坐皈依佛、皈依法、皈依僧，愿世世生生远离财、远离色、远离酒。既获清凉之果，咸跻极乐之乡。普冀有缘，皆证无漏。卷六二

葬枯骨疏

诸佛众生，皆具大圆觉；天宫地狱，同在一刹尘。是故恶念才萌，便沦苦海；善根瞥起，已证法身。要在摄心，易同反掌。窃见惠州太守左承议郎詹使君范，与在州官吏，奉行朝典，支破官钱，埋葬无主暴骨数百躯。既掩覆其形骸，复安存其魄识，使归泉壤，别受后身。轼因目睹胜缘，辄随喜事。以佛慈悲誓愿力，以我广大平等心，尊释迦之遗文，修地藏之本愿；起焦面之教法，设梁武之科仪。伏愿诸佛子等，乘此良因，离诸苦趣。沐浴法水，悟罪性之本空；鼓舞梵音，知道场之无碍。三皈已毕，莫起邪心；一饱之余，永无饥火。以戒、定、慧，灭贪、嗔、痴。勿眷恋于残躯，共逍遥于净土。伏乞三宝，俯赐证明。卷六二

重请戒长老住石塔疏

大士未曾说法，谁作金毛之声；众生各自开堂，何关石塔之事？去无作相，住亦随缘。长老戒公，开不二门，施无尽藏。念西湖之久别，本是偶然；为东坡而少留，无不可者。一时作礼，重听白椎。渡口船回，依旧云山之色；秋来雨过，一新钟鼓之音。卷六二

祭勾芒神祝文 一

夫帝出乎震，神实辅之。兹日立春，农事之始。将平秩于东作，先恭授于人时。乃出土牛，以示早晚。惟神其祐之。卷六二

祭勾芒神祝文　二

春律既应，农事将作。爰出土牛，以为耕候。维尔有神，实左右之。伏愿雨旸以时，螟螣不作。俾克有年，敢忘其报。卷六二

祷龙水祝文

云布多峰，日有焚空之势；雨无破块，人怀暍虐之忧。虽屡叩于明灵，终未怀于通感。府主舍人，存心为国，俯念舆民。燃香靄以祷祈，对龙湫而恳望。伏愿明灵敷感，使雨泽以旁滋；圣化荐臻，致田畴之益济。卷六二

祷雨蟠溪祝文

岁秋矣，物之几成者，待雨而已。穟者已秀，待雨则实；三日不雨，则穟者不实矣。荚者已孕，待雨而秀；五日不雨，则荚者不秀矣。野有余土，室有闲民，待雨而耕且种；七日不雨，则余土不耕，闲民不种矣。穟者不实，荚者不秀，余土不耕，而闲民不种，则守土之臣，将有不任职之诛，而山川鬼神，将乏其祀。兹用不敢宁居，斋戒择日，并走群望，而精诚不歆。神不顾答，吏民无所请命。闻之曰："虢有周文、武之师太公，其可以病告。"乃用太祲之礼，祷而不祠。穀梁子曰："古之神人有应上公者，通乎阴阳。君亲帅诸大夫道之而以请焉。"夫生而为上公，没而为神人，非公其谁当之！《诗》曰："维师尚父，时维鹰扬。凉彼武王，肆伐大商，会朝清明。"公之仁且勇，计其神灵无所不能为也。吏民既以雨望公，公亦当任其

责。敢布腹心，公实图之。尚飨。卷六二

凤翔太白山祈雨祝文

维西方挺特英伟之气，结而为此山。惟山之阴威润泽之气，又聚而为湫潭。瓶罂罐勺，可以雨天下，而况于一方乎？乃者自冬徂春，雨雪不至。西民之所恃以为生者，麦禾而已，今旬不雨，即为凶岁，民食不继，盗贼且起。岂惟守土之臣所任以为忧，亦非神之所当安坐而熟视也。圣天子在上，凡所以怀柔之礼，莫不备至。下至于愚夫小民，奔走畏事者，亦岂有他哉！凡皆以为今日也。神其盍亦鉴之。上以无负圣天子之意，下以无失愚夫小民之望。尚飨。卷六二

告封太白山明应公祝文

天作山川，以镇四方。俾食于民，以雨以旸。惟公聪明，能率其职。民以旱告，应不逾夕。帝谓守臣，予嘉乃功。惟新爵号，往耀其躬。在唐天宝，亦赐今爵。时惟术士，探符访药。谓为公荣，实为公羞。中原颠覆，神不顾救。今皇神圣，惟民是忧。民既饱溢，皇无祷求。衮衣煌煌，赤舄绣裳。舍旧即新，以佑我民。尚飨。卷六二

祈雨龙祠祝文 杭州

神食于民，吏食于君。各思乃事，食则无愧。吏事农桑，神事

雨旸。匪农不力，雨则时啬。召呼风霆，来会我庭。一勺之水，肤寸千里。尚飨。卷六二

祈雨吴山祝文

杭之为邦，山泽相半。十日之雨则病水，一月不雨则病旱。故水旱之请，黩神为甚。今者止雨之祷，未能逾月，又以旱告矣。吏以不得为愧，神以不倦为德。愿终其赐，俾克有秋。尚飨。卷六二

祈晴风伯祝文

维神开阖阴阳，鼓舞万类；行巽之权，直箕之次。阴淫为霖，神能散之。下土垫涝，神能暵之。发轸西北，弭节东南。风反雨霁，神亦不惭。尚飨。卷六二

祈晴雨师祝文

天以风雨寒暑付于神，亦如人君之设官置吏以治刑政也。人君未尝不欲民之安，天亦何尝不欲岁之丰乎？刑政之失中，民惟吏之怨。雨旸之不时，民亦不能无望于神也。今淫雨弥月，农工告穷，岁之丰凶，决于朝夕，而并走群望，莫肯顾答。维天之所以畀于神，神之所以食于民者，庶其在此。尚率厥职，俾克有秋。尚飨。卷六二

祈晴吴山祝文

岁既大熟，惟神之赐。害于垂成，匪神之意。筑场为涂，卧穟生耳。农泣于野，其忍安视？生为楚英，没为吴豪。烈气不泯，视此海涛。反雨为旸，何足告劳。有洁斯醴，匪神孰号。尚飨。卷六二

奉诏祷雨诸庙祝文

噫嗟艰岁，胡闷斯雨。念我东南，铺饷中土。迎秋饯伏，农不再举。有事郊庙，万方毕助。漕沟绝流，庭实未旅。下书哀痛，超轶尧禹。矧兹守臣，废食悼惧。民之祸福，间不容缕。今不憋救，后诉无所。天高莫谒，神或可吁。尚飨。卷六二

祷雨社神祝文

噫我侯社，我民所恃。祭于北墉，答阴之义。阳亢不反，自春徂秋。迄冬不雨，嗣岁之忧。吏民嗷嗷，谨以病告。锡之雨雪，民敢无报。尚飨。卷六二

祷雨后土祝文

神食于社，盖数千年。更历圣王，讫莫能迁。源深流远，爱民宜厚。雨不时应，亦神之疚。社稷惟神，我神惟人。去我不远，宜轸我民。尚飨。卷六二

祷雨稷神祝文

农民所病，春夏之际。旧谷告穷，新谷未穟。其间有麦，如暍得凉。如行千里，弛担得浆。今神何心，毖此雨雪。敢求其他，尚悯此麦。尚飨。卷六二

祷雨后稷祝文

维神之生，稼穑是力。瘽身为民，尚莫顾惜。矧今在天，与天同功。召呼风云，孰敢不从？岂惟农田，井竭无水。我求于神，亦云亟矣。尚飨。卷六二

祭常山祝文　一　密州

洪维上帝，以斯民属于山川群望；亦如天子，以斯民属于守土之臣。惟吏与神，其职惟通。殄民废职，其咎惟均。哀我邦人，遭此凶旱。流殍之余，其命如发。而飞蝗流毒，遗种布野。使其变跃飞腾，则桑柘麦禾，举罹其灾，民其罔有孑遗。吏将获罪，神且乏祀。兹用栗栗危惧，谨以四月初吉，斋居蔬食，至于闰月辛丑。若时雨沾洽，蝗不能生，当与吏民躬执牲币，以答神休。呜呼！我州之望，不在神乎？父老谓神求无不获，克有常德，以名兹山。其可不答，以愧此名？若曰："岁之丰凶在天，非神之所得专。"吏将亦曰："民之休戚在朝廷，我何知焉。"则谁任其责矣。上帝与吾君爱民之心，一也。凡吏之可以请于朝者，既不敢不尽；则神之可以谒于帝者，宜无所不为。尚飨。卷六二

祭常山祝文 二

峨峨兹山，望我东国。为帝司雨，涵濡百物。自我再祷，应不旋毂。迨兹有秋，岁得中熟。嗟此薄礼，曷称其德。陶匠并作，新其楹桷。岂以为报，民苟不怍。岁云徂矣，辫麦未殖。嗣岁之忧，既谢且谒。惠然雨我，以永休烈。尚飨。卷六二

祭常山祝文 三

比年以来，蝗旱相属。中民以上，举无岁蓄。量日计口，敛不待熟。秋田未终，引领新谷。如行远道，百里一宿。苟无舍馆，行旅夜哭。自秋不雨，霜露杀菽。黄麋黑黍，不满囷簏。麦田未耕，狼顾相目。道之云远，饥肠谁续？五日不雨，民在坑谷。猗嗟我侯，灵应响速。帝用嘉之，惟新命服。祈而不获，厥愆在仆。洗心祗载，敢辞屡渎。庶哀斯民，朝夕濡足。尚飨。卷六二

祭常山祝文 四

天子有命，闵兹旱暵。俾我守臣，并走群望。惟神聪明慈惠，求无不获。既再祷矣，虽尝一雨，不及肤寸。吏实不德，不足以蒙神之休，导迎善气，以致甘泽。洪惟圣天子之意，其可不答？而饥羸之民，将转于沟壑，其可不一救之？渎神之罚，吏其敢辞！尚飨。卷六二

祭常山祝文 五

维熙宁九年，岁次丙辰，七月某日，诏封常山神为润民侯。十

月某日，具位苏轼，谨以清酌少牢之奠，昭告于侯之庙曰：呜呼！旱蝗之为虐也，三年于兹矣。东南至于江海，西北被于河汉，饥馑疾疫，靡有遗矣。我瞻四方，大川乔岳，食于斯民者甚众，而受宠于吾君者，可谓巍巍矣。诉之而必闻，求之而必获，惠我农夫，而救其灾沴。不为倏云骤雨，苟以应祷之虚名，而有膏泽积润，可以及民之实效，卓然如侯者几希矣。凡天子之爵命，有德而致之则为荣，无功而享之则为辱。今侯泽此一郡，而施及于四邻，其受五等之爵，而被七命之服也，可谓无愧而有光辉矣。愿侯益修其实，以充其名。上以副天子之意，而下以塞吏民之望。民其奉事，有进而无衰矣。尚飨。卷六二

谢雪祝文 徐州

天不吝泽，神不忘职，胡为水旱，吏则不德。失政召灾，莫知自刻。雨则号晴，旱则谒雪。神既不谴，又满其欲。四山暮霰，万瓦晨白。驱攘疫疠，甲拆辫麦。牲酒匪报，维以告洁。神食无愧，吏则惭栗。尚飨。卷六二

祭风伯雨师祝文

自秋不雨，以至于今，夏田将空，秋种不入。天子命我，祷于群望。云物既合，风辄散之。吏民皇皇，不知所获罪。敢以薄奠，诉于有神。风若不作，雨则随至。当以牲币，报神之赐。若格绝天泽，弃民乏嗣。上帝临视，神其不然。尚飨。卷六二

文集卷一百五十五

谒文宣王庙祝文 湖州

至圣文宣王：窃惟吏治以仁义为本，教化为急。故以视事之三日，祗见于先圣先师，问所当先于学。其所从来尚矣，敢忘其旧。尚飨。卷六二

谒诸庙祝文

轼猥以不肖，来长此邦。实于有神，分职幽明。谨以视事之三日，祗见于庙。惟神保佑斯民，俾风雨时若，疫疠屏息。吏既免罪，神亦不愧。尚飨。卷六二

谒庙祝文 杭州

轼以王命，来守此邦。事神养民，敢不祗饬。莅政之始，见于祠下。安静无事，丰乐有年。惟神相之，使免罪戾。尚飨。卷六二

谒文宣王庙祝文

轼以诸生，误蒙选擢。昔自太史，通守此邦；今由禁林，出使

浙右。莅事之始，祗见儒宫。圣神临之，敢忘夙学。尚飨。卷六二

祭英烈王祝文

钦诵旧史，仰瞻高风。报楚为孝，徇吴为忠。忠孝之至，实与天通。开塞阴阳，斡旋涛江。保障斯民，以食此邦。嗟我蠢愚，所向奇穷。岂以其诚，有请辄从。庚子之祷，海若伏降。完我岸闸，千夫奏功。牲酒薄陋，报微施丰。敬陈颂诗，侑此一钟。尚飨。卷六二

祈雨祝文

杭州之为郡，负山带江，水泽不留。逾旬不雨，农有忧色。挽舟浚河，公私告病。吏既无术，莫知所救。不敢坐视，惟神之求。庶几闵民之穷，赦吏之渎。赐以一雨，敢忘其报。尚飨。卷六二

谢雨祝文

旧谷不登，陈廪已发，稍失雨旸之节，则怀沟壑之忧。惟神至明，有祷必应。敢陈薄奠，少答殊私。愿推无倦之仁，以毕有年之赐。尚飨。卷六二

祈晴祝文

大雪连日，凝阴伤春。闵惟艰食之民，重此常寒之虐。役兵堕指，行旅摧辀。老弱号呼，吏既惭于无术；阴阳舒卷，神何惜而不

为？愿扫重云，以昭灵贶。使民奉事，永岁益虔。尚飨。卷六二

谢晴祝文

轼以忧寄，出守此邦。岁之不登，实任其咎。政虽无术，心则在民。惟神聪明，其应如响。雨不暴物，晴不失时。喜愧之心，吏民所共。式陈菲荐，少答神休。尚飨。卷六二

祈晴吴山庙祝文

秋谷未登，既食其陈。嗣岁之虞，当敛其新。逮此秋旸，载获载舂。阴雨害之，穑人罔功。我发库泉，以实高廪。曷敕雨官，遄止其淫。既暵我场，万杵皆作。待此坻京，援我沟壑。英文烈武，雨霁在予。稽首告病，其忍弗图。尚飨。卷六二

谢晴祝文

赏罚在朝，吏申明之。及其有愆，吏得正之。雨旸在天，神奉行之。及其不时，神得请之。惟吏与神，各率其职。有求必获，则无虚食。淫雨既止，惟神之功。肴酒匪报，惟以告衷。尚飨。卷六二

开湖祭祷吴山水仙五龙三庙祝文

杭之西湖，如人之有目；湖生茭葑，如目之有翳。翳久不治，

目亦将废。河渠有胶舟之苦，鳞介失解网之惠。六池化为眢井，而千顷无复丰岁矣。是用因赈恤之余资，兴开凿之利势。百日奏功，所患者淫雨；千夫在野，所忧者疾疠。庶神明之阴相，与人谋而协济。鱼龙前导以破坚，菰苇解拆而迎锐。复有唐之旧观，尽四山而为际。泽斯民于无穷，宜事神之益励。我将大合乐以为报，岂徒用樽酒之薄祭也。尚飨。卷六二

谢吴山水神五龙三庙祝文

西湖堙塞，积岁之患。坐阅百吏，熟视而叹。惟愚无知，妄谓非难。祷于有神，阴假其便。不愆于素，咸出幽赞。大堤云横，老葑席卷。历时未几，功已过半。嗣事告终，来哲所缮。神卒相之，罔咈民愿。肴酒之报，我愧不腆。尚飨。卷六二

谒文宣王庙祝文　颍州

轼以诸生遭遇，入侍帷幄，出典民社。莅事之始，祗见于学。先圣先师实临之。敬行所闻，敢忘其旧。尚飨。卷六二

谒诸庙祝文

轼以侍臣出守，承宣上意，以民为本。祗敬事神，所以芘民。莅事之始，祗见祠下。尚飨。卷六二

德音到州祭诸庙祝文

维年月日，具位苏轼，谨以清酌庶羞之奠，敢昭告于某神：上清储祥宫成，敷宥四海，均福于下。有诏守臣，凡在秩祀，罔不祗荐。维神导和却沴，保民无疆，以称朝廷至仁之意。尚飨。卷六二

祈雨迎张龙公祝文

维元祐六年，岁次辛未，十月丙辰朔，二十五日庚辰，龙图阁学士、左朝奉郎、知颍州军州事苏轼，谨请州学教授陈师道，并遣男承务郎迨，以清酌庶羞之奠，敢昭告于昭灵侯张公之神：稽首龙公，民所祇威。德博而化，能潜能飞。食于颍人，淮颍是依。受命天子，命服有辉。为国庇民，凡请莫违。岁旱夏秋，秋谷既微。冬又不雨，麦槁而腓。闵闵农夫，望岁畏饥。并走群望，莫哀我欷。於赫遗蜕，灵光照帏。惠肯临我，言从其妃。翩舞雩咏，荐其洁肥。雨雪在天，公执其机，游戏俯仰，千里一麾。被及淮甸，三辅王畿。积润滂流，浃日不晞。我率吏民，鼓钟旄旂。拜送于郊，以华其归。尚飨。卷六二

送张龙公祝文

维元祐六年，岁次辛未，十一月乙酉朔，十日甲午，龙图阁学士、左朝奉郎、知颍州军州事兼管内劝农使、轻车都尉、赐紫金鱼袋苏轼，谨以清酌庶羞之奠，敢昭告于昭灵侯张公之神：赫赫龙公，甚武且仁。赴民之急，如谋其身。有不应祈，惟汝不虔。我自洗濯，

斋居诚陈。旱我之罪，勿移于民。公顾听之，如与我言。玉质金相，其重千钧。惠然肯来，负者四人。眷此行宫，为留浃辰。再雨一雪，既洽且均。何以报之，榜铭皆新。诏公之德，于亿万年。惟师道、追，复饯公还。咨尔庶邦，益敬事神。尚飨。卷六二

立春祭土牛祝文

三阳既应，庶草将兴。爰出土牛，以戒农事。丹青设象，盖惟风俗之常；耕获待时，必有阴阳之助。仰惟灵德，佑我穑人。尚飨。卷六二

谢晴祝文

吏既不德，致灾害民。一雨一霁，辄号于神。风回雪止，农事并作。神则有功，吏亦知怍。冻馁之苏，其赐不赀。嗟我吏民，为报之微。尚飨。卷六二

祈雨僧伽塔祝文

维元祐七年，岁次壬申，三月甲申朔，十二日乙未，龙图阁学士、左朝奉郎、新知扬州军州事充淮南东路兵马钤辖苏轼，谨以香烛茶果之供，敢昭告于大圣普照王之塔：淮东西连岁不稔，农末皆病，公私并竭。重以浙右大荒，无所仰食。望此夏田，以日为岁。大麦已秀，小麦已孕。时雨不至，垂将焦枯。凶丰之决，近在旬日。轼移守广陵，所部十郡。民穷为盗，职守当忧。才短德薄，救之无

由。伏愿大圣普照王，以解脱力，行平等慈。噫欠风雷，咳唾雨泽。救焚拯溺，不待崇朝。敬沥肝胆，尚鉴听之。尚飨。卷六二

谒诸庙祝文 定州

惟皇上帝，分命群祀。降厘下土，惟我元后。临遣近臣，镇抚一方。幽明虽殊，保民惟均。莅事之始，祗见祠下。若赋政疵颣，敢逃其罚？雨旸以时，疾疫不作，亦窃有望于神。尚飨。卷六二

再谒文宣王庙祝文

轼以诸生进位于朝，入参侍从，出典方面。莅事之始，祗见庙下。居敬行简，以临其民。轼虽不敏，请事斯语。尚飨。卷六二

北岳祈雨祝文

维元祐九年，岁次甲戌，四月壬寅朔，十六日丁巳，端明殿学士兼翰林侍读学士、左朝奉郎、定州路安抚使兼马步军都总管知定州军州及管内劝农使、轻车都尉、赐紫金鱼袋苏轼，敢以制币茶果清酌之奠，敢昭告于北岳安天元圣帝：都城以北，燕蓟之南，既徂岁而不登，又历时而未雨。公私并竭，农末皆伤。麦将槁而禾未生，民既流而盗不止。丰凶之决，近在浃辰；沟壑之忧，上贻当宁。仰止乔岳，食于朔方。卷舒云霓，呼吸雨霁。若其安视小民之急，何以仰符上帝之仁？轼以短才，谬膺重寄。傥有罪以致旱，宁降罚于微躬。今者得请于朝，斋居以祷。旦夕是望，吁嗟而求。雨我夏

田，兼致西成之富；实兹边廪，少宽北顾之忧。拜赐以时，敢忘其报！尚飨。卷六二

立春祭土牛祝文

敢昭告于勾芒之神：木铎传音，官师相儆；土牛示候，稼穑将兴。敢徼福于有神，庶保民于卒岁。无作水旱，以登麦禾。尚飨。卷六二

春祈北岳祝文

西起太行，东属碣石，南至于河，皆神所食。吏谨刑政，农毕其力。风雨时若，则神之职。方此东作，敬荐其洁。赐之丰岁，以昭灵德。尚飨。卷六二

春祈诸庙祝文

天既佑民，必期于无害；农惟岁望，敢请于有神。愿疾沴之不兴，庶风雨之时若。敢忘旧典，以报丰年。尚飨。卷六二

祈雨诸庙祝文

某神之灵：去岁之秋，民苦饥馑，望此一麦，以日为岁。不雨弥月，敢以病告。与其救之于已竭，不若起之于未枯。敢冀有神，时赐甘泽。丰登之报，我其敢忘？尚飨。卷六二

辞诸庙祝文

轼得罪于朝，将适岭表。虽以谪去，敢不告行？区区之心，神所鉴听。尚飨。卷六二

告颜子祝文

志不行于时，而能驱世以归仁；泽不加于民，而能显道以终身。德无穷通，古难其人。惟公能之，绝世离伦。富贵不义，视之如云。饮止一瓢，不忧其贫。受教孔子，门人益亲。血食万世，配享惟神。敢不昭荐，公乎有闻。卷六二

告五岳祝文

相天以育物者，五方之帝也；配地以作镇者，五岳之神也。天为真君，地为真宰。五岳者，三公之象也。轼叨受朝寄，出守藩土。神不虐罚，民有丰岁。敢用告诚，以谢灵贶。卷六二

秋赛祝文 一

惟神聪明，为民依庇。宜秩典祀，钦奉灵祠。况农事之肇兴，赖神灵之降宥。一邦蒙惠，已膺风雨之时；百里有严，将享秋冬之报。卷六二

秋赛祝文 二

惟神光昭祀典，幽赞化功。享庙食以惟严，垂介福而无爽。属兹丰岁，爰举旧规。式陈蠲洁之仪，冀报有年之庆。卷六二

祷观音祈晴祝文 杭州

三吴之灾，连岁不稔。尚赖朝廷之泽，大分仓廪之陈。乃眷疲羸，仅免流殍。今者淫雨弥月，秋成半空。永惟嗣岁之忧，将有流离之惧。我大菩萨，行平等慈。睹此众生，皆同赤子。反雨旸于指顾，化丰歉于斯须。虽某等不德而召灾，念斯民无辜而可悯。愿兴慈率，一拯含生。卷六二

谢观音晴祝文

民无常心，固何知于帝力；天作淫雨，当有感于佛慈。慧光照临，阴沴消复。拯农工于沟壑，宽吏责于简书。某等共衔不报之恩，愿颂难名之德。恭驰梵宇，少荐微诚。卷六二

谢晴祝文

天作淫雨，害于粢盛。蒙神之休，犹得中蒸。薄奠匪报，式昭厥诚。卷六二

祈雨祝文

六月不雨，乃时之常。或霖或霪，于稼则伤。稼将有秋，民饥所望。某也不德，守此一方。罪在守臣，无俾民殃。人不能神，易雨而旸。神其听之，庶乎降康。卷六二

谢雨祝文

窃以农事告成，旱魃为沴。寖罹焦烁之害，遂稽收刈之勤。自非降灵，大庇群俗。以下膏泽之赐，庶有丰盈之期。实神助之使然，岂愚诚之能致。是用特临神宇，再欵晬容。辄倾涓洁之诚，仰答灵威之祐。卷六二

祈雪雾猪泉祝文

噫嘻我民，何辜于天！不水则旱，于今二年。天未悔过，百日不雨。雪不敛尘，麦不盖土。天子命我，祷于山川。侧闻此山，神龙之渊。躬拜稽首，敢丐一勺。得雪盈尺，牲酒是酢。卷六二

祈雪祝文

水旱辄求，惟吏之羞；有求不倦，惟神之休。乙卯之雪，肤寸而已。如燔舆薪，救以勺水。嘉肴旨酒，既谢且祈。愿终其赐，盈尺为期。卷六二

祭佛陀波利祝文

积雪始消，阴沴再作。小民无辜，弊于饥寒。草木昆虫，悉罹其虐。并走群望，祈而未报。意雨雾有数，非神得专。惟我大士，含法分，无为不入尘数。愿以大解脱力，作不可思议事。愍此无生，豁然开明。尽二月晦，雨雪不作。大拯羸饿，以发信根。此大布施，实无限量。惟大士念之。卷六二

祭常山神祝文

吏实不德，无以导迎顺气。消复灾沴。惟神之求。神亦闵其不才，而嘉其勤。凡有告请，靡所不答。乃者有谒乎神，即退之三日，时雨周洽，去城百里而近，蝗独不生。凡我吏民，孰不归德于神。然而一雨之后，弥月不继。百里之外，蝝生如初。岂神之能应于前，不能应于后，能恤其近，不能恤其远？盖吏不称职，政刑失中，戾于民心，以不能终神之赐。而我州之民，比岁饥殍凋残之余，不复堪命。若又不熟，则流离之祸，其莫知所止矣。神之聪明，其忍以吏不称职之所致而不卒救之欤？今夏麦垂登，而秋谷将槁，若时赐霈泽，驱攘虫灾，以完我西成之资，岁秋九月，当与吏民复走庙下。卷六二

祈晴祝文

均籴之法，著于甲令。视岁丰凶，以驭重轻。岁且中熟，雨则害之。如此失时，公私交病。神食此土，民命系焉。无俾歉荒，以

作神羞。卷六二

祷灵慧塔文 一 徐州

武宁军今为黄河泆溢，流入淮泗，围浸州城，逾月不退。一州吏民，同发至诚，仰告真寂大师化身灵塔：愿垂慈愍，密赐护持，驱除阴云，疏导积水。若十日之内，水退城全，当具灵异事迹，申奏朝廷，乞加谥号，使一方士庶，永远皈依。卷六二

祷灵慧塔文 二

徐州本州，近以河水为患，祷于真寂大师之塔，灵应响答，十日之内，果获减退。方议闻奏，乞加谥号。今者兵夫数千，功役垂毕。而淫雨不止，人力不施。城中水潦，无所决泄。吏民告病，敢辞再渎。伏望大师以法慈神力，驱攘阴沴，速获开霁，以终大赐。卷六二

祷灵慧塔文 三

徐州今为冬温无雪，疾疫将兴；宿麦在田，膏泽不继。民既告病，吏何以安！是用洁诚斋居，稽首仰诉：恭惟真寂大师，道齐无上士，运继普光王。遍智难名，便门无量。向者屡持微恳，上渎洪慈。消暴水于滔天，开积阴于反掌。本州已具灵异事迹，奏乞师号塔名。伏望大师益运神功，力回旱势。赐以一天之雪，仍为五日之期。使北方民愈加恭信，某等无任虔诚激切之至。卷六二

告赐灵慧谥号塔文

徐州奉敕：本州乾明寺真寂大师，宜特追赐号“灵慧大师”，塔曰“灵慧之塔”者。伏以至人无心，而因缘有地；妙法常住，而隐显以时。非我凡庸，所能量度。恭惟灵慧大师，佛慈所付，愿力至深。现身淮南，度越千里而应化于此；涅架唐世，号涉五代而易名于今。既奉诏书，一新谥号。神人交庆，道俗知归。非独永庇彭城一方之民，殆将追继普光千劫之化。惟愿益开慧智，不倦祷求。潜消水旱之萌，以称圣明之意。卷六二

告谢灵慧塔文

至诚默运，大庇一方之民；微雪应祈，稍苏百日之旱。恭持薄礼，少答鸿私。惟愿力之无边，庶阴云之继作。先春而降，盈尺为期。卷六二

祷雨天竺观音文

我大菩萨，为世导师，救危难于三涂，化清凉于五浊。比者官吏不德，刑政失中，故此骄阳，害我天物。具官某，上承府檄，傍采民言，供奉安舆，愿登法座。伏愿江海贡润，龙天会朝，布为三日之霖，适副一邦之望。卷六二

文集卷一百五十六

白鹤新居上梁文

鹅城万室，错居二水之间；鹤观一峰，独立千岩之上。海山浮动而出没，仙圣飞腾而往来。古有斋宫，号称福地。鞠为茂草，奄宅狐狸。物有废兴，时而隐显。东坡先生，南迁万里，侨寓三年。不起归欤之心，更作终焉之计。越山斩木，溯江水以北来；古邑为邻，绕牙墙而南峙。送归帆于天末，挂落月于床头。方将开逸少之墨池，安稚川之丹灶。去家千岁，终同丁令之来归；有宅一区，聊记扬雄之住处。今者既兴百堵，爰驾两楹。道俗来观，里闾助作。愿同父老，宴乡社之鸡豚；已戒儿童，恼比邻之鹅鸭。何辞一笑之乐，永结无穷之欢。

儿郎伟，抛梁东。乔木参天梵释宫。尽道先生春睡美，道人轻打五更钟。

儿郎伟，抛梁西。袅袅虹桥跨碧溪。时有使君来问道，夜深灯火乱长堤。

儿郎伟，抛梁南。南江古木荫回潭。共笑先生垂白发，舍南亲种两株柑。

儿郎伟，抛梁北。北江江水摇山麓。先生亲筑钓鱼台，终朝弄水何曾足。

儿郎伟，抛梁上。璧月珠星临蕙帐。明年更起望仙台，缥缈空山隘云仗。

儿郎伟，抛梁下。凿井疏畦散邻社。千年枸杞夜长号，万丈丹梯谁羽化。

伏愿上梁之后，山有宿麦，海无飓风。气爽人安，陈公之药不散；年丰米贱，林婆之酒可赊。凡我往还，同增福寿。卷六四

海会殿上梁文

经来白马寺，僧到赤乌年。自此佛法大行，以至海隅皆满。伏惟我海会禅师，施无尽藏，开不二门。来作西方之主人，且为东坡之道友。爰因胜地，以建道场。有大富长者八人，迨释迦宝像一所。瑶阶肪截，碧瓦鳞差。庶几鹫岭之雄，岂特鹅湖之冠？共凭佛力，仰祝尧年。如日之升，与天无极。举城僚友，阖郡士民，皆兴有作之慈，共享无边之福。

儿郎伟，抛梁东。日出三竿照海红。作礼禅师为祖席，东坡请到雪髯翁。

儿郎伟，抛梁西。此去西方路不迷。一礼慈尊无量寿，万年天子与天齐。

儿郎伟，抛梁南。南海薰风动碧潭。过尽千帆并万舶，归来金鼓结珠龛。

儿郎伟，抛梁北。玉辇巍巍天北极。侯门鼓吹到山门，为作龙兴千万亿。

儿郎伟，抛梁上。瑞气葱葱荫龙象。劝师举足不须踏，踏着毗卢恶模样。

儿郎伟，抛梁下。礼足阇黎来请话。五叶花开到处春，

千灯光照何曾夜。

伏愿上梁以后，年丰米贱，气爽人安。郡侯日转千阶，施主日增万镒。果肴云散，钱宝星飞。各务纷拏，共为笑乐。卷六四

参寥家上梁文

元祐五年，岁在庚午，二月辛卯朔，二十五日乙卯上梁。《西湖游览志》卷八

雅饰御容表本

於赫皇祖，敷祐下民。眷真宇之靓深，俨粹容之肃穆。虽道存不变，而体有从新。既祗荐于科仪，斯永安于像设。《五百家播芳大全文粹》卷七一

设供禳灾集福疏

躬俭节用，本严房闼之风；遗大投艰，猥当庙社之寄。常恐德之弗类，以召灾于厥身。敢用仁祠，肆陈净供。恭延梵释，普施人天。俾寿而康，非独辅安于寡昧；与民同利，固将燕及于华夷。仰冀能仁，曲垂昭鉴。《五百家播芳大全文粹》卷八一

施饿鬼文

鬼趣多饿，仁者当念济之。以锡若铁为斛，受一二升，每晨炊

熟，取饭满斛，盖覆着净处，至夜，重馏，令热透，并一盏净水咒施。能不食酒肉固大善，不能，当以净水漱口，诵净口业真言七遍。烧香，咒云："佛弟子某甲，夜夜具斛食净水，供养一切鬼神。"仍诵《般若心经》三卷，《破地狱》三偈，共二十一遍。又咒云："愿此饭此水上承佛力，下承某甲，福力愿力变少为多，变粗为细，变垢为净。愿佛弟子等饮食此已，永除饥渴，诸障消灭，离苦即乐，究竟成佛。"以手掬饭三之一，散置屋上，余不妨以食贫者，水即散洒之。要在发平等慈悲无求心耳。《重编东坡先生外集》卷二六

明堂祭诸庙文

天子宗祀明堂，泽及幽显，敷天之下，遍于群神，德庇方州，位昭祀典。是用肃将昭意，以格神休。《重编东坡先生外集》卷二八

祈晴文

常平之政，睹岁美恶。操其赢虚，以驭农末。秋谷未登，已食其陈。嗣岁之虞，当敛其新。迨兹秋旸，载获载舂。阴雨害之，穑人罔功。我发库泉，以实高廪。盍敕雨官，遄止其沾。既暵我场，万杵皆作。待此坻京，援我沟壑。丕显大神，雨霁在予。匪民焉依，其忍弗图。《重编东坡先生外集》卷二

迁御容道场青词

於皇神考，肇启秘祠。方增筑于未宁，惧格思之有渎，别严净

宇，祗奉晬容。式燕圣灵，永绥慈嘏。《五百家播芳大全文粹》卷七二

景灵宫启建仁宗忌辰黄箓道场青词

圣业垂鸿，覆及眇躬之御；仙游趣驾，迅惊流景之仙。抚遏乐之初辰，即栖真之列宇。茂敷冲式，钦绎灵佑，庶格道于上圆，益侈祥于后叶。《五百家播芳大全文粹》卷七二

重阳宴

百川返壑，禾稼登场。新成百尺之楼，适及重阳之会。高高下下，既休畚锸之劳；岁岁年年，共睹茱萸之美。恭惟某官，民人所恃，忧乐以时。度余力而取羡财，因被灾而成胜事。起东郊而壮观，破西楚之淫名。宾客如云，来四方之豪杰；鼓钟隐地，耸万目之观瞻。实与徐民，长为佳话。

一时柱石壮岩阃，更值西方落帽辰。不为游从夸燕子，直将气焰压波神。山川尚远当时国，城郭犹飘广陌尘。谁凭栏干赏风月，使君留意在斯民。《五百家播芳大全文粹》卷九〇

化度牒疏

参寥行者钟守素，事参寥有年矣，未尝见过失。窃尝密察其所为，似有意于慕高远者。寥云："秦太虚有意为率，交游间每人为出买词部牒，令得出家，此亦善缘。"仆既随喜，然参寥不喜干人，故书此纸以付素。使遇善知识，即出以示之，随意所办，即书于纸。

《五百家播芳大全文粹》卷八〇

追荐秦少游疏

生前莫逆，盖缘气合而类同；死独未忘，将见情钟而礼具。伏为殁故少游秦君学士，早虽颖茂，触事邅迍；晚向仕途，方沾禄养。未厌北堂之欢乐，遽逢南海之播迁。顿足牵衣，哭妻孥于道左；含酸吐苦，顾乡国于淮堧。首尾八年，忧惊百变。同时逐客，膺大霈而尽复中原；唯子莫年，厄终穷而殁于瘴域。林泉夜梦，犹疑杖屦之并游；风月扁舟，尚想江湖之共泛。追伤何补，焚诵乃功。庶仗真诠，扫除夙障。而况真源了了，素已悟于本心；净目昭昭，无复加于妄翳。便可神游净土，岸到菩提，永依诸上善人，常住无所边地。《五百家播芳大全文粹》卷八二

日食祈祷祝文

呜呼！日官底日，实昭天戒。正阳之朔，将有薄食，上心震惧，侧身修德。诞布休命，赦宥多僻。凡在祀典，罔不咸秩。惟神聪明，照鉴诚忱，消复大眚，迎导和气。俾我有邦，享天之衷，民皆康阜，以永保神之休无斁。《五百家播芳大全文粹》卷八三

上清宫成诏告诸庙祝文

上清储祥宫成，敷宥四海，均福于下。有诏守臣，凡在秩祀，罔不祗荐。惟神导和却沴，保民无疆，以称朝廷至仁之意。《五百家

播芳大全文粹》卷八三

请超公住持南华寺疏

经略、转运、提刑、提举常平茶盐、市舶司：窃见韶州南华禅寺，乃六祖大鉴禅师道场，见阙住持安众。今敦请广州报恩光孝禅寺住持超公禅师住持南华禅寺，开堂演法，为国焚修，祝延圣寿者。

右伏以从前谛义，首判风幡；向后恩缘，为留衣钵。脚迹俨然似旧，路头自何通行。超公禅师，法性当权，南宗长价。望佛乡而相接，振祖令以何难。正须飞锡横空，肯以宿桑起恋？林泉胜处，皆曹溪常住生涯；钟鼓新时，看大鉴嗣孙手段。谨疏。《曹溪通志》卷五

定州学生砚盖隐语

碑石犹在，岘山已摧；姜女既去，孟子不来。《重编东坡先生外集》卷二二

赌书字

张怀民与张昌言围棋，赌仆书字一纸。胜者得此，负者出钱五百足，作饭会以饭仆。社鬼听之，若不赛者，俾坠其师，无克复国。《稗海》本《东坡志林》卷九

戏题

道得徵章郑赵，姓称孙姜阎齐。浴儿于玉润之家，一夔足矣；

侍坐于冰清之仄，三英粲兮。《春渚纪闻》卷六

赠李方叔赐马券

元祐元年，予初入玉堂，蒙恩赐玉鼻骍。今年出守杭州，复沾此赐。东南例乘肩舆，得一马足矣，而李方叔未有马，故以赠之。又恐方叔别获嘉马，不免卖此，故为出公据。四年四月十五日，轼书。《金石萃编》卷一三九

补龙山文 并引

丙子九日，客有言桓温龙山之会，风吹孟嘉帽落，温遣孙盛为文嘲之。嘉作《解嘲》，文辞超卓，四座叹伏。恨今世不见其文，予乃戏为补之曰：

征西天府，重九令节。驾言龙山，宴凯群哲。壶歌雅奏，缓带轻帢。胡为中觞，一笑粲发。楩楠竞秀，榆柳独脱。骥騄交骛，驽蹇先蹶。楚狂醉乱，陨帽莫觉。戎服囚首，枯颅茁发。惟明将军，度量闳达。容此下士，颠倒冠袜。宰夫扬觯，兕觥举罚。请歌《相鼠》，以侑此爵。右嘲。

吾闻君子，蹈常履素。晦明风雨，不改其度。平生丘壑，散发箕裾。坠车天全，颠沛何惧。腰适忘带，足适忘屦。不知有我，帽复奚数。流水莫系，浮云暂寓。飘然随风，非去非取。我冠明月，被服宝璐。不缨而结，不簪而附。歌诗宁择，请饮《相鼠》。罚此陋人，俾出童羖。右解嘲。《东坡后集》卷九